晏为炽,研究了钓鱼技巧,自信满满地要跟陈雾比个赛。

陈雾:"别比了吧。"

晏为炽:"必须比。"

半小时过去,他的桶里除了水还是水。

一小时去,桶里还是只有水。

比赛就是自取其辱。

晏为炽,在水边揣着鱼生闷气。

陈雾:"就说不要比了嘛。"

西西特 著

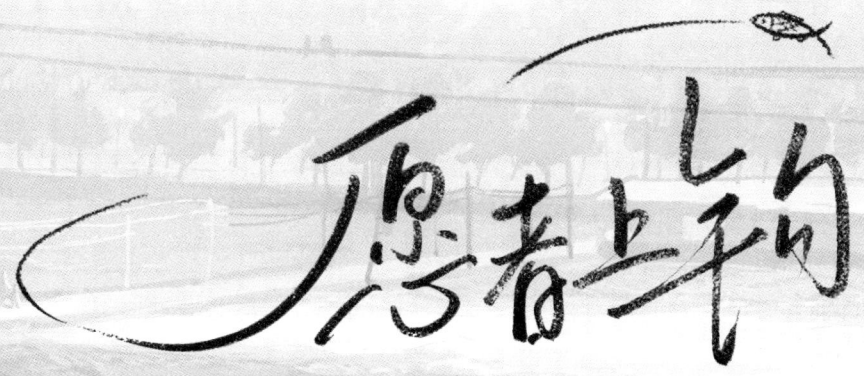

长江出版社
CHANGJIANGPRESS

图书在版编目（CIP）数据

愿者上钩 / 西西特著. -- 武汉：长江出版社，2025.5. -- ISBN 978-7-5804-0075-8

Ⅰ.I247.5

中国国家版本馆CIP数据核字第2025CN8585号

愿者上钩 / 西西特著
YUANZHE SHANGGOU

出　　版	长江出版社
	（武汉市解放大道1863号）
选题策划	妙绝文化
市场发行	长江出版社发行部
网　　址	http://www.cjpress.cn
责任编辑	钟一丹
特约编辑	廖晓霞
印　　刷	长沙鸿发印务实业有限公司
版　　次	2025年5月第1版
印　　次	2025年5月第1次印刷
开　　本	880mm×1230mm　1/32
印　　张	11
字　　数	370千字
书　　号	ISBN 978-7-5804-0075-8
定　　价	45.80元

版权所有　盗版必究，如有质量问题，请联系本社退换
电话：027-82926557（总编室）　027-82926806（市场营销部）

目录
CONTENTS

第一章 *001*
关你什么事儿

第二章 *016*
误伤

第三章 *031*
是挺香

第四章 *048*
从来都只有我

第五章 *064*
以后还跟不跟人乱跑

第六章 *082*
有点烦

第七章 *098*
好戏开场

第八章 *114*
摩天轮和新年

第九章 *130*
谁管你

第十章 *148*
弟弟

目录
CONTENTS

第十一章 *167*
听风

第十二章 *187*
种瓜得豆

第十三章 *206*
去首城啊

第十七章 *281*
相依为命

第十四章 *226*
亲人

第十八章 *299*
母亲

第十五章 *246*
就让他恨吧

第十九章 *317*
我哥

第十六章 *264*
不要再受伤了

番外 *342*
新年快乐

第一章
关你什么事儿

YUANZHESHANGGOU

天阴沉沉的,陈雾骑着一辆掉漆的二手自行车来到水库边。眼前,一条石子路将水库一分为二。

两排香樟树从路的这一头延伸到那一头,一片青翠。贯穿水库的石子路上有一间平房。

青瓦红砖被绿树和碧水包围,远远望去,就像一幅浑然天成的水彩画。

陈雾用脚上的棉布鞋钩了一下脚踏板,随即一脚蹬出去。

风在他耳边呼啸,吹得泛白的衣角不断鼓起。他铆足劲儿骑,脸冻麻了,雷锋帽的抽绳垂在下巴上,在风里乱扭。路修得很好,车骑快了,像在水上飞。

陈雾一刻不停地骑车到平房门口,他放下车撑,扶了扶歪掉的眼镜,解开绑在车后座的松紧绳,拿起放在上面的大帆布袋,推门而入。

屋内家具简陋,空气中弥漫着茶香。

靠近窗户的吊床上躺着一个金发少年,他睡得很沉,一条手臂横搭在眼睛上。他的手很大,掌心有几个茧子,骨节分明,不像同龄人的手那般细嫩,犹如历经数不清磨难的行者。修长的手指微微蜷曲,指甲修剪得十分平整。

少年的另一条手臂垂在半空,腕上缠着一串佛珠。那佛珠小而圆润,透着紫光,有些旧。

陈雾走到屋子的另一端,将雷锋帽摘下,丢在角落那张小床上。他把帆布袋放在地上,抓了抓半湿的细碎短发,站着发了一会儿呆,然后转身走到墙边的简易炉灶旁,端起出门前盛出来的凉稀饭,再从电饭锅里舀点热稀饭搅拌一下,几口喝下去,感觉胃里舒服多了。

陈雾吃完后用手背擦了擦嘴,又揭开炉子上的锅盖,看看里面的茶叶蛋,

001

用铲子戳了戳蛋壳,然后重新盖上盖子,朝吊床方向喊道:"晏同学,起来吃早饭了。"

"不吃。"晏为炽翻了个身趴着,半边脸埋进被子里,露在外面的半边脸像一张剪影,鼻梁高挺。

"那好吧,我给你把茶叶蛋热着,你什么时候起来都可以吃。"陈雾走到吊床旁边,弯腰把快要掉到地上的被子扯上来,堆在晏为炽的腹部。

"你干吗呢!"晏为炽猛然坐起来,吊床一阵剧烈摇晃。

陈雾不知所措地举起双手,支支吾吾地说:"我……我给你弄被子……"

晏为炽低声咒骂了一句,往后倒回吊床上,张开修长的四肢,却再也睡不着了,于是又冲陈雾发火。

陈雾一直安安静静地低着头,没有吭声。

晏为炽心中的怒火像烧进了水里,扑哧扑哧地灭了,升起的浓烟熏得他肝疼。

说是吃早饭,其实快十点了。

晏为炽洗漱完毕,坐在小桌前,一头卷毛嚣张地翘着。

陈雾将稀饭、腌萝卜丁、茶叶蛋、馒头、糍粑一一摆好。

晏为炽尝了一口稀饭,不烫,温度刚刚好,还有点甜——放了白糖。他眉间因没睡够而滋生的戾气消散开了,那一瞬间,仿佛全身的尖刺都软化了。

陈雾也坐下来吃,他感受到对面少年的气息变化,不由得投去目光。

晏为炽吃相优雅,在住处的衬托下,宛如落魄的少爷。虽然现在穷了,但礼仪教养仿佛刻在了骨子里。

"看什么!"晏为炽猛地抬起眼皮。

陈雾尴尬地挠挠脸,斟酌再三,才关切地说道:"晏同学,你眼袋好大,别再熬夜打游戏了,会影响身体发育……"

晏为炽不咸不淡地打断他的话:"一,这是卧蚕,不是眼袋;二,是玩手机,不是打游戏。三,我发育得很好,就不劳您挂心了。"

陈雾嗫嚅道:"好……好的。"

消停了一会儿,晏大少爷开始挑三拣四:"茶叶蛋一点味道都没有,能不能用点心!"

陈雾推了推眼镜:"我一会儿再煮煮。"

他性格温和,像是没有脾气,从不为自己辩解半句。乌黑的发丝贴着圆润的耳朵垂下来,柔软得让人忍不住想摸一摸。

萝卜丁在他嘴里嘎嘣嘎嘣响,牙口很健康,牙齿也长得很好看。

陈雾正吃着,旁边传来晏为炽的抱怨:"戴的是什么破眼镜,丑死了!"

下一刻,他的视野突然变得模糊不清——晏为炽拿掉了他的眼镜,又说了一句:"怎么还是一样丑。"

陈雾呆呆地说道:"肯定啊,脸又没变。"

晏为炽闻言面部抽搐,耳边响起陈雾的咕哝:"戴眼镜普普通通不起眼,不戴眼镜惊为天人,这是电视剧里演的,只有小孩子才会当真……"

突然,他感觉鼻梁一痛,是眼镜被扔过来了。

沉默几秒后,陈雾默默地将眼镜戴回去,端着稀饭去外头吃去了。

天阴沉沉的,山雨欲来。因此,晏为炽下午没有出去玩,而是窝在吊床上看手机。

陈雾把买回来的东西整理好,开始打扫卫生。当他扫到吊床那儿时,把随意扔在地上的运动鞋摆整齐。

"晏同学,你周末没有作业吗?"

"不写。"晏为炽说道。

陈雾迟钝地直起腰,问道:"啊?为什么?"

"还能为什么,当然是——"晏为炽盯着手机,漫不经心地说,"全都不会。"

"咯!"陈雾被口水呛到了,咳得脸都红了,"晏同学真会开玩笑。"

"谁跟你开玩笑。"晏为炽的视线没有从手机屏幕上移开。

"不,不是吧……"陈雾张了张嘴。

晏为炽放下手机,似笑非笑地探出上半身:"怎么,要考我?"

"考不了,考不了。"陈雾连忙摇头,一边摆手,一边很不好意思地说,"我没上过学,一元二次方程都不会解。"

晏为炽面无表情地说道:"我连两位数的进位加减法都不熟练。"

"那你进步的空间很大。"陈雾想了想,诚恳地说道。

晏为炽一时间语塞。

陈雾忙完了,拿着毛巾和洗发水去门口洗头。

这个天气,水没过一会儿就凉了。

陈雾摸索着端起洗脸盆，把剩余的水浇在头上，冷得打了个哆嗦不说，泡沫还没冲干净。他只烧了一壶热水，这根本不够用，不得不向晏为炽寻求帮助，让对方帮他再烧一壶。

晏为炽提着水壶放在水龙头底下，用空出的那只手接电话。

"炽哥，干什么呢？"一个兄弟在电话那头问，周围闹哄哄的。

"睡觉。"晏为炽说着，拧开水龙头接水。

"什么声音？"兄弟好奇地问。

"撒尿。"

"炽哥果然不同凡响，连尿尿都这么威武霸气，简直是飞流直下三千尺，疑是……长长，长什么河……词都到我嘴边了，凉昭，你快把手机给我……"

"别丢人现眼了！"

手机到了另一个人手里，一个温煦如春风的声音传来："出来玩吗？"

"不去。"晏为炽提起不半分兴致。

"我也懒得出来，太吵。"姜凉昭说，"要不我跟阿遇去你那儿，买点吃的喝的。"

晏为炽直接拒绝了："别来烦我。"

"行吧。"姜凉昭揉了几下眉心，语气变得凝重，"那个，炽哥，有件事，我妹瞒着我报了班，说要给你做甜点，我说她不听，只能你出马了。高三了，她那成绩不允许她随心所欲，她来这里是跟家里打过包票的，目标要是没完成，不仅她要受罚，替她做担保的我也遭殃。"

"什么破事！"晏为炽伸指点了点他，"你们兄妹俩都有病，非得凑热闹。"

姜凉昭赔笑道："我和我妹的出发点可不一样，我是想体验一下安逸的生活，她可是为了你才来的。"

"等着，明儿老子就毁容。"晏为炽挂断电话后，把手机丢在桌上，冲门外喊，"自己进来烧水！"

陈雾模糊的声音随风传进来："晏同学，帮帮我。"

晏为炽不屑地哼了一声："还撒娇呢。"

谁管你死活！

半个多小时后，陈雾用第二壶热水洗完头发，感觉头皮暖洋洋的。他见晏为炽在睡觉，就没用吹风机，只用毛巾把头上的水擦到七八成干。

愿者上钩

晏为炽一觉睡得昏天暗地，喉咙发哑："陈雾，倒杯水给我。"

没人应。

他再次开口，鼻音有些重："陈雾。"

依旧没人应答。

晏为炽皱着眉头睁开眼睛，发现屋里就他自己。他慢慢地爬下床，只穿了件卫衣就出去了。

寒风吹在他灼热的皮肤上，他没感受到一丝凉意。

天还没完全黑，路上的灯就全亮了起来，像两串珍珠项链挂在水库中间。

不远处，陈雾和一个年轻的钓鱼爱好者坐在树下，两人不知道在聊什么，陈雾笑得露出一排洁白的牙齿，显得很随意的样子。

晏为炽第一次见陈雾笑得这样，他眯了眯眼，随手捡起一块石头，扔在陈雾脚边。

陈雾莫名其妙地看了他一眼，然后继续看年轻人钓鱼，没有再理他。

这一幕让晏为炽愣住了。

陈雾这些天一直对他百依百顺，对他的生活起居照顾得细致入微，体贴得像个老妈子。他有时候情绪很差，陈雾总是默默关注着，生怕他有什么需求没有及时得到满足。

现在陈雾竟然无视他的存在，而且还是在他发烧的时候。

晏为炽觉得自己大概是烧糊涂了，心里竟然感到委屈，他的太阳穴突突地跳着，如同被鬼附身般走了过去。

"我发烧了。"见陈雾神情茫然，他低下头，补充道，"不信你摸。"

陈雾愣住了。

晏为炽和陈雾对视了一会儿，突然意识到自己在做什么，他抬手捂住眉眼以遮掩恼怒的神情，转身就走。

陈雾匆匆地跟钓鱼的那位小哥打了个招呼，然后去追晏为炽："怎么突然发烧了？是不是晚上睡觉没盖好被子？还有，你衣服穿得也太少了，这么冷的天，你都不穿秋衣秋裤，也没穿厚外套……"

晏为炽的头本来不怎么疼，这会儿被陈雾唠叨得快要裂开，他烦躁地转过身。

陈雾没留意，差点撞到晏为炽，他仓皇地刹住脚步："晏同学，你要去哪儿？你感冒了应该在家好好休息……你不穿外套吗？你等等，我去给你拿！"

等到陈雾急急忙忙进屋拿了外套出来时，晏为炽已经走了。

车子的轰鸣声越来越模糊，直至消失。

深夜，晏为炽的车刚熄火，陈雾就打开门跑出来："回来了啊。"

显然是一直在等着他，这么晚了都没去睡。

晏为炽没有回应陈雾，他神情倦怠地走到门口。

陈雾给他让路，在令人窒息的气氛中找话说："洗手间的水管我已经修好了。找人来修，还得等个把天，我本以为很麻烦，没想到挺简单的……你要去洗手间看看吗？要是觉得哪里不行，我再修修。"

晏为炽将头盔和车钥匙扔到桌上，便往吊床上一躺，将鞋子踢出去老远，差点砸到电饭锅。

陈雾在门边呆站了三五分钟，一阵阵夜风扑向他的后脑勺，又四散开来，将桌上一截没用过的卫生纸吹得飘飞起来。他打了个寒战，忙把屋门关上。

屋里瞬间变得寂静无声。

陈雾拢了拢棉衣，发现拉链底部不知道什么时候裂开了，他就把拉链拉下去，慢慢调整。

时间一分一秒过去，陈雾一直站在原地与拉链较劲。

"喀——喀喀——"

沉闷的咳嗽声传来，陈雾终于从自己的世界里出来，他没再管还没拉好的拉链，脚步飞快地走到了吊床前。

"还在烧吗，多少度啊？"陈雾担忧地去摸晏为炽的额头，"啪"的一声，手被他推开了。这一下，力道极大，他的手背瞬间就红了。

晏为炽气焰张狂、态度冷漠，仿佛傍晚那个在树底下要陈雾探额头看他是否发烧的人不是他。

"别碰我。"他狠狠剜了陈雾一眼。

陈雾举起双手："好，我不碰，你别生气，我去给你拿药。"

陈雾从小木床底下拖出一个旅行包，他拉开包，拨开最上面的几件简陋的衣物，拎出一个自制的小药箱。

药箱里市面上常见的日常药品应有尽有，整理得十分仔细，每个药品上面都贴了标签。

陈雾发了一会儿呆才拆开一盒感冒药，递给晏为炽两片，轻声道："你把药吃了，温度很快就能降下来了。"

晏为炽没有反应，他闭着眼，汗湿的额发粘在一起，喉结上布满汗液，唇比平时还红，看起来很不舒服。

陈雾搬了一把椅子过来，把药和水放在上面，什么也没说就离开了。

等床边清静下来，晏为炽才撑开烧红的眼皮，视线掠过药片，没有去拿。他把卫衣和牛仔裤脱了，丢在吊床的链条上，用湿被子裹住更湿的身体，伸出一只手打开手机。

没多久，一个热播剧的视频推送到他的手机上，正播到女主角把手从男主角掌心里抽出来，哀怨地说："你不是不管我了吗？现在又管我干什么？你滚！你滚啊——"

晏为炽无语："演的什么玩意儿，有病！"

晏为炽感觉气血翻涌，躺了片刻，把一杯水全喝了，然后干咽了药片。他捋着发丝走神，只是普通的感冒，能耽误什么，怎么自己还矫情上了。

没想到情况越来越严重，他的身体接收到信号——自己真的很不舒服。

叫了人吃烧烤，却突然没了胃口，甚至有些反胃，于是骑着车四处转悠。春桂这个小地方，一圈转下来，身上的烟味都没散。

今晚自己真是抽风了！

晏为炽换了个方向躺着，一块布帘子在他对面，隔开了屋子另一头的小床。

帘子是陈雾买的，老布，面料看起来很粗糙廉价，到处都是线头，还是紫红色的碎花。

晏为炽记得当时自己放学回来看到帘子，差点吐出一口老血。

陈雾在二手市场跑了一天，鼻子冻得皲裂，模样惨兮兮的。他把被晏为炽扯下来踩在脚底下的帘子一点点扯起来，蹲在地上肩膀抽动，压抑着擤鼻涕声，像是受了多大委屈一样。

晏为炽俯视着陈雾，看着对方想让他把脚抬起来又不敢说的窝囊样。

那是陈雾住进来的第一天，还不到二十四个小时，就挑战了他的底线。

后来……帘子留了下来。

晏为炽至今都没搞清楚，自己是怎么忍住没把帘子连人一起打包扔出去的。

平时晏为炽不允许陈雾拉帘子，这帘子从早到晚地躲在墙边，就连睡觉都不让陈雾把帘子拉起来，他看一眼就上火。现在看着完全拉开的帘子，晏为炽觉得自己的感冒加重了，他吼道："陈雾！"

"哎！"陈雾立刻应声。

晏为炽冲着跑来的陈雾下命令："把帘子给我收起来！马上！"

陈雾手忙脚乱地照做。

"过来，给我按按。"晏为炽趴着，脑袋歪在一边，额头抵着床单。

脑后头发剃得很短，露出修长的脖子，凸出的那节骨头上面长着一颗小小的朱砂痣。

陈雾在晏为炽的指示下，用让他满意的力道给他按了按耳后和颈侧，问道："这样能治感冒吗？晏同学还懂按摩啊，真厉害。"

晏为炽打开手机拍照模式，举起手机对着陈雾的笑脸道："看看你拍马屁的猥琐样子。"

陈雾讪讪地闭上了嘴，不笑了。

或许是药物起了作用，也有可能是陈雾按摩得当，不知不觉中，晏为炽沉沉地睡了过去。他醒来时，窗外的夜色已经淡了许多，透出一丝朦胧的白光。

陈雾反身坐在椅子上，两条胳膊抱着椅背，脸枕在胳膊上，就这样在他床边守着。

晏为炽顿了一下，没好气地说道："发个烧而已，又不是要死了，你这是在等着给我送终吗？"

贴墙的小灯昏黄，陈雾发出含糊的梦呓，隐隐约约像在叫着什么人。他有些难受地把指尖收拢在手心。晏为炽没有注意到，他的烧退了，但肌肉依然疲软乏力，百无聊赖，拿起被子上的眼镜玩了玩就丢回原处，起床去洗澡。

陈雾打了个哈欠，拿出手机看看时间。洗手间的玻璃门突然拉开，一股混着清爽果香的热气冲了出来。

晏为炽边走边低头擦拭佛珠，头上搭着一块毛巾，背心外面是一件敞开的冲锋衣，运动裤的抽绳一根挂在外面，一根塞在裤腰里。

"晏同学，你退烧了吗？"陈雾关切地问。

"嗯。"晏为炽眼里的血丝还未消退，他半垂着眼皮，但精神状态还不错。

"不烧了就好。"陈雾松了口气，走进洗手间把地拖了，顺手把台子上的物品整理好。

晏为炽的洗漱用品不多，陈雾的更是少得可怜，洗头洗脸都是用一块香皂解决。要不是晏为炽嫌他用香皂洗的头发难闻，把自己的洗发水给他用，他这辈子大概都不会换。

不是为了省钱，而是不想。

对他来说，换掉一个用久了的东西，需要很长时间去找替代品，再去适应。如果用了一阵子发现不合适，还要重新寻找，一切又得重来。

这过程太费神费心，不到万不得已，他是不会更换的，连那样的念头都不会有。

陈雾洗干净抹布，挤干水铺在旁边的杆子上晾着，出去发现晏为炽在掏挂在吊床链条上的卫衣口袋，没有要继续睡的意思，便问道："你不睡了吗？"

晏为炽洗了个澡，将毛孔里的灼热和黏腻都冲掉了，他舒坦了，就比往常耐心，有问必答："不睡了。"

"那我帮你把被子洗了吧，都是汗。"陈雾说着就开始拆床套，神色不见丝毫嫌弃和不情愿。

"陈雾，你不需要卖力地讨好我，我既然答应了，就不会反悔。"晏为炽从卫衣口袋里掏出一张疑似宣传单的东西，余光扫过背对他的单薄身影。

陈雾手里的动作慢下来，他咽了咽唾沫，有些难为情地说："我没有……"

他声音很小，也就自己能听见。

晏为炽没有追问，他把手上的纸收进抽屉里，拿掉毛巾，抓弄潮湿的发丝。关于他昨晚那种莫名其妙的行为，他没提，陈雾也没问。莫名其妙地出现，理所当然地翻篇了。

屋里一片静谧。

"晏同学，你头发是在哪儿烫的啊？"陈雾一边继续拆被套，一边问，"我前面的头发有点长了想换个发型。理发店过年应该有活动，比平时要划算些。"

似乎想起了什么，他垂下眼睛，掩盖了眼底的情绪："我还没试过烫发，要不我去你做头发的那家店问问……"

"没做，自然卷。"晏为炽说。

陈雾惊讶地转过头："啊……天生的吗？"

"不然呢，大自然卷的？"晏为炽用看智障的眼神看他。

"挺好的。"陈雾沉默了一下才开口，他一眨不眨地瞅着晏为炽的一头卷毛，"真的挺好。"

晏为炽看陈雾那眼巴巴的样子，感觉像是在看狗，想要撸几下。下一秒，他的面色沉下去，心中暗骂了一句：我为什么会有这种想法？

就在这时,外面传来模糊的吵闹声,夹杂着歇斯底里的怒吼。

陈雾往窗外瞧了一眼,说道:"晏同学,可能出事了,我出去看看。"

"你是居委会的?"晏为炽话音未落,给他拆被套的人就已经跑出去了,连房门都没来得及关。他气得额角跳了跳,黑着脸把剩下那部分被套扯了出来,和床单一起丢进了洗衣机。

陈雾回来后,跟晏为炽分享外面那场闹剧,说是一个大哥的媳妇找过来了,骂他为了钓鱼什么事都不管,家也不回,一天到晚往水库跑。

两人在水边倒了一肚子前尘旧事,闹得太厉害,现在去离婚了。

"从同学到夫妻,十多年了,就因为钓鱼。"陈雾瘫坐在椅子上,摘掉眼镜抹脸,嘴里发出不能理解的叹息。

"你是不是傻,这和钓鱼没有直接关系。"晏为炽轻描淡写,声音清醒而理性,"是不爱了。"

陈雾朝他看去。

晏为炽要去晨跑了,将衣领的拉链拉到下巴底下。

青春胜过所有盛装。冲锋衣和运动裤衬托出干净的气质,肩宽腿长,十分出挑。他说:"爱情是多巴胺。会在某一瞬间突然出现,也会在某一瞬间突然消失。"

陈雾的神情迷茫:"什么是多巴胺?"

晏为炽停下捏转腕部的动作,低下头,仰视他的人有双泪眼,任何时候看,都给人一种要哭了的感觉。

刚才出去一趟,可能是被风吹的,现在眼角红红的,眼里的水珠仿佛随时会滚落下来。

大概是晏为炽良久都没回答,陈雾又认真地提问:"多巴胺出现的时候是什么感觉?"

晏为炽正因为刚刚的走神而烦躁,见他还在问,便冷哼一声,嗤笑道:"我十八,一直单身,你问我?"

陈雾瑟缩了一下,心道:是我冒昧了。

周一上午,西德职业技术学校门口出现了一群穿着奇装异服的男孩子,都是青涩又嚣张不羁的模样。

第二节课都快结束了,他们才来,勾肩搭背,玩笑打闹,一点都不慌。门口也没有纪检的人监督。

伴随着此起彼伏的骂声，男孩子们甩着书包，晃晃悠悠地往学校里走，其中一人蓦地停住脚步。

头上染了两缕绿色的黄遇喊道："炽哥，你来啦。"

晏为炽若无其事地迈步走上前。

保安室里，陈雾捧着茶杯吹了吹上面的茶叶，喝了一小口，还是烫，于是咂了一下嘴，放下茶杯。这时手机铃响了，一接通，生硬的质问便劈头盖脸而来："在哪儿？"

"我在家。"陈雾说。

"拍个视频给我看看。"晏为炽的声音里听不出情绪。

陈雾立即站起来："晏同学，你……"他紧张地咽了下口水，问道，"看到我了吗？"

晏为炽冷笑。

陈雾屏住了呼吸。

晏为炽冷声道："来3号科技楼，201。"

"我现在去不了。"陈雾握着手机，小声说，"我在上班。"

"给你两分钟。"晏为炽说完就挂断了电话。

3号科技楼挨着操场，这时候没有班级使用。

陈雾气喘吁吁地在走廊上跑着，耳朵里只有他的呼吸声和脚步声。他快速上了楼梯，推开201教室的门。偌大的阶梯教室空荡荡的，晏为炽坐在后排靠窗的桌子上，面对着杵在门口的陈雾。

"晏……晏同学。"陈雾摘下眼镜，擦掉快滴到眼睛里的汗，"早上好。"

"起床就说过了。"晏为炽无动于衷。

"那是在家的，这是在学校的，不一样。"陈雾泛红的脸上带着笑，他的大眼睛一笑起来就弯成了小月牙。

晏为炽冷眼看他："你笑什么？"

陈雾立马收起了笑容。

晏为炽盯了他一会儿，才说道："过来。"

陈雾把眼镜架回鼻梁上，局促地关上教室门，穿过几排座位走近。

晏为炽俯视着眼前的人，按住他的肩膀，让他在自己面前转了个圈。他穿着一身丑陋的黑色制服,还戴着一顶难看的帽子。

陈雾正想说话,头上的帽子就被拿掉了,露出他被压扁的刘海。

"你没告诉我,你要来西德当保安。"晏为炽一边说,一边把玩他的帽子。

陈雾垂下眼,说道:"本来想说的。"

"最后还是决定能瞒一天是一天,瞒不住了再说?"晏为炽阴着脸,凶狠地说道,"陈雾,你最好给我一个合理的解释。"

"等你中午放学可以吗?"陈雾低声下气地说,"你还要上课。"

"你觉得我在这儿见到你,还能学得进去?"晏为炽说完,将帽子用力扔给他。

陈雾接住帽子,感觉有点冤枉,辩解道:"你学不学得进去,跟我没关系吧。"

"说什么呢。"晏为炽将手掌撑在桌面上,上半身前倾,微微低头,肩膀抵着陈雾的肩膀,凑近他的耳朵说道,"大点声,让我也听听。"

陈雾立刻挺起胸膛,正色道:"我是说真对不起,没有事先跟你打声招呼!"

晏为炽歪头看他,似笑非笑。

教室门外有清洁工经过,拖把不小心碰到门,发出"砰"的一声响。陈雾如受惊的小动物般抖了一下身子,随后戴上帽子。

晏为炽的脑中浮现出陈雾和几个大爷坐在保安室的情景,沧桑衰老的队伍里混入一个白面小生,就好似枯木上冒出了一株红花。他慢悠悠地拨弄腕部的佛珠,漫不经心地道:"说吧。"

"我来春桂之前拜托这边的老乡帮我找个事做。有天他跟我说有份保安的工作,问我干不干,我说干。"陈雾飞快地看了晏为炽一眼,忐忑不安地说道,"就是这样。"

他见晏为炽不开口,便慌忙补充道:"我是后来才知道你在这里上学的,不是要赖着你,你别误会,我……"

晏为炽"啧"了一声,没好气地说道:"我说你什么了?"

陈雾垂眼抿嘴。

晏为炽弹了弹陈雾抚平整的制服领子,疑惑地问道:"工作多的是,为什么要做保安?"

"我是个没有上进心,没有大抱负的人。"陈雾不好意思地笑了一下,"我想提前享受老年生活。"

"西德的保安工作可没你想得那么清闲简单。"晏为炽意味不明地说道,"搞不好会缺胳膊断腿的。"

陈雾乐观地说道："我其实主要是看门，不管治安的事。"

晏为炽斜他一眼，像看一个天真单纯的小朋友。

桌上的手机响了有一会儿，晏为炽才去管它。

电话里传来黄遇的吼声："炽哥！你人在哪儿呢？"

"等着。"晏为炽对陈雾扬了扬头，"跟我走。"

陈雾愣住了，问："去哪儿？你不会要把我介绍给你同学吧？"

他从晏为炽的神情中得出答案，惊愕不解，惴惴不安地说："没必要吧，我只是在你那儿暂住一段时间，等找到合适的地方就搬走了。"

晏为炽的脸上闪过一丝古怪的神色，心想，确实没必要，他干吗动了这心思？

陈雾与晏为炽前后脚出了教室，陈雾转身离开前说道："晏同学，在学校里你就当不认识我，我也不认识你。"

晏为炽迈着大步甩开陈雾，气呼呼地说："我晚上不回去吃。我放学前要知道你为什么没有及时跟我打招呼，一直拖到被我抓住。"

"哦……"陈雾冲他的背影用力挥手，"晏同学，记得多喝热水啊，你感冒还没完全好呢！"

晌午的时候，陈雾无聊得打了一个接一个的哈欠。他放一辆车出校门，一只手拍了拍脸颊，另一只手握着茶杯，双眼无神。

同事老刘接了水过来，问道："小陈，你喝的是什么茶？"

"就是学校发的。"陈雾说。

"那茶我们都没人喝，全是碎渣。"老刘从自己座位的抽屉里拿出一个小小的陶罐，"你喝我这个。"

陈雾把小半杯温热的茶水倒掉，从老刘的陶罐里拈出几个小茶粒泡了一杯茶。茶粒遇水就涨开了，皱巴巴的叶片如花朵般在水里展开。

是花茶，清香弥漫在空气中，陈雾忍不住用力嗅了嗅。

老刘坐到椅子上歇了口气，环顾四周，见总是杂乱的保安室现在被收拾得干净整洁，大桌上放着的各种登记册都归纳好了，学生们的快递也堆放在一起，还是按班班级分的。

既勤快，动手能力又强，这么踏实憨厚的年轻人，哪个不喜欢呢。

老刘的态度越发和蔼，问道："茶怎么样？"

陈雾真诚地夸赞："很好喝。"

"是吧，这可是种野生草药，叫什么我忘了，反正是好东西。"老刘得意地说，"我女儿给我弄的，外面买不到，喝了身体好，还长寿。"

陈雾连忙站起来，受宠若惊地说道："那我……给我喝不是浪费了……"

"说的什么话！喝你的！"老刘板着脸说道。

"是我说错话了，叔别生气，我喝。"陈雾捧着珍宝似的，小口小口品尝。

"你这小孩性格对我胃口。"老刘亲昵地搂着他的肩膀拍了两下，嘀嘀咕咕地说，"要不是我女儿一天到晚就知道种地，没时间谈对象，我都想撮合你俩。"他遗憾地叹了口气，叫陈雾以后想喝自己拿，还说一会儿要带他去学校里转转。

"上班期间可以四处转吗？"陈雾问。

老刘调侃他是小学生思维，笑着说道："人得灵活些，只要不耽误事儿，没那么多条条框框。"

陈雾如小鸡啄米般地点着头，老刘看他态度认真谦虚且老实本分，心里对他更有好感了，当即把自己任职以来悟出的经验传授给了他。

"在西德当差，做好登记就行了，其他的别管。"老刘搓了搓下巴上的白胡子茬儿，瘦削的面庞依稀能瞧出年轻时英俊的轮廓，他语重心长地说道，"记住，宁可少做，也别多做。"

陈雾一副初入职场的新人模样，谨慎地拿出记事本和圆珠笔，说道："叔，你再说一次，我记到本子上，背下来。"

老刘闻言愣了一下，随后保安室里响起了中气十足的大笑声。

陈雾被笑得脸通红。

"不笑你了，不笑你了。"老刘擦掉笑出来的眼泪，重复刚才的话，还多加了一句，"有几个学生不是本地人，是从大城市转过来的，不用管。到时候不用我说，你就知道他们是谁了。"

他明显有顾忌，没有指名道姓，只是提了一句就先到外头站岗去了。

当晚，晏为炽收到了陈雾发来的微信。

陈雾："晏同学，我的工作是上周五才确定的。当时我想的是晚上跟你说，到了晚上却忘了。周六周日有很多机会，包括今天早上也是，我都没说……不是我不把你当回事，不关心你的感受和想法，而是我自己没当回事……我已经深刻意识到了自己的错误,也反省过了,希望晏同学大人有大量,不要生气了……"

晏为炽盘腿坐在室内球场角落的沙发上看信息,不屑地道:"这发的什么,'不是不把你当回事''而是我自己没当回事',可真逗。"

朋友喊他过去玩,他将手机揣进外套口袋,去打球了。

离过年差不多还有一个月,春桂城就已经有了年味,冬夜的街上到处都是人。

晏为炽玩了一会儿球就去打工了,下班后他买了一杯奶茶边走边喝,吸管咬在齿间,面部半隐在藏青色冲锋衣的帽子里。

他站在十字路口,虽然懒洋洋的,但如鹤立鸡群般醒目。即便看不太清长什么样,却能让人认定是个大帅哥。

晏为炽被要微信要得烦了,没了再逛下去的兴致。他回去发现屋里黑漆漆的,没有一点光亮。

陈雾不知道去哪儿了。

晏为炽洗漱完靠在床头看漫画书,屋里只有纸张翻动的响声。

书桌上的手机振动起来时,他正看到精彩部分,不想理睬。瞥到来电显示时,他皱了皱眉头。

电话那头传来很大的风声,陈雾的声音几乎被风吞没,晏为炽勉强辨认出他说的话:"晏同学,你在家吗?我出来玩迷路了。"

"迷路?你多大了?"晏为炽笑出了声,"不会看地图,不会问人?迷路了给我打电话干什么,你是还没摘掉口水巾的小朋友吗?怎么不直接喊我爸爸?"

手机里只有风声,仿佛要顺着电流吹过来,掀翻屋里不久前才新添的锅碗瓢盆。

"你心情不好啊?"陈雾嗫嚅道。

晏为炽看了眼时间,快十点半了,还玩呢。他把书翻了一页,毫不顾及情面:"怎么出去玩的,就怎么回来。超过十一点就别想进门。"

过了一会儿,电话又打了过来。

"想要我去接你?"他冷冷地说,"不去。自己想办法。"

陈雾开心地笑着说道:"不是,不用你来接,我是要跟你说,我遇到了一个热心肠的哥们儿,坐上了顺风车,很快就能到家了!"

晏为炽二话不说就把电话挂了。

第二章
误伤

YUANZHESHANGGOU

陈雾在西德的工作很轻松,学校里没人知道他和晏为炽认识,还住在一起。

一连晴了好几天,天气预报提醒近期有暴雪预警。陈雾上班前将屋里的餐桌和书桌都搬到门前,把两床被子抱出来铺在上面晒。他瞧了瞧天色,转身又回屋,收走了晏为炽搭在床柱上的蓝色运动外套。

陈雾给外套的袖口和领子打上肥皂,在盆里搓洗了几遍,再把外套拎起来,检查边边角角里里外外有没有洗干净。

就在他准备把外套塞进洗衣机的时候,突然发现了什么,立即拿到眼前确认。

外套的左侧口袋里面竟然有两个字母——是缝上去的,HQ。

线的颜色跟外套几乎一模一样,肉眼根本看不出来,只能用指尖摸到一点点针线的痕迹。

陈雾把口袋上的肥皂沫擦掉,拍下字母发给晏为炽。

晏为炽已经到学校了,这会儿正趴在课桌上睡觉。被吵醒后,他阴沉着脸点开微信,还没发怒,陈雾的语音就发过来了。

这是陈雾暂住以来,头一次发语音给他。晏为炽的怒气被古怪的情绪压下去,他戴上耳机,听见了陈雾平平无奇的声音。

"晏同学,这是我在你外套口袋上看到的。你是知情的吗?"

晏为炽看了看图片,回想起他打球时脱了外套,随意乱放,并不知道什么时候多了这东西。

就这点事,值得发语音?

晏为炽摘掉耳机扔回原处,将外套往脑袋上一蒙,继续睡他的回笼觉。

片刻后,他面无表情地坐起来,在聊天框里输入三个字。

晏为炽："不知道。"

陈雾很快就回复了："那就是偷偷绣的……难怪要用同色的线……'HQ'是你哪个同学啊？"

晏为炽："我管他是谁，你把字母拆掉。"

不一会儿，他的手机上又有信息进来——

陈雾："线太细了，不好挑，我怕把你衣服弄坏。"

晏为炽："坏了不要你赔。"

他两条腿别扭地盘在桌底下，一不留神就能把课桌顶起来，舒展不开。

早自习，教室里趴倒了一片，没来的则是在家睡觉。

晏为炽喝口水的工夫，手机里就多了一条未读信息。

陈雾："太难挑了，真的太难挑了，我眼睛都要花了。要不，还是不弄了吧，反正没有我的话，你也发现不了，而且没什么损失。"

晏为炽："那你让时间倒退到五分钟前，重来一次，别告诉我。"

陈雾回复了一排省略号。

晏为炽："少偷懒，给我全部拆干净。我放学回去检查，有一根线头就让你吃掉。"

手机那头彻底没了动静。

晏为炽把手机塞进桌肚，背地里对他动小心思的人多不胜数，常年如此，不值得他费时间去处理，这次他心中却生出了几分厌烦的情绪，打算找个机会杀鸡儆猴。

那串字母最终还是变成一撮细碎的线头，和其他垃圾一起，被陈雾扔进了垃圾桶。

陈雾锁上大门，骑着自行车去了西德职业技术学校。闲了一上午，他把带来的饭盒放进微波炉里加热，饭还没吃上就接到了一个电话。

听筒里传来净阳温润的声音："师弟，你在小晏那里住得怎么样？"

"非常好！"陈雾一边说，一边用铁勺在饭盒里搅拌饭菜。

"我说你的担心是多余的，你还不信，担心他不让你借住。"净阳舒了一口气，"那孩子重情义，知道你这些年一直记着他，就不会不念旧情。他年纪小，性情又急躁，有时候会不好亲近，心里肯定会对你……"

陈雾默默听着，偶尔笑一下表示认同。

"师弟，你是不是担起了家务事？"

"烧烧饭、扫扫地，没什么大不了的。"陈雾舀起一大口热腾腾的饭菜塞进嘴里，口齿不清地说，"我不忙，又比他大几岁，能做的就多做些，这是应该的。"

"你这爱照顾人的性子啊……"净阳对陈雾与别人不同，如长辈般唠叨，一身袈裟甘愿为他沾上点红尘，不认为这有碍佛门修行。他们失联了多年，上个月才在机缘巧合之下重逢，却并不生分。

陈雾饭吃完了，通话还在继续，谁能想到闻名四海的禅茗寺住持有这么多话，啰里啰唆，小到衣食住行，大到人生计划，什么都关心。

"师兄，外面有车要进学校，我得登记一下，先不说了，我有空去看您。"

"那你可得快点，这个月中旬我要去游历了。"

"啊……"陈雾惊讶地说，"这么冷的天在路上多遭罪，不能等开春再出发吗？"

净阳温柔地笑起来，反问道："寒冬腊月就一定不好，开春就一定好吗？"

在陈雾愣神时，净阳已经挂了电话，他呆坐许久，喃喃自语："修行之人果然有大智慧，早知道小时候就不还俗了。"

还俗有什么好呢，没有！

天气预报挺准的，月底真的下雪了，陈雾的伞碰到了人，他说了声"对不起"就往超市里钻。

超市里的人有点多，陈雾拖着篮子去排队付款，他心不在焉地想着事情，没注意到周围的窃窃私语。轮到他时，收银台旁的高大身影让他愣住了。

晏为炽穿着一身灰色工作服，头上戴着顶小黄帽，却难掩高贵气质。他不耐烦地说道："快点。"

陈雾晕乎乎地把篮子提上来，拿出里面的东西。

"袋子要吗？"晏为炽逐一扫码。

"不用，不要，我带了。"陈雾从棉衣兜里掏出皱巴巴的塑料袋，他抖开才发现破了个洞。多道异样的目光聚集到他身上，他平静地将破洞打了个结，然后把柜台上的东西一一往里装。重的放在下面，容易压坏的最后放。

晏为炽嫌弃陈雾装得慢，直接拿过袋子，三两下胡乱塞进去。陈雾在超市外头找了个地方蹲着，晏为炽一出来，他就拖着酸麻的腿迎上去。

晏为炽看到他，眉头皱了起来，问道："你怎么在这儿？"

"等你一起回去。"陈雾嘴里呼出一道白气。

晏为炽瞥着他冻得白里泛青的脸，在心里骂了一句"傻子"。

陈雾举高着伞，撑在晏为炽头顶，问道："现在下班了吗？"

晏为炽双手插在冲锋衣口袋里，他弯着腰，走得慢，眼皮耷拉着，眼下有些青，浑身上下散发着一股厌世的气息。

陈雾比他矮一截，举伞举得费劲，却一直努力帮他遮挡风雪。

伞下的空间不宽敞，两个大男人，难免会肩膀蹭肩膀，胳膊碰胳膊。

晏为炽推开陈雾的伞："自己打。"

陈雾站稳了，他把手里的袋子挂在伞柄上，快走到路口了，忽然说："没想到你会打工。"

见晏为炽停下来，陈雾犹豫再三才道："晏同学，你家里……"

伞面倏地被两根手指捏住，往后一掀，风雪吹到他脸上，眼睛上，头顶响起晏为炽冷漠的声音："收收你的好奇心，少关心我家的事。"

"我只是问问。"陈雾低着头躲进伞里，温和地说，"晏同学，现阶段还是学习最重要，钱以后再赚，不要丢了西瓜去捡芝麻。"

晏为炽鄙夷地说道："煲鸡汤都不用点心，全是些嚼烂了的陈词滥调。"

陈雾尴尬地咳了几声，说道："你有什么难处可以告诉我，说不定我能帮你一把。"

晏为炽探头进了陈雾的伞下，浓密的睫毛有些湿。

他盯着陈雾，陈雾被他盯得有点发毛："怎，怎么了？"

"我在看你嘴里会不会吐舍利子。"晏为炽说。

陈雾不说话了。

晏为炽在公交站台坐下来，他脖子后仰，合上双眼，姿态随意，充满少年气。不做别的，他只是坐在这儿，就耀眼极了。

"我叫车了啊。"陈雾打开手机软件瞧了瞧，"坏了，现在不好叫，要排队。"

晏为炽慢条斯理地说："急什么。"

"我担心雪下大了，会更难回去。"陈雾把袋子放在长凳上，收起伞，用袖子擦拭雾蒙蒙的镜片，却越擦越模糊，只好拽出贴身的秋衣来擦。

"晏同学，我付你房租吧。"陈雾眯着眼睛，看向晏为炽模糊不清的脸。

晏为炽懒洋洋地"啧"了一声："才刚开始上班，就发工资了？"

陈雾说:"我有一点点存款。"

晏为炽却不领情:"省省吧。"

公交车一辆辆驶来,却没有一辆能去水库的。陈雾目送一拨又一拨人上车离开,他回头问靠着站台的晏为炽:"你要不要上夜班?"

"我要上。"陈雾自问自答,"明天轮到我了,从晚上九点到早上七点。"

晏为炽好像睡着了,没有吱声。

陈雾看了好半天雪景,还是没人接单,他跺了跺冻僵的脚,眼睛瞥到马路对面的一家小店,手去拉晏为炽的冲锋衣帽子:"晏同学,我们去下馆子吧!"

晏为炽只说:"自己去。"

"那你回去吃什么?"陈雾眼睛亮亮的,"一起吧,我请客。"

吃饭的地方在二楼,到饭点了,没有空位。

服务员给了陈雾一个号,他一看上面的号码,顿时傻眼了:"前面有十几个……"

晏为炽烦躁地说道:"不吃了。"

陈雾没反应过来,晏为炽揪着他的衣领,把他拎走了。

十来分钟后,两人坐在这条街转角的菜馆里,环境比第一家要幽静。

陈雾仔细地清洗了杯子,倒上茶水放在晏为炽手边,之后才给自己倒。他捧着菜单,眉头蹙得越来越紧,脸也皱成一团了。

晏为炽把菜单抢走,没好气地道:"请不起就说,别一副要被割肉挖心的样子。"

陈雾很小声地说:"我就是觉得贵。"

"这还贵?"晏为炽把菜单面朝他,点了点上面的炒菜。

陈雾拿回菜单点了几个炒菜,他叫来服务员,问能不能在米饭里放一勺白糖。

他没注意到,晏为炽看了看他。

服务员走后,陈雾喝了口还有点热的茶水,有些窘迫地说:"春桂的物价晏同学可能习惯了,我没有,我去过最远的地方就是这里。"

"我看你活得挺自在。"晏为炽等上菜等得无聊,偶尔打个哈欠——他又困了。

菜陆续上桌,晏为炽没动筷子,直到饭上来了,他才开始吃。

陈雾看他边吃白糖拌饭，边发信息，不由得说道："晏同学，你朋友真多。"

晏为炽懒洋洋地回答："一般。"

陈雾说："我看你信息都回不完。"

"有个富婆想养我。"晏为炽云淡风轻道，"我坐地起价，谈拢了我就不愁生活了。"

"啪"的一声，陈雾手里的筷子掉在了桌上，眼睛瞪得老大："你你你……晏同学你……"

晏为炽哈哈大笑，笑起来带着几分孩子气，语气中含着几分捉弄的意味："别人说什么你都信？你怎么这么好骗！"

陈雾被骗了却没生气，而是拍拍心口："不是真的就好。"

这简简单单的一句话，却饱含关心，真挚而淳朴。

晏为炽闻言敛去嘴边的笑，用不待见的语气说道："没见过比你更无趣的人了。"

陈雾唯唯诺诺地推了推眼镜："吃饭吃饭。"

"够不够甜？我再去给你要点糖。"他不等晏为炽回话就起身离开了桌子。

晏为炽只吃了一碗白糖拌饭。

陈雾尽了全力，还是剩了不少菜，他用纸巾擦擦嘴上的油，说道："晏同学，你喊服务员要几个打包盒吧。"

晏为炽支着头观赏窗外的雪景，闻言看向他，反问道："为什么不是你喊？"

陈雾小声说："我不好意思。"

"我就好意思了？"晏为炽说，"我脸皮多薄。"

陈雾迟疑道："那……我们石头剪刀布。"

晏为炽惊讶地说道："你是认真的？"

陈雾期期艾艾地说："你是……逗我吗？"

晏为炽从陈雾的眼里读出了"被骗了的无助和难过"，他拿掉对方的眼镜，确认了一下自己没看错。

"你真行，陈雾。"话音刚落，他就抬起手，"服务员，三个打包盒。"最后目光扫向桌子对面的呆瓜，"够了吗？"

陈雾忙不迭地点头，神情既呆又乖。

这个冬天的第一场雪来势汹汹，马路上的绿植都被积雪压得快趴下了，风吹过，雪碴子扑面而来。

春桂最繁华的长中街没有受到任何影响，人流量依旧很大。

街道两边一半以上的潮牌店在搞活动，年轻男女们满面红光，逛完这家逛那家。他们路过一家国外的轻奢运动装品牌店门口时，都会朝坐在长椅上的男生多看几眼。

那个男生的模样实在清隽，眉眼太好看了，就像描上去的一样。

他低头看手机，周围的视线并不能引起他的注意。

"季明川！"

店里先是传出骄横的喊声，随后出现一道俏皮活泼的身影。

姜禧叉着腰站在季明川身前，她穿了一件裁剪精良的汉服，头上扎着两个丸子，圆圆的脸上全是不满："你跟我炽哥哥的身高体型都很像，我才叫你来的。你要是这么不愿意，走就好了！想陪我的人多着呢！"

"没有不愿意。"季明川的声音清朗。

姜禧气鼓鼓地指责他："那你一直玩手机？"

季明川垂下眼，浓密的长睫毛遮住了眼睛，注视姜禧时，神情温柔而专注。

"我是在搜附近哪里有不错的餐厅，想等你逛完了，带你去吃好吃的。"他说。

"哼！"小姑娘别过头，"谁要吃，我只想给炽哥哥买衣服。"甜点不让她学了，她就动了其他心思。

季明川说道："上次你买的鞋，他不是没收吗？"

姜禧偷偷瞥了一眼季明川脚上的鞋，这人跟炽哥哥的鞋码是一样的。她摸了摸冻得有点红的鼻尖，嘟囔道："便宜你了。"

季明川似乎没听见，抬手把她头上垂下来的流苏理顺了。

"我这次让我哥以他的名义送。"姜禧的眼里闪过一丝狡黠，佩服自己的机智。她拽住季明川的衣服，把他往店里拉，"快点跟我进去，有一件外套我觉得很适合炽哥哥，你去试试！"

季明川的目光忽然扫向某处。

那里有对情侣在亲昵地分享一串冰糖葫芦，你一口我一口。

季明川收回视线，没再留意。

拐角处支着一个摊位，烤红薯的香味就是从这儿飘出来的。

陈雾排在两人后面，很快就到他了，他选了两个个头匀称的红薯。

老人称了重量:"一共二十七块。"

"好贵啊。"陈雾推了下眼镜,"还是要一个吧。"

老人没有嫌他连两个红薯都吃不起,而是利索地给他装好了,慈祥地笑着说:"小伙子拿好,小心点烫。"

陈雾转过身就忘了老人的叮嘱。

一口红薯吃下去,想吐已经来不及了,烫得整个心脏抽痛。

对于这个突发状况,他什么都没有做,只是慢慢等那股不适消散。

大雪压不住蓬勃的青春。几个学校的人涌入郊区的卡丁车俱乐部,大晚上聚在那儿比赛。不比谁的技术更好,而比谁获得妹子的欢呼声更多。

毫无悬念,黄遇赢了,他长得阳光帅气,性格又好,异性缘无人能比。

晏为炽的关东煮还没吃完,黄遇后座的人就已经赢了三次了,他吹了一声口哨:"炽哥,来一场?"

"输了你又要哭。"晏为炽咬着牛肉丸。

"谁哭了。"黄遇死不认账。

晏为炽戴上头盔,坐上卡丁车,用眼神示意黄遇先出发。

黄遇没有大意,一开始就不断加速往前冲,可他依旧被反超了。和之前的每次一样,他两眼发蒙,停在路边摘下头盔迎风流泪。

晏为炽掉头,看他哭号。

"凉军师都给我出谋划策了,怎么还不行。"黄遇抹了把脸,"再来!"

晏为炽看他的眼神写着"做梦"二字。

"炽哥,再跟我比一把,我们打赌。"黄遇启动卡丁车到他的车边上,嬉皮笑脸道,"我输了就请你喝一个月的奶茶,怎么样?"

"打什么赌,大好青年,黄、赌、毒一样不能沾。"晏为炽严正呵斥。

黄遇听了颇为无语:"大哥,你清高,你了不起。"

姜凉昭过来时,手里拎着两个精美的袋子,分给晏为炽和黄遇,说是要过年了,提前给他们买的新年礼物。黄遇发出夸张的哽咽声:"兄弟,我的好兄弟,要不是我是男的,我都想……"

"别想,谢谢。"姜凉昭赶走黄遇,暗中观察炽哥的反应。

晏为炽只打开袋子看了一眼,就把它扔给了姜凉昭。

"炽哥，有什么问题吗？"姜凉昭疑惑地拿出外套，一股淡淡的熏香扑面而来，他的额角一跳，怪自己没提前检查，不然怎么都会提醒妹妹一下。

这熏香比外套都贵，不会是衣服自带的，也不可能出自他之手，他的衣物从来不用熏香。答案是什么，明摆着了。

妹妹已经傻到这个地步了吗，还是听了谁出的馊主意……

姜凉昭叹息一声，坦白道："小禧怕你不要，她也给阿遇买了一件，叫我拿给你们。"

晏为炽皱着眉头道："她不懂事，你也不懂事？"

"只是一件衣服，没多少钱。"姜凉昭微笑道。

"原则问题。"晏为炽说。

姜凉昭只好作罢，他这个兄弟是个原则性极强的人。

凌晨三点，一群少年坐在大坝上吃喝玩乐，冷风卷着雪花砸在他们身上。他们这个年纪，碰个可乐瓶都是青春发出的声响。

"炽哥、昭儿——"黄遇抱着手机挤到晏为炽和姜凉昭的中间，兴奋地说道，"快看，乐子来了！"

晏为炽眼皮都不抬："一边儿去。"

"别啊，这可是最近两个月最大的一场。"黄遇打开一个视频，放了起来。

其他人陆续收到消息，凑在一块儿七嘴八舌地讨论起来——

"这么凶。"

"你们西德的人太猛了吧。"

"在哪儿呢？"

"好过瘾，我现在去还能赶上吗？"学校处理这些事情动作可是快得很，虽然现在是凌晨三点。

"校门口。"

晏为炽正要打开第二杯奶茶，闻言动作猛然顿住。他打了个电话，无人接听，发过去短信也没回。

晏为炽在心里咒骂了一句，拧断吸管跳下大坝，连奶茶都没顾上喝一口。

"炽哥，你去哪儿啊？"

"哎，我的翅尖！炽哥，你裤子上蹭到调料了……"

谁也没得到回应，大家看着晏为炽消失的背影面面相觑。

陈雾的运气差极了,第一次值夜班就赶上了斗殴事件。这些人太嚣张太放肆了,竟敢在学校大门口打起来。

场面一片混乱,来了个人都没人发觉。

突然,鸣笛声、喇叭声呼啸而来。

"老师来了!"不知道谁喊了一声。

斗殴的人群迅速分开,飞快地向左右散去。老师追着这些人而去,陈雾却还蹲在这群人斗殴所在的后方的地上找什么。

陈雾突然被一股大力拉起来,不由得干呕了几声。

匆匆赶来的晏为炽的面色一沉,问道:"头被打了?"

陈雾没回答,晏为炽的声音被淹没在一片嘈杂中。

晏为炽几乎是拖着陈雾,将他带到学校附近的路灯下。

"同学,你……谢谢……晏同学,你怎么来了?"陈雾眯着眼睛看了半天,惊讶万分,"真的是你啊,你不是在家睡觉吗,怎么会在这里?"

"闭嘴。"晏为炽按住陈雾的肩头,查看他的头部有没有受伤。

"疼疼疼——"陈雾胡乱推开晏为炽,想把自己快要被薅掉的头发解救出来,他疼得眼泪都流出来了,呜咽道,"我护住头了,没有被打到,不是脑震荡,我是胃难受,肚子挨了拳头。"

晏为炽瞪了他一眼,恨铁不成钢地说:"你傻啊,站着不动给人打啊!"

他的眼珠是下三白,平时总是一副无精打采的样子,仿佛随时都能睡着,但他瞪人时,眼神显得暴戾可怖,仿佛下一刻就要暴起伤人。

陈雾吸了一口凉气,辩解道:"误伤,是误伤。"

晏为炽用脚碾平了地上的一摊积雪,脸色阴沉,让人感到害怕不安。

陈雾缩着脑袋,支支吾吾地说道:"我在村里没少劝架,哪次比不上这次的阵仗?小孩子没轻没重……哎哟——"

晏为炽揪住他的耳朵说道:"老子警告过你,你这工作没有你想的那么好做,你当耳旁风。"

"没有,没有。"陈雾忍着痛,闷声说道,"我没有经验,哪知道打架能打成这样,跟电视剧里一样吓人。"

来电铃声突然响起,晏为炽按掉电话,冲着小心翼翼吸着鼻子的陈雾吼道:"又怎么了?"

"我的眼镜没了。"陈雾刚哭过,眼圈红红的,他保安制服的扣子被人拽掉了两颗,显得乱糟糟的,模样既狼狈又可怜,"找到了也不可能是完整的了,只能重新配。"

晏为炽冷笑道:"活该,看到一群人打架不知道跑。"

陈雾嗫嚅道:"我是保安。"

"现在不是看门的了?"

"就我一个人值班,没有帮手,我只能……当时我脑子都蒙了,顾不上多想……"陈雾揉着被揪过的那只耳朵讷讷地说,"我只挨了一下,已经很幸运了。"

晏为炽冷笑着,阴阳怪气地道:"你真棒。"

陈雾尴尬得抬不起头来。

晏为炽挂断第二通来电,他把陈雾的身子转过去,转回来,再转过去转回来,上下打量了几番,确定胳膊腿没什么问题才停下。

陈雾傻傻地任由他摆弄。

晏为炽漫不经心地将手揣进兜里,突然没头没脑地说了句:"请我喝奶茶。"

"啊?"陈雾眨眨眼,愣了一下,随即一口答应下来,"好的。"

晏为炽俯视着他凌乱的头发,问道:"我让你请,你就请,不问原因吗?"

陈雾摇摇头,说道:"晏同学想喝,我就请你喝。"

晏为炽愣了一下,嘴角上扬,笑容忽地僵住了——我就这么被打发了?

晏为炽皱紧眉头,不知在想什么。他不开口,陈雾也就不说话了。

没一会儿,细小的雪花在空中飘飘扬扬。

"回去了。"晏为炽转身向车子走去——来时随意丢在路上了。

身后传来陈雾怯懦的声音:"我还没下班。"

"陈雾,你是不是有病?"晏为炽回过头,劈头盖脸一通骂。

陈雾垂着眼,手指捏着制服袖子,他冷得打喷嚏,身子一阵阵地发颤。

晏为炽盯住他片刻:"在这里待十分钟,再继续上你的班。"说完就径自骑上车走了。

陈雾回到学校时,校门口空荡荡的,这里没有任何斗殴的蛛丝马迹,甚至地面上一点垃圾都没有。陈雾还以为这个事不会那么轻易结束,不想这才多久呢,现场都清理干净了。

陈雾把保安室的小门关上,坐在椅子上缓了好一会儿,才把制服剩下的扣子全部解开,将从外面带进来的一个雪团覆在肚皮上。

接下来的几个小时风平浪静,接班的同事来晚了,装模作样地向陈雾道歉,陈雾没说什么,交了班就走了。

陈雾离开学校后直奔最近的眼镜店。

店员向他推荐店里的镜框,让他先看看,他按了一下干涩的眼睛说道:"拿最便宜的吧。"

"哪款?"店员指向比较热卖的那一批,"是这边的吗?"

"不是,我要最便宜的。"陈雾说道。

店员热情的笑容不减,爽快地说:"好的,请跟我进来验一下光。"

陈雾很配合,不需要他的时候,他就安静地待着。验光师主动跟他聊天:"帅哥,你的近视度数有些高。"

"书看多了。"陈雾打着哈欠说,眼神涣散。

验光师问道:"上大几啊?"

"啊……不是……"陈雾眼里的困意消散了几分,"验好了吗?我可以出去了吧?"

"好了。"验光师说完,转身喊店员,叫她领陈雾去挑镜片。

店员以为陈雾会像选镜框一样,也要最便宜的,便直接把陈雾带到前台,准备给他开单子。刚按下笔帽,没料到他突然说出一个进口镜片型号来。

"你们这儿有吗?"

"有……有!"店员从错愕中回过神来,忙去给他查库存。

要最便宜的镜框,却配最贵的镜片,真是个怪人。

陈雾买了早饭回去,发现晏为炽不在家,很有可能就没有回来过。

屋里既没有暖气也没安装空调,四处漏风,到处都是冷冰冰的。陈雾吃不下东西,他取下新配的眼镜,坐在小床边脱了外衣,蜷着手脚窝进冰凉的被子里,迷迷糊糊间接到了老刘的电话。

"小陈,我听说了昨晚的事,你怎么样啊?"

陈雾勉强打起精神,回答道:"没事。"

"夜班容易出状况,之前我让你待在保安室里,把门反锁,没人叫你就别管。"老刘问道,"你是那么做的吗?"

陈雾讷讷地说:"我当时忘了。"

"忘了？"老刘焦急地说，"你现在在哪个医院？"

"没有，在家。"陈雾说，"好好的。"

老刘不信。出了保安室就得进医院，这是有先例的，都是血的教训。

"当时有学生救了我。"陈雾把枕头塞到头后，说道，"我没怎么受伤。"

老刘狐疑地问道："西德还有这种学生？"

"有可能不是本校的。"陈雾说道。

老刘嘬了口浓茶，冷哼道："你是新来的，一下子适应不了，多经历几次就习惯了。"

陈雾"哦"了一声，干巴巴地说："昨晚斗殴的那地方一下子就清理干净了，要不是我眼镜没了，我都要以为我在做梦。"

"这些人也有领头的，逮到领头的，清理现场，一句话的事。"老刘那边有人叫他名字，于是他放下手机忙去了。

陈雾没挂电话，他趴着不动，眼皮耷拉着直往下沉。

没过多久，手机那头再次传来中气十足的喊声："小陈，我替你申请了，给你配电棍！"

陈雾感激道："谢谢叔。"

"谢什么，你可一定要长记性，下次大部队没来，就别离开保安室。"老刘叹了口气，道，"先这样，你睡吧，别的话明儿等你上班了再说。"

陈雾再次进入梦乡，一股刺鼻的药酒味把他拽回现实中来，他撑着床起身，发现晏为炽在看他买的早饭。

"晏同学，你没去学校啊？"

"懒得去。"晏为炽把桌上的早饭拨弄了一遍，不满地说道，"全冷了，没一个能吃的。"

"我给你热热。"陈雾掀开被子，将枕边的旧棉裤穿上，站起来时用力提裤腰，脸都憋得通红。

晏为炽不忍直视，纳闷地说道："春桂最冷的时候也不到零下五度，至于这样吗？"

"我过冬不穿厚棉裤就没有安全感，习惯了。"陈雾踩了踩床上的羽绒被，嘀嘀咕咕地说，"像这被子，轻飘飘的，盖起来就没有棉花做的踏实。"

晏为炽无语，他瞥到陈雾床头板上的眼镜，走近拿起，问道："新配的？"

陈雾点点头。

"你什么审美啊!"晏为炽难以置信地说,"这么难看的镜框,你也买!"

"还好啊。"陈雾小声说完,仰起脸。

高度近视没了眼镜,哪怕他用力睁大眼睛让眼睛显得有神,在别人看来,也就那么回事,还显得可怜兮兮的。

晏为炽顿了一瞬,把眼镜扔到床上,反问道:"你看看,这好看吗?"

陈雾撩起柔软的乌黑刘海,慢吞吞地戴好眼镜,他的五官平平无奇,暗淡的豹纹镜框倒成了装饰。晏为炽皱着眉头,一大堆劝说的话忽然卡在嗓子眼,对自己说,别管他了。他丑他的,影响不到我。

门外响起一阵脚踩积雪的嘎吱声,是几个钓鱼的人,他们穿着胶靴,拎着渔具,吞云吐雾间尽是今天要大干一场的壮志雄心。

过了一会儿,那几人灰溜溜地折返。

他们在这条路上来回走,却找不到下饵的窝点。

外面天寒地冻,晏为炽躺在吊床上听歌,余光偶尔瞥一眼正在热早饭的身影,他此时此刻蓦地陷入沉思,自己昨晚的反应是不是有些过头。

陈雾仿佛感应到他的目光,忽地转头望向他。

晏为炽迎上陈雾疑惑的目光,思路瞬间被打断了,他先发制人:"早饭热好了吗?快点!"

陈雾连忙往锅里添水,把装着包子的大碗放进去。

过了一会儿,包子就热好了。

"陈雾,过来。"晏为炽突然开口,"把药酒擦了。"

陈雾先从热水里拿出热好的豆浆递给晏为炽,然后才走到他的书桌边,拿起他带回来的药酒看了看。

"是开过的啊。"他咕哝了一句。

"不是新的就不用吗?"晏为炽叼着豆浆袋子跳下吊床,作势要拿回药酒。

"我没说不用!"陈雾飞快地倒了些药酒在手上,连盖子都顾不上拧,就把手伸进衣服里面,在伤口慢慢揉搓。

药酒的效果不错,揉搓后伤口处很快就变得灼热,陈雾呼了口气:"昨晚真的很吓人,你说好好的,干吗打架呢?幸好没结冰,要是结冰了,一摔一个屁股蹲儿,很危险。"

他舔了舔嘴唇,寻求认可:"你说是吧,晏同学?"

"嗯,豆浆还可以。"

陈雾无语,过了一会儿才说:"那我明天再给你买。"

晏为炽没听清陈雾说了什么,注意力都在他左耳的两个指印上——自己明明没用多大力气,怎么就瘀青了?

晏为炽咽下口中热乎乎的甜豆浆,扶着额头去外面吹凉风。

难得自我反省,好好的揪人耳朵干什么,以前没干过这事啊。

突然想到什么,晏为炽蹲下时动作倏地一顿。以前……干过,还是对同一个人干的。不过那会儿,陈雾还小。

晏为炽在冷风里喝完一袋豆浆,什么也没琢磨出来,迈着懒洋洋的步子回屋睡去了。

那个晚上发生的事过去几天了,晏为炽发现陈雾弯腰的时候还是很吃力,喘气声也变得急促。要不是陈雾一天到晚身上都散发着一股药酒味,晏为炽都要怀疑他没有好好擦药酒。

"怎么你肚子上的伤还没好?"晏为炽靠在洗手间门口,命令陈雾,"把衣服撩起来,让我看看。"

陈雾正在洗脸,一时间愣住了。

"我数到五,你不照做,我就自己动手。"晏为炽漆黑锐利的眼盯着镜子里的陈雾,漫不经心地说道,"一、二——"

陈雾见状便想溜走,刚转身,就被晏为炽用力按在洗手台上。

"晏同学,你先让我……你别……"

陈雾不出声了——晏为炽把他的棉衣、毛衣和秋衣全部掀了上去,肚子上一大块瘀痕触目惊心。

跟陈雾自己描述的情况完全不一样。

晏为炽愣了愣,面色铁青:"你真是——"

他只说了一句话就发现陈雾冷得起了鸡皮疙瘩,于是松开他,后退一步,问道:"谁踢的,还记得吗?"

陈雾垂着眼睛整理衣服,支支吾吾地说:"没看清……"

"那就谁都有可能。"晏为炽嗓音低沉,咬牙切齿地说,"有一个算一个。"

第三章
是挺香

快要放寒假了,紧张的气氛笼罩着各个学校,西德职业技术学校除外。不管是哪个教室,都是一片轻松祥和,没人关心即将来临的期末考试。

陈雾避开学生上了楼顶,悄声说:"晏同学,我来了!"

晏为炽靠在墙边,对他勾了勾手。

陈雾快步走过去,从兜里掏出针线,问道:"哪里开线了?"

晏为炽抬了抬手臂。

"是袖子啊。"陈雾利索地穿针引线,一只手拢住晏为炽衣袖开线的地方,一只手拿着针,利索地缝了起来。

他轻声说:"只开了一点,可以等放学后再缝的。"

晏为炽一边屈着一条腿看手机,一边说道:"为什么要等到放学后,不是有你吗?"

陈雾不再说话。

虽然今天终于出太阳了,但是楼顶的风很大,还是冷。他的手干干的,好几个指甲的周围都有扯倒刺留下的小血点。

晏为炽的注意力不知不觉从手机屏幕上转移到陈雾的手上。

陈雾缝好以后仰起头推眼镜,晏为炽迅速移开视线,在心里暗骂自己,怎么看人缝个袖子都能走神。

手臂被抓着往上抬,晏为炽偷偷抬眼从那条缝隙里看陈雾的头顶。

陈雾凑到缝线处,用牙咬掉多余的线,收起针,说:"晏同学,我下去了。"

晏为炽叫住了他:"等会儿。"

陈雾于是停下来,用眼神询问。

晏为炽却没说什么，他起身走到护栏边，漫不经心地望向远处。

春桂唯一一个有文化底蕴的景点香鄂山在云雾里，时隐时现。

他兴致不高，看了一会儿就转过头。

陈雾依旧安静地站在原地。冬日的阳光洒在他身上，他仿佛是一只暖洋洋的大熊。

晏为炽极为嫌恶，问道："你哪来的军大衣？"

"刘叔给的。"陈雾说，"他是我的同事，我跟你提过他。"

晏为炽继续问："他为什么给你这个？"

"他见我骑车上下班冷，就给我带了这个，说是他女儿给他买的，他穿不上，放着浪费。"陈雾将手缩在偏长的军大衣袖筒里，老老实实地交代。

"非亲非故，无缘无故，你也敢收？"晏为炽毫不留情地嘲讽，"天底下找不到比你更好骗的人了。"

陈雾被训得一愣一愣的："我没有能让人想骗走的东西吧。"

晏为炽看着他那傻样儿，眼角一抽："是没有。"

"那我走了。"陈雾说完，指了指楼梯口的方向。

晏为炽如赶走耳边烦人的小虫子一样，手指并拢，挥了几下。

陈雾回去的路上碰到几个女生，他没有停下，默默继续前行。

出乎意料地，一个声音响起："站住！"

陈雾起先以为不是在叫自己，他还在走，肩膀倏地被抓住，那人力气大得很，竟将他整个身体扳转过来。

马尾女生个子接近一米八，几乎跟陈雾差不多高。她凑过来，张口就是一句莫名其妙的问话："是不是你？"

陌生又炽热的少女气息袭来，陈雾努力往后仰头，与她拉开距离。

眼镜被拿掉了，他不由自主地眯了下眼睛，然后睁大。

"是你。"女生犀利的眼神变得激动，"就是你！"

其他几个人看了半天，一头雾水："潜姐，什么情况？这不是咱学校新来的保安吗。"

赵潜围着陈雾转了转，吹了两声口哨。她长得大气，做这个动作不会让人觉得在耍流氓。

"那晚不知道哪个活腻了的孙子打我，有个人把我拉开，替我挨了一拳。"

"就他？"

大家齐刷刷地打量保安。

他穿得比老大爷还多，一看就很体虚，就像那种手不能提、肩不能挑的文弱书生，没有主见，没有出息。

不过，鼻子十分笔挺，皮肤也白。

"就是他。"赵潜仗义，滴水之恩涌泉相报，更何况这还是第一个有胆量保护她的人。她一拳捶在陈雾胸口，又拍拍自己的胸口，"以后你就是我哥。"

陈雾揣在军大衣兜里的手都没拿出来，和气地道："同学，你是不是搞错了……"

"哥，带你去玩。"

"我还要上班……"

"上什么班，我跟我爸说你请假了。"

"你爸？"

"校长啊！"

篮球馆的更衣室里，晏为炽躺在椅子上听歌，忽然出声："凉昭，平时我衣服开线是怎么处理的？"

"你什么时候在意过这个。"站在储物柜前的姜凉昭诧异地看了他一眼。

"衣服有问题？"姜凉昭走过去看了看，"这不挺好的。"

晏为炽跷着腿，懒洋洋地说了句："问问而已。"

他闭着眼，一副犯困的样子，叮嘱道："我睡会儿，出去把门关上。"

姜凉昭耸耸肩，回到储物柜前。他一只手在自己的个人物品里翻找，一只手接电话。

"你们怎么还没来？"

"炽哥说要睡觉，我快了。"姜凉昭说。

"炽哥又睡？球朝哪儿扔呢，我这张脸值一个亿，砸坏了你就死定了！"黄遇气急败坏地骂完，八卦地说，"赵潜带了个人过来，小保安，说是她刚认的哥，她罩着的。别把我笑死，今天叫哥，明天叫哥哥，我还以为她眼光多高，连我们炽哥都看不上，敢情是好这一口。"

姜凉昭隐约察觉到背后投来的视线，他以为是黄遇嗓门太大，打扰到椅子上那位爷了，于是压低声音道："我先挂了。"

话音刚落,更衣室的门毫无预兆地打开了。

刚才还说要睡觉的人,此时不见踪影了。

他愕然几秒,挠了挠眉梢,连衣服都没换就紧随其后。

馆内,少年们争抢一个篮球的情景充满青春的热情,他们在年龄这个框子里横冲直撞,撞得头破血流也不会停歇。

陈雾显得格格不入,呆愣在场边。

忽然,他的衣兜被扯住了,他困惑地转过头,只见一个个头才到他下巴的男孩子站在他旁边,好奇地问:"小哥哥,你的眼镜是哪儿配的,这么非主流……啊,不是,是酷,超酷,我好喜欢!"

"你烦不烦啊!"赵潜把男孩子挤开,拉着陈雾问道,"哥,会打篮球吗?"

陈雾把头摇成了拨浪鼓。

"没事,随便打打就行了。"赵潜鼓励道。

有人不满地说道:"潜姐,咱们都在这儿,用得着他吗?"

"就是啊,一个才认识不到一个小时的路人甲,一看就不是我们这条道上的,放不开啊。"

"别逼我在高兴的时候抽你们。"赵潜拍了几下篮球,将球传给陈雾,笑着说,"随便玩。"

随后,陈雾随意地站在原地一抛,竟然投中了一个三分球。

场馆里安静了一秒,不知是谁骂了一声,其他人才回过神来,他们都看向陈雾,气氛有点怪。

赵潜拍了拍陈雾的肩膀,笑着反问道:"你这还叫不会?"

"真不会。"陈雾急忙解释,"我是瞎猫碰上死耗子。"

为了证明自己,他捡起球又投了一个,投偏了。

又来了一次,还是没投中。

这下众人的表情都放松下来,果然那个漂亮利落的三分球只是运气好。

气氛恢复如常。

"运气也是实力的一部分。"赵潜让陈雾顶替一个人,"玩一把。"她脱掉外套丢给小姐妹,吐槽站在旁边看了半天的发小,"老丁,你自己想打球非要叫上我,又菜又爱玩,要不是你打我电话,我这会儿都带我哥去溜冰了。"

丁徽瑝被当众鄙视也没生气,他身上的书卷气很重,和其他人不同,却能融入其中,说明他在为人处世上有独到之处。

"潜姐,这叫依赖。"

"你不在,班长没安全感嘛。"

大家肉麻兮兮地起哄。

"别开我跟潜潜的玩笑了。"丁徽琅无奈地叹了口气,他瞥到门口的身影,笑着喊道,"炽哥。"

闹哄哄的声音停了,众人纷纷打招呼。

"炽哥来啦。"

"炽哥好!"

陈雾抬起头又垂下去,垂在裤缝边的手指无措地抠了几下大腿。

晏为炽没看他,一副不认识他,也没有兴趣认识的模样。

上了趟洗手间回来的黄遇走到晏为炽左边,他的五官爱演戏,说话时很喜欢歪起一边嘴角。

走在晏为炽右边的姜凉昭文质彬彬,穿着十分讲究,举手投足间优雅自信,性格温柔。

三人站在一起给人一种深海里的危险生物来到小水池的感觉——春桂只是他们人生旅途上误入的一个小站,他们很快就会离开。

今后再也想不起来自己曾经来过这里,这里没有任何值得他们回忆的地方。

赵潜正在跟陈雾耳语,他感觉耳朵有点痒,刚要退后些,就见晏为炽瞪了他一眼,快得好似错觉。他吞了口唾沫,站得更远了,一副恨不得立马消失的窝囊样儿。

这是一场只能称得上"玩"的球赛。

赵潜这队即使有人犯规也扭转不了局面。

没人能拦得住晏为炽,校女子篮球队的队长赵潜都不行。他打球没有花里胡哨的动作,犹如夏日狂风,所向披靡,战无不胜。

战况一边倒,结果似乎毫无悬念,快结束的时候出了个小插曲。

晏为炽已经困得不行了,他正要投篮时,耳边传来赵潜的一声惊叫:"哥。"

那一瞬间,晏为炽拽着篮筐的身体猛地一顿,他微微偏头,湿润的金发扫过眉眼,凌厉而富有攻击性的视线迅速越过馆内的其他人,找到了人群中背对他单膝跪地的陈雾。

"砰——"

晏为炽将手中的篮球用力甩出去，跳下来厉声吼道："搞什么？赵潜，你带来的人，不知道看好吗？纸片扎的吗，被撞一下就起不来了？"

黄遇像小学生一样，左手托着右手肘部，高举右手大喊："报告炽哥，是他把别人撞了。"

晏为炽一时语塞：小绵羊长能耐了！

打球时磕磕碰碰再正常不过，只要不影响行动都是爬起来继续打。那个被陈雾撞了的男生暗恋赵潜，看他不顺眼，就故意鬼喊鬼叫要死要活。

"吵死了，不玩了。"晏为炽转身离开，其他人像尾巴一样跟着他走。

那个男生小跑着，赶去跟晏为炽道歉。

很快，整个篮球馆就只剩下陈雾一个人了。他把椅子上的军大衣拿起来，拍了拍，穿上，兜里的手机传出提示音。

收到了一条信息。

晏为炽："晚上想想怎么说。"

霸道且蛮横强硬。

陈雾没有立即回复，他回到保安室，喝了两口温热的水才回复："你去上课了吗？"

手机安静了大半天。下班的时候，陈雾和同事们告别，慢悠悠地推着自行车出校门，沿着马路边骑行。

半绿半白的桂花树被风吹得摇晃，枝丫上的积雪飞下来，细细碎碎地落在他的雷锋帽上。他吸了吸鼻子，一条腿往自行车上跨。

"嘿！"

后面突然响起喊声，陈雾吓得浑身一抖。他回头见到来人，很是惊讶："赵同学，你怎么……"

赵潜笑盈盈地挑眉，问："怎么样，我可是为了不打扰你上班，一直在外面等着。"

陈雾严肃地问道："赵同学是有什么事吗？"

"怎么这么严肃，没事就不能找你？"赵潜话锋一转，问道，"我闻到你身上的药酒味了，是那次受的伤吗？"

陈雾承认道："嗯，快好了。"

赵潜摩挲了几下脖子，懊恼道："抱歉，我猪脑子，没想起这事儿，还拉着你打球。"

陈雾温柔地回答道:"没事的,我要是来不了,肯定会跟你说的。"

赵潜怔了怔,"扑哧"一笑:"你还挺会替别人考虑。"

她说完指指路边的轿车:"你住哪儿,我送你,你这自行车我让人给你捎回去。"

陈雾推眼镜的手停在半空中,有些不知所措。

"干吗这么拘谨,现在是,在学校里也是。"赵潜又想逗他了,但她咳嗽几声忍住了,"你是我哥,只要别撞上那三位,其他时候横着走都没事。"

正说着,手机就响了,她皱着眉头说道:"老丁,你搞什么?我不是说放学有事,叫你别找我吗?"

丁徽琼说:"潜潜,炽哥他们来我家店里了。"

"来就来呗,又不是第一次了,你招待就是……我?你要我去干吗?我去不了,老头儿最近血压有点高,我可不敢刺激他。"赵潜跟丁徽琼聊了几句就挂了电话。她往后捋了捋紧贴头皮的头发,一张标准的鹅蛋脸在来往交错的车灯下闪闪发光——茂盛的野生眉,双眼皮大眼睛,五官轮廓具有东方女性的美感,再过几年会更加动人。

"上车吧。"她帮陈雾打开车门。

陈雾语气温和地拒绝了。

赵潜看出他是真的不愿意,便没有强人所难,大大方方地说:"那行,下次再好好请你吃饭报答你。"

陈雾拽了拽手上的棕色毛线手套,他想起一件事来,赶紧叫住坐进车后座的赵潜:"赵同学,能不能帮我问问那个男生怎么样了?需不需要去医院拍个片子看看,我实在是不好意思。"

"你看不出来他是装的?"赵潜见陈雾神情茫然,不禁感到吃惊,"真没看出来?"

陈雾愣愣的。

赵潜眼神复杂,叹息道:"没见过你这样的人。"

陈雾问:"我是什么样的人?"

赵潜想不出准确的形容词,好一会儿才说了一个略显浅薄的词:"单纯。"

陈雾有点憨,愣愣地道:"啊?"

赵潜说:"夸你的,好话。"

"哦,谢谢你啊。"陈雾腼腆地笑了一下。

赵潜趴在车窗上目送他骑着自行车离去,她颇感新鲜,啧啧称奇:"真呆。"

陈雾到水库的时候,晏为炽的车就停在路口的樟树底下,本该在外头吃饭的人坐在车上,眼眸微微合着,脸色很差。

"晏同学,你怎么在……"陈雾的话没说完,一个盒子就朝他飞了过来,差点碰到他的耳朵。他轻轻吸了口气,松开搭在车龙头上的手,从自行车前新安装的篮子里拿出帆布袋。

"我买了卤菜。"他小心翼翼地说了一句,对着晏为炽的方向打开袋子。

晏为炽瞟了一眼,都是他爱吃的。

但这没用。该走的流程还是要走,一步都别想跳过。

晏为炽面无表情地说道:"解释。"

没有听到"你应该已经在学校里听人说了"之类的话,而是仔仔细细的经过。这态度令他满意。

晏为炽面色稍缓,反问道:"当时乱成那样,四周黑咕隆咚的,你那丑制服很难看得清,她是怎么确定的?"

陈雾老实回答:"说是女人的直觉。"

"就这样?"晏为炽说着,从冲锋衣口袋里拿出一颗糖剥开,"她没问17号那晚你是不是在值班,也没查验你的伤,叫你描述过程?"

陈雾的脸上露出短暂的迟疑,但很快就打消了疑虑,表现出完全信任的姿态:"肯定是私下里查过了,所以没再找我确认。"

晏为炽把糖塞进嘴里,又忙不迭地吐到糖纸上:"你有没有想过,赵潜其实根本不在乎这件小事,她只是想找个理由接近你。"

陈雾傻眼了:"怎么可能,我只是个小市民……"

"我是在告诉你,防人之心不可无。"晏为炽皱着眉,不耐烦地说道,"算了,回家吧。"

陈雾反应慢,晏为炽骑出一段路,他还停在原地,双脚撑着水泥地,帽子上稀稀拉拉的毛在冷风中摇摆。

"你在那儿等着喝西北风?"晏为炽的吼声让他浑身一抖,他手忙脚乱地收好帆布袋,抓着车龙头踩动脚踏板。

晏为炽把车停在家门口,等陈雾到了就催促道:"去做晚饭,我快饿死了。"

他看了看信息,又出了一趟门,回来时闻到了平淡且普通的饭香中夹杂着一丝难闻的鱼腥味。

循着味道走到水池前,往下瞥了一眼,发现底下有半盆鱼,全是小鱼。

晏为炽问从洗手间里出来的陈雾:"哪里来的?"

陈雾像个跟家长分享快乐的小朋友,镜片后的一双眼里充满喜悦:"你还记得你发烧那次,我认识了一个钓鱼的年轻人吗?"

晏为炽闻言面色一沉,他想起来了。

晏为炽懒得搭理陈雾了,踢开凳子往吊床那边走,钥匙被他往后抛在桌上,碰倒了水杯,水洒了出来,陈雾走过去清理。

"他今天又来钓鱼了,在西南边,走之前来找我借了口水喝,说鱼太小不够塞牙缝懒得烧,就全给我了,我想给他钱他不要……那哥哥算是我半个老乡……"

晏为炽脱鞋脱到一半,一股无名之火突然冲上了头顶:"陈雾,你管他叫什么?"

陈雾收拾桌面的手停在半空:"怎么好好的突然就生气了?"

晏为炽脸上的所有表情瞬间消失了,喃喃自语:"我为什么要生气?"

陈雾无措地看着他:"不知道啊……"

晏为炽嘴角抿得紧紧的,见陈雾还在等答案,跟小羔羊似的战战兢兢,晏为炽收回目光继续脱鞋:"跟谁学的?"

"啊?"陈雾小跑过去,问道,"晏同学,你说什么?我刚才没有听清。"

"别管我。"晏为炽鞋脱了半天还在脚上。

不是没人叫过他"哥哥",偏偏陈雾就没叫过他"哥哥",现在居然管别人叫"哥哥"。他难道不值得他叫一声"哥哥"?

晏为炽翻身上了吊床,随手拿起漫画书看,突然问道:"当人家面叫了?"

陈雾把头摇成拨浪鼓,晏为炽绷着的脸略微放松,又听他迟疑地说:"我不记得了。"

晏为炽把漫画书胡乱一扔,不知道冲谁发火,又抄起一本,"哗啦哗啦"地用力翻了起来。

陈雾还想说什么,晏为炽剜了他一眼,冷冷地说道:"这个话题别再说了。"

"我是想跟你说,吃饭了。"陈雾把掉在地上的漫画书捡起来,轻轻放在他桌上,"晏同学,你不吃吗?"

晏为炽的情绪已经平复了,于是爽快地应道:"吃。"

那老乡给的是鳑鲏和白条,都是鲜活的。

陈雾用盆把鳑鲏养了起来,将白条裹了面粉油炸了,看上去和外面卖的没有区别。

晏为炽一口都不碰。

陈雾好奇地问道:"你不尝尝小鱼吗?"

"不尝。"晏为炽口中含着泛甜的卤豆腐,嗓音懒懒的,有点模糊。

陈雾夹着炸得金黄的白条,咬了一口它的尾巴,说道:"很脆。"

晏为炽不屑一顾。

"这是我炸得最好的一次。"陈雾卖力推销自己的作品,"鱼刺也是脆的,可以整个儿吃掉,你要不要尝尝?"

"说了不吃,你听不懂人话吗?"晏为炽极其不耐烦,余光若有似无地瞥了一眼炸白条。

"你夹一条尝尝看。"陈雾端起盘子送到他面前,"可香了,真的。"

"水库里的鱼是专门圈养起来供人钓的,香才怪。"晏为炽哼了一声,用筷子拨了些碎鱼肉吃。

还挺香。

口感酥酥脆脆的,嚼几下只尝到鲜味,没有一点土腥气。虽然出乎意料地好吃,晏为炽却摆出一副难以下咽的表情。

死要面子!

这就导致陈雾以为炸白条不合他的口味,自己一个人全吃了。

晏为炽做了一晚上噩梦。

梦里的白条甩着尾巴,嘴里发出陈雾的声音,委屈哀怨地喊:"哥哥……呜呜……哥哥……呜呜……哥哥……"

醒来后,晏为炽感觉一阵恶寒,鸡皮疙瘩起了一身。

而罪魁祸首在打鼾。

月光洒在开了一条用来通风的小缝的窗户上,只有一小片朦胧的光晕挤进来,什么也照不亮。

不知不觉中，被生活气息覆盖的屋子陷入黑暗。

陈雾的睡相老实，晏为炽看了一会儿，拿着打火机去了外面。

三更半夜，一个夜钓人瞧见忽明忽暗的星火，以为是同道中人，他把自行车骑近些，张口想借支烟。

下一刻就像见了鬼一样逃了，自行车踩得快要冒烟，仿佛晚一秒就会惹上无妄之灾，不是车报废就是人报废。

陈雾起早把一些蔫不唧儿的鳑鲏炸了带去学校。

到中午吃饭的时候，他把在微波炉里热好的盒饭一打开，香味就飘了出来。

同事们问是哪家店买的，他说是自己炸的。

"乖乖。"老刘用手捏住一条鳑鲏的尾巴，把它拎起来丢进嘴里，嚼了几下，竖起大拇指，"你这手艺可以开店了。"

另外两个同事也赞不绝口。

陈雾擦着镜片，谦虚地笑了笑。

老刘嚼着油炸鳑鲏，夸奖陈雾认真生活不含糊。不像他们几个老爷们儿，随便在学校食堂吃点打发肚子。哎，鱼是真的香。

"小陈哪，我再吃点啊。"老刘厚着脸皮凑过来。

陈雾全拨给他了。

老刘把自己的烧饼分了他两个，吃饱喝足后闲适地剔着牙，冷不丁地说道："跟校长的女儿交朋友了啊。"

陈雾惊讶得喷出一口饭："叔，你知道了？"

"我在一个学生微信群里。"老刘顺了顺自己的两撇胡子，神秘地说，"打进内部，掌握第一手资料。"

陈雾一副"还能这样"的震惊表情。

"想不到这点上吧。"老刘惬意地跷着腿抖动，"不是我不拉你进去，而是你心思简单，也不会骗人，不适合做卧底工作。"

陈雾没说话。

"不是说你蠢的意思。"老刘腿不抖了，严肃起来。

陈雾沉默了一会儿才说："我也没那么以为。"

"那就好，那就好。"老刘继续抖腿，"其实我在微信群里当卧底是唬你的，我主要是为了防止与社会脱节，咱得与时俱进，不能被飞速发展的时代抛下。"

你是年轻人,不用担心这个。"

陈雾说:"叔懂的网络用语比我还多,心态年轻得很呢。"

"是吗?"老刘老脸一红,"说回校长的女儿,朋友多了路好走。"他捧着茶杯,用杯盖在茶水上掠过,"人生还长着呢,大坑小坑处处都是坑,说不定哪天就能有人拉你一把。"

陈雾把刚才喷出来的饭粒一一拾起来扔掉,随口应声:"嗯。"

雪快化了就开始结冰,水库的冰层大多很薄,面积也不大,多数热门钓位不受影响,却有人非要搬石头在冰上砸个窟窿甩钓竿,直播冰河求生。

镜头一转,男人把挂着四个钩子的钓竿拽上来,手忙脚乱地从旁边的桶里抓鱼,捏着鱼嘴硬往钩子上套。

做完之后,他一抬头,跟陈雾打了个照面。

"朋友,我混口饭吃。"男人推了推滑下来的大墨镜。

陈雾戴着口罩和雷锋帽,捂得严严实实,仅露在外面的一双眼睛也藏在帽檐的阴影里。他的视线从血淋淋的鱼鳃移到打结的钓线上,问道:"四个钩子都吃了,会不会有点假?"

男人恍然大悟,感激地做了个"抱拳"的动作,蹲下来简单粗暴地卸鱼。

"我是第一次做……干这个业务,不熟练,朋友,你能不能帮忙指导指导……哎,朋友!加个微信啊!"

陈雾没停留,石子路上的冰疙瘩被他踩得咯吱响,他老远就发现看水库的大爷逮着一个偷钓的收费,对方一副随时都会动手的架势。

陈雾还没靠近,大爷就把人摆平了,他见状掉头就走。

"小陈!"大爷边向他招手,边朝他这边跑,身子骨比不少年轻人都健朗,说话都不喘气,"有个事想让你帮忙。"

陈雾一边摘口罩,一边说道:"您说。"

"你能不能叫那个和你同屋的小伙大半夜别出来活动。"大爷说,"这眼看就要过年了,谁也不希望出什么意外。"

陈雾慢慢地把口罩叠好,放进兜里,问道:"他半夜去哪儿了,做什么了?"

大爷用干枯的手指了指:"就在那儿坐着。"

陈雾看过去。

平房的斜对面,出了门走十多步就到了。

"虽然一路都有灯,但是靠近水的地方光线很暗,突然看到一个人,能吓掉半条命。"

大爷把夹在耳朵上的烟拿下来,捏了捏扁掉的地方,用稀疏的牙齿咬住烟。他问过陈雾是不是那男孩的亲戚,陈雾说是以前认识,来借住一段时间。通过这段时间的观察,大爷感觉两人关系一般。

要不是没有别的办法,大爷不会找陈雾当中间人。

"这天气夜里冷得很,不如在屋里待着,别出来晃了。我就想叫你跟他说说这个事。"

陈雾听完,感到为难,说道:"爷爷,您看啊,他是在家门口,不是去别人家,也没做别的事,只是坐着,没有打扰谁。我们多多少少有夜里睡不着的时候,想出来走走,他也不例外。年纪小也有烦心事。"

"再说了,有夜钓的人吓到过我,那我能说不准他们夜钓吗?"他叹了口气,"不能吧,爷爷,这不在理。"

大爷"啪嗒"抽了几口烟:"你说得也对,我晚上多跑跑。"

陈雾把大爷胸前的烟灰印子拍掉:"辛苦您了,爷爷。"

大爷摆摆手:"你忙你的。"

等陈雾进屋了,大爷躲在窗边,一只眼凑在开着的窗户缝上,偷偷摸摸地往里看。

上学的小伙没回来,书桌上只放了个水杯,吊床上乱七八糟地丢着几本漫画书,没见到一本跟学习有关的。

忽然,一根树枝戳到脚,把大爷吓得够呛,他做贼心虚,匆匆离开了。

那小伙刚来这里的时候,有几个不安分的家伙,不好好上学,尽学坏的,想趁他睡着进屋偷东西,还想偷他的车。

他们以为这里前不着村后不着店,不把人放在眼里,结果踢到铁板了。

那之后,大家都宁愿绕路也不往这儿走,多一事不如少一事。大家晚上宁愿撞邪,也不想撞上他。

只有刚来水库的钓鱼的人什么都不知道,还想上门讨口水喝,借个洗手间用用。

快毕业了吧,毕业了该搬走了吧……

陈雾想买个鱼缸回来养剩下的鳑鲏,晏为炽嘴上说养那玩意儿干什么,顶多活两天,却还是跟着去了。

鱼缸也要去二手市场买,晏为炽一路上都在吐槽,陈雾给他买了杯热乎乎的奶茶,他边喝边在陈雾选鱼缸时发表意见。

明明陈雾根本没问他。

鱼缸买完了,陈雾说要回去,晏为炽抱着胳膊站在路边斜眼道:"就这样?"

"谢谢晏同学陪我一起来买鱼缸。"陈雾拉着小推车看他一眼,福至心灵,"我请你吃饭。"

"我差你这顿吗?"晏为炽低头把圆润微凉的佛珠往袖子里推了推,抬起眼皮警告陈雾,"再像上次一样打包剩菜,你自己跟……"

"我去上个洗手间,鱼缸你帮我拿着!"陈雾快速将小推车送到晏为炽手边,便向公共洗手间奔去。

不多时,陈雾上完洗手间回来,用力挥动手里的宣传单:"晏同学,附近有家新开的……"

"炽哥!"街上突然传来一个清朗的声音,打断了陈雾后面的话。

是黄遇。他身边还跟着几个满身名牌的男女。

晏为炽只是朝黄遇的方向偏了下头,等他再回头看陈雾时,就只看到对方狼狈逃跑的身影。

比小耗子还快!身体力行地传达了:他真的不想,甚至抗拒走进他的圈子。

晏为炽嗤之以鼻,这时微信有新消息进来——

陈雾:"晏同学,我先回去了!"

陈雾:"鱼缸还要麻烦你保管一下!"

还附带了三个抱拳的表情图。

晏为炽:"扔了。"

吃饱喝足的一群人又去唱K。

黄遇窝在沙发里找晏为炽说话,他剥了个蜜橘,沾了一手汁水,问道:"炽哥,今年寒假还是老样子吗?"

"嗯。"晏为炽靠着沙发背,有一下没一下地拨动手上的打火机。

"又是没意思的一年。"黄遇瞟到角落里的推车,炽哥说上面绑的箱子里是鱼缸。

愿者上钩

炽哥要养鱼。

当时他还以为自己听力出问题了。

一个天天都是一副困倦样儿，毫无生活热情的花草鸟鱼杀手，居然要养鱼？！还用那么土的推车。

黄遇打开网页搜索哪种鱼坚强点，等会儿昭儿来了，他们商量商量，多买些给炽哥，不然都不够死的。

包厢里突然爆出一声嘲笑："《鲁冰花》，谁点的？"

"我。"黄遇慢悠悠地说道。

那人马上恭维道："黄少，您请。"

黄遇右臂向左扬起，在半空中画了个圈，横在身前，微微欠身："献丑了。"他坐在高脚椅上，拿起吉他摆好姿势，拨了两下弦，"夜夜想起妈妈的话……"

——没有一个音在调子上。

包厢里众人瞬间失去了表情管理。

"黄少，这是……想家了？"

"可以理解。"

"听得我都要哭了。你们不感动吗？"

"感动。"

晏为炽的手机响了，他出去接电话，包厢的隔音效果不好，走廊上也很嘈杂，吵得他头疼。

"听不清。"他的不耐烦从电话这头传到了陈雾那边。

陈雾很大声地重复了一遍："晏同学，你还在西广场附近吗？"

"干吗？"晏为炽一边说一边往楼道方向走。

陈雾小心翼翼地说："你现在有时间吗？能不能来西广场后面……"

"你不是回去了吗？"晏为炽眉头一跳。

"是啊，本来是这样的——"陈雾结结巴巴地说，"可是后来，鱼缸被你扔了，我想再买一个。"

晏为炽不吱声了。

陈雾支支吾吾了半天才说出实情："我太倒霉了，好不容易找到合适的，不小心碰碎了一个外国人淘的碗，他说的英文我听不懂，你可不可以来帮帮我。"

晏为炽冷冷地说："你听不懂，我就听得懂？"

陈雾欲哭无泪："那怎么办，我想问多少钱，好赔给他。"

"翻译软件。"晏为炽在楼道口撞见一对衣衫不整的男女,他黑着脸掉头,"你说中文,自动翻译。"

"哪个软件啊,叫什么名字啊,在哪里下?需要会员吗?"

晏为炽听着陈雾的四连问,心脏受到了不小的冲击,怒吼道:"我现在相信你没读过什么书了。"

电话里安静了,连呼吸声都轻得像羽毛,挠着晏为炽的耳膜。

晏为炽咒骂了一声:"真是服了。在那儿等着!"

黄遇唱完三首歌,回过神来没找到炽哥。他把横躺在包厢的众人叫起来,从他们口中得知炽哥已经走了,脸色瞬间变得不好看。

"去哪儿了?"

"我们不敢问啊。"

"那你们不知道叫我?"黄遇瞪了他们一眼,"没一个有用的。我的手机呢?你们几个,一二三四五,找一下我的手机,都快点,我要打电话!"

手机被人从沙发缝里扯出来,递到他手上。他拨通号码:"炽哥,这就走了?周末呢,不玩了?"

"哪天不是玩。"晏为炽说着,突然在视野里看到粉红色的圣诞树旁,陈雾正和一个外国人站在一起。他不停地用手比画,从头到脚都在诠释什么叫慌张无助。

"也是。那炽哥你——"黄遇"咦"了一声,"不对,我好像忘了一件事,炽哥你到哪儿了,我去……"

电话被挂断了。

"炽哥在搞什么?"他挠挠头,继续唱歌去了。

另一边,晏为炽拦下了要抓住陈雾的那只手,对快要哭出来的他说:"别矫情,把眼泪憋回去!"

陈雾吸了口气,低头看到推车,不禁傻眼了:"你不是说……"

晏为炽没好气地说道:"闭嘴。"

"你骗我……"陈雾镜片后的眼睛瞪大了,"你骗我,我真的以为……"

一只手捂住了他的嘴巴,堵住了他接下来的话。

"看着。"晏为炽说道。

"唔,唔唔。"陈雾直直地看向外国人。

愿者上钩

"我让你看我。"晏为炽颇为无语。

陈雾迷迷糊糊地望着他。

晏为炽拨开外国人手上的袋子扫了一眼,从口袋里拿出一张面值一百的钞票:"OK?"

外国人叽里咕噜说了一阵。

晏为炽又拿出一百块钱:"OK?"

外国人还是叽里咕噜。

晏为炽再加一百:"OK?"

外国人比了个手势:"OK。"

"Good。"晏为炽点头,然后挥手,"Bye。"

他摊开手,瞥向做呆滞状的陈雾:"学会了?"

陈雾愣了半晌才说:"学会了……"

受益匪浅!

第四章
从来都只有我
YUANZHESHANGGOU

黄遇看到姜凉昭推开包厢的门，才猛然想起自己忘了的事情是这尊大神要来，以及他那个越挫越勇的小妹姜禧也要来。

"昭儿，炽哥早走了。"黄遇说着，将手上的牌一把甩出，"都要不起吧？给钱给钱。"

另外三人不情不愿地掏口袋："黄少，您还差我们这仨瓜俩枣啊？"

"少废话。都别给我微信转账，没意思，必须付现金，没有就去银行取。"黄遇凶恶地收了一拨钱，挪到姜凉昭身边，嬉皮笑脸道，"昭儿，怎么不坐？"

姜凉昭皱起眉头，反问道："你没跟炽哥说我要来？"

黄遇心虚地避开他的视线，几秒后理直气壮地说："说了有用吗？我们谁能管得了他？"

姜凉昭心想，完了，他妹妹又要闹了。

正烦着，小姑娘的电话就打来了，雀跃地喊着："哥，你们在干什么？我马上就到了，还有两个路口。"

"别来了，人走了。"姜凉昭有些不忍心。

姜禧先是失落，随后气愤地说："你没告诉炽哥哥我来找他了吗！"

几乎一样的话，不愧是龙凤胎。

姜凉昭去洗手间哄了半天，才让姜禧停止哭闹。姜禧蔫不唧儿的，没了前一刻的青春朝气："炽哥哥不在，我去了干吗呀？"

"你亲哥在呢，来看看。"姜凉昭柔声说道。

"你有什么好看的。"姜禧失魂落魄地说，"炽哥哥是不是去打工了？"

姜凉昭为了让她消停，便没有否认。

姜禧嘟囔道："春桂的消费水平比首城差远了，也没什么好玩的，我们的生活费都花不完，可以给他用嘛，他干吗要打好几份工，那么辛苦。"

姜凉昭意味不明地吐出四个字："你懂个屁。"

姜禧怪叫道："哥，你说脏话，我要告诉妈妈，让她给你上思想教育课！"

姜凉昭轻悠悠地说了一句："跟你炽哥哥学的。"

"无耻！"姜禧气愤地说道，"黄遇那家伙还张嘴闭嘴骂人呢，西德肯定多的是讲粗口的家伙，跟我炽哥哥有什么关系！"

姜凉昭无言以对。

"别下车了，直接掉头，回去吧。"他挂掉电话，理了理大衣袖口。

黄遇在洗手间旁听了兄妹俩的对话，感觉一通电话耗掉了兄弟半条命，于是脱口而出："要不咱两家联姻得了？"

姜凉昭斜眼看过来。

黄遇骂了一声："你这什么眼神？看不上我吗？"说着就要掰手指头数家产。

"你来真的？"姜凉昭无语。

黄遇翻了个白眼。

姜凉昭一边洗手，一边说道："我妹中毒太深，没救了。"

"不至于。"黄遇觉得姜凉昭把问题想得过于严重了，"咱们这个年纪，不就是玩儿嘛，有的是机会慢慢尝试。路走不通了可以掉头，也可以换道，没什么来不及的，什么都来得及。"

姜凉昭叹了口气，说出一直以来积压在心里的忧虑："我怕我妹遇到跟炽哥条件相似的人，上当受骗，吃亏遭罪。"

"那你想多了。你操心这个，不如操心炽哥谈对象的那天，你妹是不是要哭出一百八十种样式。"

姜凉昭沉默了。

"炽哥发朋友圈了。"黄遇拿手机给姜凉昭看。

发的是一杯奶茶，底下的评论一溜儿捧场的，没点新鲜玩意儿。

黄遇给晏为炽这条朋友圈点了个赞："昭儿，咱好久没去他那儿玩了。"

"我问过了，不让去。"姜凉昭说，"你问吧。"

"问个屁！"黄遇嘴上抱怨，手却很积极地在底下留下评论，"我都问过好几次了。"

炽哥跟他们是同龄人，只大几个月。

但他一直是他们这群人的领头者,大家都听他的。他的领地意识极其强,谁要去他那儿,必须提前跟他打好招呼。

问完了,黄遇和姜凉昭靠着墙壁。一个明朗,一个斯文。

"算了,还是等他叫我们过去吧。"黄遇做了决定。

考试周,晏为炽早早就醒了。

屋里时不时传来细碎的声响,晏为炽把手从被子里伸出来,摸索着将床上的漫画书扔出去:"陈雾,你能不能安静点?是不是找打?"

"对不起,对不起。"陈雾很抱歉地解释,"水管出不了水了。"

晏为炽发火了:"你傻啊,不会解冻?"

"不会。"陈雾诚实回答。

"到底是怎么在乡下长大的,生活常识这也不懂那也不会——"晏为炽闭着眼,用手臂挡住脸,"一堆的办法……吹风机……热水……洗澡……别给我用你那香皂,一股烂栀子花味……"说着他的声音渐渐模糊,神智混乱。

陈雾轻手轻脚地忙活了一会儿,水来了。他把包在水管上的热毛巾解下来,回头发现晏为炽不知何时爬起来,坐在吊床上,头发肆意张开,蓬松得像个金色的鸡窝,浑身散发着可怕的起床气,令人心生惧意。

"晏同学,你要去学校了?"陈雾咽着唾沫问道。

"搬砖。"晏为炽的口气恶劣。

他的眉眼近看忧郁,瞧着心思重。下半张脸却生得阳刚,五官轮廓深刻,跟精致漂亮不沾边。

这会儿整个五官都笼罩在让人窒息的阴霾下——因为没有睡饱。

陈雾还没回过神来,怀里就被丢进几本书。

"去帮我还了,长林天桥那边的图书馆二楼。"话音落下,就传来洗手间的门被关上的声音。

接着水声响起。

晏为炽早上起来要洗澡,每天如此。

图书馆比往常要空,陈雾还完书后准备离开。他快走到楼梯最下面那层时,右边走廊突然射来一道目光,死死地盯着他。

他没有抬头迎上去,而是继续走。

陈雾的胳膊猛地被拽住,拽着他的人在他耳边低声喘息着说:"我以为看错了,真是你。"

"松手。"陈雾一字一顿地说,"季明川,别抓着我。"

只有足够熟悉他的人才知道他这样的口吻,是真的生气了。

季明川一听,便下意识地松了手。他跟在陈雾后面下楼,冷冷地说:"我给你打电话发信息你都不回,你还把我拉黑了。"

话语间流露出不满与指责。

陈雾用一种费解的目光看着他。

季明川从陈雾的表情里读出什么,脸色僵硬,他偏头看向别处:"我是让你滚,但我没有要……"

"你让我滚,我自然会滚。"陈雾点点头,"我知道我不是你的什么人,一个外人,没资格管你。"

"我……那是慌乱之下的口不择言,当不了真的。"

陈雾低头摩挲着帆布包的带子,指腹蹭着那些起毛的地方:"你要过理想的日子,不允许我挡路……哪一句当不了真?"

这番话听不出混杂着哪几种情绪,音量也不大,仿佛只是在陈述一个事实。

仅此而已。

季明川解开黑色风衣里面衬衫的扣子,喉结略显急促地滚动,有点喘不过气。

角落里的这一小块空间好似被屏蔽了,时间彻底凝固。

陈雾和季明川面对面站着。

咫尺之间,两个世界。

"不管怎么说,我们认识这么多年了,我早就把你当成亲人了,你知道的,没人比你更清楚——"季明川声音嘶哑,"你对我的好我都记在心里,亏欠你的,我以后会加倍补偿。"

陈雾没说话,只是摇了摇头。一个动作,便是无言的回答。

"别这样。"季明川将手插进头发中,精心打理过的额发有些凌乱,显出些许被烟火熏染的气息。在一中,除了几个老师,没人知道他是从偏僻的大山里一步步走出来的,他的身上找不出半点寒酸局促的痕迹。

他出生在条件艰苦的贫困家庭,单亲,家中有一个常年卧病在床的父亲,但他依然能全身心地投入书本的世界筑梦,因为有人替他负重前行。

"你在春桂没有朋友,这段时间你住在哪儿?旅馆吗?"季明川紧盯着陈雾。

陈雾依旧没有作声。

季明川将陈雾的沉默当成默认,他怔了怔:"你从小到大都节省,怎么舍得住这么久的旅馆?这里跟村里不同,贩卖器官的,传销的……多的是你想不到的黑暗。"

陈雾只回答了一个字:"哦。"

这个字代表他在敷衍,也只有亲近之人才能领会。

比如季明川。

季明川的面色一变,他沉默了一会儿,再次逼问起来,固执地非要弄清陈雾留在春桂的动机。

"你说你不喜欢大城市,觉得吵闹,汽车和高楼你都不喜欢,你只喜欢小山村,为什么还要留在这里?"

目光掠过他脚上的棉鞋和身上的棉衣。别说一线大城市,连春桂这种小城市他都融不进去。

季明川厌烦这种脱离掌控、理不清看不透的感觉,他拿出手机说道:"我现在给你订车票,你今天就走,春桂不适合你。"

陈雾突然开口:"你爸的坟在哪儿?"

季明川闻言停下手来:"我还没回去。"

陈雾猛地抬头,在这场不期而遇的碰面中,他第一次情绪崩溃,睫毛颤动,声音发抖:"季明川,你爸去世快一个月了!"

季明川低声喃喃:"我让你滚的时候,你都没这么激动。"

此时,他的关注点竟然是这个。

见陈雾的眼眶迅速变红,攥着帆布袋的手因用力过度而颤抖,季明川才开口解释:"这学期太忙,我马上就放假了,到时候我会跪在我爸的坟前跟他解释,他会理解我的。在他心里,没什么比我出人头地更重要。"

他的语气平静理智,薄情得让人心寒。

陈雾转身就走。

季明川望着陈雾离他越来越远,就快要淹没在人流里,他的呼吸一点一点变得紊乱,不自觉地追上去。

图书馆的台阶上传来喊声,语气中透着不令人反感的娇气:"季明川,我脚疼!"

季明川顿了一秒，就快步走近陈雾，对着他的后脑勺说："你要留在春桂就留在春桂，可以是想换个环境，也可以是打算结交新朋友，怎么都好，不要是因为我……眼镜别用劣质的，对眼睛不好。我给你买的那副你不想看到可以不要了，但起码要换副差不多质量的……把我的号码从黑名单里放出来，有困难可以找我，别到乱七八糟的地方去……我辜负了你的期望，我已经知道错了……我真的……"

"季明川！"楼梯间传来急促的脚步声，充满了气恼。

季明川转过身来。

两个女生从电梯里走出来，看到一个人靠墙坐在拐角处，低着头一动不动。一个女生赶紧跑过去，问他怎么了，需不需要帮助，是不是哪里不舒服。

"没有。"陈雾的脸上毫无血色，"我只是早上起得太早了。"

"低血糖吗？"那个女生二话不说就拿出随身携带的巧克力递过去，"我有经验，吃点巧克力缓一缓，一会儿就好了。"

"不是，我没……"陈雾话说到一半，还是感激地接过了巧克力，苍白的嘴唇微微上扬，"谢谢。"

"不客气，不客气。"那个女生回到同伴身边，发现她在偷拍，吃惊地拍打她的手臂，"你拍人家干什么？"

同伴捂住嘴发出尖叫："这手！你看这手！"

"他人呢，我去加他好友。"说完，她撒腿就去追，随后灰溜溜地回来了。

那个女生问："他有女朋友了？"她安慰同伴，"正常啦，长得帅，气质特别，肯定早就被人抢……"

"不是——"同伴热泪盈眶，"被温柔地拒绝了。"说完，同伴又开始尖叫，她抱着照片，嘴里不停地念叨，"我的梦中情手。"

女生一副"你太夸张了"的表情。

同伴哇啦哇啦地叫着："你们外行觉得好看的手要白，手指细细的、长长的，皮肤光滑，还不能有疤。其实有时候不完美也是一种美，像他的手，只有我们内行才知道这双手有多好看，每个关节，每片指甲，每个甲床，每条纹路，就连瑕疵都是艺术加工……这儿有点像云啊，你看像不像，飘着两朵云……"

女生受不了了，催促道："还去不去看书？"

"看什么书，我下午的时间都是它的了。"同伴摸着照片上的手，口水都快流出来了，"能牵这只手的人，上辈子一定拯救了整个银河系。"

那个女生的同伴把照片发给了自己喜欢的手控博主,果然火了。

四五十个小时后,这个话题出现在了西德职业技术学校的小范围群体中。

晏为炽从教室外回来,走向座位时随意瞥到一个人的手机,那放大的照片在他视线里停留的那一瞬间,他就认出是陈雾的手。

小拇指超过了无名指的第三节,又直又长,无名指和中指接近指甲的地方都有个疤,比周围皮肤还要白。那是烫伤,是他弄的。

小时候两个人玩火堆,他拿着烧火棍到处挥动,柴火星子掉在了陈雾手上。

陈雾不知道哭,不知道喊,人都吓傻了。

回忆戛然而止,晏为炽转头往外走。

正在走廊和人聊天的黄遇看到他,疑惑地喊道:"炽哥,你去哪儿?"

晏为炽没理他。

黄遇愁得天都不聊了,追过去:"哎,炽哥,你带上……"

"别烦我。"

晏为炽倚在窗边点开微信聊天框,又懒得打字,临时改成电话。

那照片上只有手的特写,没有透露其他信息,很大可能是偷拍。没什么好问的。

想到这里,晏为炽立即挂了电话。

晏为炽清理了一会儿手机上的信息,一抬眼就皱眉:"你怎么还在这儿?"

黄遇一副受伤的表情:"我这么大个人,炽哥你……"他见晏为炽要下楼,忙问,"炽哥,去操作间吗?"

"不去,找地方睡觉。"晏为炽说完,身影便消失在楼梯口。

陈雾下班时,赵潜带他去吃烤肉。他坐在桌边看着她忙碌,想帮忙却不知道该怎么做。

桌上其他几个学生看到这一幕,不约而同地得出一个结论:这是一个没吃过烤肉的"乡巴佬"。他们有这样的想法也不奇怪。

陈雾那身老土的衣服,他们以前都没见过,现在倒是看习惯了。

虽然还是土得掉渣,土到他们都不知道从哪儿开始吐槽。但是,陈雾不觉得自己是个异类,要不然早就去买衣服了。

毕竟就算他工资不高,地摊货总买得起吧。地摊货虽然质量差,但款式可是紧跟潮流的。他是真的不在意穿着，土得自由自在。

店里温度高，他都没脱衣服，大家挺好奇他的毛衣能土成什么样。

有人问陈雾的鞋子是在哪里买的，多少钱一双。

陈雾语出惊人："我自己做的。"

那人愣了，惊讶地问道："为什么要自己做？"

"布做的我穿着舒服，干活做事轻便且舒适，还不会闷，别的鞋我用不到，买了也是攒灰。"陈雾的解释没人听，都在哈哈笑，说他"厉害"。

大家还在问他的棉服和毛衣是在哪里买的，被赵潜阻止了。她毫不客气地说道："要吃就吃，不吃就滚，哪来这么多问题！"

"肉差不多好了。"丁徽瑔适时地缓解了气氛。他观察细腻，陈雾只往服务员端过来的石锅拌饭上看了一眼，就被他捕捉到了。

"我给你点一份吧。"他说。

陈雾拒绝了，但丁徽瑔依旧给他点了，并让他不要客气。

"不够吃还可以再要，免费的。"丁徽瑔笑了一下，他的五官单看普通，凑在一起也只能称得上秀气，但很有气质。

"好的，谢谢丁同学。"陈雾腼腆地冲丁徽瑔点了点头。他喝了口汽水，在桌底下偷偷给晏为炽发信息："晏同学，我在外头和赵同学他们在'张纪'吃烤肉，晚饭你自己弄点吃的啊。"

晏为炽没有回复。

半个多小时后，他出现在店里。

陈雾拿着眼镜，用纸巾擦拭被弄花的镜片。他果地顺着众人的目光，望向引起骚动的人，脸上露出一种似曾相识但又不确定的表情。

"炽哥好！"

响亮的叫声在他耳边响起，他猛地站起来，撞得桌子都动了。不过，没人注意到这边的动静，他们都去跟晏为炽打招呼了。

陈雾还在犹豫要不要也过去，赵潜就回来了。他快速将眼镜擦了擦戴上。

"怎么不去打招呼？上次一起打过球的，你忘了？不应该啊，他可是我们学校的这个。"赵潜比了个大拇指，见陈雾反应迟钝，惊讶道，"我没告诉过你？"

陈雾摇头。

"其他保安也没和你说？"赵潜问。

陈雾还是摇头。

"估计以为你早就知道了。"赵潜剥了个大虾,蘸了点调料一口吃掉。

陈雾一边摆弄眼前的碗碟,一边问道:"他……这个是投票选出来的吗?"

"你当这是竞选班干部呢!"赵潜捞起一筷子辛拉面,吹了吹,好笑道,"当然是用拳头选出来的。他报到那天引起了很大的轰动,原来的老大想拿他杀鸡儆猴,结果被他撂下来了,他成了老大。"

陈雾夹了一片又薄又香的烤肉,用生菜卷着,往嘴里一塞,一边慢慢地咀嚼,一边问道:"都服他吗?"

"怎么可能!"赵潜没有细说,"反正后来都服了。"

她扫码加了两份烤肉:"炽哥在这儿打工,我叫他别来我们这桌,免得大家吃不了东西。他气场强,不是谁都像我一样在他面前想干吗就干吗。"

陈雾看到晏为炽领客人进店,制服领口一抹白,扣子扣到顶,领子边缘整齐,袖口贴着腕骨,合身得像是为他量身定做的。

晏为炽侧过头的那一刻,陈雾忙收回视线:"他不像那种……老大……"

"我懂你的意思,他是那种人不犯我我不犯人的类型,平时就是个普通人,整天无精打采的,精气神都被兼职榨干了。今年都没见他对谁动过手,活动也没参加过。"赵潜在好几个场合碰到过晏为炽,他干什么都有模有样,不佩服都不行,她有感而发,"真不知道春桂的临时工,有几个是他没做过的。"

其他人都回来了。

陈雾没有再和赵潜说下去,他吃掉嘴里的烤青椒就把筷子放好,起身道:"我去一下洗手间。"

"一道吧。"赵潜抓住丁徽琭,吩咐他,"老丁,赶紧把我给你剥的几只虾吃掉!"

在场的人见惯不惊,知道两个人都不来电,却还是要起哄:"哎哟,潜姐搞特殊啊,我们也要。"

"要个屁。"赵潜吼完就走,留丁徽琭陪大家说笑。

赵潜还是一如既往地扎着高马尾,发丝一丝不苟地贴在头上,一根碎发都没飞出来。她将羽绒服丢在椅子上,现在就穿着件棒球服,扣子全解了,走路带风,像是要去干架。

"哥啊,我有没有跟你说过,我和炽哥一个班。都是学印刷的。"

陈雾眼睛睁得大大的,很意外:"印刷?"

"听起来不错吧,"赵潜哥们儿似的搂着他,"毕业了包分配,直接进厂,包吃包住，简直不要太爽。"

陈雾顿了一下才说道："你爸不是校长吗，不让你继续读书吗？"

"谁理他。"

散场的时候，陈雾对赵潜他们说要在附近转转，让他们先走。

等他们离开后，他在路边找了张椅子坐下来，靠着椅背闭上眼睛。等他昏昏入睡的时候，给他发信息要他等的晏为炽才下班。

晏为炽踢了踢他："没精打采的，烤肉没吃饱？"

陈雾跟个迟暮老人似的，慢慢吞吞地揣着袖子站起来："是拌饭。"

晏为炽掀开他的雷锋帽毛边，说道："怎么，我看你一大碗都吃完了。"

陈雾欲言又止。

晏为炽面色一沉："不喜欢吃还要点？"

陈雾说："是丁同学给我点的。"

"不会拒绝吗？"晏为炽说完转身去拿车。

"我说了。"陈雾叹了口气，"都点了，我不好意思不吃完。太油了。"

晏为炽转过身，冷冷地说道："只要是自己不想吃的，就算别人喂到你嘴里，你也可以吐掉。"

陈雾抿嘴："对我来说有点难。"

"那就学。"晏为炽说。

陈雾跟在他后面，迟疑地说道："晏同学，我听说了一些你的事——"

"不想听。"晏为炽不耐烦地打断。

于是陈雾乖乖换了个话题："你吃了吗？"

"吃了。"晏为炽停在车旁。

陈雾把手从袖子里抽出来，放在嘴边哈了口气，问道："烤肉店服务员和超市收银员，哪个拿到手的钱多啊？"

"都不多。"晏为炽丢给他一个头盔。

陈雾恍惚道："晏同学，你、你要载我啊？"他反应过来，受宠若惊，"谢谢你，我们走非机动车道吧。骑慢点，反正我们不急着回家，安全第一，下雪了，路上更不好走。"

晏为炽嫌烦地说："我后悔了，把头盔给我，你自己打车回去。"

陈雾脸上的笑容消失了："好吧……"失落的话音未落，他就把头盔放在晏为炽的车后座，转身朝另一个方向走去。

不恳求，不留恋，甚至不迟疑。

哪怕是晏为炽让他等到现在，他也没有埋怨一句。

晏为炽一口气卡在嗓子眼里，咽不下去也吐不出来，憋得他踹了车一脚，气呼呼地骑上车走了。

天上有零星雪花飘落，行人或匆忙或悠闲，总有去处。

野猫四处张望后就地趴了下来，陈雾蹲在它旁边。不知道谁更像无家可归的可怜虫。

前方传来嘀嘀声，离陈雾越来越近。

一股强风呼啸而来。

车没有停。

他条件反射地闭上眼睛。

耳边响起刺耳的急刹声，车离他的棉鞋只有一两寸距离。

他的秋衣潮湿，心脏狂跳不止。

晏为炽坐在车上，头盔遮住了脸，看不清神情。

猫早在感受到危险时就跑得无影无踪。

陈雾还蹲在原地，半天没有动弹，也没有发出任何声音。他愣愣地看着近在眼前的前轮，像是被吓傻了。

晏为炽极其烦躁地骂了一声，摘掉头盔，抓了抓乱糟糟的金发，下车拉起手脚发软的陈雾："真是废物！"

陈雾后知后觉，喃喃道："又要载我了吗？"

他拽了拽微凉的雷锋帽，吸着冻红的鼻子："晏同学，要不我还是自己回去吧，我怕你又反悔，半路把我丢在路边，那我……"

"闭嘴。"晏为炽跨上车，手指向后座，"快点！"

陈雾笨拙地戴好头盔坐上去，双手抓住他冰冷的运动外套，嘴里说了什么，见他没有听到，就去解头盔扣。

晏为炽回过头冲他怒吼："又怎么了？"

"我是想跟你说——"陈雾小心翼翼地说道，"你可不可以骑慢一点，我有点怕。"

晏为炽被噎住了。

真是要被他烦死!

临近放假,学生们蠢蠢欲动,而西德职业技术学校的学生们更甚。老刘已经把和学生们斗智斗勇视为工作,往年寒暑假前两周,他就开始在几个群里蹲守。

这学期竟然一点动静都没有。

只要不是智力有问题的人,都知道这很反常,却不知道是什么原因。

寒假前一晚轮到老刘值班,他在电话里叮嘱陈雾明天尽量早点过来,离校前都不要把电棍取下来。

陈雾已经脱掉衣服上床躺着了,他苦笑道:"叔,你这样弄得我很紧张,要睡不着了。"

"绷着点也好。"老刘每年的上下两学期最后二十小时,后悔来西德的念头都会以每分钟十万次的频率直冲心脏。

嘴上说不管,却还教导小辈如何在这所混乱的学校里明哲保身,可他操的心一点也不少。

在这所学校念书的学生,被家长放弃,被老师放弃,甚至连自己也放弃自己,怎么刺激怎么来,只享受当下。

简直烂透了!

还能想到未来,并且在这片泥沼里坚守住不迷失本心的,翻遍整个西德都不知道能不能找出十个人。

老刘想起今年上学期假期前发生的事,连喝下去的水都觉得拉嗓子:"小陈,明天换班后我就不回去了,照常上班,白天你跟我一起。"

"好的,叔,你值班吧。"陈雾挂断电话就把手机放在枕边,他披着被子爬起来坐了一会儿,便下床去喂鳑鲏。

陈雾没买鱼食,就把晚上没吃完的馒头揪下一小块,掰碎了撒进去。

陈雾蹲在鱼缸前,看水里游动的鳑鲏,眼里是一片彩色。他把剩下的冷馒头吃掉,回到床上发信息。

陈雾:"晏同学,你什么时候回来?"

差不多一分钟后,晏为炽回复:"不确定。"

陈雾靠在墙上,裹着被子用手机看剧。过了一会儿,他又发过去信息。

陈雾:"九点半了,你还在吃吗?"

这次过了好几分钟才有回信。

晏为炽:"嗯。"

陈雾继续看剧,快到结尾的时候,他再次拿起手机——

陈雾:"很晚了,晏同学,你和你朋友们是不是要玩通宵?"

半个多小时后,手机响起提示音。

晏为炽:"不睡觉发什么信息,没完了?陈雾,你是没断奶吗?"

陈雾:"我就算没断,找你也没用啊,你又没有。"

晏为炽看到陈雾发来的信息,嘴角一阵抽搐,嘿,这闷葫芦还较真起来了?他正要关掉手机,就见到"对方正在输入中"。

陈雾:"我想等你回来,有事情和你说。"

晏为炽把手机塞进冲锋衣口袋里,躺在花坛边的台阶上听歌。

黄遇站在不远处的路灯下,好奇地问道:"炽哥怎么隔一会儿就看手机,给谁发信息呢?吃饭的时候发,来广场玩还发。"

姜凉昭拉开易拉罐拉环,摇摇头:"不清楚。"

"你妹?"黄遇脑回路清奇。

姜凉昭手一抖,可乐都要洒出来:"你喝的是可乐,不是降智汤。"

黄遇语塞。

"一股子查岗的味道,我去问问炽哥。"他兴冲冲地去了,夹着尾巴回到了姜凉昭身边,委屈地说道,"炽哥让我滚。"

姜凉昭幸灾乐祸道:"自找没趣。"

黄遇不禁反问道:"难道你不好奇?"

姜凉昭挑眉:"我好奇天上有没有神明,能上去看看?"

"不是每件让自己困惑的事,都一定要弄明白。"他说完便笑了。

黄遇的注意力停留在姜凉昭刚才的一句话上,惊讶地说道:"昭儿,你还想过神明啊,没想到你这么童真,内心还是个小宝宝。"

姜凉昭被呛到了,不顾形象,将嘴里的可乐喷了出来。

黄遇迅速拍下这一幕,发到了朋友圈。

刚下晚自习的姜禧看到了,气急败坏地打电话给她哥:"又不带我玩!把定位发给我,我现在就过去!"

"很脏,别来。"姜凉昭扫了一眼广场,瓜子皮、果皮、易拉罐、烟头等垃圾到处都是。

姜凉昭想到他们初到春桂的情形,揉了揉眉头。

当年他们刚出车站,就遇到了抢劫。

那是几个和他们年纪差不多大的少年,大白天毫无顾忌地硬抢。那时候他就知道,文明低调谦逊这一套行不通,需要换一种方法才能融入这个小地方。

陈雾被一通电话从梦魇中拖了出来,满头冷汗,深吸了几口气,他拍拍床边的兔子夜灯的脑袋。

灯亮起蓝光。

陈雾接起电话,那头传来老刘轻快的声音:"小陈,你明天可以晚点来了。"

"啊?"陈雾擦汗的动作停了下来。

"不会有乱子了,都会安安分分的。"老刘抛出一个惊天的喜讯。

陈雾一边下床去上洗手间,一边打电话:"是收到了学校发的通知吗?校长他们愁得这时候还没睡啊。"

"愁个屁,那老秃子……"老刘咳了几声,"跟他没关系。"接着就说了他在前不久巡逻时获得的情报——今年假期前这群学生不会闹事了。

陈雾不可思议地喃喃:"真的听啊,那些学生看起来无法无天,他们会听话?"

"听啊。领头的话比爹妈和老师的话都管用。"老刘在保安室跷着腿悠闲地喝茶,"那回不就是,一个个都打红眼了,照样让收手就收手。"

"在他们心里,实力决定地位,地位决定话语权,拳头越硬,一呼百应。"他说着咂咂嘴,"小小年纪不学无术,尤其是低年级的小娃们,比高年级的更能折腾,一届不如一届。"

陈雾进了洗手间,很突兀地问道:"叔,你在西德上了多久的班了?"

老刘愕然:"两年多。"

陈雾惊讶出声:"我经常听你抱怨,看来你是真的不喜欢西德,那你怎么干了这么久还没走?"

老刘含糊其词:"明年就走了。"

"等我走了以后,你也走吧,这次虚惊一场,下次就没这么好运了,西德你待不下去的。你要是喜欢当保安,就去一中看看缺不缺岗位,那儿才适合你。"老刘说,"有时间我带你进去逛逛,看看什么叫学习的地方,随便哪个学生拎出来,都是光彩照人的。"

陈雾轻笑,说道:"成绩只是一个人读书方面的考核标准,不包括别的。"

"你说得也是。"老刘对这点是认可的,"品质更重要。"他打了个哈欠,"那先这样,我去通知老陈他们。"

陈雾上完洗手间回到小床上,他平躺着,缓慢地吸一口气,再缓慢地吐出去。他拍灭夜灯,重新入睡。

凌晨四点,晏为炽趴在吊床上睡着,耳边有人轻轻地喊:"晏同学。"

晏为炽猛地睁开眼。

他现在怎么睡得这么沉?旁边多了个大活人都没察觉。他瞪着昏暗光线里的人:"你不睡觉?来我床前叫魂?"

陈雾披着快拖到地上的被子站在床头,问道:"晏同学,你什么时候回来的啊,我一点都不知道。"他话锋一转,"我想问你个事情。"

晏为炽瞪了一眼。

他才回来没多久,这会儿正困,直接翻个身无视。

"晏同学……"

晏为炽不想理睬,手却伸过去,用力拽住陈雾,将他扯过来:"说吧,就这么说,我要听听是什么事,让你连觉都不睡,非要在这时候吵我。"

陈雾狼狈地撑着不停摇晃的吊床,才没摔到晏为炽身上。他嘴唇翕动:"听说那晚在校门口打架的学生,后来又互殴了一次,是他们老大叫的……为什么要那么做……"

晏为炽愣了一秒,随即暴怒:"就这事?等到天亮说会犯法吗?"

陈雾咕哝:"我睡不着了。"

"那就不管我死活?"晏为炽脱口而出,意识到自己说了什么后,脸黑成了锅底。

火可以发,话可以不用这么说,有点矫情。

晏为炽被自己恶心到了,没了困意,他推开陈雾:"你给我发信息说有事,也是这个吧?这件事对你来说这么重要吗?"

陈雾点头。

晏为炽不咸不淡地问:"为什么重要?"

陈雾好久都没发出声音。

没等陈雾想出答案,晏为炽就打开手机上的手电筒对着他,问下一个问题,语调平静:"怎么知道的?"

陈雾打了个激灵,眼神飘忽,一副心里藏不住事的单纯样儿:"你要先回答我的问题,为什么啊?"

晏为炽关掉手电筒,准确无误地将手机扔到书桌上:"一定要有理由吗?"

陈雾讷讷地说:"那总得有个想法。"

"无聊,找个事玩玩。"晏为炽怏怏地说道。

陈雾点点头表示知道了,他走了没几步就又返回来,忧心忡忡地说:"可是你这样,他们会不会背地里联合起来反抗,报复你,打你啊。"

晏为炽无奈地说:"你清醒点。"

"我也觉得自己有点迷糊。"陈雾用双手搓脸,"那我去洗把脸清醒一下。"

晏为炽无话可说了。

第五章
以后还跟不跟人乱跑

YUANZHESHANGGOU

"好了,我清醒了。"陈雾洗了脸回来,说道,"晏同学,我们继续吧。"

屋里亮着灯,屋外一片黑。

晏为炽趴在吊床上,大半张脸掩在被子里,声音有些含糊:"继续什么继续,这是西德的传统,学期结束的时候,新生老生要狂欢。我不那么来一下,震慑一下他们,明天就你们能顶什么事。"

"这么吓人啊。"陈雾心有余悸,又问道,"那今年上学期,还有去年你怎么没……"

晏为炽合上眼,恶狠狠地道:"不想,不行吗?"

"行。"陈雾诚心诚意地感叹,"真是多亏了晏同学,我和我的同事们都很感谢你。"

"偷着乐吧。"晏为炽将手臂伸直挂在床边,五指在半空中张开收拢,重复着活动手指关节。

"你明天等下班就行了。"他说。

"哦。"陈雾忽然想起了一件事,"那小赵同学当时也……"

晏为炽皱眉打断他的话:"才跟人吃了一回饭,就关心起来了?她叫你哥,你还真把她当你妹?"

陈雾结结巴巴地说道:"不是,我没有,我是觉得,她一个女孩子,而且……"

"那又怎么样?"晏为炽冷冷地道。

陈雾还是一副忧心忡忡的模样。

晏为炽突然掀起靠近陈雾那边的被子角,阴阳怪气地说道:"我看你一时半会儿问不完,不如坐下来,慢慢问?"

"问完了，我都问完了。"陈雾连连摆手后退。

晏为炽懒洋洋地把被子放回去，心底又生出两分说不清道不明的不爽。

第二天真的风平浪静，学校领导给保安们开了个小会，做了个年终小结。

保安队长把提前背好的稿子背完，再把福利挨个儿发下去——一箱苹果，一箱草莓，还有一个红包。

陈雾拆开看了，二百块。他一边琢磨怎么花这笔钱，一边问老刘："学生放寒假了，我们是不是就不用上班了？"

老刘投给他一个"你想得挺美"的眼神。

陈雾诧异地说："还上啊。"

老刘勒了勒裤腰带，问道："你寒假有事？"

"没有。"陈雾漫不经心地说道，心思不知道飘哪儿去了。

老刘颇为喜爱地揉揉他的头发："小陈，我好像没问过你是不是春桂人。"

"我不是，我老家在别的地方——"陈雾反应慢，自言自语道，"到春桂没有通火车，得坐大巴，只有一班车，很早，想赶上就要凌晨三四点从家里出发，走好久都看不到一个人影……"

"远吗？"老刘听不太清他在说什么，只当他是怕回不了家，便安慰道，"咱们过年还是有假的，能回去。"

陈雾抿着嘴笑了一下："我还没想好今年要不要回家。因为我才出来没多久。"

"还是回吧，回去了才是真的把年过了，不然总感觉少了什么。"老刘叹了口气，"我女儿忙，她要看园子，只能我去找她了。"

"大棚？"陈雾疑惑地问道。

"一园子花草。"老刘说。

陈雾闻言眼睛亮了："农业人，很厉害。"

"这有什么厉害的。"老刘不认同，"无业游民一个，整天只顾着搞那些。"

陈雾说："温差、湿度、土壤、施肥、除虫、浇水……这些都要注意。"面对老刘惊愕的目光，他有些害羞地说道，"我在老家有很多地，感觉花草和菜应该差不了多少。"

老刘心想：一个菜农，一个花农，多般配。他就想着要把这孩子介绍给自己的女儿。

这个念头在心里疯长，老刘忍不住给女儿发了条语音。

女儿回了三条消息：

"爸，你别开玩笑了，我单身不是因为找不到男人，而是不想找。如果我想找，身边多的是，还用得着你帮我介绍？"

"不是我瞧不起保安，任何行业只要是堂堂正正挣钱的都是平等的。我只是觉得，学历差太多可能聊不到一起。"

"好了，我要忙了，手机不带在身上，有事等我忙完再说。"

老刘就这么被女儿打发了。他透过窗口瞄了一眼，看到陈雾正在帮他们打包垃圾。

多好一个孩子。

保安队长要求陈雾他们在学生放假前，将堆积的包裹清理掉，这些包裹都放了很久。

基本上，这属于一时冲动购买的东西。下单时非常激动，但密码一输完，那股劲儿就过去了。

东西到了也懒得去拿，今天想着明天去拿，到了明天又是明天……慢慢地就被新的期待淹没了。

当然，也不排除是在哪儿抢券薅的小玩意儿，自己都给忘了。或者还有一些常人想不到的理由，反正就是丢在保安室了。

号码清晰的就打电话，让放学后过来拿。

号码不清晰的就看班级，送一趟。

陈雾拿了一个没写班级，收件人名字只有个"李"的包裹，按照上面的联系方式拨打过去，是个女学生接的电话。他挂断后，耳边似乎还响着她的"拜托拜托"。

刚通知了一个学生的同事见他一副苦恼的样子，问是什么情况。

陈雾说："这个学生要我给她把包裹送过去。"

"谁啊？"同事瞧了瞧，"名字在哪儿听到过，好像是哪个老师的孩子，你就送到她班上吧。"

陈雾迟疑道："可是……"

"还可是啥？"同事看着他那单纯的眼神，心里刚冒出的那么点鄙夷就化成了无语，"头一回出来工作吧，你要学的多着呢，去吧去吧。"

"那我去了。"陈雾拿着包裹出去了。

还没到放学的时间,小部分学生就已经提前给自己放寒假了。陈雾从几个黄毛身边经过,军大衣和球服擦肩而过的那一秒,构成了一种艺术性的和谐。

陈雾到了目的地,等了好一会儿都没等到人,号码打过去也没人接。正当他冷得来回走的时候,对方打过来了,问他怎么还没来。

"我早就到了。"陈雾疑惑地说,"你是不是说错地址了?"

对方跟他确认之后,尴尬又真诚地道歉:"今天事情挺多的,我忙得头有点昏,抱歉啊,我在11号楼这边,你过来吧,麻烦你了。"

"不麻烦。"陈雾按照新给的地址前往反方向的另一栋楼。

那边好像是铸造专业的,位置很偏。

陈雾走到半路,发现手机在振动,他没看号码就接了,接通才发现不是那个学生,而是晏为炽,叫他下班后去买菜。

"我晚上要吃好吃的。"晏为炽说。

"火锅行吗?"陈雾问。

晏为炽欲拒绝,陈雾的嘟囔先他一步传来:"我去年冬天吃了很多火锅,今年到现在还没吃过一次,前天晚上我做梦都梦到了,早上醒来枕头都湿了一大块。"

晏为炽无语了,至于吗?

"晏同学,我们吃火锅好不好啊?"陈雾还在说。

"无所谓,只要是好吃的。"晏为炽说。

"那在家吃吧,去店里没有氛围,在家吃才舒服。"陈雾小心试探着,像蜗牛探出了触角。

晏为炽哼了一声:"随便。"

陈雾发出开心的欢呼:"那我晚点去买底料!"

晏为炽听到他快步走的呼吸声,随意问道:"你不在大门口站岗吗?"

"我来给学生送包裹。"陈雾向晏为炽简单说明了情况。

晏为炽的语气沉下来:"别人是在耍你。"

"为什么耍我?"陈雾疑惑地说,"打电话的时候她问我是谁,我说我是学校的保安,其他信息都没透露,她又不认识我,我们无冤无仇。"

晏为炽心想:没透露?除了你这个新来的保安,还有谁会老实巴交地回答学生。

再说了,想要就要,需要理由吗?

他一边起身,一边说道:"把包裹扔掉,随便扔哪儿。"

"这样不好吧,"陈雾迟疑了片刻,笑着说,"算了,我就当是出来放松一下,在这等会儿没事的。"

"没事?"晏为炽冷冷地道,"你现在过去,等着你的就是一盆冰水。"

"啊……"陈雾难以置信,"这种老套的整人方法,现在还在用啊?"

晏为炽一时语塞。

陈雾想了想,说道:"要不我带回保安室,让其他同事去送。"

晏为炽几乎同时出声:"你在什么地方?"

陈雾老老实实地报了位置。

晏为炽很快就到了,他是跑过来的,一头金发被风吹乱了,一副不羁的模样。

学校施工地后面,陈雾垂头站着,怀里抱着个纸袋,他用鞋子蹭路边碎石上的残雪,浑身透着孤单忧伤的气息。

见到晏为炽的那一刻,陈雾立即就笑了:"晏同学!"

眼里有光,温暖且清澈。

晏为炽没废话,直接把手伸到他面前:"把包裹给我。"

"你要帮我送啊?"陈雾迟钝地眨眨眼,"具体班级这个学生没说,你认识吗?"

"不用管。"晏为炽从他怀里拿走包裹。

陈雾在原地站了一小会儿,突然想到了什么,赶紧追上晏为炽:"可是包裹是我送的,怎么会到你手上,别人会不会以为……之前我们说好在学校装作不……"

"回保安室去。"晏为炽低声喝道。

片刻之后,晏为炽打开教室门,一脚踢开门边扭腰的机器人。

教室里正在听音乐跳舞的所有人都察觉到了不对劲,他们手忙脚乱地关掉音响,拿走机器人,把走廊里乱七八糟的桌椅搬回来,迅速坐好。

晏为炽将手上的包裹丢到自己的桌上,发出"砰"的声响。

过道另一边的赵潜瞥了一眼,就听晏为炽叫她——

"通知这个叫李什么的人——"晏为炽往椅子上一坐,将腿搭到包裹上面,"让她到我这儿来拿快递。"

赵潜看到包裹单上的收件人的联系方式,眉毛一扬:"这是我老熟人。"说完就准备掏出手机打电话。

晏为炽打开了游戏,倏地道:"你亲自去。"

赵潜爽快地道:"行。"

班里人的好奇心都被那个包裹勾了起来。

谁这么幸运,快递落到炽哥手上,潜姐亲自去通知。

而且,真没必要跑这一趟,一个电话就能解决的事。炽哥怎么像是突然想起潜姐什么时候让他不痛快过,临时改变主意差使她……

那位姓李的同学,叫李潇,与赵潜井水不犯河水。两个人同一所小学,同一所初中,现在还在同一所职业技术学校。

两个人各自为王。

以上是表面现象。

实际上,李潇她爸职位比赵潜她爸低,她自己也比不过赵潜,心里一直对对方不满。

所以,李潇热衷于打倒赵潜。

那晚她也在现场,自然趁乱偷袭了赵潜,不过自己也没占到便宜。

本想趁着这学期结束当天的传统活动继续趁乱偷袭赵潜,谁知道机会没了。

李潇正烦着呢,保安室那边来了电话,叫她放学去拿包裹。通知她的人声音清亮,一听就是新来的那个保安——呵,赵潜认的那个哥。

算是撞到她枪口上了,于是她就叫人跟他玩玩。

至于怎么玩,玩多久,李潇不关心,她被小姐妹吵烦了,一个人躲到了楼顶吹风。

赵潜找到她,直接说出来意:"炽哥找你。"

李潇的脸上出现了明显的错愕,但没说什么,直起身,踩着厚厚的马丁靴径直离开楼顶。

赵潜身材高挑,长相英气;李潇短发圆脸,身材丰满。

她们第一次走在一起,见到这场景的人都忍不住偷偷拍照留念。

赵潜不在意别人看到她和李潇并肩的反应,她在琢磨炽哥和李潇之间起了什么摩擦,才这么兴师动众地把她叫过去。

李潇边走边看新做的彩钻指甲,尽管她一肚子问号,也没有找赵潜探探口风的意思。

两人一路无交流。

到教室的时候,赵潜抱臂靠在门口说道:"自求多福吧。"

没有幸灾乐祸,也没有善意的关心。

李潇表面上淡定,心里却高度警惕。她不记得自己和晏为炽有过冲突。

当她看到晏为炽桌上的包裹时,脑子里突然闪过什么。她不动声色地往前走了几步,看清包裹上的号码,一句脏话卡在嗓子眼,表情差点失去管理。

好在她稳住了。所有情绪都在瞬间收拢,微妙又复杂地退去。

毕竟她学的就是这个专业。

她在晏为炽的桌旁站定,轻声说道:"炽哥,你找我?"

晏为炽靠在椅子上,垂眸打游戏,下巴微抬,朝脚底下的包裹示意:"你的?"

"是。"李潇承认道,"我让人帮我拿,没想到他办事不利索。"

"快递还是自己拿比较好。"晏为炽的口吻听不出情绪,"免得出意外。"

李潇忙道谢。

晏为炽忽然问道:"你是哪个班的?"

"表演班。"李潇心里跟明镜似的,于是报上更多的信息,"4号楼,三层,305。"

晏为炽不紧不慢地反问:"什么?"

李潇憋着口气,半晌又说了一次。

晏为炽不再问了,像是沉浸在游戏里忘了问,李潇不得不重复自己的信息。

一遍又一遍,口述包裹单上没填写的地址。

直到晏为炽将压在包裹上的脚抬起来,李潇才暗暗舒了口气。她小心翼翼地把包裹拿走,用已经有些发抖的声音说:"谢谢炽哥。"

自始至终,晏为炽都没看她一眼。

李潇朝教室门口走去,在场的人都没反应过来。

就这样结束了?这算什么!

剑拔弩张与暧昧都不沾边,却十分耐人寻味。无论是潇美女的快递在炽哥手上,还是炽哥让潜姐把人叫来,当着他的面领走快递……处处都不合常理。

潇美女也没有平时"公主嫁到,尔等统统退下"的架势,一直夹着尾巴,没露出一丝目中无人的模样。

赵潜揣测得更深,她放下踩在墙上的腿,站直了身体。李潇出教室的时候,赵潜用口型问:"你怎么招惹他了?"

李潇瞪了赵潜一眼。

赵潜莫名其妙,心想,关我什么事!

李潇随手把包裹丢进走廊的垃圾桶里,她早忘记买的是什么了,也许是包,也许是皮鞋,反正买了就不喜欢了。她将手插在短皮衣口袋里走出楼道,来的路上她想过晏为炽找她的所有理由,怎么也没想到是因为快递——因为那个新来的保安。

当时她站在晏为炽身边,很清晰地察觉到他的怒气,他没有当众给她难堪,肯定不是因为她不把事情闹大,而是因为那个保安。

晏为炽根本不怕她说出去,甚至不怕她猜想,难道是保安……不愿意被人知道?

李潇正琢磨着,几个浑身亮闪闪的女生跑了过来。

"潇姐,人不来了,我们打算去逮他,刚下楼就看到了群里的消息……"

李潇打断她们的话:"你们打算怎么整他?"

有人抢先邀功:"先是让他白跑一趟,吹吹风。"

立马就有人补充道:"再就是冰水伺候。"

李潇闻言,化着精致妆容的脸狠狠一抽,幸好只是让他白跑了一趟。

她若有所思,这事必须过去了。惹恼了晏为炽,后果不只是警告。

李潇踢了离她最近的人一下:"整人都不会,往头上倒水这招是谁想的,老掉牙了还用,白跟我混这么久!"

几人满脸惭愧。

李潇冷着脸命令:"你们去 3 号楼底下站着去,站十几分钟。"

大家耷拉着脑袋应声,忍不住八卦。

"潇姐,群里还在讨论你和炽哥,他是不是对你有意思啊?"

"那个土不拉叽的保安肯定是发现我们在整他,就把你的包裹扔了,谁想到会被炽哥看到。他又是不知道哪根筋搭错了会做好人好事,这不是缘分是什么?"

"天注定啊,潇姐。"

李潇无语极了。

一个个不觉得蹊跷,满脑子想的都是浪费时间、毫无意义的东西!

别人猜不出来就算了,你们也想不到?李潇开始反思,自己身边怎么会有一群猪脑子,她决定找个时间去测测智商。

还有那个保安,她们明显耍他玩,他没察觉出来?

是傻子吧?

又想想,这个人的靠山是晏为炽。这算什么,傻人有傻福?

也不傻,还知道跟晏为炽告状。

李潇用食指拨了拨藏在发丝里的大水钻爱心耳环,晏为炽跟那个保安竟然是认识的,还因为这件不上台面的小事为他出头。

明目张胆,又低调克制。

赵潜是不是早就知道这里面的名堂,才会公开说保安是她哥,是她罩的,实际上是卖晏为炽一个面子?

不对,就今天这件事来看,赵潜应该是不知情的,否则不会联想不到。

李潇停在风口,兴奋得手直发抖。她很有可能是第一个知道这个秘密的人,赵潜、丁徽琼、黄遇、姜凉昭都要排在她后面。

她终于赢了赵潜一次!

李潇去晏为炽班上拿快递的事,老刘也知道了,他在的几个微信群传了几个版本,他挑了一个不那么浮夸的版本告诉了陈雾。

陈雾又讲给晏为炽听:"我说确实是我不小心弄丢的,刘叔他们都没怀疑。"他说完十分庆幸。

晏为炽用铁勺敲他面前的调料碟,语气不善:"你还吃不吃?"

"吃吃吃。"陈雾顿时就不说这个了。

鲜美的香辣味在屋里肆意弥漫,锅里的水加了几次,桌上的菜还剩三分之一。晏为炽放下碗筷,陈雾还坐在桌前忙活,他的嘴角都是辣油,腮帮子一鼓一鼓的,吃饭速度很快,神采奕奕,满是活力,一举一动都饱含对食物的尊重。

晏为炽扯起自己的烟灰色被子闻了闻,听着陈雾吸溜粉丝的声音,脸色难看到了极点,仿佛下一刻就要把锅丢了。

他吃完就后悔了,神情阴沉中带些迷茫。

平时陈雾炒菜都是在门口支张桌子，炒完才端进屋，就怕他说家里油烟味重。现在呢？

晏为炽想不通自己为什么要同意在屋里吃这玩意儿。他把书桌后面的小窗户打开，寒风一下子就冲了进来，室内的空气依旧浑浊，整个屋子里都是火锅的味道。

"我给你十分钟时间，吃完收拾完。"晏为炽压不住脾气，大声喝道。

"可是锅里还有很多。"陈雾拿勺子捞了捞，怯怯地说，"你看，小香肠、虾滑、腐竹、鹌鹑蛋……"

晏为炽态度强硬，不留情面："别跟我说这些，十分钟，多一分钟都不行。"

结果……

半个小时后，陈雾还在吃，而且吃得很高兴，一直在笑。

晏为炽眉头紧锁，他站起来吹了会儿风，才坐了回去，不吃了，而是拿出手机看起了新闻。

旁边开着灯，他左手腕上缠着的一圈佛珠在灯光下显得柔和而圆润。

陈雾把最后一盘羊肉下进锅里，随口问道："晏同学，你回家的车票买了吗？"

"这不就是我家？"晏为炽说道。

"咯！"陈雾被呛到了，他忙抓起杯子往嘴里灌了几口雪碧，"你不，你过年……"

晏为炽不耐烦地说道："小时候没见你结巴，现在怎么动不动就你你你，我我我。"

陈雾涨红了脸："我一紧张就……"

"我说我在这儿过年，你紧张什么？"晏为炽懒洋洋地翻看着网页，随口问了一句，"你几号的票？"

陈雾没回答。

"嗤。"晏为炽发出不屑的气声，不答就不答，关我屁事！

陈雾把锅底清得差不多了才停下筷子，他吃饱了，眉间一派满足。棉衣早就被他脱下来放在腿上，身上只穿了一件自己织的粗线蓝毛衣。

刚吃完，整个身体热乎乎的，这颜色衬得他肤色白里透红，显得很健康、很鲜活。

突然，陈雾打了一个充满火锅底料味的饱嗝，晏为炽用脚碰了碰他的椅子腿,催促道:"起来,把锅底倒了。"

"现在吗?等会儿行不……"陈雾正商量着,兜里的手机突然响了起来。他掏出来一看,来电显示上的"组长"两个字跳入他的眼帘。这个组长是他们村的小组长。

陈雾端着锅走向水池,他背对晏为炽站在那里,腾出手接电话。

那头传来组长亲切的声音:"小雾,吃晚饭了吗?"

"刚吃完。"陈雾说。

"吃得饱饱的吧,一听你的声音就听出来了。"组长笑呵呵地说,"和明川在春桂都还好吧?"

陈雾一边把粘在锅边的菜叶抠下来,一边回答:"我很好,他我不知道。"

"吵架了?你在春桂人生地不熟,还得靠他,别吵得太厉害了,自己吃亏。"组长絮叨完就说起正事,"有人来收年前最后一批树了,你没回来,我不知道要怎么处理……"

陈雾不在意这个,于是说道:"你看着卖吧。"

组长答应了:"那成,我收到钱分完后就把你的那份打给你。对了,你银行卡没变吧,还是原来的,明川的那个?"

"不是——"陈雾垂下眼,轻声道,"打到我的新卡上,一会儿我发给你新的卡号。"

寒假第一周,晏为炽醒来后看漫画,看困了就睡,吊床上乱七八糟地扔着几十本书。

陈雾早晚两顿在家吃,晏为炽就吃两顿饭;陈雾中午不回来,晏为炽就不吃。

于是,陈雾晚上多做一些饭,留一部分让晏为炽第二天加热再吃。然而,晏为炽懒得加热,懒到了令人瞠目结舌的地步。

"你这样是不行的。"陈雾看着没动过的剩饭剩菜,眉头微微蹙起,"午饭很重要,不吃会没有精神,无法提供身体所需的能量,这会影响健康,时间久了还有可能得胃病。"

无论陈雾怎么说,晏为炽都没有反应,只是把打开的漫画盖在脸上,修长的四肢随意伸展着,胸口平稳地起伏。

"晏同学……"

陈雾刚开了个头,晏为炽就发出"啧"的一声:"听见了。"

陈雾用勺子压了压剩饭，打了个鸡蛋淋上去，搅拌均匀，让蛋液和饭粒混在一起，准备给晏为炽做蛋炒饭。

"那你要自己热饭啊。"陈雾又说道。

晏为炽依然没有动静，这次连敷衍都没有耐心了。

就像陈雾不在意自己的穿着一样，晏为炽也不在意自己的一日三餐。

屋里安静了三分钟，才响起陈雾清晰而坚定的声音："从明天开始，我中午回来。"

晏为炽猛地掀开脸上的漫画书，看了他片刻，满脸倦意地重新合上眼："真够闲的。"

到了假期第二周，晏为炽去打工了。他找了个送货的工作，到处跑，有时候天快亮了才回来。

陈雾的生活不像晏为炽那么两极分化，他还是老样子，保安这碗饭吃的就是稳定。

已经放假了，还会有学生来学校玩。

老刘告诉陈雾，这是正常现象，他们不用拦着，免得惹急了对方，倒霉的话，年三十都要在医院过。

陈雾下意识地说："老师们都不在……"

老刘悠闲地嗑着瓜子："他们在的时候，这些人也没秩序没纪律，放心吧，不会有事的。"

谁也没想到，这次真就出了个状况——有个学生要跳楼。

他们第一时间报警，然后赶过去劝阻。

楼顶寒风阵阵，那个学生在校园生活中受了挫，脸色惨白地坐在护栏边，手里拿着一个喇叭发疯。

今天来学校玩的这伙人分成了两拨，一拨是跟他关系不错的朋友在楼顶劝他，剩下一拨在楼底下围观。

他们仰头关注楼顶的动静，眼里没有紧张，而是期待，有的甚至把手放在嘴边，发出夸张且充满恶意的尖叫。

"啊——"

喇叭里传出语无伦次的咒骂。

楼底下那些人哄笑起来。

陈雾在楼下站了一会儿就要走,一个熟悉的身影从楼上下来,看到他就快步朝他走近。

"你怎么没跟你的同事们一起上去?"说着就拉他,"走吧,我带你……"

陈雾往回抽了抽手臂说道:"丁同学,我不是要上去。"

见丁徽瑔满脸错愕,陈雾解释道:"我帮不上忙。"

丁徽瑔愣了愣,说道:"帮不上忙就不去吗?我以为你会不管不顾,冲上去叫他别跳。"

陈雾错愕道:"只有傻子才会在这种时候添乱吧。"

丁徽瑔不假思索地说:"在我心里,你就是这样的人。"

陈雾无语了。

"不是,我的意思是,你看起来像是那种可以为了别人义无反顾的人。"丁徽瑔尴尬地摸了摸鼻子,"那天晚上人那么多,你都冲过去给潜潜挡了。"

"那是误会,当时很混乱,我不知道怎么就挨了一下。"陈雾说,"不是特地去保护她的。"

丁徽瑔哑然:"你不怕我告诉潜潜吗?"

陈雾笑着说道:"我已经跟她说过了。"

丁徽瑔抿着唇思索了片刻,点点头:"她觉得不管你是有心还是无意,结果是不变的,她还是很感激你。"

"赵同学人不错。"陈雾的评价混在身后疯狂的叫喊声里,他回头看向楼顶,坐在楼顶的那个人开始往下面砸东西了,似乎是模型。

丁徽瑔的微信消息不断弹出,他一边回复,一边抽空看了一眼陈雾:"你是保安,不去劝阻算不算失职?"

"不算吧,我拿的是看大门的薪水,比其他同事少很多。"陈雾把手揣进袖子,把头转回去,慢条斯理地给丁徽瑔分析目前的情势,"能上去的只有三种人。"

"一种是专业人士,一种是有些经验的,最后一种是身边人关心则乱。"他抬起胳膊,用袖口把镜框向上推了推,"我三者都不沾,能做的就是去校门口接应消防员。"

丁徽瑔很意外:"你不像这么理性的人。"

陈雾对他的说法感到困惑:"丁同学,我们目前的关系,还不到你能够完全看透我的程度。"

丁徽瑢被噎了一下，不得不承认他说得对："确实。"

陈雾在校门口等，丁徽瑢陪着他。消防还没到，丁徽瑢就接到同学的电话，了解了现场的最新情况。

陈雾问道："怎么样？"

"没事了。"丁徽瑢挂掉了电话。

"劝住了就好。"陈雾松了口气，"生活中发生点小摩擦很正常。"

丁徽瑢语出惊人："不是校园霸凌吗？"

陈雾瞠目结舌："我听喇叭里喊的，是不是霸凌不好说，反正没单方面受气，反倒是看热闹的不嫌事大……"

丁徽瑢把一只手放进冲锋衣的侧兜里，辩解道："都是闹着玩的。"

"起哄让人赶紧往下跳，不算闹着玩吧。"陈雾不能理解，"生命很沉重，死亡说起来轻飘飘的，但人没了就真没了。"他呢喃，"哪能算玩呢？"

丁徽瑢迟疑了一下："这么说，好像也对。"

"但那些人，可能觉得活着没意思，觉得这样挺有意思的，于是瞎起哄。"他说。

陈雾一边往保安室走，一边说道："没事做闲得慌，要是每天得为了生活奔波忙碌，哪里有时间想这些。"

丁徽瑢笑着说道："道理大多数人都懂，能做到的却是极少数。"

陈雾自言自语道："不是要一下子就做到，慢慢来不就好了？"

"这么闹，应该是不想继续在这里念下去了。"丁徽瑢说着，捏了捏鼻梁，"不然有什么不能私下里沟通的，闹到台面上就不好收场了。"

"那他……"

"不单单是他，还有其他人，只能退学换一个学校读了。"丁徽瑢叹息一声。

"会有学校要吗？"陈雾真诚地发问。

丁徽瑢微笑道："会有的。"

老刘回来说幸好陈雾没去，全是些不能听的话。

陈雾给他倒了杯水，说道："叔，喇叭声挺大的。"

老刘搓手的动作停了下来，问道："你不好奇吗？"

陈雾反问："好奇什么？"

"没什么,没什么。"老刘接过水喝了几大口,转换了话题,"上头下了通知,今天提早下班。从明天开始,不准学生进来,一个都不准进,即便保安室被砸也要拦着。也就是说,放假期间闹事可以,但别闹到学校里来就行了。"

陈雾瞥了一眼墙上挂的旗子,上面有两排小字——

"西德职业技术学校"。

"育人为本"。

老刘絮絮叨叨地开始说细节,但陈雾没听。

学生们陆续走出校门,陈雾听到动静往外看。学生们发现了他,冲他竖中指,他若无其事地砸了个核桃吃,问道:"他们的家长来了吗?"

外头一个同事来窗口拿本子,告诉他:"没见着。"

陈雾不再说话了。

三点多就下班了,陈雾回去的路上碰到了丁徽瑔。他和几个同学一起走,见到陈雾就骑着车过来了。

两人在大路上并排骑了一会儿,丁徽瑔得知陈雾是这个冬天才来春桂的,就好心提出带他四处逛逛。

春桂虽然小,却也是座城市,陈雾很多地方还没去过。他被丁徽瑔带着跑这儿打卡、跑那儿打卡,都不知道自己到哪儿了。

直到看见晏为炽。

小货车停在路边,车厢的门大开,里面堆着不少大木箱,地上也有一些。

晏为炽正在卸货,当陈雾和丁徽瑔有说有笑地出现在他的视线里时,他不易察觉地皱了皱眉,继续忙活。

陈雾默默看了片刻,说:"丁同学,我的自行车快没气了,今天就这样吧,我先回去了,你路上慢点。"

"这边的路设计得有点复杂,你等我一下,我和你一起。你要是急的话,可以先走,多问问人,别走错路。"丁徽瑔把自行车停在一旁,走到货车旁打招呼,"炽哥,在打工啊。"

晏为炽没搭理他。

"我给你买杯奶茶吧。"丁徽瑔被无视了也不介意,十分体贴周到。

晏为炽将木箱扔在地上,溅起的灰落在已经看不出颜色的运动鞋上。

"不需要。"他冷冷地拒绝了。

站在车厢里的老师傅催晏为炽快点,他弯下腰,双手抓住木箱两边,木箱

愿者上钩

便被轻而易举地搬了起来。

陈雾躲在货车后面,见丁徽珺跟老师傅聊了几句,主动去搬其他木箱,但没搬动。

丁徽珺脱掉冲锋衣再次尝试,这回木箱离开了地面,却只在半空停了几秒。

"我来吧。"陈雾走过去,他把盖住大半手背的棉衣袖子撸上去,露出很细的手腕。

"这个特别沉,你别乱来,扭到了就……"丁徽珺眼睁睁看着木箱被陈雾搬了起来。

陈雾连气都没怎么喘,显然感觉很轻松。

无人注意的角落,晏为炽把迈出了一步的脚收回。

陈雾帮晏为炽将十几个木箱搬进超市仓库以后,才发现丁徽珺不在这儿了——对方离开的时候没和他说。

天早就黑了,陈雾坐在卷闸门前拍着身上的木屑。

"你劲儿不小。"晏为炽说完便低头看手机。

"有技巧的。"陈雾嘀咕了一句,他没有理会走到一边接电话的晏为炽,自己起身去推自行车。

晏为炽接完电话回来就支使陈雾:"去给我买奶茶。"

"你不是不喝吗?"陈雾不解地问。

"幼儿园小孩都知道,不能吃陌生人给的东西。"晏为炽长腿一抬,跨坐在他的自行车座上。

陈雾张了张嘴,疑惑地说:"丁同学不是陌生人啊,他跟你一个班,还是班长。"

晏为炽低头玩脚踏板,置若罔闻。

陈雾蹲下来看了看被晏为炽一屁股坐扁的车胎,又说:"有次我还听赵同学和他通话,说你去他家店里吃饭。"

突然,车子一阵扭动,陈雾赶紧扶好车把,抬头看见晏为炽趴在车把上,一副很疲惫的样子。

陈雾去买了杯奶茶回来,推推他:"买好了,喝吧。"

晏为炽半眯着眼,手伸进陈雾拎着的袋子里,翻了翻:"没吸管?"

陈雾呆呆地"啊"了一声:"我忘了拿,你去拿吧,我不想再跑了。"

晏为炽无语，指了指："奶茶店就在对面。"

陈雾缩着脑袋拧矿泉水瓶，就跟没听见似的，不回应他。

"服了。"晏大少爷只能亲自去要吸管。

晏为炽喝完奶茶，冷不丁地从口中蹦出一句："怎么到这儿来了？"尽管他的语调和姿态都很放松，却给人一种被审问的压迫感。

"丁同学带我来看看。"陈雾如实回答。

晏为炽追问道："看什么？"

陈雾回答："大佛。"

"很新鲜吗？"晏为炽凑近他，"陈雾，你是不是忘了自己以前是个和尚？"

陈雾垂着头去看脚尖。

"我凶你了还是打你了，少装可怜。"晏为炽说发怒就发怒，骂了几句后还有些压不住火，"知道这是什么地方吗，你就跟他走？"

陈雾被吼得往一边躲，底气不足地说："路上挺安全的。"

"安全？"晏为炽按住陈雾的肩膀，几乎将他提起来，带他去了附近的一条街。

他们仿佛进入了另一个世界——

街边蹲着很多流浪汉，不仅有老人，还有年轻人。他们如同怪物一般盯着每一个路过的人，每一辆车。

陈雾吓得吸了口凉气："我来的时候不是这样的……"

晏为炽拽着他走到一旁，低声道："那是白天，你现在回去就是这样。"

陈雾小声道："我没带贵重的东西，没穿好衣服，应该不会有事吧。"

"应该？"晏为炽冷笑道，"春桂最乱的地方就是这里，凶杀案的受害者大多是普通人，前两天还在这边的垃圾桶里发现了大量男尸碎块。"

不多时，晏为炽又拽着他去了另一条街。

男男女女站在街边，令人作呕的腐烂气息浸透了这里的每一粒浮尘。有几个人盯上了陈雾和晏为炽，被欲望扭曲的脸在灯下犹如恶鬼。

晏为炽把陈雾拽到身后，朝对方喝道："滚。"

几人根本不将他们放在眼里。

晏为炽手指间不知何时多了一把折叠刀。

那几个人对视一眼，选择后退，走前还不甘心地朝地上啐了口痰，恶狠狠地瞪了一眼看起来手无缚鸡之力、很好下手的陈雾。

街上垃圾乱飞，半天都没见到一个行人。

陈雾的衣领都被晏为炽拽歪了，他傻乎乎地站着，像被吓坏了。

晏为炽把折叠刀放进陈雾的棉衣口袋里，拍了拍他的脸："以后还跟不跟人乱跑？"

陈雾把头摇成了拨浪鼓。

第六章

有点烦

YUANZHESHANGGOU

老师傅家就住在这边,他让晏为炽把货车开回去,省得打车。

自行车躺倒在车厢里,陈雾在副驾驶座打瞌睡。

晏为炽的手机一响,陈雾就醒了。他推了推眼镜,把手伸进去揉眼睛,迷迷糊糊地咕哝:"开车不能接电话。"

"为什么不能?"晏为炽吊儿郎当地逗他。

陈雾顿时坐起身,转头严肃地看着晏为炽:"会扣分,还要被罚款。"

晏为炽毫不在意地说道:"是吗?我没遇到过这个。"

"可是不安全。"陈雾镜片后的一双眼睛睁得圆圆的,他想了一下,又说,"要不我给你买副蓝牙耳机吧。"

晏为炽打方向盘拐上小桥,说道:"钱多得没地方花吗?活菩萨在世?"

陈雾抿了抿嘴,说道:"上次我碰碎了那个外国人的碗,是你给我出的钱,我正好还你。"

晏为炽笑了笑,说道:"平时我让你买的奶茶,是不是要给你转账?还有柴米油盐那些,记账了吗?五五分。"

"不用,不用。"陈雾忙摆手。

"怎么不用,你都跟我算账了。"晏为炽眼底的笑意不减,"算吧,今晚就两清。"

陈雾一时语塞。

晏为炽将又响起来的手机扔给陈雾:"你接。"

陈雾握着手机,如同烫手山芋般,在左右手之间倒腾着:"这我哪能接啊,是你朋友打来的。"瞥到号码,他脱口而出,"是座机。035,哪里的区号啊……"

晏为炽伸过来一只手,拿走了还在响的手机,按下了挂断键,随即双手搭在方向盘上,盯着前方开车。侧脸轮廓隐在模糊光影里,仿佛有一个无形的大刷子,迅速将他整个人刷上了一层神秘且冷峻的色彩。

"吱——"急刹车后,晏为炽开车门下去了。

陈雾把晏为炽那边的车门关上,阻挡了涌入车内的冷风。他找到一块看不出颜色的毛巾,倾身把起雾的车玻璃擦了擦。

有车过来了。

是一群不要命的机车党。那些人手里抓着一根长铁棍,一路骑行一路挥舞着长铁棍。

路边的很多车辆遭了殃。

小货车停在树底下,躲过了一劫。陈雾目送那些机车党走远,他抓了抓刘海,拿出手机玩起了手机自带的小游戏。

当他一口气通关十二次时,晏为炽回到了车上,一股浓烈的味道瞬间在逼仄的空间中弥漫开来。

晏为炽闭上眼靠着椅背,手指在方向盘上敲出混乱的节奏。

他迟迟没有发车。

感受到气氛的压抑,陈雾犹犹豫豫地轻声说:"晏同学,后面换我开吧。"

敲击方向盘的声响戛然而止,晏为炽微微偏头,半睁着眼问:"你会吗?"

"会。"陈雾说着推了推眼镜。

不多时,小货车从树底下开了出去。

陈雾开得稳,也开得慢,他挺着背,坐姿端正,目不斜视地关注路况,也不说话。

等脱离车流进入坑洼路段后,陈雾才和晏为炽聊起白天在学校发生的事。

"你都知道了吧?"

晏为炽知道陈雾在没话找话,试图调节他的情绪,但他只淡淡地说:"没那闲工夫看手机。"

陈雾简单地描述了经过。

晏为炽没有露出"就这"的表情,也没有满脸兴味,可以说是一丁点情绪波动都没有。

树影扫过车窗,陈雾嘀嘀咕咕的说话声里带着遭到冲击后的余温:"往人的水杯里投……听起来挺……不知道咋说,这些人咋想的呢,怎么心里一点敬畏心都没有，人怎么能活得跟鬼一样。"

晏为炽心想，活得跟鬼一样的人到处都是，这有什么好大惊小怪的。

晏为炽低头打开微信，忽略掉那些信息，扫了一眼自己的朋友圈。

除了春桂的，还有另一个城市的朋友们。

"导航是不是不对啊？"陈雾疑惑地说道，"半天了怎么还没出小路，我屁股都要颠酸了。"

晏为炽瞥了他一眼："这么不结实？"

随着这句玩笑，他周身的低气压消散了不少。

陈雾不由自主地松了口气。

晏为炽的嘴唇动了动，似乎想说什么，最后却只哼了一声。

擦过佛像的人，是不是一辈子都有一副菩萨心肠，连别人的心情都要照顾。

到家后，晏为炽洗了脸，神情不那么颓废了，他想起路上有几个弯不好开，陈雾倒是开得挺好的。

"你怎么会开货车？"晏为炽问正在准备烧水的陈雾。

"有时候要拉货。"陈雾回答道。

晏为炽看了看他手上的小云朵状旧疤，问道："考驾照了？"

"考了。"陈雾乖巧地回答。

晏为炽的目光依然停留在陈雾脸上，仿佛要把他的脸与自己幼年熟悉的那个敲木鱼的小和尚的脸重叠，看能不能合得上。

陈雾见晏为炽没有开口，以为他不相信，急忙说道："驾照在我钱包里，要看吗？我拿给你……"

"谁要看。"晏为炽把保温壶里仅剩的水倒进杯子里，他拨开糖罐的盖子，面色瞬间变差了，"陈雾，没白糖了。"

随后一怔。白糖没了就没了，自己为什么要叫陈雾？

晏为炽沉沉地盯着空罐子，心里骂了一声：这算不算依赖？从什么时候开始的？症状是轻还是重？

陈雾喊道："没了吗？那我明天买几袋回来。"

"不用，我自己买。"晏为炽说。

晏为炽连续四天都在外面过夜，第五天才回来。

当时陈雾正要出门。

两人一个进一个出，在门口打了个照面。

陈雾从来不问晏为炽晚上不回来是在哪儿睡的，这次也是如此。他把手上的钥匙塞进兜里，惊讶地问道："晏同学，你今天没去打工吗？"

晏为炽斜挎着一个黑色背包，眼下的黑眼圈明显。他没有回答，径直往屋里走。

"我出去了啊。"陈雾走到自行车旁，刚要开锁，突然想起什么来，"啊，差点忘了。"

他连忙跑回来，喘着气叮嘱："晏同学，我现在要去看房子，不知道要看多久。如果我很晚回来，你把晒的衣服……"

晏为炽放背包的动作一顿，侧过脸看向陈雾，问道："你说你要去干什么？"

陈雾回答道："看房子啊。"

晏为炽怔了几秒，之后神色才恢复如常。

陈雾有些发愁，嘀咕道："房子不好找，性价比、房东、环境、邻居这些都要考虑……"

"你想得还挺多。"晏为炽问，"今天就找吗？"

"不是，我昨天就开始找了。"陈雾苦恼地蹙起眉头，"你只答应让我住到年底，马上就要过年了，我的时间不多了。"

晏为炽神色平静，但他用力将背包扔到书桌上，懒洋洋地说道："还站在那儿干什么？不是急着去找房子吗？"

陈雾忙不迭地点头："对对对，我这就去！"

陈雾走后，晏为炽打算睡一两个小时再说，哪知在外面失眠，回来还是失眠。他打量着屋子，那家伙才来两个月，就在他这儿制造出了浓厚的生活气息。

晏为炽拉长了脸出了门，一副谁都不爽的模样，他随便走到一个钓鱼的人身旁。

中年人被他盯着，挂鱼饵的动作都变得不利索了。

晏为炽看着水面上的彩色浮漂，一时来了兴趣，他瞥向放在水边的一排钓竿，问道："能用吗？"

中年人磕磕巴巴地回答："能，随便，都……都可以。"

晏为炽选了个钓位，一条鱼都没钓到，于是他的脸色更加难看了。

中年人想安慰几句又不知道怎么安慰，偏偏这时候他这头，鱼一条接一条地上钩。

平时没见这么好钓。

"鱼上钩了。"晏为炽提醒他。

"哎哎!"中年人赶忙收竿取鱼。他正犹豫着要不要给晏为炽传授钓鱼经验时,大爷出现了。老人家背着手慢悠悠地走过来,开口就问晏为炽:"小陈怎么不在家?"

晏为炽没有回答,他的视线从水面转向大爷手上的塑料袋。大爷说:"是年糕。"末了还十分气人地补充一句,"给小陈吃的。"

晏为炽起身离开,心中愤愤不平。他在这儿住了几年,也没见给他个枣。

走了几步,晏为炽回过头,拿走了不是给他吃的年糕。

大爷看出小伙心中郁结,但没什么危险性,就跟上去几步对他说:"小陈有事出去了吧,等他回来了你跟他说一声,让他来找我,我认识个人有房子要出租。"

晏为炽的脚步顿了一下,心想,还没走,就迫不及待到处说,住在他这儿是多不顺心啊!

大冬天的,晏为炽绕着水库跑了两圈,气呼呼地给陈雾打电话:"什么时候回来?"

陈雾说:"我还有两套房子没有看……"

晏为炽二话不说就挂了电话。

二十多分钟后,晏为炽在黄遇的房间里打游戏。

黄遇住的是精装房,来春桂上个职高,他还把家里的床运过来了。此外,还有那只陪了他很多年的玩具熊。

黄遇坐在沙发前的地板上,脑袋后仰,枕着玩具熊问:"炽哥,你今晚在我这儿睡吗?"

晏为炽用力按着手柄,漫不经心地说:"到时候再看。"

飞车游戏特效逼真,玩的人和看的人都仿佛身临其境,感觉头都快转晕了。

晏为炽操控赛车摔下悬崖,随后把限量版的手柄往边上一丢,走到玄关换鞋。

"炽哥,你要走了吗?"黄遇愕然。

晏为炽说:"下楼买奶茶。"

"不是可以叫外卖吗……"话音未落,晏为炽已经出去了。黄遇看着显屏上巨大的"Game Over"，不由得纳闷儿。炽哥向来能玩很久，今天才玩这么一小会儿就"自杀"了。怎么感觉炽哥现在很烦躁？

春桂有老鼠成窝、狗路过都要小心被扒层皮的地方，也有相对安全的地方。

四元宫这边就算是相对安全的地方。起码路上的红绿灯和监控都是齐全的，车流量多的时候，还有交警执勤。

晏为炽喝了口刚买的奶茶，眉宇间那点阴霾却散不开。

奶茶都不好喝了，怎么回事！

黄遇双手插兜，对晏为炽说道："我跟昭儿三十晚上走，陪你把年夜饭吃了。"

"不用。"晏为炽的眼神漫不经心地在人流里扫过，寒冬日光下，从棒球帽下露出来的金色发丝被光晕笼罩。

"那不行，不能让你一个人在这边过年。"黄遇正色道，"前两年不都这样，我们陪你。"

"今年不用。"晏为炽说。

黄遇还想争取，不经意间瞧见了什么，他吹了声口哨，轻佻地说道："哇哦。"

前面不远处的一家漫画书店旁，姜禧穿着唐装，系着斗篷，梳得很漂亮的发髻上别着一支步摇，一边脸颊鼓起一个小包，正在享受美食，眼珠机灵地转动着。她见到晏为炽和黄遇，惊得手上的章鱼小丸子都掉了。

黄遇给姜凉昭发信息："四元宫后街，你妹有情况，速来！"

他发完信息，立刻笑容满面地冲姜禧挥手："嗨，小禧妹妹。"

姜禧要气死了，早知道就不走这条路了，现在说什么都晚了。她从来没想过要把季明川带进自己的交际圈子。

他们不是一个世界的人。

姜禧满脑子都是"怎么办怎么办"，她警告季明川："我不让你说话就别出声！"

季明川的神情看不出丝毫不快，低眉顺眼道："好。"

四个少年在街边会合了。

气质与外形都万里挑一，吸引了不少路人的注意。

姜禧站在晏为炽身边，一双星星眼仰望着他，撒娇道："炽哥哥，你和黄遇出来玩啊，待会儿你们要去哪儿，我没什么事做，能不能和你们一起？"

晏为炽拒绝了："不能。"

姜禧失落地说道："哦……"

黄遇搭着晏为炽的肩膀插嘴道："小禧，不介绍一下吗？"

姜禧瞪了一眼看热闹的黄遇，然后继续盯着晏为炽看，很敷衍地用手指指向季明川："我同学。"

连名字都没说。

季明川向姜禧走近一步，侧过身子，朝晏为炽伸出手："你好，我是季明川，姜禧的同桌。"

拧他后背的那只手用了很大的力气，他却像失去了痛觉一样淡定从容。

姜禧手都拧疼了，她在心里把季明川数落了一通，咬着唇偷看晏为炽，内心期待着他的反应。

黄遇把姜禧的期待看在眼里，不禁掩面长叹——青春痘长脑子里了吗，妹妹？你又不是不知道你炽哥哥是什么样的人，怎么就是不肯接受你炽哥哥只把你当妹妹，他看到你结交异性朋友，只会无所谓。

果不其然，晏为炽扫了一眼伸到眼前的那只手，没有握，只是懒洋洋地说道："我是晏为炽。"

季明川并未露出一丝尴尬，他从容地收回了手，说道："常听姜禧提起你。"

这话听起来，有那么点意思。

可惜，晏为炽情绪丝毫没有波动，仍垂头丧气地喝着奶茶，对此没有半点回应。

"我和姜禧准备去电子城，你们去吗？"季明川的举止谈吐十分自然。

他和晏为炽他们都是从外地来春桂上学的，家世和成长环境却一个天上一个地下。然而此时站在一起，路人看不出差别。

对于季明川的提议，黄遇说"考虑考虑"，无视了一个劲儿给他使眼色让他拒绝的姜禧。

晏为炽则置若罔闻，低头看手机，发现新来的短信是流量充值优惠活动后就把手机屏幕按灭，又打开，点进微信扫了一眼。

置顶的对话框没有动静，聊天记录还停在昨天发的"微笑"表情。

最终四人还是去了电子城。

说是电子城，其实地方很小，不过麻雀虽小，五脏俱全，真要细细地逛，半个上午的时间都能耗在这里。

晏为炽边走边看手机，黄遇占据了他右手边的位置。

姜禧占据了晏为炽另一边的位置，季明川走在她身边。

走道宽度有限，四人并排走了没一会儿就被人流冲开，分成了两组。

晏为炽和黄遇在后面。

黄遇发现姜禧买的东西都被季明川拿着，姜禧似乎没意识到这一点。

"炽哥，怎么样？"黄遇撞了晏为炽的胳膊一下。

晏为炽收回手机，疑惑地问："什么？"

"那个人啊。"黄遇示意他看走在他们前面的那个好学生。

晏为炽没正眼看过对方，无所谓地说："不关注，别问我。"

无论姜禧带的是人还是猪，他都是这答案。

"就是传说中的那什么'高岭之花'。"黄遇啧啧感叹，"也是个合格的跟班，挺会来事的。"

晏为炽忽然骂了一句，然后掉头甩开队伍，径自去打电话了。

黄遇愣住了，什么情况，炽哥怎么突然发火了？给谁打电话呢，是家里又让他不痛快了？

想到这里，黄遇也爆了几句粗口，心中涌起年少无能为力的惆怅。他抹了把帅气的脸，把注意力转移到季明川身上，审视般打量了他一番。

个头挺高，怎么感觉比他还高……

于是，黄遇走上前，问道："季明川，你多高？"

季明川回答道："一米八七。"

黄遇鼻子差点气歪，居然真的比他高两厘米。跟炽哥一样高。

察觉到姜禧的视线，黄遇走到她那边。

姜禧用口型问："炽哥哥呢？"

"那不就是。"黄遇示意她往后看，然后凑到她耳旁说，"小禧，我通知你哥了。"

姜禧瞪大眼睛，尖叫道："你有病啊，干吗叫我哥！"

黄遇欠揍地笑着走开了。

为什么通知昭儿？大概是因为，那季明川长了一副能进姜家大门的皮囊。

晚上八点多，在外地采风的姜凉昭赶了过来，一伙人在"丁家人"吃饭。

没点酒，只点了果汁。

姜凉昭张罗了这场临时组建的饭局，他性格成熟，翩翩公子一个，倒没有为难季明川。相反，他还拿出带来的专业摄影器材为大家拍了一张合照。

姜禧想象中的偶像剧剧情没有发生，于是懊恼地借着桌子的遮挡，伸脚去踢季明川。

结果踢到了她哥。

姜凉昭若无其事地吃菜，投给她一个严肃的眼神。

姜禧知道她哥动怒了，不敢再任性。

饭后，晏为炽跟姜凉昭去了黄遇那儿，季明川则送姜禧回去。姜禧把没能如愿以偿的怨气发泄到季明川身上，抱怨道："你干吗乱说话？"

季明川定定地看着她，沉默良久，最后才道："对不起。"

低落、苦涩，加上他精致的眉眼，极具冲击力。

姜禧愣了好一会儿，跺了下脚："烦死了！你下周找班主任说你要换座位，我不跟你坐一起了！"说完，她便气呼呼地走了。

季明川拉了拉脖子上的围巾，立在原地没有离开。

被气走的小姑娘又回来了，她停在三五步之外，没有说自己不敢一个人在这里打车，而是别别扭扭地叫他："季明川，你送我回去。"

季明川背对着光，抬眸看着她。

那双深邃的眼掩在暗处，一起被遮住的还有往日的宠爱与纵容。

姜禧心里莫名发怵，她扬着脖颈儿，犹如一只倔强而美丽的天鹅："你不愿意吗？"

"愿意。"季明川说着，就走向她。

姜凉昭没把季明川这个人当回事，而黄遇则因为咖啡喝多了，兴奋得睡不着，半夜去找姜凉昭，把他叫起来闲聊。

"虽然他穿的不是我们熟悉的哪个牌子，但衣品很不错，风格跟我们很像。"黄遇猛地起身，"该不会花的是小禧的钱吧？"

姜凉昭打了个哈欠，说道："不重要。"

那是小妹自己的零花钱，她可以自己做主。

黄遇倒回床上，试图吐槽季明川，却发现好像挑不出毛病。

得了，伪君子一个。因为根本就没有完美的人，只有完美的面具。

黄遇抖着腿问道："要调查一下吗？"

"没必要。"姜凉昭把空调的温度调高了一点,关掉台灯。季明川只是在春桂一中算个人物,前途一眼就能看到头。小禧也没有把多少心思放在季明川身上。

季明川连小禧人生路上戏份或多或少的配角都称不上,顶多是个路人甲。

在她回家前供她打发时间,她高兴了就给点甜头,仅此而已。

在春桂认识的人,关系也仅在春桂维系。

姜凉昭凌晨被热醒,他拨开黄遇下了床,理了理有点乱的丝绸睡衣,出去倒水喝。

客厅没开灯,晏为炽坐在沙发上玩着打火机,姜凉昭讶异地问道:"炽哥,你是醒早了,还是没睡?"

"阿遇的呼噜声太大,吵得我头疼。"晏为炽的声音微哑。

姜凉昭闻言停下脚步,心中纳罕,他们三人十多年来常一起过夜,阿遇不是今晚才打呼噜。

不多时,姜凉昭端着两杯水回了客厅,将其中一杯递给晏为炽。

"有点烦。"晏为炽把打火机丢在茶几上,接过水杯喝了几口水。

姜凉昭的眼底掠过一丝诧异,没听父亲说首城那边有新动向啊……

晏为炽突然又没头没脑地说了句:"捉摸不透。"

姜凉昭闻言挑了下眉:"船到桥头自然直。"

两人不在一个频道,各说各的,聊了,又好像没聊。

天刚擦亮,晏为炽就从黄遇那儿离开了。他骑着车穿过水库,带着一身寒意回来了。

朦胧的晨光里,有个人影在门口的水池边洗东西。

陈雾从不赖床贪睡,他习惯了早起,生物钟一成不变。哪怕是不用上班的周末。

这时候他已经精神抖擞,门口的动静引起了他的注意。他一边抹肥皂,一边扭头跟晏为炽搭话:"晏同学,怎么这么早就回来了?"

像是被打扰了。

晏为炽还没停好车,气就不顺了。

"你昨天给我打电话的时候我在二房东的电瓶车上,没听到。后来打给你没打通。"陈雾伸手把指间的肥皂沫冲干净,拿了搭在水龙头上的毛巾随意擦擦手,"我发了几条信息,你都没回我。"

晏为炽没有向陈雾解释,他走近时,看清了水池里的东西。

紫蓝色格子的旅行包。

陈雾来时拎的就是这个,走时也是一样。

"对了,年糕是大爷给的吗?"陈雾没有抓着电话那件事不放,他自顾自地进入了下一个话题,"我在稀饭里放了一点,盛一碗给你吃,可以吗?"

晏为炽一进屋,映入眼帘的就是小木床上的衣物,他扶着额发坐到椅子上,淡淡地说道:"大爷叫你去找他,说有房源。"

"我已经找好了。"陈雾轻快的语气里充满了激动,"正要和你说呢,那房子我很喜欢。"

晏为炽沉默了几秒,才淡淡地问道:"在哪儿?"

陈雾说了地址。

晏为炽思索片刻就确定了大概位置,他之前送外卖去过那一带,离水库很远。等他回过神,面前已经多了一碗稀饭,散发着浓郁的米香,上面撒了一层白糖。

晏为炽说自己买白糖,却忘了。这是陈雾买的。

晏为炽看向柜子,那里面堆放着四袋白糖。他拿起勺子,舀了一点稀饭,就着白糖吃了起来。

一如既往地温热。

"晏同学,你不做饭的话,这些我都带走了啊。"陈雾的声音在晏为炽耳边响起,仿佛夏日的蝉鸣,吵闹无比。

晏为炽瞥了一眼陈雾说的那些东西,是锅碗瓢盆之类。

"还有鲫鱼,你要吗?你要我就留给你,窗台上那两盆绿萝也留给你吧,很好养。"陈雾在屋里走来走去,忙碌的身影散发着即将离别的意味。

晏为炽连稀饭都喝不下去了,忍不住问道:"现在就走吗?"

陈雾摇摇头:"不是,我腊月二十八走。"

晏为炽猛地把勺子扔进碗里:"那你说个没完!"

陈雾发现刚才飞出的几滴米汤溅到了晏为炽的手上,他默默地抽了一张纸递过去,却被晏为炽一把扯掉了。

晏为炽上火了,他用菊花和金银花泡水喝,却不起作用。

于是，晏为炽晚饭没吃几口就到外头洗车去了。

没一会儿，陈雾捧着碗筷，脚步匆匆地走了出来。

"晏同学——"陈雾有点急，也有点慌，"我要租的那个房子现在的住户有事，要过完年才能走。我能不能在你这儿多住几天？"

晏为炽闻言，面无表情地把水管一丢，不洗车了。他神情散漫地进了屋，坐到书桌前，拿起一本漫画书翻了起来。

这几天他第一次看书。

跟进来的陈雾站在他后面，小声说："不可以吗？那我自己想办法。"

晏为炽突然开口了："把你那包塞回床底下。"

陈雾茫然："哪个包？"他不确定地瞅瞅墙边才洗好晒干的旅行包，"你说它吗？我先放外面，到时候我直接……"

晏为炽有些抑制不住自己的脾气，暴躁地说道："塞回去，看着烦！"

陈雾不太理解，问道："包怎么烦到你了？"

晏为炽草草翻完一本漫画，换了另一本，不耐烦地说道："太土了。"

陈雾顿了一下才说："那也不至于让你……"

晏为炽猛然起身，椅子轰然倒地。

"你再啰唆？"晏为炽恶狠狠地说道。

陈雾连忙闭嘴，一个劲儿摇头。

小年前一天，屋里亮着灯。

陈雾忙着包饺子，晏为炽挑剔地指手画脚，自己却包得不成样子。

敲门声突然响起。

"谁啊？"陈雾放下手里的饺子皮去开门，然后傻眼了。

门口拎着鱼的姜凉昭和抱着大包零食饮料的黄遇一起陷入了沉默。

"杵在门口干吗，被点穴了，还是见鬼了？"

屋里传来晏为炽的揶揄声，陈雾用力咽了下口水，结结巴巴地说道："快，快来，晏……晏同学，晏同学！"

"瞎叫什么，等会儿，饺子皮破了。"晏为炽不耐烦地走过来。

门口一片寂静。

姜凉昭比较沉着，他率先出言打破僵局："炽哥，我跟阿遇……"

"都进来，关门。"晏为炽出声打断他的话，又催促傻站着的陈雾，"快点去把饺子包完,我等着吃。"

陈雾呆呆地眨了眨眼:"可是,我,你的……"他半天连一句话都说不完整,索性当起了缩头乌龟,"好吧,我先去包饺子。"

门外的黄遇眼珠子都要瞪出来了。谁来告诉他,为什么这个保安会在炽哥这儿?

篮球馆那次,黄遇没有和陈雾正面接触。

后来不管是身边人嘻嘻哈哈地提起"潜姐那个哥",还是出入校门的时候,他都对他生不出半点好奇心、探知欲。

总之,他对陈雾没有任何印象。

此时黄遇的大脑仿佛死机了,怀里还抱着零食和饮料,四肢不听使唤,各有各的想法,仿佛下一刻就要起内讧。

进屋的那一刻,黄遇诧异极了,满脸写着"这是哪儿,我在哪儿"。

姜凉昭在门外时就已经回过神来,但依旧被屋内的情景弄得一怔,他重新挂起微笑:"炽哥,鱼缸在哪儿?我把水箱里的鱼放进去。"

晏为炽随手一指。

姜凉昭顺着他的手指看向墙角,那儿只有两个堆在一起的纸箱。

陈雾把纸箱搬开,露出被挡住的鱼缸,说道:"在这里。"

鱼缸的大小和姜凉昭预期的差太多,里面除了十几条鳑鲏,还有两个河蚌,混养在一起。

姜凉昭看了看自己带的鱼,又看了看简陋的二手鱼缸,揉了揉眉头,意有所指,故作苦恼地说道:"不配啊。"

陈雾没听出言外之意,认同地点点头:"确实不配。"他转头喊道,"晏同学,我们的条件不适合养观赏鱼,尤其是品种纯的、好的。"

晏为炽瞥了一眼姜凉昭买的鱼,说道:"回去的时候带走。"

姜凉昭无语极了。

晏为炽坐在由两张拼在一起的桌子前,捏着破掉的饺子皮,这揪一块,那掐一块,试图把破口补上,手法粗暴,令人不忍直视。

桌上铺着一次性保鲜膜,上面放了一些包好的饺子。

馅儿是用铁盆装的,两双沾着馅的筷子搁在盆上,旁边还有个陶瓷小碗,装了小半碗水。

很有生活气息。

陈雾走到晏为炽那边,一边拿起筷子在盆里搅拌饺子馅,一边问好像得了失语症的姜凉昭:"同学,你要吃多少个?"

姜凉昭下意识地"嗯"了一声。

陈雾停下来,看着姜凉昭。

"啪——"晏为炽把已经无法拯救的烂饺子扔到保鲜膜上:"'嗯'什么,这么点距离也听不见?问你吃几个饺子!"

姜凉昭握拳咳了一声,回答道:"二十个左右。"

黄遇这时凑过来,幽幽地说:"你还吃得下?我饱了。"赛车都没这么刺激。

姜凉昭压低声音道:"炽哥包的饺子,你见过吗?"

黄遇没话说了。

没有,更别说吃了。

他立即改变了主意:"我吃三十个!"

陈雾张了张嘴:"三十个啊……"

"饺子皮不够。"他嘀咕。

黄遇想说"饺子皮不够不会出去买吗",就听到炽哥说了句:"阿遇,你十个就行了。"

不是,我一个身高一米八多的、正在长身体的男生,就吃十个饺子,炽哥你说的这是人话?

见黄遇要炸毛,姜凉昭忙贴近他耳语:"饺子不是重点。"

他瞬间冷静下来,对对对,现在重点不是什么饺子的事。

陈雾把电磁炉拿到屋檐下的桌上,烧水下饺子。

屋里,晏为炽开了一瓶黄遇带过来的可乐,又拆开一包薯片,悠闲地边吃边喝。空着的凳子有两张,一大一小,都是塑料的,发黄发旧。

姜凉昭下意识地从大衣口袋里拿出手帕擦了一下凳面,又考虑到晏为炽的面子,于是改为擦手。

"炽哥,他叫陈……"姜凉昭好奇地说道。

"雾。"晏为炽答道。

姜凉昭叠好手帕,心想,大众且普通的姓挺符合外面那个人,名字却不符。

"雾"这个字带有若有似无的朦胧感,引人窥探,而他的言行举止无一不透着一个信息——简单板正得让人乏味。

"我不会是在做梦吧?"黄遇在小凳子上坐下来,长腿憋屈地窝着,他掐了一下自己的脸,疼得龇牙咧嘴,骂了一声,居然不是梦。

"炽哥,你跟那个陈……陈雾是怎么认识的啊?"黄遇想破头都想不通。

晏为炽轻描淡写地说道:"小时候。"

黄遇猛地蹦起来:"我们怎么不知道?"

姜凉昭若有所思:"七岁以前吧。"

黄遇的表情变了,那他确实不知道。

炽哥七岁才回晏家,七岁以前的行踪没有对外公开过,他们不是很清楚。

"原来是旧相识,老朋友。"黄遇坐了回去,他很快就发现了非常不合理的地方,"那炽哥你为什么在学校不……"

这时,门外的陈雾叫道:"晏同学,你出来一下。"

"又怎么了?"晏为炽皱着眉头起身,拿着半瓶饮料往外走。

"就去了。"黄遇喃喃自语。

姜凉昭解开了两粒大衣扣子,接过他的话茬:"是啊。"

黄遇用力地搓了几下脸,环顾四周。姜凉昭也趁机打量了起来。

当年炽哥不跟他们任何一个人一起住,而是选择一个人住在水库上的小屋,他们了解其中的缘由,便决定尊重炽哥的决定。

炽哥对衣食住行没有太多要求,一年四季,春秋冬都以冲锋衣为主。饮食方面,他钟情于白糖和奶茶,其他随意。出行最初是一辆电动车,后来成年后考取了驾照,便亲自改装了一辆摩托车。住处没有过多改造,只是加了个酒店标配的洗手间,一张大吊床,一张书桌,一个衣柜,几个日常家电。屋里空出来的地方用来放漫画书和健身器材。

上一次他们过来时,还在书堆里锻炼,玩牌到半夜才走。

现在他们仿佛来到了一个陌生的地方,面目全非,到处都是不属于炽哥,也永远不会出现在他私人领域的痕迹。

这里已经从一个只使用三年的落脚地,变成了一个充斥着柴米油盐和琐碎的家。

黄遇和姜凉昭两人出身富贵,什么没见过,很难让他们大惊小怪。但这次他们真的有点惊到了。

姜凉昭是在心里暗暗惊讶,黄遇则直接表现了出来。他闻见饺子的味道后,难以置信地说道:"虽然陈雾都是在门外烧饭,做好了才把锅拿回来,但是他炒菜的时候,油烟还是会往屋里跑,门关上都没用,床、被子、衣物都会沾到味道,炽哥能忍?"

接着,他挨个儿指了指屋里原来没有的家具。

"这些都是二手的吧?上一个使用者是谁都不知道,可能还有上上个,上上上个,想想就觉得脏,炽哥能忍?"他大步走向收在墙角的帘子,"这么丑这么土,多看两眼血压都飙升,炽哥能忍?"

然后他拨了拨墙上挂在钉子上的红辣椒和大蒜头,问道:"炽哥这也能忍?"

绕过书桌挤进去,他瞪着一排用半截玻璃瓶种的枝条,随便拿起一个,喃喃道:"丐帮花盆,炽哥这都能忍?"

姜凉昭一直保持着一副陷入世纪难题的困惑表情,几乎要石化了。这是他从未见过的晏为炽生活的一面,首次怀疑自己的思维能力。

掩着的门缝外隐隐有说话声飘进来,黄遇飞快地拉着姜凉昭去偷听。

风一阵阵在水库上方游荡,樟树叶子哗啦哗啦响。

陈雾握着长勺在锅里轻轻翻动,以防饺子粘锅:"你的朋友们来了,你都不和我说一声,我一点准备都没有。"

晏为炽倚着墙,问道:"你要做什么准备?"

陈雾说:"我避开啊。"

"避开?"晏为炽冷冷地说道,"你人不在,一堆东西在这儿,我怎么解释?"

"可是……我不想让你的朋友们知道我和你是认识的。我第一天上班的时候就说过没有必要,现在也是这么认为的。"陈雾抿了抿嘴,温和地表达了自己的不满,"你可以先不让他们来,快了,没多少天了,我会收拾得很干净,不留下一点东西。"

晏为炽绷着脸,把手里的瓶子扔了出去:"烦不烦,谁知道他们要来。"

陈雾的话黄遇在门后听得不清晰,倒是炽哥的那声低吼一字不落地进入了耳朵。他不敢置信,整个人都要炸了:"炽哥这是干吗?没他点头,我们能来他这儿?从十一月到一月,我们问过多少次了他都不让,要不是提前打好招呼,我们根本不可能……"

姜凉昭阻止情绪渐渐失控的黄遇继续说下去:"停。跟我去洗手间洗把脸,冷静一下。"

黄遇顿了一下,说:"也行。"

第七章
好戏开场

YUANZHESHANGGOU

姜凉昭与黄遇一前一后进了洗手间，但并没有真的用冷水洗脸。黄遇坐到角落的小马扎上，姜凉昭占了另一个小马扎，说道："你父母看到你这样，得连夜练小号。"

黄遇咧嘴笑道："三哥别笑二哥，你也好不到哪里去。"

谁能想到，两个家族未来的继承人会坐在小马扎上，怀疑人生。

黄遇突然戏瘾发作，捂住脸伤心地说："炽哥偏心，我们没经过他同意都不能过来，就算来了，他也不让我们留下来过夜，多晚都要把我们赶走，陈雾却可以住在这里。"

姜凉昭无言以对。

"不能让陈雾知道这件事，不然他肯定会恃宠而骄。"黄遇给了自己一个大嘴巴子，"我这文盲又乱用成语！"他惆怅地说道，"炽哥为什么要在学校装作不认识陈雾？"

姜凉昭偷听时听到了一些字眼，他迟疑地说道："可能是……陈雾的意思。"

"现在是，炽哥强行把他拉进自己的交际圈子里？"黄遇使劲抓了抓头发，"炽哥图啥啊？"

姜凉昭思考一番后得出结论："想让我们照应照应他。"

黄遇质疑道："可能吗？他住在炽哥这儿，有什么事不找炽哥帮忙，用得着我们？要不直接问吧。"

姜凉昭问："怎么问？"

黄遇答："就问炽哥怎么想的，要我们做什么。"

姜凉昭正欲开口，手机进来了信息。

他看完以后,神色稍缓:"问题应该不大。"

黄遇探头问道:"怎么讲?"

姜凉昭说:"晏家那边没有风声。"

黄遇吐了一口气:"还真是我们想多了。"

晏为炽刚来春桂的那段时间,那些人派人来这里直播,找他麻烦,想要他不明不白地死在这里。

虎落平阳,仍是虎。谁都想踩一脚,但谁都在等别人先踩那一脚。

他和昭儿抛下自家利益站队表态都没用,他们索性什么也不管了,跑来这里陪炽哥,义无反顾,两肋插刀。

就是那一年,晏家开始内乱,去年达到顶峰,今年这场争斗的结果已经渐渐明朗,要收尾了。

晏家内部自相残杀成那样了,个别人却依然患上了被害妄想症,暗中动用资源时刻提防炽哥,吃喝拉撒都要盯着,生怕他在春桂好好学习、发家致富,翻身杀回去。

要是炽哥真的把这个陈雾当朋友,那些人一定会借题发挥。

现在那些人什么动静都没有,说明这个陈雾没什么大不了。

"可是……"黄遇还是不明白,拿手扯自己的头发,"什么也不是的人,能让炽哥容忍他到这地步,就因为小时候认识?"

"只有一种可能——"他倏地看向姜凉昭,"陈雾救过炽哥的命。"

姜凉昭没有反驳黄遇的这一推断。

"阿遇、凉昭,出来吃饺子。"洗手间外响起敲门声。

姜凉昭一边起身,一边提醒玩世不恭的黄遇:"别乱说话,也别乱问,别犯蠢,也别拆穿炽哥为什么甩锅给我们,只吃饺子。"

黄遇挠了挠头,连声道:"知道了,知道了。"

饺子不够,陈雾又煮了一些面条。他摆碗筷的时候,黄遇大大咧咧地坐在桌前,明目张胆地盯着他:"不用我们再做介绍了吧。"

陈雾摇头:"赵同学和我说过。"

黄遇前一刻才答应姜凉昭"不乱说话,不乱问",这一刻就管不住自己的嘴了:"你什么时候住进来的?"

陈雾说了大概日期。

黄遇心头一震，才两个月出头，就侵入了炽哥的生活。怎么做到的？这人绝对是高手中的高手！小禧来了都要跪地磕三个头，喊上一声"师父"。

端着调料盘过来的姜凉昭没有错过陈雾的回答，他敛去眼中的诧异，重新审视陈雾。这个人绝对不像表面看起来那么简单。

"怎么都不吃？"晏为炽把凳子拉了过来，坐到陈雾旁边，"看就饱了？"

"吃吃吃。"黄遇拿起筷子伸向放在桌子中间的大盘饺子，半天都没下筷子。

盘子里有赏心悦目、像用机器做出来的饺子，还有不知道是什么的一团团玩意儿。有些东西不是非要去尝试，比如炽哥包的饺子。

黄遇心中天人交战，在满足自己的胃和满足好奇心之间摇摆不定，他瞥见陈雾捧着碗喝面汤，豹纹镜框上粘了一小块葱，差点没忍住说一句"傻"。

下一秒，炽哥摘掉了陈雾的眼镜，嫌弃地说："这是什么？"

陈雾眯着眼睛凑近看看："葱。"

"我忙的时候没有注意。"他不好意思地垂下头，"你帮我拿一张纸。"

"纸盒就在桌子里，能有多远，自己拿。"晏为炽不惯着他。

陈雾呆坐了几秒："那不擦了。"

他随手把葱抹掉，把眼镜戴回去，若无其事地继续吃面。

黄遇几次想插话都插不进去，像被家长忽视的小朋友。

姜凉昭夹了几个热腾腾的大饺子放到黄遇的碗里，他一口吃掉一个，表情有些呆滞。这个姓陈的怎么这么会包饺子？皮薄馅多还鲜美，不蘸酱料都好吃。

黄遇咽了口口水，心想，要不再吃点？

就在这时，陈雾忽然把一盘饺子移到他面前。

黄遇并没有被这份细心打动——这是敌人的糖衣炮弹。而且陈雾明明没有抬头，却知道他想吃又要面子，这观察力，这份心思……城府绝对深。

黄遇心里已经对陈雾拉起了最强的防卫线。

但饺子是真的不错。

他眼一闭，一口气吃掉十几个饺子，抖着腿扫视小屋，问道："炽哥，你那套健身器材呢？"

晏为炽说："丢了，碍事。"

确实碍事，屋里锅碗瓢盆瓶瓶罐罐都快挤不下了。

陈雾吃完后去外面散步，后面有脚步声逼近，他回头望了望，问道："晏同学，

愿者上钩

100

你不在屋里陪你的朋友啊？"

晏为炽把陈雾拽到路灯下，怒道："他吃他的，需要你给他挪盘子吗？"

陈雾好一会儿才听懂，解释道："我是看他不好意思。"

晏为炽冷冷地道："你可真善解人意。"

陈雾讪讪地笑着说道："他们都是你的朋友，我肯定要照顾好。"

晏为炽一顿，松开陈雾，没好气地说道："少操心，管好你自己就行了。"

"好吧。"陈雾挠挠脸，"我要再走走，你呢？"

晏为炽没回应，抬脚往前走了。

夜晚的水库泛着幽幽的光，空气里弥漫着淡淡的土腥气。

"今晚好冷。"陈雾把手塞进袖口里，他朝一处瞧了瞧，惊讶地说："还有人在钓鱼。这是怎样的意志力啊……"

晏为炽耷拉着眼皮，声音里带着困意："你不是和人家聊过，不知道吗？"

陈雾回忆了片刻，说："你说那个哥哥……那个老乡……"他慌慌张张地改了口，转身面对晏为炽，认真地说，"我没怎么聊。"

晏为炽嗤笑道："眼睛都笑没了。"

陈雾沉默了几秒。

"晏同学，你的朋友们有没有问我和你的关系？"陈雾试图转移话题。

晏为炽道："他们不会问的。"

陈雾十分疑惑，晏为炽将一只手从运动裤口袋里拿出来，掌心按住他的后背，推着他走："事情没你想的那么复杂。"

风中传来了陈雾的自言自语："没想复杂啊，我只是不……"后面的话被晏为炽打断了。

屋里静得很，饺子汤早已凉透，水箱里的观赏鱼优雅、缓慢地游动着，与旁边鱼缸里活跃地争抢食物的鳑鲏形成了鲜明对比。

姜凉昭和黄遇第二次进洗手间，动作异常一致——坐在了小马扎上。

两人这次不像上次那样交流，各自想着心事。

安静地坐了许久，黄遇起身去洗手，忽然发现了一件令人吃惊的事——洗手间里只有一瓶洗发水、一瓶沐浴露和一块小肥皂。

他把这个发现告诉了姜凉昭："陈雾不会是用的炽哥的吧，我去看看。"

姜凉昭伸手阻拦："别去……"

可是他没拦住,黄遇已经跑了。

陈雾和晏为炽刚回来,就撞见黄遇像狗一样趴在陈雾的枕头上嗅来嗅去,姜凉昭无奈地拽着他的两只手想把他拖起来,这时瞥见晏、陈二人,痛苦地用手捂住脸。

黄遇身体僵住了,下意识地偷瞄陈雾的反应。

然而他还没来得及捕捉到陈雾的表情变化,晏为炽就挡住了他的视线。

陈雾站在晏为炽身后,吞吞吐吐地小声问:"晏同学,你的朋友们在……在干什么?"

晏为炽把陈雾关在门外,冲过去给了两个发小一人一脚,然后才回答陈雾的问题:"在丢人现眼。"

黄遇和姜凉昭被赶了出去,他们来时怎么也想不到这么快就回去了。

"炽哥那一脚真狠。"黄遇感觉被踹的地方到现在还有点痛。

姜凉昭一边扣着大衣扣子,一边幽怨地说:"以后想做什么,能先听一下我的意见吗?"

黄遇嘿嘿一笑:"情况特殊,一时着急上火。"

姜凉昭没话说了。

车停在水库的小路出入口旁——他们是走着去晏为炽那儿的,现在要走回去。走着走着,黄遇忽然想起一件事,问道:"一中明天放假,你妹肯定要来炽哥这儿,往年都这样,到时要是发生了什么冲突怎么办?"

"船到桥头自然直。"姜凉昭回答道。

黄遇路过一棵樟树下,伸手在树干上拍了拍,疑惑地说道:"你说那个姓陈的究竟是真人不露相,还是真傻?我解释说我们俩打闹,我不小心摔到他枕头上了,他立刻就信了。"

姜凉昭沉吟道:"先别急着下定论。"

"就是怕这个陈雾深藏不露,他可不是个没名字的路人甲。"黄遇将刘海往后捋,露出标准的剑眉星目,"明儿小年,我们干脆叫炽哥出去吃饭,看他带不带陈雾。"

前面有盏路灯坏了,姜凉昭闻言放慢脚步:"之前没带过,这次都把他介绍给我们认识了,估计会带。"

"那就有好戏看了。"黄遇突然又想到什么,冷哼一声,不满地说道,"怪不得炽哥说今年不用我们陪他过年，原来是……"

突然，姜凉昭干呕起来。

黄遇调侃他："昭儿，你有了？"

"滚！"姜凉昭有点反胃，"你的调料里到底放了多少蒜，刚才没觉得，这会儿风一吹，你快熏死我了。"

黄遇无语，对着掌心哈了一口气，这味多正啊。

小年这天，陈雾还要上班。

晏为炽早上破天荒地没睡懒觉，盘腿坐在床上，胳膊撑着腿，腰背弓下来如同狩猎中的豹子，布满血丝的眼睛盯着陈雾穿衣服，问道："你半夜叫什么？"

陈雾毛衣套了一半停下来，纳闷地看了他一眼："我叫了吗？"

晏为炽压迫性的目光依旧锁定他，十分肯定地说道："叫了。"

陈雾愣怔了半晌，才把脑袋伸进毛衣领口，轻声道："做噩梦了吧，我没印象了。"

晏为炽皱眉，难道是因为昨晚让他见阿遇和凉昭的事？

"因为我吗？"晏为炽的脸上看不出情绪。

陈雾把因穿毛衣而弄歪的眼镜扶正，思索片刻后眨眨眼睛："不可能吧……"

晏为炽心头蓦地生出几分不快："睡了，走的时候别叫我。"

说完，他把被子一拉，露在外面的一小撮金色短发，看起来十分柔软。

陈雾走时轻轻地关上门，尽量不吵到他。

就在陈雾要转身的那一刻，屋里传出低沉的声音："见就见了，别在意，不过是一件很小的事。他们不会到处说，影响不了你在西德当保安。"

陈雾正系着雷锋帽，闻言回过头，惊讶地道："你还没睡啊？"

晏为炽黑着脸翻身背对着门口，心中暗骂：聒噪，烦人！

中午，陈雾和老刘在附近吃火锅，快结束的时候接到同事的电话，叫他回去，说是校长的女儿来了。

保安室的门是关着的，窗口也关上了，赵潜坐在陈雾的位子上，一见他进来就朝他挥了挥手。

陈雾脱掉军大衣，露出里面整齐的制服，问道："赵同学有事吗？"

赵潜一边拨弄陈雾养的植物的叶子，一边说道："老丁喊我出来玩，我们路过西边篮球场的时候,他非要去耍两下,我就来你这里待会儿。"

陈雾问她要不要喝水。

"不用管我。"赵潜解开皮筋重新扎了一下头发,开始吐槽,"只要上手了,没一个小时是出不了球场的。哦,对了,炽哥也在。"

"男孩子是喜欢打球。"陈雾夸赞道,"女孩子也能打得很好,就像你。"

赵潜没有谦虚,她自信地挑了挑眉:"队长嘛。"

"厉害呢。"陈雾打开微信,给晏为炽发信息。

陈雾:"晏同学,你出来玩了啊。"

打球的晏同学竟然回复得很快。

晏为炽:"晚上把自行车放学校里,我去接你。"

陈雾:"接我做什么?"

晏为炽:"吃饭。"

陈雾把手机放到桌上,见赵潜抱着他的靠枕,没有往常的精气神,便问道:"你怎么了?"

"女生每个月总会有那么几天。"赵潜耸了耸肩,把脸埋进抱枕里,痛苦地皱着眉头,上下眼睑隐隐发黑。

不多时,陈雾拍拍她,递给她一个热水袋——老式的猪肝色热水袋。

赵潜目瞪口呆,这哪儿来的老古董,现在不都是充电的吗?她觉得新鲜,忙接过来,没想到热水袋很烫,差点没拿稳。

"谢谢啦。"赵潜个性豪放,当着陈雾的面便撩起外套,把热水袋放在身前单薄的打底衣上。

陈雾提醒道:"赵同学,你放错位置了。"

赵潜还在调整热水袋,确保贴紧肚脐,她没听明白:"哥,你说啥?"

陈雾说:"放腰后。"

赵潜有些蒙:"哪儿?"

陈雾让她往前坐一点,与椅子拉开些距离,然后将热水袋塞进那个空隙里,还体贴地将她的发梢拨到肩膀一侧,以免压到头发。

不是刻意讨好,也不是圆滑世故,只是很自然地这么做了。

赵潜持怀疑态度:"这能有用吗?"

"嗯。"

过了一会儿,赵潜发现不适感减轻了,手脚都恢复了些力气,她震惊得下巴都要掉了，敢情以前都白忙活了？

"真的好多了。"赵潜走到窗口，好奇地问陈雾，"你怎么比我还懂？"

陈雾耐心地告诉她原因："乡下没什么娱乐，我有时间就看看书，平时买书也挑折扣大的那一类买，所以看得比较杂。"

赵潜朝他竖起大拇指："牛。"

几秒后，她趴在窗口问陈雾："你想换工作吗？我在春桂有那么点人脉。"

"暂时不想。"陈雾摇头，"等我需要了再找你。"

"说定了。"赵潜展眉一笑。

回篮球场的路上，赵潜给陈雾发了一个"666"的红包，祝他小年快乐。

陈雾回了她一个红包以及一张花开富贵的图，上面还闪着"天天开心"几个字。

赵潜第一次收到这种朴实无华的祝贺图片，她笑着收藏了，又发到几个群里。大家都问是不是校长拿她的手机发的。

她脸上的笑容消失了，好心情也随之无影无踪，英气勃勃的眼角眉梢浮现出一丝叛逆，接着是迷惘，最后所有情绪都埋葬在长长的叹息声中。

快下班时，学校发了一箱红富士和一箱龙眼，陈雾搬着它们走向与晏为炽约定的地方。

半路上碰见了晏为炽。

"你是蜗牛吗，怎么这么慢！"晏为炽随手拿走那两个纸箱，掂了掂，"分量挺足，西德这次表面功夫做得不错。"

陈雾说："怎么能说是表面功夫，这么有心。"

"是是是。"晏为炽敷衍道。

陈雾不再说话。

晏为炽走了几步，发现陈雾没跟上来，他转身看去："你走不走？不走就站那儿，等我把水果放好了，再回来扛你。"

陈雾慢吞吞地走着，嘴里说道："冬天的水果挺贵的，学校发了我喜欢吃的苹果。"

"所以我没扔，给你拿着。"晏为炽忽然沉下脸，"西德这副德行，我还不能说了？"

陈雾将手揣进兜里，慢悠悠地说道："我还收了两个红包，学校前段时间给我发了 200 元,今天赵同学给我发了 666 元。"

"你这是在暗示我晚上要给你发红包吗?"晏为炽等他上来后便大步往前走,"行,给你。"

陈雾咕哝道:"我还不是要还你。"

"谁要你还了?"晏为炽说道。

"那我不还了。"说完他又摇摇头,"还是还吧,你是学生,打工不容易。"

晏为炽闻言额角突突直跳,心想你管我容不容易!

小年夜,街上人非常多,晏为炽带陈雾穿过人流,停在路口的一辆黑色商务车前,喊道:"阿遇,开后备厢。"

坐在副驾驶座上的黄遇降下车窗,往外探头,问:"炽哥,你手里拿的是什么呀?"

"不识字吗?"晏为炽把两箱水果放进后备厢,转头叫陈雾上车。

陈雾一只脚跨进车里,却停在了原地。

宽敞的商务车里弥漫着少女好闻的香气,姜禧坐在第二排靠左的座位,姿态傲慢,余光却好奇地偷瞄陈雾。

"进去。"晏为炽站到陈雾身后,作势要推他,"别磨蹭。"

陈雾坐了上去,他想往第二排的空位上坐,后面上来的晏为炽拽住他的胳膊,把他拉到了最后一排。

姜禧眼角都要抽筋了,想大方地回头看又不愿意。

她哥和黄遇接她的时候,已经跟她讲过炽哥今会带一个朋友来,她不以为然,见到真人以后说不上来什么感受,一时不知道该把关注点放在他的衣服上,还是他的眼镜上。

后面没有动静。

"我哥去给我买喝的,怎么这么久了还不回来。"姜禧装作不经意地看了看后排,正巧与陈雾对视。镜片后的那双眼睛像荒野森林深处静谧的湖,她怔了一下,以为心思被发现,红着脸把头转回去。

陈雾垂眼看着放在腿上的双手。

"想去洗手间吗?"晏为炽瞥了眼陈雾抿紧的双唇。

"没有。"陈雾凑过去,小声问,"前面也是你的朋友?"

姜禧听到了,趁机打了招呼:"哈喽,我是姜禧,姜凉昭的龙凤胎妹妹。"

说完没等陈雾回应,头一扭就戴上了耳机。

姜凉昭买了饮料回来，姜禧已经睡着了——白天考试累的。

"陈雾也睡了。"黄遇用口型说道。

"睡就睡，你鬼鬼祟祟做什么？"姜凉昭坐上车，给司机报了春桂边缘那家质量不错的饭馆的名字。

黄遇忍不住了："你看后视镜。"

"我不看。"姜凉昭果断拒绝，余光还是将后座的情景收进了眼底。

晏为炽坐在陈雾旁边，玩他的雷锋帽。玩够了，便戴上试试。

黄遇和姜凉昭都瞪大了双眼——炽哥这是干什么？

晏为炽冷不丁地问："合适吗？"

黄遇答："还……还行。"

姜凉昭也说："可以。"

晏为炽再一次问："合适吗？"

黄遇不知道怎么回答了，炽哥想听什么答案，完美还是绝佳？

姜凉昭略一思考，说："合适。"

黄遇赶紧跟着说："合适。"

晏为炽不置可否："合适个屁！"他取下雷锋帽，"真土。"

雷锋帽回到了陈雾头上。

与此同时，季明川坐上了回老石村的火车。

老石村在深山里，交通不便。

春桂有一班长途大巴能到镇上，但是季明川每次回去选择的都是车费贵一些、不能直达的火车。

因为大巴上太挤太吵，空气极差，他只在报到那天坐过一次，后来往返都是坐火车。

季明川转了一次火车，于第二天清晨走出破旧且小的车站。三三两两的旅客操着当地的方言各自散开，他口罩下的脸上露出几分疲态。

以往这个时候，陈雾会包一辆三轮车来接他，雨天、雪天会带上胶靴给他换。然后三轮车会把他们从市里带到镇上，接下来就是在崎岖的山路上步行。

山路难走，陈雾会和他说家里的事，问他学校的事，一路走走停停。

这次从头到尾都只有季明川自己，他风尘仆仆，鞋上、裤腿上沾满泥和雪。

他出现在村口时，天已大亮。

山里风很大，第一个发现他的是一条狗，它在散发着恶臭的垃圾堆里找吃的，看见季明川就进入了一级警惕状态。

狂吠声惊动了它的主人。

老头的眼睛不好使，没认出一年才回来两次的季明川，于是问道："你是谁啊，找谁啊？"

季明川并未理会，他踏进村子，走到最东边的那间老屋门前。

门上挂着一把小锁，锁上粘着细碎的枯叶。

季明川把揣在大衣口袋里的手伸出来，握住门锁，看了眼手上的锈迹。还是没回来吗？

季明川走到院墙边，掀起墙头的一块瓦片，从下面找到一把钥匙，打开了门。

村子很小，不一会儿，有个陌生人进村的消息就传遍了。

大家沿着雪地里的脚印找到老季家，都以为是老季的大儿子陈雾回来了，笑老头不中用，连陈雾都认不出。

"小雾我还能不认识？"老头冤枉极了，"不是他，不是他，个头要高不少，穿得也很洋气。"

"不会是明川吧？"这时有人猜测道。

"那就是了，放寒假了。"

"小雾不是去找明川了吗？两人肯定是一起回来的吧。"

"没有一起，我只看到一个。"

就在大家议论的时候，门从里面打开了。

几个小孩见到季明川，瞬间停止打闹，躲到自家的大人身后。

季明川的视线扫过老幼，落在门前脏乱的脚印上。

"明川，你回来了啊！"

"去年腊月初你就回来了，今年怎么这么晚？"

"高三能跟高一、高二一个样吗？明年就要高考了，学校不得抓紧点。"

"对对对，高三很辛苦。我家老幺那时候每天都要写很多作业，学习压力很大。结果还是没考上，哎，竞争太激烈了。"

"读书需要有天赋，你家老幺不是学习的料，不像明川，明川肯定能考上大学，春桂一中多厉害啊，可不是一般人能去的。"

七嘴八舌交织成淳朴的热情。

季明川的眉头却一点点蹙了起来。

半年没见，大家一下子没想起来他是个什么样的人，直到他们迟钝地感受到气氛的沉闷，才后知后觉，老季的小儿子和大儿子的性格差很多。

于是热闹就停了。

季明川神色疏离地说道："让开。"

老人们拉着小孩让出一条道，季明川朝组长家走去。此时，半掩的院门被人推开，接着响起大喊声。

"小雾，你回来了吗？小雾！"

"真的没回来啊……怎么了……"

组长已经闻讯赶来了，他与季明川打了个照面，问道："你哥没回来？"

季明川不答反问："我爸埋在哪里？"

"你哥没跟你说？"组长奇怪地看了他一眼，"我带你去。"

季家门前的说话声持续了片刻，大家不明白为什么只有小儿子回来了。

小孩们不开心地被老人牵着小手回家，他们是来要糖吃的，现在要不到了，因为发糖的人不在。

路过一片柿子林，组长说："小雾给你带的柿子甜吧。"

季明川仰起头——树上的柿子早就摘下来卖掉了，只有顶端还挂着几个，被鸟雀啄得只剩下残躯。

他踩着雪地里的腐烂柿子，脚步不停地向前走。

"那是今年第一批长得最好的，他一个个挑出来的。"组长的声音从后面传来，"你哥还怕路上会压坏，包了很久。"

见季明川走得很快，没有要说点什么的意思，组长苍老的脸上露出不满，却没有独自掉头下山。

组长带季明川走过小半个山头，停在一处，说道："就是这儿。"

一个小小的坟包，被积雪掩盖了。

组长折了一段树枝过来，把坟上的雪扫了扫，说道："你爸总念着你什么时候回来，你哥就选了这儿，说只要你一进山，你爸就能看到你，看着你回家。"

季明川不语。

组长又说："坟是你哥一个人挖的，没让我们帮一把，棺材也是他锯木头打的，挑的树我也不懂，特别沉，还香，他手都磨破了……"

季明川突然出声打断了组长："可以让我自己在这儿待会儿吗？"

组长面子挂不住，但知道他一直是这个性子，只好作罢。他回到村里被人拦住，那人问道："问出小雾怎么没一块儿回来了吗？"

"没问出来。"他摆手。

"那怎么办，大家的春联还等着他写呢。"

组长一边往家里走，一边说道："上我那儿拿，我去市里存钱的时候正好银行搞活动，送了不少，我小儿子也寄回来了一些，你们自己要用就拿。"

"难道小雾不是有事耽搁了，是今年不准备回来了？"

"不知道，不知道！"组长也没想到老季家只回来了一个儿子，有些措手不及。

林间的风听起来犹如孤魂的恸哭，季明川眼皮微垂，神色平静淡然，仿佛从未做过亏心事。

即使他是空着手来的，没有带一根香烛或一张纸钱，也没有像对陈雾说的那样，在父亲坟前解释自己的晚归。

几分钟后，季明川转身下了山。

坟前只留下鞋印，没有跪拜过的痕迹。

季明川没有在村里闲逛，也没有和谁打招呼，他径直回了家，穿过堂屋推门走进北边那间屋子。

床上铺着凉席，不见其他东西。季明川打开上面的柜子，被子、枕头都在里面放着。被芯和被套是分开叠的。

这说明陈雾走时特地收拾了一番，做好了外出一段时间的准备。

时至今日，季明川依然困惑于陈雾为什么要留在春桂，那种不值一提的小城市，有什么值得他流连忘返的？

动物都知道拖着伤残的身体回到自己的窝里疗伤。

现在，一个人生轨迹单调，理应永远待在一个固定圈子里，直至老去死去的人，突然有天让人捉摸不透了。

反常意味着麻烦。

季明川用力将柜门摔上，柜门反弹打到他的手，他下意识地把手伸向旁边："哥，我……"

没人。

季明川的眼神变得阴鸷，他再次摔柜门，发泄似的连续摔了十几次。

柜门不堪重负，耷拉了下来。

季明川深吸一口气，踢开地上的螺丝去找药箱，却没找到。他按住渗血的伤口，久久地盯着堂屋长桌上的遗像，脑子一片空白。

陈雾每次去看他都带着一个小药箱，里面是分好类的常用药品。药箱也是新做的。

宿舍的药箱被他扔了，家里的药箱他找不到。

季明川微乱的发丝下，额头沁出一层薄汗。他拨打陈雾的电话，最近频繁听到的提示音在他耳边响起："您拨打的电话正在通话中，请稍后再拨。"

季明川握着手机的手搭在眼帘上，起伏不定的胸口显示出他的情绪很不稳定。他想去冲洗伤口，目光无意间扫到了墙上的合照。

一家三口。

年长者坐在椅子上，两个男孩站在他身后。他面向镜头，身体干瘦，仿佛被疾病侵蚀殆尽，两条腿无力地垂着，一张方脸上露出憨厚的笑。

照片的背景是屋后那片竹林。

个子高一点的男孩脖子上挂着一块小木牌。

那是那个矮个子的男孩为他做的。他每年寒暑假回来的时候，总会用一块新的木牌取代旧的。

季明川把手伸进白色高领毛衣的领子里，摸到木牌并扯了出来。

木牌的光泽已经暗淡，纹路模糊，该换一块新的了。

为什么明明答应了他，先把父亲葬了，等他回来祭拜，却自作主张跑去找他？

季明川徒然逆着寒风跑到组长家。

组长正在院子里引炉子，一头雾水地被季明川质问："以前他每次去春桂找我，你都会通知我去接他，为什么这次没有通知？"

"明川，你怎么——"组长不知道是冻的，还是见季明川脸颊发颤像是在隐忍着什么，硬生生地打了个寒战，"你哥去找你的前一天，你大妈身体不舒服，我带她去医院了。等我回村的时候，你哥已经快到春桂了，我那会儿忙，就没给你打电话。"

季明川无奈地闭上眼："如果你通知了我，就不会……"

"不会什么？"组长听不明白，试探地问道，"你和你哥吵架了吗？"

季明川转过头去看墙外的老树枯枝："我不知道他现在在哪里。"

组长大惊："不是在春桂吗？"

季明川没有言语，他垂下眼帘，摩挲着手上的伤口，忽地笑道："组长，您帮我问问。"

"真的吵架了？我说你哥怎么没跟你回来，是为什么事吵啊，大过年的闹成这样多不吉利，你爸在地底下看着心里头能好过吗……"组长一边唠唠叨叨，一边去屋里找手机。他刚找到陈雾的号码，就被季明川拿走了。

一条消息发送了过去。

"小雾，你回来过年吗？要是不回来，我就给你寄点腊肉过去，你把地址发给我。"

不一会儿就有了回信。

陈雾："季明川，别用组长的手机给我发信息。"

季明川自嘲地笑道："我哥还真是了解我。"

他又编辑了一条信息——

"你过年都不回家，在春桂和谁吃年夜饭？身上的钱带够了吗？不要被人骗了。"

这次陈雾没有回复。

季明川又发了几条信息给他——

"你真的不回来过年？"

"爸今年走的，年初二要拜新灵，到时候亲戚都会过来吃饭，你让我一个人应付吗？"

"我对不起你，你就不要家，不管爸了。"

"哥，把我加回去，求你。"

季明川发再多信息，不管是道德绑架式的指责，还是像从前那样如小孩子般撒娇，都如石沉大海，没有回音。

陈雾删掉所有信息，在通讯录里翻出老石村的分组，取消了换号码的想法。

明年清明再回去上坟吧。陈雾内疚地在心里跟爸爸说了声对不起，他抹了把脸，对靠在树下的晏为炽说："晏同学，前面有洗手间，我去一下。"

"给我站那儿。"晏为炽阔步走近，抓住陈雾的肩膀把他的身子转过来，命令道，"抬头。"

陈雾惊愕不已。

晏为炽强迫他抬起头。

山里雾气重,陈雾穿着雨衣,露在外面的头发湿漉漉的,贴着脖颈,比平时看起来更黑,如绸缎一般。

他的镜片刚擦干净又模糊了,遮住了眼睛。

晏为炽摘掉他的眼镜,弯腰看着他:"这不是没哭吗,怎么一副要哭的样子?"

陈雾抢回眼镜,问道:"晏同学,你为什么会这么以为?"

"谁知道。"晏为炽漫不经心地说道,"你刚才在给谁发信息?"

"我们村的组长,他说要给我寄腊肉,我没要。"陈雾说完便往洗手间的方向走。

"拿上你的手杖。"晏为炽说道。

"都说了不用了,我是在山里长大的,不需要。"陈雾说着,轻松地踏上石阶。

晏为炽嘟囔了一句:"看把你能耐的。"随后他带上两根手杖,懒懒散散地跟了上去。

这里不是春桂,而是隔壁城市。晏为炽一伙人昨晚过来,现在还没回去。

他们爬到山顶看了日出,现在正在下山的路上。

没有人提议坐缆车。

大家都是年轻气盛的年纪,你行我也行。然而,姜禧不太行,她已经坐在石头上休息了半天,腿还是酸得要命,发髻也乱了,汉服更是脏兮兮的。平日里活力满满的小姑娘,此时像被寒风摧残了的花骨朵。

旁边是同样"残"了的黄遇和姜凉昭。

他们三人不约而同地望向一前一后去往洗手间的两人。

"怎么上洗手间也要一起啊?"姜禧不理解。

"这你就不懂了。"黄遇正色道,"就跟你们女孩子一样,男孩子上厕所也想有人陪。"

"唉。"姜禧闻言,万分惆怅地叹了一口气。

第八章
摩天轮和新年

没多久,一行人继续出发。

姜禧很快就落后一大截,她跟个老太太似的拄着手杖艰难前行,精致的汉服下摆扫过潮湿的石板,千金小姐的形象全无。

原本想穿着汉服拍美照,来了以后连手机都不想拿出来了。

昨晚是她自己坚持要来这里爬山的,现在后悔极了。

姜禧突然脚下一滑,控制不住身体一路往下冲,她情急之下抓住了前面的人,心有余悸地一抬头,发现抓住的不是她熟悉的人。

"陈……陈雾,我没撞到你吧?"姜禧立即把手收了回去。

陈雾没说什么,也没加快脚步去找前面的晏为炽他们,他保持着原有的节奏,又慢又稳。

姜禧没有拜托陈雾拉着自己,而是趁这个难得的独处机会说了别的:"陈雾,你能不能帮帮我?"

陈雾停在台阶上。

"炽哥哥对你比对他两个发小都要亲近。"姜禧从昨晚见面到现在靠自己的观察得出了这一点,她拨开粘在俏脸上的发丝,"你帮我追到他,我可以给你很多钱。"

世家千金,第一时间想到的诱惑就是物质,幼稚又单纯。

陈雾低头看着脚上临时换的运动鞋,沉默了好一会儿,才说:"不好意思,我帮不了你。"

"为什么呀?"姜禧顿时委屈起来。

陈雾说:"我过完年就要搬走了。"

姜禧浑然不觉地露出灿烂的笑容，意识到后又尴尬地把脸转到一边："那好吧。"

好奇怪啊，她为什么在听到陈雾说要从炽哥哥家搬走的时候，心里会这么开心呢，仿佛松了口气。

姜禧按捺不住，发微信给她哥，把陈雾要搬走的消息告诉了他。

姜凉昭看完就问身边的晏为炽："炽哥，陈雾年后不住你那边了吗？"

晏为炽翻看着拍的照片，随意应了一声："嗯。"

姜凉昭用随意的语气道："那他找到新住处了吗？"

晏为炽抬眼："怎么？"

姜凉昭笑着说："问问，都是朋友嘛。"

"少来。"晏为炽往台阶上看，面色不知为何陡然一沉，"你妹到底能不能行？"

姜凉昭沿着炽哥的视线望去，看到姜禧和陈雾站在一个台阶上，看样子是在聊天。

晏为炽踢了他一脚："还不去管管。"

姜凉昭说："不用了吧，有陈雾帮小禧就行了，他是我们中间最能爬山的。"

"他就是个傻子，你信他。"晏为炽催促道，"快去。"

姜凉昭上了台阶，黄遇坐在半道玩手机，见到他不禁喜极而泣："来接我吗？够兄弟。"

"自己走。"姜凉昭说，"你还不如陈雾。"

黄遇被刺激得斗志昂扬，又在下一秒泄了气："他一个种地的，那体力，那腿脚，毫不夸张地说，他现在就是在散步，还没动真格。"

姜凉昭轻飘飘地道："但是炽哥不觉得。"

"打住！"黄遇一副要疯的表情，他已经够累了，不想再多死一些脑细胞，毕竟本来就不多。

后半程，黄遇和姜凉昭轮流背着姜禧。

"你们不管我，炽哥哥就会管我了。"姜禧的脚都快废了，还惦记着她炽哥哥宽阔的肩背。

黄遇把她往背上托了托，无奈地说道："妹儿，睡着了再做梦行不行？"

姜禧情绪低落，沉默了一会儿，不知道哪根筋没搭上，她从黄遇的背上下来，一瘸一拐地走到陈雾面前，想让他背自己。

陈雾还没说话，旁边就响起晏为炽的声音："自己走。"

姜禧哭丧着脸说道："我的脚太疼了。"

"那就找你哥。"晏为炽将一头金色发丝捋出张狂随意的新发型，烦躁地吼道，"姜凉昭，别看热闹了，给老子滚过来。"

都喊全名了，说明他真的生气了。

姜凉昭莫名其妙地挨了一顿批，他走过去把小妹领走，用严肃又温柔的口吻叫她老实点，不然下次不带她出来玩。

姜禧一走，晏为炽就训斥陈雾："刚才我不出面，你是不是要答应？"

陈雾说："我没背过女孩子。"

"想感受一下吗？"晏为炽冷冷地说，"你背她出了事，你会连自己怎么死的都不知道。"

陈雾吃惊地问："他们家很厉害吗？"

晏为炽拉起冲锋衣的拉链："有钱，有势力。"

陈雾愣愣地说："晏同学，你还有这种朋友啊。"

晏为炽面不改色地说："他们赏脸。"

陈雾长长地"哦"了一声，好半天才冒出下一句："那也是你的本事，既能很早就跟他们结交，还掌握了主导权，一般人是做不到的。"

晏为炽转过头叹了口气，真是个说什么都信的傻子。

下了山，姜禧就把车里的座椅放倒，躺了下去，披头散发的，鞋子都踢掉了。

黄遇和姜凉昭也累得不想说话，他们从头到脚都写着"狼狈"二字，没了来时的贵公子样儿。

陈雾蹲在路边吃面包。

"还玩不玩，不玩就回去了。"晏为炽喝着奶茶问他。

陈雾口齿不清地说："我们没玩啊，只是爬了山。"

晏为炽问："嫌我们没用？"

"你平时打工也是一种锻炼，身体挺好的。"陈雾摇头，"你的朋友们都累趴下了。"

"管他们干吗！"晏为炽说，"我在问你。"

陈雾一口一口地吃掉整个面包，才问了句："这里有摩天轮吗？"

"摩天轮？"晏为炽皱眉，"你想坐吗？"

陈雾诚实地道："想坐。"

晏为炽不感兴趣，吐槽道："摩天轮有什么好坐的，没意思。"

陈雾嘀嘀咕咕："我好奇在摩天轮上面往下看，是不是跟在山坡上一样。"

晏为炽无语极了。

陈雾吃第二个面包的时候，晏为炽伸手拨了他雷锋帽一侧的护耳一下："起来，走了。"

"去哪儿啊？"陈雾咬着面包，迷茫地仰起头。

晏为炽把空奶茶杯抛进垃圾桶里，打开手机导航。

"还能去哪儿？带你去坐摩天轮。"他散漫地说。

晏为炽把车开走了，姜凉昭三人找了个酒店补觉。

黄遇刚睡着猛地坐起来："你说炽哥带陈雾干吗去了？"

姜凉昭坐在床边的椅子上闭目养神："没告诉我，不清楚。"

黄遇又倒在床上，打了个哈欠道："出去玩却撇下我们。"

"是我们太废物了。"姜凉昭说。

黄遇眼袋大得都要拖到胸口了，抱怨道："前天晚上失眠没睡，昨天晚上爬山，今天下山还背了个人，鬼都吃不消。"他使劲儿抹几下脸，跟脸皮有仇似的，"赶快过完这个年吧。"

年过了，陈雾就不在炽哥那儿了。

隔壁房间，姜禧躺在床上发朋友圈，一共六张照片。

有小年夜吃饭的，也有刚开始爬山的。

姜禧在网上寻找句子来搭配自己的照片，找了很久却都不满意，她知道是自己的问题。

就像现在，明明很累、很困，可就是睡不着，脑子里像是"砰砰砰"地绽放着烟花。无论是温馨的小年夜，还是浪漫的爬山看日出，一个都没有按照期待的剧情发展。

姜禧不自觉地回忆起昨晚吃饭时的情形。

她坐在炽哥哥的左边，陈雾坐在另一边，他切牛排时，炽哥哥笑他不会拿刀叉。但那不是嘲讽或轻蔑的笑，而像是故意惹陈雾生气，对他露出一点都不尖锐的小爪子，不痛不痒地抓他几下。

姜禧拼命晃脑袋，心想，我是不是爬山爬傻了，想的都是什么可怕的东西！

微信突然跳出一连串消息，姐妹群不知怎么在这个时间活跃了起来。

姜禧疑惑地进入微信群，发现她的小姐妹们截了她朋友圈的一张图，在群里讨论图上拿叉子的手。

她们起初觉得眼熟，后来找到照片核实了，是前段时间上了热搜的那只手。现在这只手已经是那个"手控"博主的微博头像了。

大家艾特姜禧，问她要手主人的信息。

"怎么连个正脸都没有？"

"别说正脸了，除了手其他什么都没有。"

"快快快！小禧儿，快让我们看看这人长得帅不帅！"

"你竟然认识他，那上次我们馋成那样子，你都没说，真不够意思啊，我的好姐妹。"

对姜禧来说，男神看整体氛围，大帅哥看身材比例，小帅哥直接无视，像手、脚、鼻子、眼睛这些别人眼里爱得不行的部位，她都没感觉，所以群里姐妹聊的不少内容她都不关心。

她哪里想得到，陈雾会博得她的姐妹团的关注。

陈雾的手很漂亮吗？姜禧把图片放大又缩小，仔细看了看，没觉得有什么特别之处。

还是炽哥哥的手好看，大大的，很有安全感。

姜禧剥了个棒棒糖吃，飞快地打字。

"有没有搞错呀，有三个帅哥，一个美女，你们非要关注一只手。而且照片上有不好看的手吗？"

"犹抱琵琶半遮面啊。"

"确实，要是全身全脸出镜，反而没这么大的冲击力。"

"牛排、红酒、玫瑰、叉子和手，氛围感拉满。"

"别转移话题，小禧儿老实招来，好东西要分享，别独吞！"

姜禧直接发语音："谁独吞了，根本不是我的菜好吗！"

大家纷纷开起玩笑。

"是是是，不比你的炽哥哥。"

"不远万里跟去陪读，感天动地。"

愿者上钩

"你有帅哥可以看，我们就惨了，身边全是丑男，稍微长得还行的却油腻得很，禧美女，让我们洗洗眼睛。"

优质的帅哥都去春桂了。

晏家、黄家、姜家那三人，一去就是三年。

等他们回来，就有热闹看了。

"我们人都要等凉了，快点吧，小公主。"

大家又开始催促，气氛都到这儿了，说什么也要看个清楚。

姜禧含着棒棒糖说："这个人是我昨晚才认识的，朋友的朋友，我和他没怎么接触，不熟。"

不是她磨蹭，而是没经过炽哥哥的同意，她不敢乱来。

毕竟陈雾只是炽哥哥的朋友。

姜禧叹了口气，照片是她裁剪过的，哪知她裁掉了陈雾，却漏掉了他的手。

她没想到，陈雾身上还有成为"热点"的东西。

然而现在她说什么都没用，不发照片下不来台了。

"好好好，给你们看。"姜禧没有特地去拍陈雾，她拍晏为炽的时候，他要么入镜一条腿，要么是一点头发，要么一只耳朵……她烦得要命，又没法把他完全裁掉。

姜禧找了一张晏为炽的照片，单独截出陈雾的那部分发到群里。

"怎么只有小半张脸。"

"看起来不错。"

"戴眼镜啊，我喜欢。"

姜禧都替她们脸红："照片就这样，我发了啊，下线啦，我要睡觉了。"

陈雾的长相不符合她的审美，她以为他长得一般。

看来他还是挺讨人喜欢的。

姜禧吃着棒棒糖撇了撇嘴，她想把陈雾的手入镜的照片撤下来，换上别的，想了想又算了，已经有一堆人给她点赞了，大家都看过了。

姜禧朋友圈的赞有一个是黄遇点的，他点完就撤了，没留意底下一溜儿吹捧的评论。

"昭儿，要不我们给陈雾介绍个女孩子？"黄遇突发奇想。

冥想中的姜凉昭睁眼，投过来一个无法形容的眼神。

黄遇脸一沉:"你觉得我这计划很烂?"

姜凉昭起身倒水喝,平静地说道:"不做评价。"

黄遇从侧卧变成仰卧,不服气地说道:"就是烂呗。"

"倒也不是烂。"姜凉昭摊开帕子,慢条斯理地擦掉手上的水渍,"我是认为没必要安排这一出。他过完年就搬走了,交集会少很多。即便那时候还有联系,七月份也会彻底从我们的交际圈里退出。"

黄遇抖了抖腿,语气少有地正经:"还有半年,夜长梦多。他在一天,我就心慌一天。"

姜凉昭思虑片刻,微微一笑:"那就按你的来吧。"

黄遇是个行动派,马上就挑出了一个人选。接下来就看他怎么安排剧本了。

剧本的主角之一陈雾此时正在游乐园排队,他前面的队伍很长,后面也有一条小尾巴。

"怎么这么多人坐摩天轮?"陈雾不解地问。

"放假。"晏为炽站在他后面,拿着手机看新闻。

陈雾走出队伍,走到窗口望了望,然后转身回来,面对晏为炽说道:"网上可以提前订票,便宜不少。"

"我哪知道这个。"晏为炽一目十行地浏览网页,不以为意地说,"第一次坐。"

"我也是第一次。"陈雾说。

晏为炽的目光落在陈雾脸上。

陈雾不明所以:"怎么了?"

"没怎么。"晏为炽继续看网页,结果按错了,打开了一个刺眼的小广告。

陈雾默默瞥了一眼。

晏为炽若无其事地关掉页面,然后骂了一句:"怎么关不掉,什么鬼东西!"

"点这里的叉叉。"陈雾伸出手,隔着一段距离指了指页面上的某一处。

晏为炽一按,果然关掉了。

"很了解啊。"他把手机塞进冲锋衣的口袋里,眯着眼睛盯着陈雾,"经常看吗?"

陈雾说:"我不看这些。"

晏为炽不过是开个玩笑,面前的人却认真起来了。

晏为炽突然起了逗他的心思,微微弯腰,问道:"那你都看哪些?"

愿者上钩

陈雾想了想,说:"有……"他不好意思地抿嘴,"太多了,我还是不说了。"

晏为炽刚抬起手来想给他点颜色看看,就见他仰起脑袋,喃喃道:"坐摩天轮会不会头晕啊?"

"不晕车就不会。"晏为炽把手放到自己脑后,抓了几下头发。

"我有点紧张。"陈雾小声告诉他。

"那就默念一万遍'我不紧张'。"晏为炽说道。

"有用吗?"陈雾推了推眼镜,"怎么感觉你在骗我?"

"扑哧——"排在陈雾前面的人没憋住,笑出了声。

陈雾尴尬地红着脸转过身去站好,没有再跟晏为炽说话。

晏为炽转过头看远处,面上挂着淡淡的笑。意识到自己在笑,他皱了皱眉头,把下巴上的黑色口罩拉了上去。

排到他们的时候,都快到中午了。

陈雾问:"你饿吗?"

晏为炽无语,提醒道:"你来之前吃过两个大面包。"

陈雾有点难为情:"冬天热量消耗得快。"

晏为炽说:"自己去买。"

"那好吧,我去了。"陈雾低头打开手机,准备待会儿扫码付钱。

陈雾走后不到两分钟,晏为炽的视线开始往四周扫,人生地不熟的,那个傻子不会走丢吧?也有可能被人拐跑。防备心那么低,谁都信。保安室的同事,学校的学生,看水库的大爷,钓鱼的老乡……看谁都是好人。

三五分钟后,晏为炽开始转动手腕上的佛珠,焦躁起来:怎么还没回来?

晏为炽离开队伍去找。

到处都是人头,他的呼吸渐渐变重:"陈雾,你在哪里?"

正欲大声呼喊时,左侧传来熟悉的叫声:"晏同学!这里!"

陈雾穿过密集的人群,向他跑来。

晏为炽瞪着他拿在手里的手机,身子僵硬,脸色特别难看。

陈雾跑到晏为炽跟前,一边整理被风吹乱的围巾,一边喘着气说:"我没买,太贵了,一点都不划算,还是等坐完摩天轮再吃吧,不差这一会儿。"

晏为炽沉默地转过身去,神情古怪又疑惑,刚才自己为什么不打电话?跟这个傻子待久了,被传染了?

陈雾突然发现哪里不对，急忙道："晏同学，你怎么在这里啊？我们都出来了，还能进去继续排队吗？"

"不要跟我说话！"晏为炽恼羞成怒。

摩天轮转动的时候，里面的人下来，外面的人上去。

陈雾很惊讶："我以为会停。"

他遇到新奇的事，大多时候不会叽叽喳喳问这问那，只会自己体会。

晏为炽把陈雾拉进去，陈雾惊叹："这车厢真好。"

能不好吗？豪华车厢，到了晚上蜡烛一点就是烛光晚餐。

晏为炽给姜凉昭回了条信息，就把手机放到一边，对傻站着的陈雾抬了抬下巴："有吃的，吃吧。"

"怎么还有吃的啊。"陈雾不敢置信地走过去，车厢中间摆着一张桌子和两张椅子。

桌上摆着令人食指大动的西餐。

晏为炽拉开椅子坐下来，双手交叉放在腹部，闭上眼睛，耳边传来咕啾声："又是牛排。"

晏为炽抬起眼皮，发现昨晚才开始学切牛排的陈雾，现在动作已经很熟练了。晏为炽身体微微前倾，问道："好吃吗？"

"好吃。"陈雾点头，"你不吃点吗？"

"没胃口。"晏为炽感觉心脏还有些不适，需要缓缓。

摩天轮慢慢上升，这个城市一下子变得开阔起来。

陈雾吃着西兰花向外看。

在下面说紧张的人，此时既放松又自然，没有任何不适。

晏为炽拧开一瓶矿泉水，问道："跟你在山坡上看到的景色是不是一样？"

"不一样，一点都不一样。"陈雾站起来往下看，视野开阔，远处的风景尽收眼底。他专注地看着这个陌生的城市："好像思想境界都高了，没什么过不去的，没什么大不了的。"

晏为炽顿了一下，仰头喝下一口水，心想，"小作文"都写上了，看来是真的高兴。

摩天轮缓缓地转动。

风路过时，包厢里的人感觉有一点飘。

愿者上钩

吃饱了的陈雾解下围巾放在腿上,取下头上戴的雷锋帽,坐在椅子上,安安静静地看着外面。

晏为炽无聊地转着手机。

时间的大手仿佛按下了暂停键。

"晏同学——"陈雾忽然喊。

晏为炽扫了他一眼。

陈雾搓了搓被空调吹热的脸,用商量的口吻轻声问:"我们要不要拍张照做纪念?"

晏为炽给了陈雾一个"你在说什么笑话"的眼神。

坐摩天轮已经够老土了,还拍照。谁理你!

"不拍。"他拒绝得干净利落,没有商量的余地,"别想。"

几分钟后,摩天轮转到最高处。

两把椅子靠在一起,晏为炽面无表情地半眯着眼,身体像被人绑架了一样僵硬。

陈雾一只手比着剪刀,另一只手高举手机,他欲言又止:"晏同学,你的表情不太自然。"

"我就长这样。"晏为炽神色已经变得不耐烦,催促他,"快点拍。"

"好了。"陈雾放下手机,查看刚拍的照片。

晏为炽见他撇着嘴角,一副想说什么又不知道怎么说的样子,顿生不爽:"拍都让你拍了,还有什么不满意的?"

陈雾很意外地喃喃道:"你不上相啊。"

晏为炽沉默了几秒,转头去拿水喝,淡淡地说:"嗯,是比本人差点。"

坐完摩天轮的两天后,陈雾说要回去了。

当时晏为炽刚洗完澡,湿漉漉的头发凌乱地遮住眉眼。

"回哪儿?"他问。

"回家啊。"陈雾说完,开始检查自己的证件。

晏为炽将手里的毛巾扔到椅背上,喉结急促滚动,难掩烦躁:"之前我问你几号的票,你不说。"

"当时还没定。"陈雾说。

"后来我是不是又问过两次?"晏为炽陡然发火。

陈雾吓得睫毛一颤,大概是不知道为什么会被斥责,他的眼眶泛红,那双总是含着水光的眼睛里像是在下一场无声的大雨,声势浩大,震耳欲聋。

"抢不到票,我心里没数。"陈雾垂下了眼。

晏为炽撸着卫衣袖子走到陈雾面前停了片刻,又后退到桌边,想摸打火机却摸到衣架,他随手丢到一边,表情辨不出喜怒,淡淡地问道:"几点的车?"

陈雾如实回答:"九点多。"

"现在七点,你才跟我说你要回家!"晏为炽气笑了,点点头,"早一天,一小时说都不行?"

那条"当回事""没当回事"的信息在他脑中闪过,他心想,自己这个朋友在陈雾的心中是可有可无吧。他瞪了一眼神情迷茫又不安的陈雾:"不是马上就要走吗?还不收拾!"

陈雾手忙脚乱地整理起来。

"砰——"桌脚堆成小山的漫画突然倒塌了。陈雾动作轻缓,连呼吸都小心翼翼,他把钱包收起来,坐到床上擦起了镜片。

屋里安静得吓人,旅行包拉链被拉上的声响都显得格外清晰。

陈雾戴好眼镜,拎上旅行包,小声说:"晏同学,我走了啊。"

晏为炽背对他坐在书桌前看漫画,头也不回,问道:"怎么走?"

陈雾老实回答:"去路边打车。"

晏为炽没有说话,立即起身去拿头盔和车钥匙。

"你要送我吗?"陈雾忙道,"不用了,水库路不长,我很快就能走……"

"闭嘴!"晏为炽说着,拽走他的旅行包,"跟上。"

陈雾走了,小屋一下子变得空荡冷清。

晏为炽打开柜子,看到不少食材,他觉得好笑:"准备这么多,以为我会做饭吗?"

他煮了一碗馄饨,结果煳了。

晏为炽把发黑的馄饨铲下来,想刷锅却找不到那个名字一时半会儿想不起来的小铁球还是什么东西,于是索性发信息问陈雾。

陈雾没有回复,可能是在车上睡着了,也可能晚点了,还在候车室等着。

晏为炽感到烦躁不安,半晌才静下心来,倚在墙边,一只手端着白糖罐子,一只手拿着陶瓷小勺,一口接一口地吃起了白糖。他沉郁的目光在屋里环视一圈，掠过陈雾叠得整齐的被褥、喝水的保温杯、西德发的苹果和吃剩下的一点龙眼、套上干净袋子的垃圾篓……最后目光停留在鱼缸上。

没见陈雾怎么细心照料，鱼却养得很好。

放在电磁炉边的手机响了，晏为炽咽下白糖去接电话。

是黄遇打来的，他在那头笑嘻嘻地说："炽哥，我和昭儿、小禧出发了啊。"

晏为炽言简意赅地回答："嗯。"

黄遇清了清嗓子："那炽哥你和陈雾，你们一起……"

晏为炽挂掉了电话。

人都走了，一起个屁！

晏为炽接到陈雾的电话时，他给自己找了个春节期间的临时工，送外卖。尽量减少在家的时间，免得上火。

陈雾充满歉意地说："晏同学，我才看到你的信息。"

"那是钢丝球，旧的我扔了，新的在柜子第二层，你找找看。"

晏为炽照着他的话去找，却说："没找到。"

"把砂锅挪开看看？"陈雾耐心地引导。

晏为炽将砂锅往旁边一挪，一袋钢丝球暴露了出来，他无声地骂了一句。这不就是基本的生活常识吗？他什么时候懒到生活全指着这个人了？

"小锅里有我炖的肘子，你吃的时候热热。"陈雾说，"能吃几顿。"

晏为炽没有回应，也没有挂电话。

"不知道你说你就在水库那儿过年是真的，还是骗我的。"陈雾自言自语道，"好在这个天气，菜能放一段时间，吃不完也不会坏。"

他又说："我床底下的药箱你知道吧，有什么头疼脑热的可以用。还有那种小袋的药包，你有空也可以拿来泡泡脚，解除疲劳，对睡眠有好处。"

晏为炽听了，立刻找出陈雾的药箱。看起来很小，打开竟然有三层，他随意地翻了翻，没有弄乱。

"我是你儿子吗？要你说这些？"晏为炽故意凶巴巴地说道。

陈雾讪笑道："说惯了。"

晏为炽眉头一皱，跟谁说，家人？

他从来没问过陈雾的私事，这会儿突然生出了一股冲动。

"怎么还俗的？"晏为炽把药箱放回原处，准备出门。

陈雾回答道:"你离开小庙的第二年,我家人找到我了。"

晏为炽把吊床上的佛珠拿起来,摩挲几下。那时候这家伙总是念叨自己的亲人,方丈说他心志不坚定,眷恋红尘。

这算是如愿了。

晏为炽戴上佛珠,推进袖子里,又问道:"你家在哪里?"

"很偏远的地方。"陈雾说,"在大山里。"

"回去一趟也够折腾的。"晏为炽跟他聊了这么一会儿,心口那团郁气消散了不少,没那么沉郁颓丧了,"行了,和你家人团聚去吧,我去打工了。"

"晏同学再见。"陈雾和他告别。

大年三十傍晚,陈雾正坐在一家不起眼的小店里吃豆腐脑,组长打来了电话。

"小雾,刚刚明川走了。"组长说,"我让他明早再走,他没听我的,天黑了可别摔了。"

陈雾用勺子把细碎的小葱混着辣油拌了拌,舀起来吃掉。

组长以为明川连年夜饭都没吃就赶着去找他了:"你们没事了吧?"

陈雾说:"没事。"

"那就好,那就好。"组长彻底放心下来,"他前几天说不知道你在哪里,我看他都急坏了。我一直想跟你说,你大妈把我拦住了,叫我别添乱。"他慈祥地叮嘱,"你下次可别乱跑了,外头跟村里不一样,多的是心黑的人,你都想象不到。"

陈雾轻轻地应了一声:"我知道。"

组长笑着说:"你们今年就在外面过年,别的不要管不要想,都开开心心的。"

陈雾说:"我自己过。"

组长听到这话时正在跨门槛,一把老骨头差点摔到地上:"你们还没和好吗?"

陈雾把软嫩的豆腐脑舀起来,塞进嘴里,平静地道:"不会和好。以后你再给我打电话,不要提他了。"

组长拿着手机站在门口,愣住了。他甚至没有注意到自己踢翻了用来贴春联的面糊。在他的印象中,季家两兄弟从来没有红过脸,两人的感情一直很好。

这是怎么了?难道要分家?

组长还想问点什么,却不知道从哪里问起。陈雾那边人声嘈杂,他怕组长听不见,提高了些音量:"我在外面吃东西,有点吵,好像是狮龙队来了,先不聊了。"

通话结束,组长皱巴巴的脸上显得神色凝重。老季才走不久,两个孩子应该相依为命、互相帮衬才是,到底出了什么事?

小雾不是任性的孩子,他从小就很会照顾人、体谅人。问题多半出在明川身上!

组长一边弯腰用手抓起洒出来的面糊,塞进小碗里,一边想着,明川要是对不起他哥,那他这辈子读再多书,去再大的城市找再体面的工作,都不会有多大出息。

"一个回来几天坟不上纸不烧,今天都到这会儿了还是走了;一个干脆不回来——"老伴在院子里拔鸡毛,小声念叨,"初二办不成新灵了,俩孩子没一个懂事的。"

"小雾还不够懂事?"组长极力维护陈雾,"你说这话不怕老季从地底下爬上来骂你?"

老伴自知理亏,声音都压低了:"那他怎么……"

"用脚指头想也知道,肯定是发生了什么事,让他难受了。"组长笃定道。

老伴掐着鸡的脖子拎在半空,飞快地拔下一把鸡毛丢掉:"难受也不能不回家吧。"

组长说:"那要看是什么事。"

"这不怪小雾,别说他的不是。"组长一屁股坐在门槛上,伸手去够放在旁边的两副春联,"咱家三个儿子两个女儿加起来要是有他一半孝顺,我死都是笑着的。"

老伴把鸡往盆里一扔,气呼呼地道:"大过年的,你说什么死不死的!"

组长不吭声了。

老伴也没再跟他闹,收起火气说:"老季对养子比亲生的还要好。"

组长把手上沾的糯糊抹在春联上面,说道:"那是应该的。你也不想想,亲生的能坚持这么多年守在床前照顾他,忍受他的抱怨,让他即便一天到晚瘫在床上也没长过褥疮,身上没什么难闻的味道,最后干干净净地走?"

"不是我说,小雾就是好。"他羡慕地说道,"老季真的有福气。"小雾若有事外出就托他们看着老季,他会把要注意的事项一一写在纸上,细心极了。

当年,年轻力壮的老季扛着两个大麻袋,牵着一个小沙弥进村的情景在他眼前浮现。

一晃这么多年过去了。

老伴唏嘘不已:"再有福还不是遭了那么多年罪。"

"没小雾,老季会遭更多的罪。"组长是打从心眼里喜欢那孩子,做梦都想他是自己的儿子。

村里的地大部分让小雾张罗着拿来种树了,他还会种花,甚至在山上种上了各种他们记不住名字的植物。这样一来,他们这些老人不仅有事做了,还能攒下钱来帮儿女分担压力。

小雾还教他们买保险,手机扫码之类都是他教会他们的。

不像自家孩子,多问几句就不耐烦了,关键是还离得远,指望不上。

老伴开始担忧:"别人不知道,以为春桂是个好地方,二丫头说她去过一次,那地方的治安不好,她走在路上项链就被抢了。小雾不跟明川在一块儿,多危险啊!你多问问他,问出他在哪儿,叫明川去找他。"

"你想得倒是简单。"组长踮着脚贴春联,贴上后顺着春联的边角一路往下拍拍打打,"他已经跟我明说了,叫我不要提他弟了,是认真的,这得多不想再坐在一张桌上吃饭才会这么说。"

他怎么都想不明白,走时好好的,这才过了几个月,两个人为什么会闹翻,还闹得这么严重。

老伴说了一句:"老季小儿子那双手就没拿过锄头,只拿纸和笔。在咱们这儿读书很不容易。"

组长冷哼一声,道:"小雾不也喜欢读书,那么多书,眼睛都看瞎了。"

"什么瞎了,那叫近视。"

"没眼镜跟瞎了有什么区别。"组长叹了口气,"他以前学习可是比他弟厉害一大截,谁不知道老季家俩儿子谁更适合读书。"

说到这里,老两口都没有再说话了。

山风里弥漫着一股饭菜香,吃得早的人家已经在家门口放起了鞭炮,噼里啪啦响着。

老伴走到院里倒掉泡过鸡的脏水,突然道:"我怎么有种感觉,小雾不会再回来了?"

组长心想,小雾年后肯定会回来的。

"你赶紧把鸡炖了,那几个孩子不回来过年,咱俩该吃还是得吃。"

说完,组长出去溜达了一会儿。

老季的药费,明川上学的学费、生活费,老头老太太包括他家的儿子女儿在大城市的房子的首付款,都靠这片土地,靠小雾。

其实他明白,小雾早晚都会离开村子,尤其是拖着他的老季走了后。

老季走的那会儿,屋里有不少人来送他。当时,他紧紧抓着小雾的手,嘱咐小雾一定要多照顾弟弟,让他们都好好生活。

所以大家都有心理准备,等到明年七八月份,明川考上大学拿到通知书后,小雾就会去他那里。

现在出了意外,但组长还是抱着一丝希望。

老季的两个儿子虽然不是亲兄弟,但感情比亲兄弟还好,他们是彼此在这世上唯一的亲人。他们都还没成家,日子还长着呢。

除非有深仇大恨,才会老死不相往来。

组长路过老季家,往里瞧了瞧:"门怎么没锁?"

虽然村里没人做小偷小摸的事,但门还是要关的。

组长进去找锁,发现堂屋一片狼藉。他找到开关打开灯,被眼前的情形震惊了:墙上、地上、桌上的东西都东倒西歪,乱七八糟。

"明川这孩子怎么……"组长没再往下说,忙蹲下来收拾。

北边里屋窗前的风铃轻轻晃动,上面挂着一块小木牌。

第九章
谁管你

YUANZHESHANGGOU

春桂长中街喧闹无比，街西相对清静。

陈雾吃完了一碗豆腐脑，抽了一张纸巾擦擦嘴，打开微信进入季家的微信群，说了初二不办新灵的事。

所谓办新灵，就是亲朋好友带着礼金到去年过世的人家里，说说笑笑，吃喝一顿。

对于陈雾的通知，季家的亲戚们没多问多说，他们客气地给他发了红包，包了五块八块的，他都收了，并祝大家新年快乐。

陈雾离开小店，漫无目的地在巷子里走着，看到有人卖虎头电子灯，他便买了一个，拎着往前走。

前面有个女生坐在台阶上，将脸埋在臂弯里，一个男人路过，顺手拿走了她斜挎包里的手机，揣进身前的衣服里，急急忙忙地离开，连手机从衣服底下掉出来都没发现。

陈雾走过去捡起那部手机，踏上台阶，叫了那个女生一声。

"请问你有什么事？"女生没抬头，声音低低的，好像不是很舒服。

陈雾问："这是你的手机吧。"

"啊？不是吧。"女生马上检查自己的斜挎包，发现拉链是开着的，她又惊又怕，"怎么……"

"我在那儿捡到的。"陈雾指了指旁边。

"谢谢，谢谢。"女生伸出双手去接手机。

"注意安全。"陈雾转身要走。

电子灯下面的红色吊穗被拉住，他不解地回过头。

女生低声道:"我的脚崴了。"

"崴了?"陈雾把电子灯放到台阶上,蹲到她面前,问道,"我碰一下可以吗?"

女生犹豫着点头。

陈雾检查她的脚踝,反复确认后,嘀咕:"没崴啊。"

女生咬住下唇:"可是好疼,走不了路。"

陈雾开始拨打电话:"我帮你叫120。"

女生慌忙阻止:"别,不要,我是离家出走的,我现在不想见到我爸妈。"

陈雾停下动作,看着她。

女生哀求道:"你可不可以陪我一会儿?"

陈雾无法理解地看着她:"我是一个陌生人。"

女生轻轻抽噎。

陈雾在旁边坐了下来。

五分钟过去,十分钟过去,女生偷瞄了他一眼,这人竟然真的没走。又过了一会儿,女生发觉他不是在陪她,而是在发呆。

年三十,怎么会孤单一个人……

"我感觉自己好多了。"女生说,"我请你吃东西吧。"

"不用了。"陈雾拒绝道。

"好吧。"女生露出笑容,"东街那边有节目,你要去看吗?"

陈雾摸到电子灯的小开关,向上一推,电子灯的光便映在他脸上,他问:"什么节目?"

"我也不是很清楚,不过挺热闹的。"女生再次邀请他一起。

"那就去看看吧。"陈雾跟着她走。

一路上光线都很昏暗,女生小家碧玉的脸看不太清楚。

快出巷子的时候,陈雾和女生看见一辆三轮车堵在巷口。三轮车上的人是一块黑色剪影,什么都看不清楚。

似乎是个男人。

他拎着一根长形物体从三轮车上下来,一步步朝他们逼近。

女生在本能的驱使下自己跑了。她没跑多远就躲起来拨了一个电话。

前两天黄少联系她,让她帮个忙,给人当女朋友。考虑到各方面因素,她答应了。

本来是等他那边的安排，没想到她今晚吃过年夜饭和朋友出来玩，碰见了自己"未来的男朋友"，就问了黄少的意见。

黄少让她行动。

于是才有了后面的一出。

她觉得黄少给的剧本太蠢了，傻子才会上当。谁知真让她碰到了个傻子。

"快接快接快接……"女生急得在原地碎碎念，"怎么还不接？"

电话久久无人接听，她第二次打过去，这回终于打通了。

"黄……黄少，出事了！"女生语无伦次地讲述了目前的情况，"怎么办啊，他不会被打死吧？"

黄遇真是服了，急忙道："快报警。"

"可是报……报警来得及吗？过年人多，警车进不来吧。对，对了，我可以找人，我有朋友在附近！"女生脑子都乱了，她不想那个人有事，自己又害怕。

首城那边，黄遇年夜饭吃到一半就避开家人去花园打电话："炽哥，陈雾可能遇到了麻烦。"

那头先是一阵诡异的沉寂，之后传来了听不出情绪的声音："什么麻烦？"

黄遇说："他在长中街那边，不知撞上哪个疯狗了。"

"你长了千里眼？"

"不是，是我有个朋友看到了他，跟我说了这件事——"黄遇脸不红心不跳地胡说。

电话里没了声音。

"炽哥，喂——"黄遇又喊，"炽哥，怎么不说话，是信号不好吗？"

等等，不对啊，都这时候了，炽哥还有闲情跟他打电话听他解释，不管陈雾的死活？

他想到一个可能——

"炽哥，你也在那边？"

"和陈雾在一起？"

"那个疯子，不……那个人是你？"

三连问说出口，黄遇连冷汗都冒出来了，他几乎已经确定问题的答案。

出师不利！

晏为炽不紧不慢地说道："黄遇，你几号回春桂？我去接你。"

"别啊。"黄遇夸张地哇哇叫着求饶，"我招。"他和盘托出，心惊胆战地说，

愿者上钩

"炽哥，我不是在耍人玩，我只是想给陈雾介绍女朋友。"

晏为炽看着理应回家过年，却被他逮到在这里和女生散步的陈雾，忍住先不跟他算账，而是问道："你想要女朋友吗？"

陈雾抱着他扔过来的长形花盒，连连摇头："不想。"

"听到了吗？他说他不想……"说完，晏为炽干净利落地挂了电话，但还是没让陈雾过来，而是让他继续在原地罚站。

过了一会儿，陈雾试探着朝晏为炽走去，隔着点距离问晏为炽："我现在能过去了吗？"陈雾打了个冷战，"巷子里好冷，走路还好点，站着不动感觉有风往脖子里钻。"

"现在知道冷了，刚才不还提着小灯和人家散步？"晏为炽冷哼道。

陈雾尴尬地抱着长形花盒和灯，耷拉着脑袋走出小巷，停在晏为炽面前。

晏为炽微眯眼眸，凝视越来越近的人，开始算账了："回老家了？老家在很偏远的小山村？过年就是要一家人一起？"

陈雾一声不吭。

"骗我好玩吗？"晏为炽把他怀里的灯和花盒都拽走，随手丢在三轮车上。发出的声响被周遭的静谧放大，裹着他的怒气。

"阿嚏——"陈雾打了个喷嚏。

凝固的气流瞬间解冻。

晏为炽转身在车前的凹陷处翻出一颗薄荷糖，剥开吃了，情绪缓和了几分："我再问你最后一次，为什么没回家？"

陈雾这次给出了答案："今年我不想回。"

晏为炽一愣："跟家里人闹矛盾了？"

陈雾没有反驳。

"不想回去，不会跟我说吗？"晏为炽简直不知道该露出什么表情，"难不成我在知道你的情况后，还会不准你留下来？"

陈雾有点呆："你问了我好几次车票的事，我想，你应该是急着要我走。"

晏为炽差点气得吐血，这人是傻子吗？他若不是，谁是！

晏为炽黑着脸，气得咬碎了薄荷糖，问道："神仙，这几天你住在哪里？"

陈雾小声道："宾馆。"

"宁愿花这个钱，也不跟我坦白，陈雾，你真行！"晏为炽瞪了他一眼，"还不去退房？"

晏为炽以为陈雾住的宾馆是那种环境很差，被子发黑，枕头起毛，没有独立洗手间，空间逼仄，一张床占了大半，进出还只能单人的小宾馆。

然而，陈雾选的是在春桂能叫得上名字的酒店。晏为炽站在走廊看陈雾刷卡，忍不住道："住一晚几百块，这时候不嫌贵了？"

"贵啊，贵死了，可是花这个钱，能避免很多意外，能省很多事。"陈雾开门进去，插上房卡，"便宜的宾馆我不敢住，怕不卫生。"

晏为炽挑着眉踏入敞亮的大床房，目光落在前面的人身上，他总担心这家伙天真单纯什么也不懂，不承想对方还知道要考虑卫生和安全。

陈雾走到窗边，哗啦一下拉开香槟色窗帘，迷离绚丽的湖景映入眼帘。

湖边居然有喷泉，五光十色的水柱随着音乐的节奏冲起、落下。

晏为炽在房间和洗手间走了一遍，勉强露出满意的神色。他来到陈雾身旁，叮嘱道："以后在外面住，都要选这种地方。"

陈雾说："我知道。"

晏为炽陪他看了一会儿喷泉，挑剔地低声道："音乐就这么几首，循环多少遍了，别看了，走吧。"

退了房出来，陈雾把下巴往围巾里蹭了蹭，问道："现在回家吗？"

晏为炽没好气地说："我在工作。"

陈雾没说话，晏为炽屈指敲了敲他手里拿着的花盒。

陈雾恍然大悟，眨眨眼："这是别人订的啊？"

"不然是我买的吗？"晏为炽睨他，"我像是会买花的人？"

"不像。"陈雾说，"那我自己先回去吧。"

"跟着。"晏为炽像拎小孩儿一样，拎着陈雾的衣领把他带到三轮车前，让他上去。

不多时，三轮车吭哧吭哧地上路了。

陈雾坐在后面，屁股下面垫着旅行包，他一路玩着手中的电子灯。

晏为炽在路口回头看了他一眼，他抬起头，用眼神询问："怎么了？"

一根棒棒糖就能骗走，晏为炽心想。

下一个路口，晏为炽又往后看，这次陈雾问了出来："你是不是很冷？我把围巾给你吧。"说着就要解开围巾。

愿者上钩

134

晏为炽摆摆手："别管我。"

之后他没再看陈雾。

客户就在那条巷子里,晏为炽原路返回,把花盒送到客户手上。他没有再接单子,掉头带陈雾回去了。

陈雾发现门口有什么东西,走近才知道是锅,他疑惑地问道："你怎么把锅拿到外面来了?"

晏为炽一边停三轮车,一边道："看着烦。"

陈雾踌躇不前。

"跟你没关系。"晏为炽说。

陈雾"哦"了一声,重新抬起脚,问道:"三轮车不用还吗?"

"租的,明天还要用。"晏为炽一边开门,一边问,"你年夜饭是怎么解决的?"

陈雾说:"吃了一碗豆腐脑。"

晏为炽嘲笑他这年夜饭还真是别致。

陈雾没有生气,而是关心地问:"你呢?"

晏为炽开灯的动作一停,他在一片漆黑中吐出两个字:"没吃。"

陈雾嘀咕:"那你还不如我。"

晏为炽气结。

用锅的人回来了,它们也就摆回了原来的位置。

陈雾在手机上搜到春晚打开,在喜庆的声音中煮了两碗面,自己一碗,晏为炽一碗。

晏为炽用筷子挑了挑煎得很漂亮的荷包蛋,下面是一小把绿油油的青菜。

汤是奶白的,很香。

陈雾坐到他对面,安静地吃起了面条。

晏为炽的手机响了起来,他接听,嗓音懒懒的:"阿遇,我在吃面,没事就挂了。"

远在首城的黄遇坐立不安,等到现在都没等到炽哥找过来,他干脆咬着牙主动送上门了。

没想到炽哥心情似乎……挺不错!

所以没事了,这就没事了?

"炽哥,你吃面吧。"黄遇浑浑噩噩地说道,"替我跟陈雾说声'新年好'。"

"自己说。"晏为炽把手机递给陈雾。

黄遇硬着头皮用亲切友好的声调说道:"陈雾,新年大吉大利,身体健康,年年有余。"

陈雾说:"谢谢,祝你学习进步,更上一层楼。"

没事吧,给自己这个不学无术的职高生送这样的祝福,绝对是故意的,嘲讽他呢。

黄遇忍着脾气道歉:"今晚的事抱歉啦。"

陈雾不明白:"什么事?"

黄遇悚然一惊,炽哥没告诉陈雾,那女生是他安排的!他立马淡定地改口:"没事,没事。"

挂掉电话后,黄遇躺在浴缸里泡澡。

想起刚才打电话的时候,炽哥那边在播放春晚。不用问,肯定是陈雾在看。因为炽哥从来不看那玩意儿,过年跟平时没任何区别。

黄遇被温水泡着,发出舒服的叹息,看来炽哥的情绪已经稳定了下来,火气也没了。

他只知道这与陈雾有关,却想不出对方是怎么做到的。

当时炽哥一副等着他回春桂就要揍他的架势,还问陈雾想不想要女朋友,陈雾回答不想,炽哥就挂了电话。

炽哥不怪他给陈雾介绍女朋友就行了。

"不过,炽哥为什么要发那么大的火?"黄遇想得抓狂,仍想不出答案,不禁咆哮出声。

年后的时间过得非常快,一周像是一天那么短。

到了陈雾搬离水库的那天,晏为炽瞪着他初一贴的春联,跟上门要债的恶霸似的,随时都会抽出刀子:"钱没有,拿人抵债。"

年前说要回家,只收了几件衣服,这次是大动作,搬家公司都叫上了。

锅碗瓢盆、木床等所有他搬进来的东西,都会搬走。只给晏为炽留下一个鱼缸和三个盆栽。

晏为炽忽然说:"别搬走了。"

陈雾正站在凳子上扯窗帘,惊讶地问:"什么?"

晏为炽别过脸:"我没说话。"

陈雾用手推了推滑下来的眼镜，平静地说："你说了，我听到了。"

晏为炽冷哼一声："听到了还问？"

陈雾慢慢地说："不是很确定，想确认一下。"

烦死了。晏为炽出去吹了会儿水库上刮过来的风，粗暴地抓了抓头发，抿着嘴角返回屋里。

"陈雾。"晏为炽喊了一声。

"啊。"陈雾向他看去。

"我让你继续住我这儿。"晏为炽的声音清晰而明朗，细听还有些沙哑。

陈雾愣住了，都忘了自己还踩在凳子上，这样不安全。

晏为炽把陈雾从凳子上拉下来："我毕业后会离开，房子就空出来了。你暂时不换工作的话就住着，不想做保安了要去别的地方，把屋门锁上就行。"

陈雾沉默了一会儿，说："可是我的押金都交了。"他又说，"一直打扰你也不好。"

晏为炽俯视着他的发顶："我说不好了吗？"

"没有说，"陈雾拽下挂在半空的帘子，抖了抖，折了起来。他没有和晏为炽对视，说话的声音很小，"我们很多年没联系了，你当初收留我，是看在我师兄的面子上，多少给你添了麻烦。"

晏为炽瞬间沉下脸，他竟然是这么想的。

他撇撇嘴，笑着说："你走吧，一路顺风。"

晏为炽脸色很差。

陈雾不知所措地抱着叠好的帘子，试探着说："我有时间就过来看你。"

晏为炽在心里冷笑，谁稀罕？

话都说到这个份儿上了，陈雾还是要走。走了就别回来。晏为炽在心中说道。

晏为炽心中涌着一股难以言喻的情绪无处发泄，以前用来消磨时间的漫画书现在已经不再吸引他。他把陈雾整理好的书推翻，手撑着书桌，沉默不语。

外面的嘈杂声持续着，快要结束了。就在这时，一个念头悄无声息地挤进他的脑海。

春桂地方不大，说远也远不到哪里去。

他大步走出去，把陈雾连人带那些杂物送上了车。

元宵节这天，黄遇订了个包厢。

姜禧是在他和姜凉昭之后到的，她精心打扮过，脸上是新学的妆容，衬得她像一朵盛开的桃花。

一进来，香水味就弥漫了整个包厢。

姜禧一边解开斗篷的系带，一边问："炽哥哥还没来吗？"

黄遇说："不来了。"

姜禧瞬间拉下脸："为什么不来了？"

黄遇意味深长地说："你说呢？"

姜禧眼皮一跳："什么叫我说呢，我不懂。"

黄遇正要回答，姜凉昭抢先道："去打工了。"

姜禧的表情从天要塌下来的惊讶变成了无奈："今天怎么还要打工。"

"节日最忙。"姜凉昭凑近妹妹说道，"小禧，你的眼妆有点花。"

"花就花了，反正没人欣赏。"姜禧嘴上说不在意，但还是去洗手间补妆了。

黄遇跷起二郎腿："干吗不告诉她真相？"

姜凉昭扶住额头："难道要我说，她炽哥哥不来跟我们一起过节，是因为要跟陈雾一起过节？"

一桌丰盛的大餐，和一碗清汤寡水的汤圆，晏为炽选了后者。

黄遇两个小时前给晏为炽发了信息，但他没回复。

"已经吃上了吧。"黄遇说道。

姜凉昭叫服务员上菜。

"我要一瓶凉茶，去去火。"黄遇薅着前额的头发，"你说这叫什么事啊？"

陈雾是初四早上搬走的，晏为炽是初四中午过去的。要不是他通过西德的某个保安，加了陈雾的微信跟他聊天，都不知道这件事。

炽哥的处境已经够难了，七月后一切都未知，现在竟然还凭空多了一根不该长、也不好砍的枝杈，看样子他还是采取放任的态度。

真是皇帝不急太监急！

愿者上钩

姜禧被她哥哄着吃了点东西，看了一会儿花灯就回学校了。

高中最后一个学期才刚开始，她就想着回去了。等回去了，春桂的人和事就烦不到她了。

姜禧心不在焉地坐到位子上，瞥到了旁边的桌子。

季明川趴在桌上，不知道睡没睡。

年后他经常是这个样子,不像年前那样围着她转了。

之前她每次发朋友圈,季明川都是第一个评论点赞,她最近发的,他没点过赞。

姜禧故意挪动椅子发出很大的声响,她看到季明川坐起来,无意识地找碴儿:"季明川,你很忙啊。"

季明川清瘦了不少,闻言温和地说:"抱歉,这些天忽略你了。"

姜禧恼羞成怒:"少自作多情,谁要你……"

"我父亲去世了。"季明川说。

姜禧的脸色倏地变白了。她从笔袋里拿出笔,打开练习册做题,睫毛扑扇扑扇,透露出她的尴尬。

"你……你节哀顺变。"姜禧不自在地看了季明川一眼。

"谢谢你。"季明川笑了笑,他靠着椅背面向窗外,身上笼罩着一股哀伤,看起来既可怜又脆弱。

姜禧去接水喝,破天荒地拿走季明川的空水杯,给他也接了一杯。

换作往常,季明川一定欣喜万分甚至受宠若惊,此时却没有半点回应。他沉浸在失去亲人的悲伤中,让人看了想给他一个拥抱。

姜禧不知道要怎么安慰他,就翻起了自己的朋友圈。

翻到点赞最多的那条,她撇了撇嘴:"真不知道这手哪里好看了。"于是她问不知何时转过头、温柔地凝望她的男生,"你觉得好看吗?"

"不好看。"季明川先顺了她的意,之后才认真地看了一眼,又一次强调,"很——"

"般"字没说出来——他看到照片一角的那只手时,僵住了。

陈雾下班后去菜市场的一楼买了一只鸡,是现杀的,还掏出了一把大大小小的鸡蛋。他另外还买了一点鸡肠子。

"这鸡肠子用辣椒一炒,香着呢。"摊贩热情地说,"我都给你剪开洗好了,你回去焯一下水就行了。"

"谢谢。"陈雾拎着袋子,上了二楼,腾出手看手机上的信息。

晏为炽:"我放学去你那边吃晚饭。"

陈雾回了一条语音:"你早上就给我打电话说了,晏同学。"

晏为炽:"我说了吗?"

陈雾边上台阶边回复:"说了,你是不是打夜工没睡好,记忆衰退了啊?"

晏为炽:"别管。"

晏为炽:"今晚我留在你那边。"

发完信息,晏为炽就不看手机了。

陈雾的出租屋有张沙发床,他留这儿过夜时就睡在沙发床上。

晏为炽一只手撑着额头,一只手握着鼠标在电脑上制图,心想,他不是每天都去,像这周,只有一、二、四、五、六去,应该不会招人烦。

出租屋离西德职院近,陈雾不怎么骑自行车了,今天他就没骑,来回都是步行。他买好东西回去,快到小区时,突然停下脚步,不走了。

陈雾把手里的几个袋子放在地上,像是做好了长时间站在原地,跟什么慢慢耗的准备。

时间一分一秒地过去,不知不觉过去半个小时了。

陈雾还没有走。

一个瘦高的身影从角落里走了出来。

陈雾看着他,镜片后的一双眼里没有什么波澜。

季明川看到他这样的反应,并未感到意外。

"你知道是我在跟着你,也知道我会找过来,也确定我最终会按捺不住主动现身。"季明川咬着牙说道。

陈雾没出声。

季明川的眼眶泛红,幽怨地说:"我等你到年三十下午五点多,家里只有我一个人和爸的遗像。哥,你真狠心。"

陈雾不嘲讽,也不怨恨,只是安安静静地听着,听季明川还有什么要说。

季明川是个耐心极好的人,他擅长等待,擅长蛰伏,不在乎过程,只在乎结果。然而,在陈雾面前,他略显孩子气,很快就透露出了此行的目的。

"我在姜禧……我在她的朋友圈看到你了,你们一起吃饭。"季明川审视着陈雾,"你为什么会跟那个晏为炽产生交集,还在他那里住了几个月?"

陈雾摘下眼镜,看了看沾了点浮尘的镜片,冷静地说道:"我不需要跟你解释。"

季明川面色一白,他垂下眼眸,试探道:"晏为炽是不是你来我家之前就认识的?"

陈雾没有反驳。

"果然是这样。"季明川看着他拿眼镜的手，用笃定的口吻说道，"看来那两块烫伤，就是他干的。"

陈雾没有因此陷入回忆，也没有去摩挲疤痕，他不受季明川的思绪干扰，情绪十分稳定。

季明川向陈雾靠近，他身着深蓝色大衣，搭配白色高领毛衣，四肢修长，青春年少。眉眼间的清高冷傲在被委屈和不解占据的那一瞬间，令人动容。

"别人伤害了你，你能原谅；我认错了，你却要和我分道扬镳，不给我机会，不顾我们多年的感情。"他的声音微哑，带着委屈地控诉。

陈雾匪夷所思地摇了摇头："你现在连脸都不要了。"

季明川的眼底闪过瘆人的戾气，随即他又朝陈雾走了几步。

随着距离的拉近，一股好闻的柚子香气扑向陈雾。

这是季明川常年用的熏香，是陈雾买的，来春桂前不久才给他寄了两瓶。

"我只是不懂。"季明川说，"多年不联系，能有什么旧情，晏为炽为什么要照顾你。"他的脸上浮现出清俊的笑容，"还是说，你们一直都保持联系，你每次来春桂看完我，就会去找他？"

陈雾用手指擦过镜片，戴回去后视线变得更模糊了，他就在那片模糊中看着季明川，仿佛在看一个不认识、不相干的人。

"你什么都不说，那我就随便想了。"季明川的笑容变得清晰了起来，"可以吗，哥？"

陈雾没有急切地解释什么，他还是那副温和的神态："你不好好过你的日子，为什么要管我的事？"

季明川的笑容瞬间消失了："我过不好。"

"好不好都和我没关系了。"陈雾说，"以后不管在春桂还是在哪个地方，认识了谁，我们都是你走你的阳关道，我过我的独木桥。"

季明川轻轻闭上眼，痛苦地说道："我们是在一个家里一起生活了十多年、一起经历过很多困难、一路扶持着走到今天的亲人，一定要这样吗？"

"是你自己做的选择。"陈雾说。

季明川苦笑道："我上次在图书馆说的话你没有放在心上，我再说一遍。无论如何，你都是我哥，爸要我们一辈子互相照应，我不可能不担心你，我们也不可能不再联系。"

陈雾不想再听，拎起脚边的袋子："你自己在这里慢慢表演吧。"

季明川的语气真挚得如同在婚姻殿堂许下诺言："没有表演，我是真心的。"

陈雾只回了一个字："哦。"

季明川白净的双手握成拳头，手背鼓起青筋。陈雾知道他最反感被人敷衍，以前自己从不这样对他，现在不知道是不当回事了，还是故意激怒他。

不过瞬息，季明川就平静下来，将情绪都收得一干二净。他跟在陈雾身后道："晏为炽是你曾经的朋友，你在这里住一段时间和他叙旧，这就是你留在春桂的原因。"

"而不是要……"停了几秒，他走到陈雾前面，腰背弯得更低，眼睛一眨不眨地盯着陈雾道，"找机会报复我，对吗，哥？"

陈雾绕开季明川，继续往坡上走："姜禧知道我们的关系吗？"

季明川停住了。

显然，姜禧是不知情的，否则局面就不会像现在这样平静。

陈雾的意思是，如果他要报复，早就去一中大闹了，甚至他可以去找姜禧，但他没有。

季明川再次跟上陈雾，说道："可是那么巧，你进了她的交际圈子。"

陈雾头也不回："我进的是晏为炽的交际圈子。"

季明川笑着说道："不都一样？"

陈雾说："我认识晏为炽，比姜禧更早认识他。"

季明川喃喃道："不是为了报复我就好。"他沉浸在期待中，为下一段人生做足了准备，"我喜欢姜禧，她会是我的妻子。"

陈雾闻言把手中的几个袋子往上提了提，棉鞋踩着地面，既踏实又轻快："你喜欢谁，你的妻子又是谁，我都不想知道，不用告诉我。"

季明川沉默地跟他走了一段路，又说道："西德太乱，你怎么会去那里上班，是不是晏为炽介绍你去的？"

似乎并不想知道答案，他自顾自地往下说："钱够用吗？你以前给我的那些生活费我还有剩余，平时我也做兼职。要是你不够用，我可以打一些钱到你的卡上。"

"别跟过来。"陈雾对于他的关心，只说了这么一句。

季明川停下脚步，落寞地唤他："哥。"

陈雾理都没有理，径直进了小区。

季明川脸上的落寞神情瞬间消失不见了，他冷淡地看了一眼不远处的小区，转身走了。

晏为炽一放学就敲响了陈雾出租屋的门，他轻车熟路地走进客厅，将背包丢到沙发上，疲倦的身子也躺了上去。

"我菜还没炒好。你来帮我剥点大蒜吧。"陈雾在厨房里冲他喊。

"不帮。"晏大爷拽出身下的毯子盖在脸上。

陈雾没有再叫他。

大多数时候是这样，陈雾有事情要他帮忙只会提一次，不会胡搅蛮缠、没完没了。

晏为炽掀开毯子起身去了厨房："在哪儿？"

"什么？"陈雾坐在小马扎上，对着垃圾篓削土豆。

"大蒜。"晏为炽揭开锅看看里面的鸡汤。

陈雾说："在夹子上的篮子里，剥一小把。"

"一小把是多少？"晏为炽说，"别跟我说这么模糊的话，到底几个。"

陈雾顿了一下才说："四个吧。"

晏为炽蹲在垃圾篓边，漫不经心地说起了学校发生的事。

陈雾一副"你跟我说这些做什么"的迷惑表情。

"自己剥。"晏为炽把手上的大蒜往篮子里一扔，大蒜蹦出去跳到置物架底下去了。

一般人要么见情况不妙赶紧服软说"帮我剥好不好"，要么较劲"你不剥就算了，我自己剥"，而陈雾只是木讷地削着土豆。

晏为炽没得到想要的反应，黑着脸把置物架底下的蒜捡回来："我有时候真的烦你。"

陈雾看着他："只是有时候啊？"

"怎么，你还想我一天二十四小时都烦？你有这么大的影响力吗？"晏为炽气得咬牙。

"没有没有。"陈雾连忙表态，他瞥到什么，讶异地道，"那个……谁给你手写了一封信？"

信是从晏为炽的蓝色运动外套口袋里掉出来的。

晏为炽正在气头上，口气很差："什么玩意儿！"

陈雾伸手去捡："你不知道吗？"

晏为炽气坏了，怒吼道："我知道了，还会捡回来？装裱收藏吗？"

陈雾缩缩脑袋，不再找他说话了，嘀咕了一句："挺厚的一封，写了不少东西。"

晏为炽大怒："削你的土豆。"

"我就看看。"陈雾发现封面上抄了一首英文诗，"是个有文化的人。"他"咦"了一声，"这信的主人，和那个在你兜里缝字母的，是同一个人。"

晏为炽没兴趣，但还是有了反应："你确定吗？"

"嗯，每个人的字迹都有自己的特点。"陈雾说，"那时候你让我拆线，我一根根拆了很久，印象比较深。"

晏为炽眯眼，去年他打算杀鸡儆猴，后来把这事忘了。

之前是提不起劲，现在是觉得不重要。

他瞥了身边的人一眼，他在春桂的日子已经进入倒计时，不知道以后……

"你快剥蒜吧，我要用了。"陈雾把掉在裤子上的土豆皮拍掉，催促不知怎么走神了的晏为炽。

"我这不是在剥嘛。"晏为炽这样说着，动作却依然慢，陈雾忍不住伸手去拿。

晏为炽下意识地低头看手。

"剥蒜的时候抠到手了？"陈雾投过来关心的眼神。

"是是是，我是白痴，剥个蒜也能抠到手。"晏为炽站起来，用蒜味浓郁的手在陈雾的头发上揉了一下。

出租房在一楼，有个小院。

陈雾搬来的第二天就用大铲子翻了块地，撒了自己在网上买的菜籽。

吃过晚饭，他就拎着水壶来浇水了。

晏为炽出来透口气，问道："这要到什么时候才能长出来？"

"几场雨就可以了。"陈雾一路走过去，将菜地浇得透透的。

晏为炽"喊"了一声，反问道："有那么快吗？"

"就有那么快。"陈雾的语气难掩自信，"到时候我用小青菜烧汤，很嫩的。"

晏为炽的目光穿过水流，长久地落在菜地上。

小院寂静了一会儿，冷不丁地响起陈雾的声音："晏同学，你还是别来我这儿了，你看你，这么高，沙发睡着也不方便。"

晏为炽猛地回过神，毫不客气地问道："那你把床给我睡。"

陈雾不说话了。

晏为炽站在屋檐下，影子隐在暗处："我兼职的地方靠近你这边，你不让我借住，良心不会痛吗？"

陈雾自责地抿了抿嘴："是我没有考虑到你兼职的情况。"

"知道就好。"晏为炽冷哼。

陈雾认真地思虑片刻才说道："我给你买张铁床吧，能折叠的。"

晏为炽愣了一下，转过头去："随你。"

陈雾把空水壶递给晏为炽："晏同学，你帮我再装大半壶水吧。"

晏为炽瞥了一眼，心想，使唤我使唤得越来越熟练了啊，陈雾。

季明川再没有来找过陈雾。仿佛他之前固执地要搞清楚陈雾留在春桂的理由，就是怕陈雾想伺机报复他。

确定陈雾没有那种想法，他就不在意了，一心追求自己想要的人生。

这天，陈雾收到了快递公司发来的通知，提醒他有个快递发出了。他看了一下订单，才想起来是自己买的铁床。

定做的，等了一段时间。

陈雾正在网上搜索枕头，门口传来了争吵声。他趴在桌上往窗外探头，问道："怎么了？"

没人回答，大家都围着一个同事吵嚷，陈雾只好出去看看。

老刘在外围，他见陈雾要凑近，赶紧伸手去拉他："小陈，别过去！"

陈雾很快就了解了事情的来龙去脉。

被围住的那个同事衣衫不整，情绪非常激动，围住他的几个人都用口罩捂住脸，包围着他。

起因是有人发现他脖子上有脓包，问他怎么回事，他支支吾吾，引起了大家的怀疑。一扒衣服才发现他前胸后背长了许多一块钱硬币大的脓包。

这下众人就炸开锅了。

得了传染病还来上班，想害死他们！

陈雾拍拍老刘抓着他的手，说道："叔，你松开点。"

老刘刚松开，陈雾就走到那同事边上瞧了瞧，说："不会传染的。"

那位同事被脓包折磨得神经衰弱，钱花了很多，罪也没少受，还被同事们当众扒衣服羞辱，这会儿已经生出了自暴自弃的心思，甚至想，如果这病能传染，那你们就陪我一起死好了。听到陈雾这么说,他的情绪瞬间被安抚,小心翼翼地问:"真的吗?"

"真的。"陈雾说,"你去药店买六味地黄丸。"

"那不是用来补肾的吗?"立刻传来了质疑的声音。

陈雾推了推眼镜:"然后把它磨成粉,蘸一点点水,擦在你这些脓包上。"就在大家被他唬住的时候,他用不是很确定的语气补了一句,"试试看。"这是一个没有什么科学依据的土方子,之前有人这么做之后,将脓包治好了。

那同事一个大老爷儿们,两只手拢着制服哽咽,但只能试试了。

老刘旁观陈雾几句话就搞定了这桩可能引起伤亡的突发事件,将紧张的心放回肚子里,好奇地问道:"小陈啊,你家有大夫啊?"

陈雾摇头:"有生病的,我接触的东西多了点。"

老刘不知想象了什么,把从女儿那儿拿的花茶全给了陈雾。

这件事在学校传开了,最后传得像是世界末日来了,丧尸都出现了。

这还学什么手艺啊,于是这些天旷课率创下新高。

春桂新开了一家室内溜冰场,下课后赵潜拉着正在上班的陈雾去溜冰,还给他打包票,说不会扣他工资。

不止赵潜一伙人,溜冰场里还有很多西德的学生,差不多是包场了。

赵潜带着陈雾走进去,晏为炽他们也在。

黄遇看陈雾装作不认识炽哥,嘴角差点歪上天。

陈雾经过黄遇身边时,犹豫着提醒:"黄同学,你以后别歪嘴了,时间一久很有可能面瘫。"

黄遇愣了好几分钟才气冲冲地去找他炽哥告状。

晏为炽坐在场外的椅子上换鞋,仔细瞧了他一眼:"你确实歪嘴。"

黄遇瞪大了眼:"可我不面瘫吧。"

"你的理解能力是有多差啊。"晏为炽鄙夷道。

一旁的姜凉昭负责解释晏为炽说的后半句:"陈雾不是说你现在面瘫,是将来,可能。"

黄遇吃了没文化的亏,臊红了脸:"他就是诅咒我,你们说什么我都不听。这事没完,说我面瘫,我……我这叫邪魅,懂不懂!"

黄公子越说越不理智,还要让陈雾知道花儿为什么这样红——当着他炽哥的面。

　　姜凉昭拍拍不知死活的黄遇:"诅咒怎么了,陈雾又不是巫婆,说的话能灵验。"

　　黄遇被噎住了,气呼呼地想,谁爱溜冰谁溜去,他不奉陪了!

　　陈雾不会溜冰,他在场地边缘慢慢挪动。晏为炽绕场玩了两圈,凑到陈雾边上,用只有他们能听见的音量说:"把抓着栏杆的手拿开。"

　　"不行,我会摔倒。"陈雾没有照做。

　　"多摔几次就会了。"晏为炽还想说话,赵潜过来了。

　　赵潜狐疑,刚才炽哥是不是瞪了她一眼?她搔搔头,肯定是看错了。

　　"潜潜,你去教他,我到那边玩。"丁徽璟在她身后喊道。

　　赵潜爽朗地摆手:"注意安全!"

　　李潇突然溜到她跟前,阴阳怪气地笑了一声,像在嘲笑她。

　　赵潜翻了个白眼:"有毛病。"

　　她完全没把李潇的挑衅放在心上,热情地去教陈雾溜冰。

　　教了十几分钟,赵潜感觉自己老了两岁,她拍拍根本不敢溜出去的陈雾:"你去吃点东西吧。"

　　陈雾松了口气:"那我去了。"

　　一秒都不坚持。

第十章
弟弟
YUANZHESHANGGOU

外面在下雨,季明川送姜禧来溜冰场,他不放心她一个人打车,固执地陪她过来了。

下了车以后要走一小段路,季明川为她打伞。

姜禧走进大楼,正要让季明川回去,季明川衣服上的大片水渍猝不及防地映入她眼帘,她脱口而出:"你也一起吧。"

季明川深深地看了她一眼:"会不会不方便?"

"那你从哪里来回哪里去。"姜禧扭头就走,后面有脚步声跟了上来。

西德的人都认识姜禧。

整个一中只有她敢孤身一人进西德。

炽哥和黄少的青梅,姜少的妹妹,谁敢惹她啊。她是一中的校花,西德的公主。

这次姜禧不光自己来了,身后还跟着个男生,特别帅气,众人目送他们直奔炽哥去了,半天才从那帅哥带来的震撼中回过神来。

不愧是一中的校草,靠"脸"应该可以几辈子吃穿不愁。

但还是比他们西德的校草差了那么点,输在气场上。

大家一边溜冰,一边观看一中的帅哥和美女演偶像剧。

姜禧本来是缠着晏为炽的,偏偏季明川那站起来就摔倒的好笑模样总是出现在她的视线里,还引起周围人的哄笑。她忍不了,溜了过去,问:"季明川,你在做什么?"

"你玩你的,我自己摸索。"季明川撑着地面慢慢起身,腿晃得厉害,但他的神情平静从容,给人一种故作坚强的感觉。

"你摸索什么呀,丢死人了。"姜禧小声训斥他,"你是我带来的,丢的是我的脸。"

季明川低垂着眼眸："那我出去。"

姜禧瞪他。

几秒后，姜禧气急败坏地说道："手放下来！不要站那么直！身体弯一点！"

斜对面的黄遇见状，戳了戳姜凉昭的后背："季明川恐怕不是什么路人甲乙丙。"

姜凉昭不以为意。

"炽哥，你看那季明川跟陈雾的笨样像不……"黄遇说着开始东张西望，"炽哥人呢？"

晏为炽早就出去了，他在角落找到了正在吃关东煮的陈雾："一个人在这儿偷吃，没给我买点什么？"

他刚说完，就看到了陈雾座椅边的奶茶。

"给我买的？"晏为炽挑眉。

陈雾点头。

晏为炽搬了把椅子坐到他身旁，戏谑道："现在不怕别人知道我们认识了？"

"我忘了。"陈雾赶紧说，"你别拿了，等回去再喝。"

"慌什么，天塌下来，也是个高的我顶着。"晏为炽慢悠悠地拨开袋子，拿出奶茶喝起来。

大家似乎都被一中的帅哥美女吸引住了，没人注意到这边。

陈雾低头看自己的手。

"你在老家种地，手上怎么没起茧子？"晏为炽喝了几口奶茶，随口问了一句。

陈雾不知是没听见，还是不想回答。

"这儿怎么红了？"晏为炽突然凑近问道。

"没事，抓护栏抓的。"陈雾说。

晏为炽皱眉："不会溜冰就别逞能，瞎凑什么热闹！"

"赵同学很用心地教我这样那样的技巧。"陈雾叹了一口气，愧疚地说道，"但我协调性太差了。"

晏为炽坐了回去，问道："想学会吗？"

陈雾眨眼。

"有时间我教你。"晏为炽一见他张嘴就打断了,"别又嘀嘀咕咕个没完,吃你的豆腐串。"

陈雾指了指塑料杯里的几根竹签,辩驳道:"豆腐串没了,吃完了。"

"那就吃你的牛肉丸、虾丸,随便什么丸子。"晏为炽说道。

不知道从什么时候开始,场内众人分成了两拨。

靠着大门的一拨人玩得很疯很嗨,靠里侧的那拨人则处于一种很微妙的氛围中。

里侧那拨人都感受到了。

尤其是姜禧,她清晰地感受到了季明川的变化。

起初,他很专心地在她的指导下学习溜冰,也学得很快,已经能溜一小段了。但他溜到一处之后,他的目光就开始往某一个方向看,准确来说是被那里的某个人分散了注意力。

像是在克制,然后克制不住,最后弄到周围无人不知。

可能他自己压根儿就没意识到。

姜禧皱起细弯的眉毛问道:"季明川,你怎么回事?"

"我怎么了?"季明川神色如常。

姜禧觉得既奇怪又诡异:"你一直看陈雾干什么?"

季明川脱下溜冰鞋离场。

在众多视线的注视下,他一步一步朝陈雾走去。

陈雾一下子成了焦点,他握着快要喝空的塑料杯,微微抿着唇,没有动静。

季明川离他越来越近。

"砰——"晏为炽突然把奶茶扔到桌上:"就站那儿说。"

季明川看着陈雾:"还是你来说吧。"

"哥。"他微笑道。

四周一片哗然。

不是吧,真的假的,这两人是兄弟!弟弟是一中的年级第一,哥哥是个保安,还是职高的保安。长相也天差地别,这差距……

窃窃私语从四处传来,在场那么多西德的学生,猝不及防地被塞了一口"瓜"。

黄遇见炽哥的面色已经难看到极点,赶紧吼了一声:"都叭叭什么呢,我给你们人手一个喇叭，让你们好好喊一喊？"

室内安静了下来。

晏为炽的身子转向陈雾，压低嗓音问道："没叫错吧？"

陈雾不出声。

那就是了。

晏为炽有些意想不到，这个时不时瞄陈雾的季明川，竟然真的是他弟。

确定之后，晏为炽对季明川的态度和印象并没有发生改变，因为他的火气已经升起来了，一时半会儿消不了。

晏为炽见季明川还在看陈雾，他冷笑了一声："你哥不理你。"

"我犯了错——"季明川似乎有难言之隐，没有细说，"他生气了，过年没回家，到现在也没原谅我。"

陈雾一言不发，起身去洗手间。

季明川有点无措地追上去，一把椅子被踢过来，拦住了他的去路。他眼眶微红，期期艾艾地说："哥，我没有经过你的同意就说出了我们的关系，你别生气。"

没有回应，他习惯性地不见丝毫气恼，只是垂下眼帘，失落地说道："我先走了，哥，你玩得开心点。"

这哪里还是一中赫赫有名的"高岭之花"，分明就是个长期在哥哥的打压下长大的小孩。

众人都愣住了。

走出场馆，季明川的神情变得有些扭曲，持续几秒后变得漠然。

场内那一幕，仿佛是他在自己一寸一寸精细刻好的轨道上晃了下腿，不会影响他最终的目标和目的地。

"季明川，你是故意的吧！"跟出来的姜禧紧握拳头，"我让你看那张照片上的手，还吐槽那手不好看，你怎么不说那是你哥？"丢死人了，太尴尬了。

"那是我哥的手吗？"季明川怔住了。

姜禧一愣，季明川不知道？也对，谁能凭借一只手就能把人认出来。

季明川恍然大悟："原来是我哥。"

姜禧眼神飘忽，随后叉着盈盈一握的腰，理直气壮地说道："是又怎么了，我可没说错，就是不好看嘛。现在怎么样，你要替你哥讨回公道吗？"

季明川宠爱地笑了笑，说道："审美是主观的。"

姜禧犹如一只炸毛的猫被顺了毛，她敛起骄蛮的小脾气，吹了吹走得太快飘到额前的小碎发："没听你说过你还有个哥哥。"

季明川清淡的眉眼间浮现一丝期待："我以为你对我的家人没有兴趣，如果你想知道……"

"不想！"姜禧立马说。

季明川把臂弯里的大衣拿下来，姜禧看见了还没干的水渍，想到他给自己撑伞的情景，有那么一瞬间觉得自己有点过分。

"我没见过我母亲，家里只有我父亲、我哥和我。我父亲在我上小学的时候就出事瘫痪了，现在他走了，我哥是我唯一的亲人了。"季明川将潮湿的大衣穿上，"我父亲在世时总是叫我记住我哥的付出，一定要报答他，生怕我以后会忘恩负义。"

姜禧没有察觉到季明川的异样。

"我父亲多虑了，他不说，我也会记得我哥的好。"季明川从领口开始往下扣扣子，"这些年我哥种树供我上学，很辛苦，很不容易。我希望他过两年就能娶妻生子，一辈子平平安安。"

说到这里，他突然向她展示了自己鲜为人知的一面："一直没有告诉你，我家里是世代务农的，老家在大山深处，一个很贫穷的地方。"

姜禧虽然对季明川的出身感到吃惊，因为这与他的外表和举止极不相符，但她并没有表现出轻蔑。她比较关注的是，种树能赚多少钱，怎么可能只靠陈雾，多半是季明川他爸出的钱，季明川好天真。

"保安的工资不高吧，买不起房子，也买不起车子，养不了老婆小孩。"姜禧第一次生出这样接地气的感想。

"是啊，"季明川轻笑道，"所以我要努力读书，将来让他过上更好的生活，不再为吃穿发愁。"

姜禧瞪大了眼睛，心想季明川对他哥真是太好了。

"我回学校了，你和朋友们继续玩吧。"季明川说完，撑开了伞。

姜禧不悦地咕哝："你哥为什么偏偏是陈雾啊……"

去年小年夜以及爬山的两次接触，她感觉自己不是很喜欢陈雾这个人，甚至连看季明川都不顺眼了。

季明川走下台阶，柔声说道："我会调去其他班级。"

姜禧愣住了，之前无论她怎么冷落羞辱，他都坚定不移地跟着她，这次他竟然主动离开了。

姜禧望着走入雨中的高大身影，感觉他的灵魂一下子从单薄卑微变得厚重、复杂，让人看不透了。

身后传来脚步声和熟悉的冷杉味道，姜禧垂头顺了顺身前的长发，疑惑地说道："哥，他们长得一点都不像，怎么会是一家人呢？"

姜凉昭和她并肩而立，淡淡地说道："我刚才让人查了一下，陈雾是养子。"

姜禧不可思议地叫了一声："是养子吗？那怎么还生气摆架子？"

"你以为是豪门家产丰厚，身份有别吗？"姜凉昭说，"一个老屋有什么好争的，亲生的跟收养的差不多。"

姜禧伸出手，让雨水淋到她的手心："陈雾只是个保安。"

姜凉昭说道："初三就辍学了。"

姜禧点点头："家里穷，不能供两个人上学，成绩不好的肯定就不学了。"

姜凉昭面向妹妹："你对陈雾有敌意。"

姜禧眨巴眼睛："有吗？"她急忙澄清，"我只是不喜欢他的性格……"

姜凉昭言辞犀利，说得颇为直白："陈雾跟炽哥的关系是不错，可你的敌意会不会太莫名其妙了？"

姜禧羞恼地嘟起嘴："都说了我只是不喜欢他！"

姜凉昭定定地看着自己的妹妹一会儿，不易察觉地松了口气："你也回去吧。"

姜禧也没心思去找她的炽哥哥了，于是说道："你送我。"

"自己打车。"姜凉昭这次不顺着她了。

姜禧任性地说："我不管，平时我去哪里都是季明川送我的，我不要一个人。"

姜凉昭那张斯文英俊的脸上出现了不常见的严肃表情："小禧，你来春桂之前都是自己想去哪里就去哪里，不依靠谁。"

姜禧不觉得这有什么大不了的："春桂治安不好嘛。"

姜凉昭拿出手机："尽快从这种不安全不健康的状态里出来。"

姜禧一头雾水："什么呀。"

"我已经给你叫好车了，在这里等着。"姜凉昭将手机收回长裤口袋里，他在黄遇面前是一副不当事的样子，这会儿却让小妹多交新朋友。

姜禧从随身斜挎的手工小包里拿出手帕擦手,无精打采地说:"交什么新朋友啊,都快走了。"

姜凉昭看出妹妹心情不好,就轻轻拍了拍她的后背,说会给她买一些春季的汉服。

"我自己会买。"姜禧说道。

"乖。"姜凉昭摸了摸她的头发,"我打算明天就联系一中的校长,让他帮你挑个班转过去。"

他尚未说出事先准备好的换班理由,就听妹妹说道:"不用换了,季明川说他会转走。"

姜凉昭略显诧异地挑了挑眉头——怎么像是……自己被人预判了这步棋?

姜凉昭回到场内,看到黄遇的信息就直奔洗手间。

黄遇倚着墙打游戏,晏为炽双手插在敞开的冲锋衣两侧口袋,漫不经心地来回走动,忽然说道:"以后聚会,叫姜禧别带那个季明川。"

黄遇疑惑地反问:"他不是陈雾的弟弟吗?"

晏为炽压着烦躁的情绪说:"没看出他不高兴?"

真没看出来,谁没事关心一个男的。黄遇退出游戏,说道:"可他们毕竟是兄弟俩,是一家人,我们作为外人不好……"

"就这样。"晏为炽走向从洗手间里出来的陈雾,"回家吗?"

陈雾看不出异样:"你不玩了吗?"

"不玩了,走吧。"

"就这么走了啊,我看你挺喜欢溜冰的。"陈雾反应迟钝。

"哪只眼睛看到的?"晏为炽气笑了,"要不是赵潜带你来这里,我会过来吗?"

正巧往这边来的姜凉昭听到这话,顿住了脚步。

黄遇下意识地关掉了游戏背景音。

黄遇在原地目送炽哥拽着陈雾走向溜冰场后门,好半天才恍恍惚惚地说:"昭儿,我是在做梦吗?你快扇醒我。"

姜凉昭突兀地说道:"兄弟俩都进了我们的交际圈子。"

黄遇经姜凉昭一提醒才意识到这个,嬉笑着问道:"你推断出什么了?"

"都是普通人。"姜凉昭补充,"目前而言。"

黄遇不那么觉得。

抛开学历背景，当弟弟的那副皮相跟普通不沾边。

当哥哥的明显在炽哥心中占有一席之地，单凭这一点，谁也撼动不了他的地位。

当晚，姜凉昭把查到的信息发给了晏为炽。这是一份简单的家庭信息，仅有两三行，没有什么值得深入研究的地方。然而，晏为炽从中发现了不对劲的地方，他猛地从沙发上站起来："陈雾！"

房间里响起陈雾的声音："啊？"

晏为炽推门而入："你是季家的养子吗？"

陈雾坐在床边泡脚，他愣了一下，说道："你查我了啊。"

晏为炽果断否认："不是。"接着又面不改色地把好友供了出来，"是凉昭查的。他不是针对你，针对的是谁你清楚，当哥哥的不放心妹妹。"

陈雾听了便没有再说什么。

"我们不管他们，我们说我们的。"晏为炽弯下腰，双手撑着腿，半蹲在陈雾面前，逼问道，"去年过年那会儿我问你是怎么还俗的，你告诉我，我离开小庙的第二年，你家人找到了你，对吧？"

"我的家人确实把我带回家了。"陈雾泡在盆里的两只脚互相搓，顿了一下才道，"只是后来又发生了一些事，我去了季家。"

晏为炽的目光盯着他不动："不想说就不说。"

"谢谢。"陈雾感激地冲晏为炽笑了一下。

晏为炽不自在地摸了摸鼻子："你弟——"这称呼刺耳，他索性改成全名，"季明川在溜冰场说的那些，是真的吗？"

陈雾说："他在演戏。"

晏为炽服了："我就说我当时怎么感觉有点反胃。"

"晏同学，你反胃可能不是因为他，而是受凉了。"陈雾认真地冰道，"昨晚我起来上洗手间，看到你的被子掉在地上，就给你盖上去了，早上起来一看被子还是在地上。"

这话题跑八百里外去了。

晏为炽板着脸直起身："别管。"

陈雾说："我给你煮点姜茶吧，喝了没有坏处。"

"你想煮就煮。"晏为炽说完,起身往外走。

晏为炽没有向陈雾打听是什么矛盾导致他和季明川兄弟不合。

因为他们之间的家长里短只要扯出个头,后面就是个巨大的毛线团,这些都和他无关。

相当于,他在门外,看门里的陈雾和季明川。想想就烦躁。

陈雾突然说:"什么都别做。"

晏为炽古怪地瞥了陈雾一眼,心想,这家伙从哪里猜出他的心思的,观察力这么敏锐!

陈雾又说:"别去找他。"

晏为炽不屑地冷笑:"怎么,他有狂犬病吗?"

陈雾擦着脚,似乎在自言自语:"我不想把句号,变成省略号。"

溜冰场那次,季明川在众目睽睽之下打了个招呼,让西德那些人知道陈雾是他哥,便没有了其他动静。

他就像站在岸边,往以陈雾为圆心的湖里投了一块小石子,只是想看看能激起多大的浪。

之后,他上课、做题、复习、备考,俨然是一个为梦想奋斗、指望高考成绩能让他人生改头换面的学生。

这世上很难有人能揣测出他的心思。

陈雾没有因为季明川的反常而去一中找他,也不奇怪为什么没有人跑到他面前嘲笑他或找他麻烦。他慢吞吞地过着自己的生活,丝毫不受影响。

倒是姜禧,她不习惯了。

不过,她每次经过季明川的教室,都忍着没进去,而是按照她哥说的,开始结交新朋友,试图度过在春桂的最后两个季节。

天气渐暖,一切都在朝着七月飞奔。

陈雾留下来的十多条鳑鲏被晏为炽养死了,他拎着自己做的钓竿去水库钓鱼,打算把钓到的鱼放进去,填补鱼缸的空白。

水库边的位置很多,陈雾随便选了一个抛饵。

不多时,有个老头儿过来了,他胡子拉碴,不修边幅,一只手提着破旧的渔具包,一只手端着碗热干面。

老头儿一屁股坐到草地上,呼哧呼哧地把热干面扫进肚里,随后用发肿的眼睛打量陈雾："面生啊，先前没见过。"

"我是刚来的。"陈雾说。

老头儿从裤子后面的兜里摸索出小半包烟，撑开皱巴巴的烟盒，往上抖了抖，递过去一支烟，问道："来一支吗？"

陈雾摆手："我不会。"

"抽烟有什么难的，打火机一点，牙一咬，再一吸，一吐，完事。"老头儿幽默地说道。

陈雾看起来在认真听，可是细看就能发现，他眼珠都没转，明显是把对方的话当作耳旁风了。

"这边按时间算，比按斤算便宜，但是鱼没按斤算的好钓。"老头儿捏起挂在胸前的一小根面条吃掉，念念叨叨，"以前是好钓的，一会儿就能钓一桶。现在不行喽，有时候熬个通宵都钓不到一碗。"

"鱼精了。"陈雾终于出声。

"是啊，饵放多了，不轻易上当了。"老头儿颇有感触。

陈雾聚精会神地盯着浮漂，随口道："那就换个饵。"

"不了，我准备换地方了。"老头儿说，"今天是最后一次钓了。"

老头儿有一搭没一搭地找陈雾聊天，陈雾有问必答。

过了差不多一个小时，陈雾听到旁边传来呼噜声——老头儿靠在座椅里睡着了。

等他一觉醒来，陈雾的桶已经满了。

老头儿震惊得将脸凑到桶口："你怎么钓了这么多？"

陈雾夹着腿间的竹竿，不无得意地道："就这么钓的。"

老头儿瞪大了眼睛。

一个连起竿都不熟练的新手，钓了一桶鱼，真是无心插柳柳成荫。

老头儿去西餐厅吃饭，门口的服务生不让他进，他把胡子拨开，让对方仔细瞅瞅。

服务生嫌他脏，一个劲地赶他走，还是经理认出他是老顾客，赶紧迎了上来："赵校长，您钓完鱼回来了啊。"

赵老头冷哼一声，手往身后一背，大摇大摆地走进餐厅，对准备教训服务生的经理说："别为难小娃娃，人家挺有职业素养的。"

"不为难，不为难。"经理说着，忙领他去楼上包房。

赵老头路过大堂，跟经理点名要某个服务生照顾他用餐——某个服务生就是晏为炽。

赵老头张口就是老熟人叙旧的口吻："你怎么又换工作了，没一个长久的。"

晏为炽公式化地问："喝什么酒？"

"最便宜的。"赵老头回答完，突然感慨道，"时间过得真快，你在这儿都是第三年了。"

晏为炽没有接话茬，只将菜单递给他。

赵老头随便点了两个菜："你马上就要毕业了，带带小潜。"

晏为炽不为所动："不一定能进一个厂。"

"贤侄啊——"赵老头伸手去拉晏为炽的手臂。

"少攀亲戚。"晏为炽嫌弃他一手的鱼腥味，一边避开，一边说道，"想让赵潜回本家，你自己就能送，我可没那本事。"

赵老头把伸到半空的手收了回去："怎么这么谦虚，跟我今天钓鱼碰到的那个戴眼镜的小伙子一个样儿。"

晏为炽闻言眯起眼，问道："你是从水库过来的？"

"小伙子技术好啊，钓的那些鱼够他和他家人吃上好几天了。"赵老头羡慕地咂咂嘴。

晏为炽沉下脸："老头，别踩我底线。"话音落下，转身就走，不伺候了。

赵老头气急败坏，暗骂，这个没良心的小子，我好歹在这小地方陪了你三年。虽然他的本意不是这个。

晏为炽打完工去了陈雾那儿，迎接他的是紧闭的房门。

平常这个时候，陈雾早就回来了。

晏为炽打电话过去，发现关机，这时他的后背蹿起一丝凉意。

不一会儿，西德那边有关陈雾今天活动的监控就送到了他手上。

监控显示，陈雾准时下班了。

晏为炽出去寻找。

春桂太小也太乱，陈雾在这里没几个朋友，他骑着摩托车沿街搜寻，神色沉静，然而冲锋衣里面一片湿冷。

"炽哥，一中那边问过了，季明川在上晚自习。"

电话里黄遇正儿八经地向晏为炽汇报，晏为炽皱着眉头，焦躁的目光骤然锁住从凉粉摊过来的两个人影。

"人找到了。"晏为炽挂掉电话，停下车，坐在车上没有动。

渐渐地，一个惊讶的声音传来："那是炽哥吗？"

"真的是。"丁徽琭说。

陈雾被丁徽琭拉着去晏为炽那儿。

晏为炽看清是他以后，暂时休眠的大脑瞬间卷起风暴。

"头发怎么是湿的？"晏为炽快速打量陈雾，眉头越皱越紧。他从车上下来，有点站不稳。

陈雾身上披着丁徽琭的外套，他示意晏为炽自己旁边还有别人。

晏为炽根本不管，不由自主地吼道："手机呢？"

陈雾讷讷地说道："不见了……"

晏为炽满腔的怒火突然没了发泄的出口，他气得一把扯掉陈雾身上披着的外套。

陈雾立即打了个冷战。

一旁的丁徽琭见状，惊讶地问道："炽哥，你们认识啊？"

晏为炽发现陈雾的裤子还在滴水，于是催促陈雾赶紧走："回家。"

陈雾小声道："你怎么不跟丁同学说话？"

"说个屁。"晏为炽把他拉到摩托车前。

陈雾坐他车的次数多了，下意识地要找自己的头盔。

"打车！"晏为炽忽然改变主意，他有些无奈地闭了闭眼，"我现在骑不了车。"

陈雾点点头："那打车吧。"

回到家，晏为炽才问陈雾："你怎么跟他在一起？"

陈雾说他下班回来的路上被人从身后打晕了，等他意识恢复的时候，发现自己半截身子泡在水里。

那是个小水塘，四周没有住户，放眼望去都是田地，他就算把嗓子喊破了也没用。而且他的嘴被封上了。

幸好丁徽琭去亲戚家路过那里，救了陈雾。

晏为炽从陈雾口中了解到情况，没有露出什么情绪。

陈雾心有余悸："我运气好，也多亏了他，不然我可能要在那里泡一晚上，天亮了才有可能被人发现。"

"是要多谢他。"晏为炽说。

陈雾没有受伤,就是冻坏了,这个时候白天温度回升了,早晚还是冷。他在水里泡了几个小时,感觉骨头刺痛。

出租屋的空调制热不太好,开了半天,房里都暖和不起来。

晏为炽找到陈雾常用的热水袋装水,被烫了手都没发觉。

陈雾在被窝里打哆嗦,嘴上还留着被胶布粘过的红痕。

"等一会儿就好了。"陈雾说道。

"躺着。"晏为炽把热水袋塞到陈雾脚心,他拍了拍被子,转身走出房间拨了个号码,"赵潜,把你发小叫出来。"

赵潜都快睡了,闻言从床上坐起来,忙问:"怎么了?"

晏为炽说了个地址便挂了电话。

赵潜打给丁徽璟:"老丁,炽哥叫你去干什么?"

"不清楚。"丁徽璟说,"去了就知道了。"

赵潜打了个哈欠:"我陪你去。"

"不用,你早点休息。"

丁徽璟到达地点,只见晏为炽靠在石块搭建的三角堆前,仰头看满天繁星,嘴边叼着一根棒棒糖,姿态懒散极了。他笑着走过去:"炽哥,你找我?"

晏为炽抓了抓头发,说道:"近点。"

丁徽璟于是走近些,讨好地说道:"是因为陈雾的事吗?炽哥,你放心,我不会把你们是朋友的事说出去……"

话音未落,晏为炽一脚踹在他肚子上。

丁徽璟被踹倒在地,本能地想跑,手脚并用地往一边爬。

"跑什么,还有去年带他看大佛的账没算呢。"

"老丁——"不远处传来赵潜的惊叫,她往这边跑来,出门时忘记换鞋,拖鞋跑丢了一只也没停。

有人来了,晏为炽依旧没停,他用力地把丁徽璟摔在了三角石堆上。

丁徽璟的身体软绵绵地顺着尖锐的石块滑了下来,看不出是死是活。

赵潜脑子乱糟糟的,不清楚是什么情况,她焦急地去拉丁徽璟:"老丁,你怎么样?"

丁徽瑛没有反应。

赵潜气呼呼地抓住转身要走的晏为炽："炽哥,老丁怎么你了,你把他打成这样。"

"自己问他。"晏为炽甩开赵潜,他想到什么,蹲下来扇了丁徽瑛几巴掌。

丁徽瑛因为疼痛,吃力地睁开眼睛。

晏为炽说："手机。"

"在水……水塘……"丁徽瑛断断续续地喘息。

晏为炽把碰过丁徽瑛的手在他衣服上干净的地方擦了擦,起身走了。

"这是搞什么啊!"赵潜一边骂着,一边去检查丁徽瑛的伤势。

丁徽瑛虚弱地张合嘴唇。

"你说什么?"赵潜擦掉他嘴边的血迹,把耳朵凑近。

"咯……"丁徽瑛却咳嗽着蜷缩起身体。

赵潜要把他拉到背上,他迷了心智般笑起来："潜潜……我把陈雾打晕丢在水里……炽哥才打我的……"

赵潜闻言神情骤变,一拳打在丁徽瑛脸上。

赵潜气得发抖："你干的都是什么事!就你那点伎俩能瞒得过谁!还搞陈雾,炽哥会打死你!"

丁徽瑛被赵潜打清醒了,他瞪大眼睛："你知道陈雾跟炽哥认识?"

赵潜恨铁不成钢,咬牙切齿地说："你说,你为什么突然害人?"

丁徽瑛失笑道："你不懂,我……"话没说完就晕了过去。

赵潜狠狠踢了一下三角石堆,弯腰把丁徽瑛背去了医院。路边停着一辆艳红色的车,后座的车窗里伸出一只手,每片指甲上都贴满了彩钻。

那只手在车门上敲了敲："上车。"

赵潜没有犹豫,把丁徽瑛放到后座。这时李潇下了车,打开副驾驶座的门坐了进去。

甜腻又充满侵略性的香水味在车里弥漫着。

赵潜也坐进了后座,抹了一把僵硬的脸,视线从后视镜转向窗外不断倒退的夜景。

"你跟踪我来的?"赵潜警惕地问。

"我回小区时,看到潜姐你披头散发地往外跑,多新鲜啊,来不及拍视频留纪念就跟过来了。"李潇逮着千载难逢的机会嘲讽了她一通,"以为能看一场精彩绝伦的大戏,结果就这,浪费时间!"

赵潜问:"你跟炽哥打招呼了吗?"

"有什么好打的。"李潇闭口不谈自己其实怕被误伤,根本没跟晏为炽碰面。晏为炽那副样子很罕见,他入学没多久被高年级的学生围攻时都没这么情绪失控过。

赵潜随意擦了擦睡衣上沾到的血迹和呕吐物,试探道:"你不想问问?"

李潇满脸不屑。

赵潜锐利的目光盯着她,试探道:"你知道什么?"

"你知道什么,我就知道什么。"李潇神秘地笑了笑,"只会比你多,不会比你少。"

丁徽璟能让晏为炽大晚上的大动干戈,只能是惹了陈雾。

李潇再次庆幸,去年她手下的人没做得太过分。她放起了劲爆的音乐,然后跟着旋律摇动身体。

"关掉!"赵潜感觉头脑发涨。

李潇呵呵一笑:"在我车上,还这么狂,仗的是什么。"

赵潜翻了个白眼:"仗的是我爸给你爸发工资,仗的是你打不过我。"

李潇顿时语塞。

不知是有意还是无意,李潇走了一条三天两头堵得不行的路。

这不,又堵上了。

丁徽璟昏迷不醒,赵潜急得频频往前看。

"去年闹跳楼的那个学弟,你还有印象吗?"李潇的声音突然响起,"我要说的不是他,是他那个跟他闹着玩的朋友。那人的德行,想必你也很清楚。"

赵潜眼皮突然跳了跳,冷冷地喝道:"你能把嘴闭上吗?"

李潇慢悠悠地说道:"你家老丁跟他走得可近了。"说完她耸了耸肩,"我有朋友看到他们私底下经常玩在一起。"

之后赵潜没再说过话。

到了医院,李潇转过头趴在座椅的头枕上,开口打破了沉闷至极的气氛:"记得你欠我一个人情,还有,洗车钱和换汽车坐垫的钱麻烦转给我。"

赵潜一把将丁徽璟抱起,托着他的手对李潇竖了个中指。

"白眼狼！"李潇拨了下酒红色的假发，回过头让司机启动车子，汽车立即扬长而去。

赵潜拖着疲惫的身子回到家。

客厅的灯大亮，赵老头在跟自己下棋，头也不抬地说道："我今天跟小晏提了一句。"

赵潜在玄关抬起没穿拖鞋的那只脚，光着脚走了一路，脚底板冰凉，布满灰尘和石粒硌出的印子。

"将军。"赵老头猛地把棋子拍下去，"时间差不多了，再不提就来不及了，得给他时间做决定，到时候你跟他一起走。"

赵潜打着赤脚走进来，声音沙哑，没什么精气神："那也得人家愿意，别上赶着，自作多情。"

"同窗三年，这样的革命友谊，还有什么不愿意的。"赵老头胸有成竹。

赵潜转身走向厨房，打开冰箱门："进厂有什么不好，谁都不想进，那工人谁来做？"

"进厂是没什么不好，流水线不需要动脑，平时省着点花也能活，但是你母亲留给你的东西，就别想拿回来了。"赵老头游刃有余地走了下一步棋。

厨房里没了声音，赵潜拎着大瓶汽水上了楼。

赵老头把吃掉的"帅"扔进棋盒里，继续说道："他大概会去嘉钥国际上学，我会把你送进去，你们继续当同学。"

赵潜冷冷地说："您这步棋走了三年，怕是从一开始就走错了，他回去指不定要被多少人嘲笑。"

"越是这样，就越要跟着他，患难见真情嘛。"赵老头似乎没听出女儿话里的讽刺意味。

赵潜一步跨了三个台阶，很快就到了二楼。

后面传来赵老头的声音："你打架没打赢，拖鞋怎么还丢了一只，让李家那女儿削了？"

看似一直在下棋，不关心她为什么这么晚回来，衣服上还有脏污，实际上都留意了。

赵潜根本不理他，房门被她甩得震天响。

赵老头生气地盘起腿，心想，打架就打架，一副斗败公鸡的样子给谁看？

老来得子,得一逆子!

赵潜喝掉大半瓶汽水,喝到撑得想吐,她给晏为炽发了好几条信息,到现在都没有一点动静。

晏为炽铁定还在气头上,不回她也是人之常情。

赵潜翻出通话记录的第一个号码拨过去,她做好了打不通电话的心理准备,没想到竟然打通了。

陈雾不知是困了,还是身体不舒服,说话速度比平时还慢:"赵同学,你找我有事吗?"

赵潜深吸一口气,说道:"哥,老丁今天混账了,我替他向你道歉。"

陈雾茫然地问道:"他做什么了?"

"你这次出事,是他做的。"她羞愧地说道。

陈雾惊愕了好一会儿才说道:"无缘无故……"

"是,他是鬼迷心窍了,被打死也是活该——"赵潜说,"我教训过他了,他毕业前可能都要养伤,不会再出现在你面前了。"

陈雾吃了一惊,问道:"受伤了吗?"

"自找的,都是自找的。"赵潜压住情绪,好声好气道,"哥,你多请几天假,一周不来两周不来也没关系,工资照发。"

陈雾不好意思地说道:"不能这样吧。"

"我说能就能。"赵潜用平常的爽朗语气说,"我明天去看你,行吗?"

电话里传来陈雾小声的转述:"赵同学说她明天想来看我。"

赵潜表情一变,晏为炽在陈雾旁边?

下一刻,她就听到晏为炽低沉且懒散的声音:"等你身体好了再说。"

"行行行。"赵潜笑着说。

赵潜没有和陈雾多聊,她叮嘱他注意休息后就结束了通话。

坐在偌大的房间里,赵潜仰望头顶的星空,回想自己为什么会认陈雾当哥——这是老头铺的路上的一块砖。

去年,老头突然让她和新来的保安交朋友,却没有说明原因。

她对老头的安排非常反感,想都没想就拒绝了。于是,老头给她看了一段剪下来的监控录像。虽然监控画面不是很清楚,但足以让她确认,一个穿制服的人在那场斗殴中替她挨了一下。

而那晚值班的正是新来的保安陈雾。

她是个不还掉恩情就浑身难受的人。

所以,她听从了老头的意思,顺便在西德关照陈雾,请他吃饭,带他玩。

赵潜的回忆停了下来,觉得还是要找个机会跟陈雾坦白。

尽管她早就把陈雾当成值得深交的朋友了,可她最初接触他的目的确实掺杂了一些杂质。

老头不知道怎么早早就知道了陈雾和晏为炽的关系,于是把他拉了进来。

并不是说以后要利用他,应该只是让她多交一个朋友,多一条路,有备无患。

赵潜把剩下的汽水喝光,心中一阵后怕,这次的事可不是小事,要是陈雾出了什么事……

赵潜在心里把丁徽琭骂了一顿,想到他伤成那样,她红着眼又狠狠地骂了几句:"愚蠢!"

因为赵潜的这通电话,陈雾从被窝里爬了出来。他裹着被子靠在木板床头说道:"救我的是丁同学,害我的也是丁同学?"

晏为炽冷笑道:"我告诉过你,要对周围人有防备心。"

陈雾喃喃自语:"没有理由啊。"

"那是你认为。"晏为炽夺走陈雾手里的手机,说手机是他从水塘边捡回来的,这家伙就信了,真是个打着灯笼都找不到的傻帽儿。

陈雾怎么也想不明白:"我跟他没结仇,也没有闹过矛盾,他跟我一直有说有笑的,他人缘那么好,做事周到又爱笑,不像是当面一套背后一套的人。"

"你除了能看出季明川演戏,看别人都是真心实意的。"晏为炽停顿了一下,这么一想,季明川还成了个特殊的玩意儿!

"别管不相干的人了。"他烦躁地把手机放在床头柜上,问道,"你夜里可能会发热,有药吗?"

"药箱在衣橱底下的柜子里,你拿给我。"陈雾说。

"直接跟我说不就行了。"晏为炽说完转身去找药箱。

"不行,感冒药分好几种,不能乱吃。"陈雾的脸上还是没有多少血色,他躺回床上,脚挪动着去碰换过水的热水袋。

不多时,陈雾把自己要吃的药拿出来放好,他蜷着不那么冷的身子昏昏入睡,忽然说了句:"赵同学怎么知道我出事了啊?"

晏为炽倚在床尾的墙边,无奈地说道:"这都想不通?她跟那丁什么的,是一伙的。"

"不算一伙的吧。"陈雾摇头,"大家都是成年人了,能独立思考,有独立的人格,想法不一样。"

晏为炽瞥了他一眼:"这是你第几次替她说话了?"

陈雾说:"她性格挺好的。"

"睡觉,马上。"晏为炽关了灯,下了命令。

夜里,陈雾果然烧了起来,他没有说胡话,也没因病脆弱敏感得乱发脾气,只是个安安静静烧着的火炉子。

晏为炽拨开陈雾的刘海,见他脑门冒出细密的汗,皱眉道:"这样不行。"

"要不我给你拧条毛巾,给你降降温?"晏为炽提议。

陈雾合着的眼皮下的眼珠动了动,却没有撑开眼睛。

"那我去打水弄毛巾。"晏为炽当他默许了。

等他回到床边时两手空空,盆跟毛巾一样没拿,他捂住脸返回。

再回来时,盆端上了,毛巾也带上了。

就是水忘了兑热水,水是冰冷的。

晏为炽暗骂了一句,不由得自我怀疑,他怎么一点小事都做不好了。

第三次回来,所有东西准备齐全。

晏为炽坐在床边,腿上放着一盆水,开始思索从哪里下手。首先干什么,擦脖子吗?于是他将温热的毛巾对折,将陈雾的脖子来回擦了一遍。

毛巾过了水拧干。

然后要干什么?

下一刻,他与一双湿润迷蒙的眼睛对视。

"闭眼。"晏为炽下意识地命令道。

陈雾呆呆地张了张干燥的嘴唇,问道:"你在做什么?"

"给你物理降温。"晏为炽表情严肃。

陈雾恍惚露出笑来,一双眼笑得弯弯的,真诚地说:"谢谢你啊,晏同学,麻烦你了,辛苦你了。"

晏为炽瞬间感觉自己被圣光普照了,郑重地点头。

他今晚不睡了,非得把人照顾得妥妥当当不可。

愿者上钩

第十一章
听风

陈雾在家躺了一个多星期,其间赵潜来看他,带了很多精挑细选的补品来。赵潜一句没提丁徽瑛,只是让陈雾干脆下个月再回去上班。于是陈雾继续休假。

月底是晏为炽的生日,陈雾不知道。

黄遇告诉了他,叫他到时候让晏为炽出来聚餐。

当天,陈雾先去了同事家。

就是那个全身长满大脓包的同事,他用了陈雾说的方子,身上好得差不多了,特地请陈雾吃饭。同事吃完饭送陈雾出门时,还给他塞了一个厚厚的红包。

陈雾收下了。

同事的妻子头一次见有人收红包收得这么爽快,有些不满:"他怎么不客气一下?"

"他知道如果不收,我心里过不去。"同事把门关上。

"看起来不像那么精明的人。"

"这不叫精明。"同事不是很同意妻子的说法,又想不出更恰当的形容词,只说道,"反正是个善良的人。"

善良的陈雾去了街上,用还没焐热的红包给晏为炽买生日礼物。

晏为炽打电话过来,问他是不是在路上孵小鸡。

陈雾诚实地回答:"我在给你买礼物。"

晏为炽一愣:"不需要,我什么都不缺。"

陈雾说:"哦,那我不买了。"

晏为炽不知怎么嘴角耷拉了下去,无奈地说道:"你买,你买,你慢慢挑。"

"我买好就过去。"陈雾去了下一家店,这时黄遇发了微信给他。

黄遇:"去年放寒假前一晚,你是不是给炽哥发过信息?"

陈雾:"是发过几条。"

黄遇:"我就说那语气怎么瞅着像查岗,原来是你啊。"

在餐厅等到头发昏的黄遇意识到自己发了什么时,忙抖着手撤回。

陈雾应该没看到……吧?反应那么慢的人,不可能看见。

晏为炽在春桂的最后一个生日宴搞砸了,因为陈雾在喝了一口奶茶后,过敏了。

当时晏为炽才吃了一口白糖拌糯米饭,就看见陈雾隔着毛衣袖子抓挠手臂,呼吸声听起来也不对劲,一副随时都要吐出来的样子。

蛋糕不吃了,生日不过了,晏为炽带陈雾去医院,直奔急诊室注射抗过敏药物。

护士在陈雾的屁股上打了两针。

打完之后,陈雾感觉自己那半边屁股硬邦邦的。

前些天泡水受冻感冒才好,今天又来了一场不大不小的过敏,他真的太倒霉了。

晏为炽给陈雾办了住院手续,让他住一晚。

虽然医生一再说明,来得比较及时,不用住院,劝他们回家,但晏为炽坚持,这会儿床位并不紧张,医生便随他去了。

病房里,晏为炽面色铁青地瞪着陈雾:"奶茶过敏还敢喝?"

陈雾身体不抖了,说话声音也不抖了,症状明显缓解了不少。他尴尬又无辜地叹了一口气:"我不知道自己对奶茶过敏。我喝牛奶没事,别人喝了奶茶跟我说话,味道我闻了也没出什么事啊。"

晏为炽这才想起来,这家伙每次给他买奶茶,自己买的都是水。他以为他不喜欢喝,哪知道是因为过敏。

见陈雾要起来,晏为炽又发火了:"干吗去?"

"不想躺了。"陈雾说,"我都好了。"他戴上眼镜,"你能陪我下去走走吗?"

"你多大了,还要人陪?"晏为炽看了眼手机上家那边的朋友发来的生日祝福,一个都懒得回。

陈雾穿上拖鞋,垂着脑袋往外走。

愿者上钩

晏为炽的太阳穴抽了抽，脚步一转，跟了出去。

陈雾在医院一楼的小花园散了会儿步，回病房睡了。

其间姜禧来了一趟，不知怎么了，哭得上气不接下气。陈雾听到动静起来，正好撞上姜凉昭来接姜禧，姜凉昭跟他打了声招呼，便带着哭个不停的姜禧走了。

一进病房，陈雾就往晏为炽跟前凑："晏同学，你怎么把人惹哭了？"

"别管闲事。"晏为炽不想提姜禧，口气稍重。

陈雾没有再问，默默地爬回病床，盖好被子，闭上眼睛。

一系列动作发出的声响极小，像是从人类身上感受到抵触情绪后，快速降低自己的存在感，缩回壳里的小动物。

晏为炽顿时无语，他刚才发脾气了吗？用得着这样？那也算发脾气？

"这件事跟你没关系。"晏为炽走到床边，故意去扯陈雾的被子。

"那她走的时候为什么那么看我？"陈雾把手往被子里缩了缩，欲言又止，"是不是误会了？"

"没误会。"晏为炽脱口而出，他瞪了眼还躺在床上双眼紧闭、明显在状况外的陈雾，既心烦又生气，"我出去透透气。"

手刚放在门把手上，病房里就响起陈雾的声音："去年小年夜爬山那次，姜凉昭的妹妹找到我，提出让我帮她追你，她可以给我很多钱。"

晏为炽瞬间回过头："你答应了？"

"没有。"陈雾说。

晏为炽阔步走到床前，单手撑着床头，俯下身，逼问他："那你是怎么回答的？"

陈雾睁开眼，与晏为炽四目相对。

"我说，我马上要搬走了。"没戴眼镜的陈雾看起来目光有些涣散。

这是什么破答案？晏为炽把床头的眼镜递给他，让他直面自己的怒气。

陈雾看清了晏为炽的脸，慢慢地眨了眨眼睛，一边将枕着枕头的脑袋往旁边移了移，一边说："姜凉昭的妹妹对你的心思，都写在脸上。"

晏为炽无动于衷。

陈雾看着他，问道："你不喜欢她吗？"

晏为炽明确地说道："从头到脚都不喜欢。"

陈雾又说:"姜家有钱有势,如果你俩能成,你这辈子都不用奋斗了。"

晏为炽掏出手机,漫不经心地说:"我对做上门女婿不感兴趣。"

陈雾沉默了片刻才道:"上门女婿是不好做。"

晏为炽闻言嘴角抽了抽,这话他也信?正当他要调侃的时候,陈雾突然问了一句:"那你拒绝过她吗?"

他立刻回答:"一直在拒绝。"

陈雾认真地说道:"你是对的,不喜欢就是要明说。"

突然被夸奖,晏为炽挠了挠鼻尖,遮住扬起的嘴角:"正常人都会这样做。"

陈雾快睡着时忽然想起什么,掀开了被子,晏为炽就看到他像游魂一样起床,拿起自己来医院都不忘捎上的帆布袋,从里面翻出一个蓝色的盒子。

晏为炽迅速把手机放下,装作转头看窗外的夜景,一副看入迷的样子。

"晏同学,我差点忘了把这个给你。"陈雾拿着盒子走向他,"这是我送你的生日礼物。"

晏为炽对生日不热衷,有没有礼物也无所谓。但这是陈雾送的,他一拿到就拆开了。

是一块运动手表。

不巧的是,晏为炽曾在这个牌子的专卖店里做过兼职,他知道这款手表售价两千多。对陈雾来说,绝对是一笔大开销。

晏为炽把手表挑出来,漫不经心地正面反面翻看,问道:"捡钱了?"

陈雾老实道:"同事给的红包。"

晏为炽不咸不淡地说道:"顺路买的吧。"

"不是,我特地给你买的。"陈雾并不觉得委屈,只是把事实说出来,"跑了好几家店呢。"

"那我真的睡了啊。"他说完就要上床,仿佛完成了一项工作。

晏为炽把手表丢在桌上,问道:"没了?"

陈雾一条腿已经跨到床沿了,他愣了一会儿,后知后觉自己忘了什么,不好意思地送上祝福:"晏同学,生日快乐。"

晏为炽靠在椅背上,一副慵懒的大少爷样儿,追问:"只有这句吗?"

陈雾的眼里满是问号。

"啧。"晏为炽不满地说道,"明年给我多说点,别太敷衍。"

愿者上钩

"过生日不都送这个祝福吗？"他不禁嘀咕，"真不懂你。"

晏为炽置若罔闻，反正他明年要听到别的祝福。

姜凉昭把妹妹送回一中，让她洗个热水澡，好好睡一觉。哪知她嘴上说好，转头就去了季明川所在的教室。

这个时候学生们都在教室里自习。

姜禧站在教室门口，睁着一双兔子眼，手上拿着本该戴在头上的步摇，很大声地喊："季明川，你出来！"

二班学生全体鸦雀无声。

季明川皱了皱眉头，姜禧见他面对自己的头一次主动，居然是这个反应时，顿时感到难为情，心中生出一股退意和悔意，转身就要走。

随即椅子脚摩擦地面的声音从教室里传出来，季明川在多双眼睛的见证下，放弃没有写完的题，选择了门口看起来很需要他的女孩。

没人敢起哄。

季明川把姜禧带到楼道里，他体贴地退开几步，保持一个既能看到她又不让她感到冒犯的距离，问道："出什么事了？"

姜禧瞬间被季明川的关心触动了情绪，对他又是打又是踢，毫无防备地向他袒露出脆弱而幼稚的一面："你知不知道你哥……都怪你哥……"

季明川没有在意校服上的鞋印，他避开姜禧打在他脸上和身上的手，严肃地说道："说清楚。"

姜禧冷不防被他的语气吓到，立刻闭上了嘴。

楼道里陷入一片沉寂。

姜禧在原地发了好一会儿呆，感觉有点冷，便抱着手臂搓了搓，余光瞥到一双黝黑不见光亮的眼睛，又吓了一大跳，问道："你怎么还没走？"

"不放心你。"季明川说。

"你走！我不想看到你！看到你就想到你哥！"说完，她号啕大哭。

季明川低声问道："我哥怎么你了？"

姜禧只顾着哭，声嘶力竭，哭得快要昏过去。

"我不问了，我哥让你哭成这样，一定是他的错。"季明川拥住女孩瘦弱的肩膀，收拢泛白的五指，无声地守护她，也站在了她这边。

清明的时候,陈雾回了一趟老石村,他谁都没告诉。这次他坐了火车,看了看花贵点的车费才能看到的风景。

陈雾进村的待遇是,全村的人跑到村口迎接他,熟悉亲切的乡音在他耳边响起。他把在路上买的糖果分给了小孩子们。

不是什么进口糖,就是普通的水果硬糖,一样甜。

陈雾在孩子们的簇拥下进了村,和组长一起往他家走。

"今年的新茶长得好。"组长带陈雾进屋,给他泡了一杯,"你尝尝。"

陈雾看了眼,茶叶嫩嫩的,大小均匀,颜色漂亮。

组长是个急性子,他想让陈雾快点喝到茶,给出评价,直接端着茶杯去外头吹凉。

不一会儿,陈雾就让组长如了愿,他说茶很不错,能卖个好价钱。

组长乐得露出一口稀疏的牙齿,感叹道:"今年天气好,都是老天照顾咱们。"

"是啊。"陈雾被院里几只打架的鸡吸引了目光。

组长把他上上下下看了个遍,发现陈雾比去年十一月出村时瘦了一圈。走之前脸明明是圆的,现在连下巴都没什么肉了。

组长不知道陈雾在春桂做什么,也不好问,他来回走动着搓搓手,说道:"小雾,你在我这儿吃了饭再回去吧。你大妈这会儿都在菜地割韭菜了。"

"不了。"陈雾说,"火车没有大巴舒服,我的胃有一点难受。"

组长只好送他回老屋。

陈雾开门进去的时候,组长才想起来,去年年三十明川把屋里的东西都给砸了,他收拾了几天才收拾完,砸坏的东西却没扔掉,都被他堆在堂屋的角落里。

想到这儿,组长赶紧跨过门槛往院里跑,喊道:"小雾!"

陈雾停在堂屋门前。

组长喘着气说:"这不是进贼了,这是……"

"我知道。"陈雾放下旅行包,"我先给我爸上炷香,其他的等会儿我会弄好的。"

组长瞧了瞧他的脸色,没瞧出什么,只得柔声道:"那你自己待着,有事在门口喊一声就行。"

陈雾在锈迹斑斑的井边压了一桶水,他找了块抹布,把粘在上面的蜘蛛网扯掉,用瓢舀了半瓢水把抹布洗了洗,进堂屋擦遗像上的灰尘。

擦干净了，点了一炷香。

陈雾在檀香味里开始打扫卫生，这时手机收到一条信息。

是银行扣除短信服务费的消息。

陈雾打开微信，点开下方的红点看了看，给晏为炽发信息："姜凉昭的妹妹给我发了好友申请，加吗？"

晏为炽："不加。"

陈雾："会不会有事？"

晏为炽："有事找她哥。"

陈雾："她在申请栏说我俩有代沟。"

晏为炽的注意力一下子被"代沟"两个字吸引过去，说："有个鬼。大四岁，又不是大四十岁！"

陈雾把手机放回去，后来晏为炽有没有再发消息，发了什么，他都没有管，专心做起了家务。

老屋不大，陈雾手脚麻利，没费多少力气便清理完了。他没有闲着，而是去了自己睡觉的那间屋子。

没有柜门的柜子里塞着轻微发霉的被褥。

窗口的风铃清脆作响。

陈雾把挂在上面的木牌拿下来，和其他垃圾一起扔到后山的大坑里。

这是村里专门用来倒垃圾的地方，堆满了就会烧掉。

陈雾从兜里掏出一盒火柴。

组长知道陈雾和季明川的关系不像从前那样了，就没有把他回来的消息透露出去。其他村民不清楚这里面的隐情，在家族群里说给儿女听。

于是有人联系了优秀又长得出色的季明川，迫不及待地抓住这个可以和他说话的机会。

"明川，你哥是从山的西边回来的，他肯定已经知道你过年没有给你爸上坟了。"

季明川端着一摞作业本，快步走上台阶，问道："他生气了吗？"

"我问问我妈。"那人很快传话，"她说看不出来。"

季明川短促一笑，心想，他是失望透顶了吧。

电话里的同乡试探地问道："你哥回来过清明了，你回来吗？"

季明川尚未开口，身后便传来了甜美的声音："季明川，你陪我去看漫展！"

"不回。"他说完，挂了电话。

陈雾把擦燃的火柴扔进垃圾堆里。风把火苗吹大，很快就烧了起来。

眼前这些充满时光记忆、刻着岁月痕迹的家具物件，如今成了废品，一点一点被吞噬。

陈雾扬起手臂，指间一松，那块带着他体温的小木牌也被他扔了进去。

火光在他的镜片上跳跃，火仿佛要钻到他的瞳仁里。

他接起已经响了很久的电话。

远在春桂的晏为炽朝他发火，问他手机还能不能用，不能用就换，连电话都打不通。

"手机没有问题。"陈雾歉意地说，"是我没有听见。"

晏为炽躺在水库边的草地上晒着太阳，颓废极了，连兼职都不想做了。

"真要在老家待三天？"晏为炽问道。

陈雾捡了根长点的树枝去拨火堆："跑一趟不容易，下次不知道什么时候能再回来。"

"三天，七十二小时。"说着，晏为炽低声骂了一句。

电话还没挂，晏为炽不开口，陈雾也没说话，他们在不同的城市，想着不同的事。

火越烧越旺，又越烧越萎靡。

恶臭、不恶臭的垃圾都被烧完了，成了一堆灰烬，四处飞扬。

陈雾拍了拍衣服，说道："我要去给我爸烧纸了，多烧点让他在地下花。"

"这一套你也信。"晏为炽说，"人死了就什么都没了，哪来的地下世界。"

陈雾没有反驳，朝坟头走去的脚步也没有停。

"你那儿能有什么好玩的。"晏为炽表面上不在意、不屑，沉闷的语调却泄露出他的兴致以及深藏的孤单。

陈雾把手机朝外，对着大山的方向说道："晏同学，你听到了吗？"

晏为炽坐起来听："什么？"

"山风。"陈雾说。

猛然间，晏为炽仿佛感受到了从大山深处跑向他的风。

他把手机从右手换到左手，又换回右手，来回换了几次，才说："听不到。"

"怎么会听不到？"陈雾奇怪地说道，"这么大的风，我的塑料袋都要被刮跑了。"

"那我去更高的地方。"他四处看看，走到一个土包上面。

电流中，风呼啸着形成一个旋涡，在旋涡中心，陈雾充满期待地大喊："晏同学，现在你听到了吗？"

晏为炽依旧撒谎："没有。"

"还没有啊……"陈雾又找了个高地，将沾着草泥的布鞋踩上去，"那现在呢？"

他不厌其烦，只为让晏为炽听见满山的风。

晏为炽不再言语。

陈雾也没有再问，只是维持着高举手机、将自己的世界一角分享出去的姿势。

风还在吹。

晏为炽慢慢地说："好像听到了。"

"那就好。"陈雾从高地下来，继续向目的地走。

晏为炽问："陈雾，为什么一定要让我听见？"

陈雾怔了怔："这还需要理由吗？"

"需要。"晏为炽执着地说道。

陈雾沉默了片刻才道："你问我有什么好玩的，我就把我这里的风推荐给你。"

晏为炽一下就笑了，追问道："还有吗？"

虽然在笑，语气却是咬牙切齿，仿佛没有第二个理由，这事没完。

"还有我觉得……可能你……"陈雾轻声说道，"想听。"

晏为炽停顿了一下，恼羞成怒地说："谁想听风声，还不如听鸡叫猪叫有意思。"

"你真的想听鸡叫猪叫吗？"陈雾既惊讶又表示理解，他跨过一小片蘑菇群，"那要等我下山。"

晏为炽不禁泄了气。

"我到了，先不说了，我要拔坟头的草了。"陈雾打完招呼就结束了通话。

晏为炽站起来，看着波光粼粼的水面，突然开始沿着水库跑了几圈，然后满身大汗地回到住处。

他脱掉运动鞋和白袜子，扒下黑色背心，掏出裤兜里的手机，手脚张开仰躺在地上。

山风一遍遍地从他的脑海中呼啸而过。

这时,手机嗡嗡作响。

晏为炽接听,语调懒散:"饭不吃,球不打,哪儿都不去。"

"炽哥,这次不是玩,是正经事。"黄遇神秘兮兮地说,"你在家吗?我去你那边找你。"

"在,过来吧。"晏为炽将头发往后捋了捋,去洗澡了。

黄遇带着尺子和小本子来了,他摩拳擦掌地说:"炽哥,我和昭儿想给你准备几套战袍,设计师都找好了,是国外的,不用担心走漏风声,只等我把你的尺寸发过去。"

炽哥回去后,指不定要参加多少场宴会,装备要提前准备。

"这就是你说的正经事吗?"晏为炽打开了一罐可乐,冷冷地说道,"哪儿凉快哪儿待着去。"

黄遇嬉皮笑脸地说:"不一定非要上战场时才穿,正式场合也能穿。"

晏为炽刚要表示自己不需要,就听黄遇暧昧地说:"比如约会。"

"麻烦!"他咽下口中的可乐,眼神示意黄遇利索点。

"好嘞!"黄遇答应得爽快,动作却十分生涩,连尺子都拿不稳。

幸好晏为炽没有催他。

黄遇正在研究尺子怎么看,突然听到晏为炽说:"阿遇,你觉得我去小山村玩玩怎么样?"

就说怎么没催他,敢情是走神了。

"去小山村干吗?"

"小山村的风挺大的。"晏为炽意味不明地说道,"想去见识见识,看能不能把人吹跑。"

黄遇不明所以,停住了动作。

"还不量?"晏为炽突然催促道。

"量量量!"黄遇夸张地舔了舔手指,翻开小本子,不知道在哪里学的,有模有样的。

"我们先量臂长。"黄遇捏着尺子的一头,"炽哥,你把手臂伸出来,不伸也行,就这样。哎,对对,好,不错,非常好,非常好,保持住!"

术语也学了不少，搁这儿自己演上了。

黄遇把尺子搭在晏为炽的肩头，一边量，一边问："炽哥，你穿西装不戴佛珠吧。"

"戴。"晏为炽说。

"那我得把尺寸放一放。"黄遇又问，"对了，炽哥，你怎么突然想去小山村玩？"

"不去。"晏为炽说完便去拿漫画书。他只是随口一说，并不是真的要去找陈雾。

黄遇去洗手间洗了手出来，才发现陈雾搬走了。

这里除了二手鱼缸和几盆绿植没带走，那套健身器材也没回来，其他的似乎恢复了原样。

但只要待上一会儿，就会发现再也回不到以前了。

屋子的主人仿佛被人调包了，怎么还能还原呢？

黄遇问出了一个一直困扰他的问题："炽哥，你刚住进来的时候，我们想给你买厨具，你说你不开火，不喜欢床上、被子上有油烟味，也不想在睡觉的地方看到锅碗瓢盆。后来你是怎么让陈雾把那些东西塞进来的？"

晏为炽面色古怪，要不是黄遇问起来，他都不会去回想。就像是自然而然发生的，没引起他的注意。

"一点点添加的。"晏为炽说。

黄遇倒吸一口凉气，陈雾这不就是在触碰炽哥的底线，一步一步试探，最后"润物细无声，当春乃发生"。

高，实在是高啊。

黄遇走到窗边往外看，水库比不上江海，实在没什么景色可看。他缩回脖子，发现玻璃瓶里插着的光秃秃的枝条冒出了一点绿色。

不知道是什么植物，会不会开花结果。

黄遇觉得陈雾这个人奇奇怪怪的，也许挺适合首城的，这样想着，他手欠地去捏嫩芽玩。

晏为炽看不进去漫画，将书扔到一边，呵斥道："就三片叶子，碰掉一片你就别想站着走出去！"

黄遇立马举起双手:"走的时候,这个也捎上吗?"

"嗯。"晏为炽靠着椅背,视线落在两瓶绿植上面,"玩去吧,别在我这儿杵着,我要睡了。"

黄遇咳嗽了一声,说道:"昭儿最近在愁他妹跟陈雾弟弟的事。"

晏为炽十分厌烦,没好气地道:"说名字。"

"就是那个季明川。"黄遇摊摊手,"那小子很会钓鱼,小禧明显已经上钩了。"末了,还在心里吐槽,陈雾和季明川这兄弟俩都是"钓鱼高手"。

"昭儿越劝,他妹妹就越来劲。"黄遇说着连连叹气。

晏为炽困倦地耷拉着眼皮:"他不是还没出手吗?"

黄遇咂嘴,也是。

姜大少爷对付季明川,不过是动动手指头的事。真到了非出手不可的时候,他是绝对不会心软的。就看季明川是不是非要富贵险中求了。

"炽哥,我玩去了啊。"黄遇走到门口突然停住,眼珠一转,有了个主意。

春桂这地方,转个路口就是一个消遣场所。晏为炽沉着脸被黄遇拽进其中一处。没待多久,两人就出来了。

晏为炽站在街头呼吸新鲜空气,瞥见黄遇不知何时拍了他们坐在店里的视频,发了个朋友圈,随口问:"设置了?"

黄遇正在看评论,疑惑地道:"设置什么,大家都能看。"

晏为炽神色一变:"马上删掉。"

黄遇查看自己的朋友圈,自言自语道:"来真的啊,无缘无故删掉干吗?"

晏为炽不耐烦地说:"再发一条。"

黄遇夸张地捂住脸,不得不听从。

今晚,黄遇朋友圈里的人看到他先是发了一条在某个灯红酒绿的店里玩的视频,几分钟后又发了一张严肃的自拍,文案如下——

"感谢炽哥陪我来这儿,满足我的好奇心。炽哥很不愿意,是我死皮赖脸哭着求了三个多小时,他才同意的。我们待了不到两分钟就走了。炽哥教训得对,地方可以乱去,但人不能乱来,要注意保护好自己。"

晚上九点多,晏为炽躺在吊床上给陈雾打电话:"累死了。"

陈雾正坐在小院里看星星,问道:"打工才回来吗?"

愿者上钩

晏为炽一愣，难道这人没看到黄遇的朋友圈？

"晏同学，你怎么了？"陈雾疑惑地问道。

晏为炽试探道："我今晚出去玩了。"

陈雾回了一个"哦"字，就没下文了。

晏为炽心口有些堵，他直接挑明："我去花天酒地了。"

陈雾诧异道："你还会花天酒地啊。"

晏为炽被噎住了。

"怎么去花天酒地，你没喝什么奇怪的东西吧？"陈雾担忧道。

晏为炽冷哼一声："我喝了还能跟你打电话吗？"

"也是。"陈雾温柔地叮嘱，"晏同学，我知道你这个年纪，好奇心比较强，但有些地方还是不去为妙，不安全。"

"要你管我。"晏为炽惬意地抖着腿。

陈雾没有不高兴，他轻声笑了一下，不跟幼稚的小孩子较真。

晏为炽声音平静，心脏和思想却因被关切而激动："在做什么？"

"刚开完会回来。"陈雾说。

晏为炽诧异地问道："你们村还开会啊？"

"开。"陈雾起身回屋，竹椅摇晃得吱呀作响，他又回过头，把竹椅搬了进来，"树苗和树种都要开会商量的。"

晏为炽揶揄道："在村里说得上话，这么棒。"

陈雾有一点害羞："只能说上几句。"

他经过堂屋，看了看上面相貌英俊、气质不凡的中年人的黑白照，小声说："晏同学，我们不聊了啊，晚安。"

陈雾回春桂那天，晏为炽去汽车站接他。

人流不大的队伍里，陈雾垂着脑袋，被汗打湿的刘海贴在镜片上，他的身前挂着个帆布袋，肩上扛着一个打着几块补丁的大蛇皮袋。

周围是各种打量的视线。

别看春桂是小城市，还挺瞧不起乡下人。

晏为炽一出现，骚动更大了。

普通短袖长裤也掩不住贵气的少年，和从乡下来的朴实眼镜仔，形成鲜明的对比。

陈雾忽然感觉背上一轻,晏为炽单手拎着沉甸甸的蛇皮袋,问道:"这里面是什么?"

"火腿。"陈雾直起身,抬起头,把遮挡视线的刘海拨开。

那些视线中的轻蔑有所减退,虽然青年脸上满是汗水,但五官还挺耐看。

晏为炽取下陈雾脖子上的帆布袋,问道:"这又是什么?"

"蘑菇、木耳和土豆。"陈雾回答。

晏为炽的表情变得不太好看。

陈雾尴尬地垂下眼:"你别和我走一起了,你先去外面等我。"

"想什么呢,没觉得你丢人。"晏为炽说,"这么沉,带过来不嫌累吗?春桂又不是买不到。"

"不一样。"陈雾摇头。

"行,你说不一样,那就不一样。"晏为炽提着两个袋子走在前面,"跟上。"

陈雾空着两只手跟在他后面,说道:"晏同学,我一会儿请你喝奶茶吧。"

晏为炽拒绝了:"不喝。"

陈雾呆呆地问道:"怎么不喝了啊?"

"在戒。"晏为炽回答。

陈雾吃了一惊,加快脚步走到他前面,拦住他问:"你要戒奶茶?"

晏为炽一只手提着一个接地气的袋子,不显得寒酸窘迫,依然耀眼。

"怕得糖尿病、高血压、冠心病。"他说。

"奶茶喝多了是不好,平时你确实喝太多了。"陈雾点点头,他在原地站了一会儿,语出惊人,"我给你做吧。"

晏为炽怀疑自己产生了幻觉,他迟疑地看过去。

"我看过自制奶茶的视频,挺简单的。"陈雾说,"材料上我会注意,让你既能喝到奶茶,又不会影响身体。"

晏为炽把头转到一边,他是真的在戒奶茶了。可是这家伙说要给他做,真是烦死人了。

五月初的时候,刘叔离职了,他说他要去女儿那边。

陈雾帮他收拾个人物品。

刘叔在春桂工作了三年,却没多少东西,好像随时准备走。

刘叔把没喝完的花茶都给了陈雾,笑着说道:"小陈,有缘千里来相会,说不定以后还会再见的。"话是这么说，却没有留下新的联系方式。

陈雾下班回到出租屋，对帮他准备食材的晏为炽说："刘叔走了，不在西德干了。"

晏为炽只说："多大点事。"

"都会走，都要走。"他剥着豆角，随意地说出这样一句。

陈雾抿了抿嘴："我知道。"

"我看你那样，明显是不知道。"晏为炽说，"水往低处流，人往高处走。西德那保安工作，有几个能一直做下去的？"

陈雾把手上的袋子放到沙发上，低声道："他是去女儿那里享福去了，不是跳槽。"

"相处还不到一年，就舍不得了？"晏为炽语意不明，"我毕业了也会离开春桂……"

这时手机铃声响起，打断了他的话。

"是赵同学。"陈雾拿起手机走到小院接通。

另一头传来赵潜凝重的声音："哥，老丁从医院跑了。"

陈雾没有慌："他知道我住在哪儿吗？"

"不确定。"

赵潜才说完，就听见陈雾说："他知道。"

见到人了吗？

赵潜暗地里骂了两声，飞快地说："你把你的地址发给我，我这就过去。"

"不用过来，我不是一个人，晏同学也在。"

陈雾要挂断电话，赵潜问了一个古怪的问题："你身上没伤口吧？"

"没有。"他说。

"没有就好，别靠老丁太近，以防万一。"赵潜还是不放心，匆忙道，"我跟炽哥说。"

丁徽琅是从院墙外翻进来的。他伤没好透，一脸病容，且那张脸瘦得脱了形，难以看出昔日的风采。

陈雾的视线越过他，去看院墙，头顶传来晏为炽的冷哼声："我怎么说的？"

"院墙太矮，安全系数低。"陈雾重复他之前说过的话。

晏为炽呵呵一笑："一个小鸡崽都能翻墙进来。"

陈雾摘掉眼镜，叹了口气。

被忽略的丁徽璟攥紧拳头，轻声道："陈雾，我想跟你单独聊聊。"

晏为炽皱起眉："当我死了吗？"

丁徽璟闻言，身子抖了抖，仿佛五脏六腑传来剧痛，他紧盯着陈雾，眼里没有恶意。

陈雾走到小菜地旁边，说道："你伤害过我，我不信任你了，不敢离晏同学太远，只能在这儿说了，你看行不行？"

"好吧。"丁徽璟走近了一点，他发青的脸颤动着，艰难地从嘴里挤出一句，"你让炽哥闭眼，他看着我，我害怕。"

陈雾顿了一下，才说："不需要闭眼吧。"他转过头吩咐晏为炽，"晏同学，你别看这边。"

晏为炽冷冷地睨了丁徽璟一眼，目露警告。

丁徽璟艰难地咽了口唾沫，晏为炽一把目光投到其他地方，他的呼吸和行动能力就恢复了不少。

陈雾见丁徽璟拿出手机，屏幕对着他。

上面是一张照片。

是他和季明川，去年在图书馆对峙的那次。

单看照片，季明川抓着他的手，突起的青筋，发红的眼睑，愧疚的眼神，十分引人遐想。

丁徽璟把手机放下，压低声音说："我没有发给炽哥，算是上次那么对你的补偿。"他似乎愤怒，又似乎不能理解，"真不知道他为什么对你的事这么上心，你有什么好的。"

陈雾见他要走，说："你还没跟我道歉。"

丁徽璟瞪着陈雾，那句"那你是不是该对我说谢谢"要蹦出来又被他憋屈地吞下去，他弯了弯腰："对不起。"说完就要去爬墙。

"让你走了吗！"晏为炽从后面靠近陈雾，搭住他的肩，对丁徽璟钩钩手，"手机上有什么？我看看。"

丁徽璟猛地看向陈雾。

"我在跟你说话，你看他干什么？"晏为炽冷冷地说道。

丁徽璟目光躲闪："就，就是去年在烤肉店吃烤肉的照片。我希望陈雾能看在我们以前关系不错的分儿上原谅我。"

晏为炽冷笑道:"我傻吗?"

丁徽琛惊惶地摇头:"不是,没有,炽哥,我……"

晏为炽骂了一句,阴沉地朝丁徽琛走去。

丁徽琛打了个寒战,说道:"陈雾,我本想替你瞒着,可是炽哥要看,我只能给他看了。"

话音落下,那张照片暴露在日光下。

晏为炽一愣:"就这?"

丁徽琛愣住了。

"滚。"

一声冷叱打断了丁徽琛的思绪。

他踩着院墙底下的水缸往上爬,来时靠的是超越体能的执念,走时什么都从他身体里流走了,几次都没能爬上这片矮墙。

就在他拽不住墙头的藤蔓、要滑回小院的时候,一股力量撑住了他。

他抱着一丝滑稽的期待回过头。

原来是陈雾拿着一根树枝,抵在他的鞋底,他还没反应过来,就被那股力量顶翻了,身体摔到了外面。

丁徽琛脸朝下摔在地上,半天都没能起来。

院墙里传来隐约的说话声,喊的是:"陈雾,晚上吃什么?"

丁徽琛打车去了最常去的篮球场。不多时,身后传来急促的脚步声,是赵潜。她神色疲惫,质问道:"你去找陈雾做什么?"

"去年拍了张照片,想给他提个醒。"丁徽琛说。

赵潜嗓子冒烟:"问我要他的联系方式,发给他不就好了,非要亲自去吗?"

"亲自去才有效果。"丁徽琛看着那些在球筐下跑动的身影,"我要告诉他,我手上早就有他的把柄了,手下留情才一直没有拿出来,希望他好自为之。"

赵潜没问是什么照片,只问:"炽哥也看到了吗?"

丁徽琛不语。

"那你这不是白费劲了吗?"赵潜有气无力地说道,"老丁,收手吧。"

丁徽琛依旧沉默,心中默默想着,她不会明白,小配角也是自己故事里的主角,想要有一个完整的结局。

"潜潜,你七月份要去首城吧。"许久,他露出微笑,"那天我就不送你了,提前祝你一路顺风,前程似锦。"

赵潜用力抹了抹脸,放下双手,那双锐利漆黑的眼睛一眨不眨地盯着他:"好,很好。我问你一个问题,你……"她想问,是不是被人撺掇才会对陈雾下手。

丁徽瑢没等她问出来就打断了她的话:"对不起。"他不配做她的发小。

空气陷入寂静。

丁徽瑢向她看去,她已经转过了身。

赵潜在去溜冰的途中,给陈雾发了一条信息,打听他有没有什么事。

陈雾正在客厅看手机。

厨房里的晏为炽正在洗豆角,把它们捞到篓子里。他看起来和平常无异,扬声问道:"我等会儿切了肉,还要准备什么?"

晏为炽打开冰箱,从第二层格子上拿出一个袋子。他刚抓住那块五花肉,下一秒五花肉连同袋子一起砸到台子上。

"陈雾,季明川离不开你吗?"晏为炽突然说道。

陈雾一抖,正在输入中的信息成了乱码。

"陈雾!"厨房里的晏为炽怒气冲冲地走出来。

陈雾不再发信息了,他把手机收起来,连声道:"在的,我在的。"

晏为炽居高临下地问:"我刚才说了什么?"

陈雾动了动嘴唇,答不上来。

晏为炽闭了闭眼,安慰自己:不气,不气,别人生气我不气,看他怎么解释。

"我在给赵同学回信息。"陈雾没有底气地说。

晏为炽弯着腰,逼视着陈雾:"你因为她,把我的话当耳旁风。"

陈雾不好意思地说道:"没有,我一开始是想炒菜,你说豆角炒肉你来炒,我就出来了。这时候赵同学刚好发来了信息,我……我还没回,你一吼我,我就什么都忘了,也没把你的话听进去。"

晏为炽若有所思:"明白了,怪我。"

陈雾讷讷地说道:"晏同学……你可以再说一次吗?"

晏为炽放弃用气势压迫陈雾,往后退了几步。他在陈雾面前来回走了几圈,烦躁得似乎要打人,最后只咬着牙吐出几个字:"要被你烦死。"

话音一落,就将在厨房里说的那句话重复了一遍。

愿者上钩

陈雾听了，摇摇头。

晏为炽又来气了："那他干吗抓着你的手不放？"

陈雾仓促地看了他一眼。那眼神好像在说，还有要问的啊。

晏为炽冷笑道："你不会以为我看了照片就当没看过，只问一个问题吧？"

他从桌上的果盘里拿起一个洗过的苹果，啃了一大口，"咔嚓咔嚓"的咀嚼声显示出他的不耐烦："快点，描述一下前因后果。"

陈雾走进厨房，打开煤气灶，往铁锅里倒了一点油，随即才说道："当时他不知道我在春桂，问我住在哪儿，为什么不跟他说。"

晏为炽跟了进去，在陈雾身边站好，问道："这也要摆出一副爹不疼娘不爱的小白菜样？"

陈雾等锅热了，放进去一小把葱、姜、蒜爆炒，回答道："演的。"

晏为炽满腔的情绪一下子消散了。

"季明川怎么这么喜欢演戏？"他咔嚓咔嚓啃着苹果，讥讽道，"影帝转世吗？"

陈雾炒香了葱、姜、蒜，把提前准备好的新鲜排骨放进去煎成金黄色，加水，盖上锅盖。

他转身去篮子里拿青椒。

都是小院里长的，个头小，也没有菜市场的漂亮。

"咚咚咚"的声响在菜刀下响起。

陈雾一边把青椒切成细丝，一边说道："可能是以前通过这招尝到了甜头，觉得好用罢了。"

晏为炽的目光不自觉地落在他的刀下，问道："现在还好用吗？"

陈雾说："没用了。"

晏为炽把苹果换了个边，啃咬的频率慢了下来："让他滚蛋，以后他找你，都让他滚。"

本来就没血缘关系，他们之间唯一的纽带——陈雾的养父也不在了，管他干什么，一个成年人，还要人看着吗？

"豆角炒肉还是你来吗？"陈雾说完，把台子清理了一下。

晏为炽不干了："没心情。"

陈雾揭开锅盖，把排骨上面的浮沫舀出来，说道："那我自己炒，你出去吧。"

晏为炽的脸色更难看了："我不炒就不能在这儿吗？"

陈雾无辜地嘟囔:"我是觉得油烟味大。"

"别管我。"晏为炽把苹果核扔进垃圾桶,只觉得季明川越来越碍眼。他坐在厨房门边的小马扎上,给姜凉昭发信息:"上次查季明川,有什么问题吗?"

姜凉昭很快就回复道:"没有。"

晏为炽不由得陷入了沉思。

第十二章
种瓜得豆

YUANZHESHANGGOU

　　五月中旬，黄遇把一份西装礼服设计图打包发给晏为炽，让他挑选。
　　设计图采用的是后来陈雾帮忙量的尺寸，非常精准。晏为炽随便穿哪套，都会很合身，现在需要的是选出最出色的那套。
　　晏为炽无所谓，便把手机丢到陈雾腿上："帮我选。"
　　"选什么？"陈雾正在叠衣服，瞧了瞧，说道，"西装啊，我没有接触过。"
　　晏为炽倒在沙发另一头，懒洋洋地说："让你选就选。"
　　陈雾认真地看了又看，说道："第二套、第七套、第八套，适合你。这只是我个人的看法。"他又补充道，"我的审美你可能不会喜欢，比如那个你很讨厌的帘子，所以你别太在意我的意见。"
　　"我偏要听你的。"晏为炽拿回手机，高举着刷新页面，过了一会儿，他开始抱怨，"什么破网速，买个东西都付不了账。"
　　陈雾把叠好的短袖放在一边，说道："晚上人体会分泌一种物质，会让人兴奋，尽量不要购物，容易冲动消费。"
　　见晏为炽瞪他，陈雾讪笑道："你买，你买。"
　　晏为炽付完账后打开了游戏，很随意地提了一句："给你买了衣服。"
　　陈雾愕然："为什么给我买？我有啊。"
　　晏为炽不客气地嘲笑："你衣服上有几个洞，自己数数。"
　　陈雾嗫嚅道："太夸张了吧，只是轻微开线罢了。"他嘀嘀咕咕，"而且衣服穿在我身上，跟你没什么关系。"
　　"怎么没有！"晏为炽用手指着阳台，"晾在架子上，影响我的心情。"
　　陈雾小声地说："那你不来我这儿不就好了？"

话音落下，客厅一片寂静。

晏为炽从沙发那头坐起来，不轻不重地用脚踢了踢陈雾："我怎么发现，你现在变坏了？"

陈雾默默地垂下眼皮，看向踢了自己的那只脚。

晏为炽不动声色地把脚收回去，心虚地说："我去洗手间。"

洗手间的门一关，晏为炽对着自己的脸抽了两下，他怎么还怕了陈雾？冷静下来后，他扫了一眼手机上不断跳出的信息，回复对方："二、七、八。"

公寓里，黄遇收到信息时眼睛瞪大了，他们觉得好的里面没有这三套。

他一边回复国外的设计师组，一边无语地把这事告诉旁边的姜凉昭："炽哥怎么反着来？"

姜凉昭晃着可乐杯里的冰块，笃定地说："陈雾选的吧。"

"肯定是，陈雾能懂什么啊，这么大的事，炽哥也让他胡来。"黄遇瞥见姜凉昭脸上被指甲挠的伤痕，忍着没打趣，而是问道，"昭儿，你妹那边怎么样？"

上周一中有人把季明川单膝跪地为姜禧系鞋带的照片发到了论坛上。

眼看就要高考了，两位主角又是年级第一和年级第二，自然引起了巨大的轰动，学校做出了必要的反应。

姜禧正处于神经敏感期，一点刺激都不能受，周围人反对的声音越大，她的逆反心理越强。

原本姜禧可能只是想有个人能陪她疗伤，季明川刚好在她身边，能给她想要的东西，仅此而已。

这一闹仿佛全世界都与她为敌，仿佛被孤立了，姜禧越发抓紧季明川这根救命稻草。

姜凉昭望着落地窗外的夜景，无奈地说道："不管了，心累。"

他这伤是妹妹哭闹扑腾时不小心碰到的，事后她自责地给他涂了碘附，不敢再出现在他面前。

等他找过去，她表面上乖了，背地里还是往季明川的班级跑。

季明川比他预料的还要善于审时度势，收放自如。

妹妹不是对手。她在怀疑自我，在最脆弱的时候，入网了。或者说，季明川收网了。

"我越干涉，她就越紧紧抓住季明川。"姜凉昭一向自信，却在妹妹身上栽了大跟头，沮丧地说道，"随便吧，反正就快走了。"

"万一季明川也去首城呢。"黄遇意有所指。

姜凉昭说:"我知道你在想什么,解决季明川的方法有很多,不过没用。小禧说了,季明川要是出了什么事,就是我干的。"

黄遇哈哈大笑:"你干的就你干的,她还能因为季明川跟你闹翻吗?"

姜凉昭喝了一大口可乐,才顺了些气:"她说那她就学那些不学好的人那样,出去鬼混,彻夜不归。"

黄遇一时无言。

"虽然她是在气头上吓唬我,但这话能从她嘴里说出来,我真是没想到。"姜凉昭因为这次的挫败,显得苍老了不少,"我低估了她的叛逆期,也有些自以为是。她要干什么就让她去吧。"

黄遇咂嘴道:"突然变得豁达了。"

"没人阻止,很快就会觉得没意思。"姜凉昭的话里透着几分把握,但内心的担忧丝毫未减。

炽哥给妹妹造成了多大的创伤,季明川就给了她多大的安慰。

妹妹一身反骨,被蛊惑得分不清谁才是真正为她好的人,吃了亏才能长记性。

那就让她吃亏,成长是需要付出代价的。

她年纪小,经得起摔,后面有的是机会站起来。

姜凉昭叹息一声,他回去后会很忙,没多少精力照顾妹妹,只能让家里人来帮忙。最不该的就是当初帮着她说服家里,让她跟来春桂。

人生充满了太多意想不到的变数。

很多时候以为已经尘埃落定,实际上还早得很。

高考前十天,本该春风得意的季明川踏着月色出现在陈雾面前。他没有像前两次那样精心打扮,只穿了一身校服。

季明川从小就患有头痛的隐疾,他的童年是在药罐子里度过的。十五岁那年,病突然好了。他不清楚是哪个药方起了作用。

季明川没想过病还会复发。他本想先吃点止痛药,等高考后再说,哪知症状没有丝毫减轻。不压制的话,会影响高考。

陈雾既是知情者,又是看着他被折磨,看着他康复的人。

所以他找过来了。

但凡他自己能解决,都不会想起陈雾。

"哥，我的头又开始疼了。"季明川率先开口，"早就好了，怎么又复发了。"

"我想不通是怎么回事，年后就出现征兆了，我没在意，什么都和以前一样，没有什么变化，为什么会复发？"

小路上只有季明川克制着焦躁的自言自语。

陈雾手上的烤红薯吃了一半，塑料勺子上还粘着一小块。

"哥，你听到我说话了吗？"季明川将音量提高了几分。

陈雾把勺子放进嘴里，吃着剩下的红薯，声音模糊不清地说："听到了。"

季明川见他回应了，眼里浮现出希望的光芒："我想问你，我以前吃的那些药都是什么。"

陈雾说："你自己为什么不记？"

"我没有记吗？"季明川的情绪游走在失控的边缘，他竭力隐忍着，像过去那样撒娇，"你比我记得详细，我就没记了。哥，你把笔记给我吧，我要重新吃那些药。"

陈雾拢了拢装着烤红薯的袋子，用手指拎着，淡淡地说："没有了。"

"没有了？"季明川眼底的光瞬间凝固。

陈雾说："我清明回去烧了一些被你砸坏的东西。"

季明川心头涌出不好的预感，陈雾看着他说："其中就有那本笔记。"

"没有。"季明川坚定地说，"我不记得自己砸过什么本子。"

陈雾的呼吸缓慢而平稳："那你记不记得，你把柜门砸了？"他轻叹道，"我做的棉花被都发霉了，晒了三天都没晒干。"

季明川顺势放低姿态："对不起，我回家没见到你，就……"

"不要跟我说这些，我真的听腻了。"陈雾说着，走上了台阶。

季明川哽咽道："那你想听什么？我不可能再回头了，我有姜禧了，我很爱她，她也在试着爱我。"

陈雾只留给他一个渐行渐远的身影。

"哥，我最近都没有睡好，再不吃药会倒在考场上。"季明川快步追上陈雾，熟练地打出了亲情牌，"爸在天上看着，他最大的期望是我考上大学。"

"不要拿爸来压我。"陈雾说，"我都还完了。"

季明川面部狰狞，还完了就不管他死活了？他以为他和陈雾之间还有亲情、友情，他们一起度过多个关卡，怎么能说没有就没了？

他因为失眠消瘦了不少，紧紧按住陈雾的肩，哀求道："帮帮我，我会死的，哥,求你了。"

"你已经治了这么多年,不会死。"陈雾拿出兜里的手机,见晏为炽给他发来了信息。

晏为炽:"在哪儿?"

陈雾发语音:"在小区外散步。"

季明川忽然在他耳边说:"别以为我不知道你搭上晏为炽是为了什么。你不把笔记给我,我就和你同归于尽。"

这疯劲连他本人都没意识到就跑出来了。季明川沉浸在扭曲的情绪里,压低声音威胁陈雾:"晏为炽一直看我不顺眼,要是他知道你……"

"他怎么了?"台阶旁冷不丁地响起晏为炽的声音。

晏为炽拿着手机,他是出来接陈雾的,不知道在那片阴影里站了多久。

季明川在陈雾面前会戴面具,但不是一直都戴着,会有取下来的时候。而面对陈雾以外的人,他的面具则是密不透风。

此时,第三人一出现,季明川就猛地回过神来,他放下按在陈雾双肩上的手,理了理身上的蓝白校服,变回了平日里那个清冷的少年。

几乎是本能的反应,之后才开始思虑如何应付晏为炽,如何应对一步走错可能带来的连锁效应。

季明川尚未想出能让风险降到最低的策略,身边这个曾以他为中心,如今却不再将他放在心上的人已然出声:"我知道他想怎么……"

"哥!"

"回家。"

晏为炽和季明川同时开口。

一个是不想被动。

什么时候出牌,怎么用,应该由他来决定,而非陈雾。

另一个则看不清是怎样的表情,他一把拉住陈雾,迈着明显慌乱的步伐离开了。

这时,有路人从台阶下方上来,见到垂着眼眸、站得笔直、喘息声很重的季明川,好心地问道:"请问有什么需要帮忙的吗?"

没有回应。

"什么嘛。"路人摇着头走了。

"多管闲事。"季明川握拳捶了几下涨痛的太阳穴,刚才情绪激烈,使得头更痛了。他坐到台阶上,从口袋里拿出半瓶止痛药。

倒得急,药片撒出去不少,他把手上的药片生咽下去。

尝着喉头渗出的铁锈味道,他浑身戾气,忍受着席卷而来的心悸。

上周他的头就开始疼了,他以为是普通的伤风感冒。

因为那时候姜禧在大雨中发呆,他陪着她。后来姜禧上楼了,他连衣服都没换,就在她宿舍楼下守了一晚上。

直到身体各个部位显现的症状越来越熟悉。

他目前只给未来十年做了计划,里面没有隐疾复发该如何应对这一项。

于是他慌了。

这也在意料之中。毕竟那个令他日夜受尽痛苦的心理阴影苏醒了,他毫无还手之力。

事关他的生死,陈雾竟然能做到袖手旁观。

这一刻他才无比清晰地意识到,他不了解看起来很好支配的陈雾。

季明川忽然冷笑。都一样,谁能了解谁,都不能。

季明川双手捂住汗涔涔的脸,撩起细碎的发丝,露出精致的眉眼。这次他的目的没有达到,只能先把还记得的药弄来,其他的事以后再说。

以前能压制,能摆脱隐疾,拥有正常人的生活,以后也可以。

他要好好想想,好好想想。

季明川坐了片刻,被虚汗打湿的校服领口被夜风吹动,他扶着墙起来,嘴唇失去了血色。之前他的举动引起了晏为炽的怀疑,这次对方必定会往深处挖。

不管陈雾说不说,都是这个结果。

目前不确定的是,这事会不会扩散到晏为炽的交际圈子,需要多久。

季明川抬头看着夜空中的那弯残月,拨通了一个电话,柔声说道:"姜禧,有件事我想跟你坦白。"

事已至此,他必须掌握主动权。

无论是在路上,还是回到出租屋,晏为炽都沉默得可怕。陈雾把没吃完的烤红薯放在门口的鞋柜上,蹲下来整理有些凌乱的鞋子。

"他虽然是我弟弟,但是我一点点养大的……"

陈雾的话语轻得犹如一片羽毛掉落在地,却在晏为炽风暴席卷的世界中劈下了一道惊雷。

"我问你了吗？"晏为炽说着，将一路紧握的手机砸向沙发。

手机弹出去，碰倒了桌上的玻璃瓶。

玻璃瓶一下子就碎了。

里面的水流到地上，几只小虾米在那摊水里蹦跳着。

陈雾蹲在那里，听见阳台的玻璃门被用力拉上。

没多久，玻璃门又被猛地拉开，晏为炽将还在门口整理鞋子的陈雾拽到阳台拐角。

黑暗中，一切都被掩盖，一切都被放大。

"从头开始说。"晏为炽平静地说道，"我们慢慢说。"

陈雾说："我先去把阳台的灯打开。"

"不准！"晏为炽喝道。

陈雾于是背靠墙壁，看着身前一团晦暗的烟雾。

在那缭绕的烟雾后，是神色晦暗的少年，他开始问："去年你从老家跑来春桂，是因为季明川吗？"

陈雾轻轻地回答："他只有寒暑假才回去，其他时候我有时间就会过来看他，每年都是这样。"

晏为炽弯下腰，冷冷地盯着他说："你在答题吗，陈雾，字数多能多得分？要不我给你打个100分。"

陈雾不说话了。

晏为炽沉默了几秒，接着问："在西德当保安，也是因为他？"

陈雾的回答很朴实："我本来是想给他一个惊喜，让他知道我在春桂找到工作了，离他还不远，可以陪着他了。"

晏为炽问了句废话："那为什么没给？"

陈雾说："闹掰了。"

"所以惊喜给我了。"晏为炽觉得好笑，那笑声听起来让人不寒而栗。

陈雾有点无措地看了他一眼。

"你们没闹掰，你会通过净阳找我，让我看在我们曾经认识的分儿上收留你吗？"晏为炽问道。

陈雾被呛得咳了一下，实话实说："如果没闹掰，我应该会在一中附近找个地方住。"

晏为炽呵呵笑了一声:"既然都闹掰了,为什么还留下来?"

"帮我找工作的老乡肯定请人吃饭了,可能还送了礼,他为我欠了人情,我不好意思就这么走了,打算年后再说。"陈雾回答得很流畅,显然当初是经过了一番思虑才做的决定。

晏为炽无声冷笑,原来是这么回事。他是不是还要买点东西去感谢季明川,要不是季明川,他跟陈雾都不会重逢。

"晏同学……"

陈雾后面的话被晏为炽打断:"年后怎么决定留下了?"

"为什么又留下了,陈雾。"晏为炽重复道,他的情绪压抑,声音仿佛是从喉咙深处挤出来的。

陈雾说:"没有别的想去的地方。"

阳台拐角的气氛凝滞,晏为炽自嘲地撇了撇嘴角。

这个夜晚,凉爽中夹着一点点燥热。

明天可能要下雨。

"啪"的一声,墙上的挂钩掉下来了,连同扫帚,陈雾大概还没回过神来,这响动让他发出惊呼。

像猫一样不经吓。

晏为炽身上的低气压散去大半,他把阳台的灯打开,过去捡起地上的挂钩,问道:"你们怎么闹掰了,是你成累赘了,所以被抛下了吗?"

陈雾一言不发。

晏为炽差点不合时宜地笑出声,季明川竟然把这样的一个人丢弃了。

他将挂钩重新按回墙上,再把扫帚挂回去,之后绕到陈雾身后,伸出双臂。

陈雾傻眼了:"你……晏同学,你……"

"大惊小怪什么,我在安慰你。"

"不用了,都过去了,我已经……"

晏为炽坚持道:"我想安慰。"

"那好吧。"陈雾说。

晏为炽强硬地安慰了好几分钟才放开陈雾。

明明是自己要安慰的,安慰完却不好意思了。

陈雾没理会兀自不好意思的晏为炽，挠着脸进了客厅，脚步一停，跟着进屋的晏为炽也停住了，视线顺着陈雾的目光往里扫去。

地上那摊水中，蹦跶着的几只虾这会儿静静地躺着，不知生死。

陈雾回头看晏为炽。

"我不是故意的。"晏为炽心虚地转过头。

"虾好像还活着。"陈雾叹着气去收拾，他把虾一只只地捡起来放在旁边，又去捡水藻，检查上面有没有碎玻璃。

不多时，一只手递过来一个玻璃瓶。

陈雾仰起头，晏为炽说："我又找到一个，拿去用。"

陈雾接过玻璃瓶，吩咐晏为炽："你把玻璃碎片扫了吧。"

晏为炽转身去拿拖把。

陈雾不会抓着别人的错误不放，对他来说，比起浪费口舌、消耗情绪、咄咄逼人，不如把事情做了。

等晏为炽把地面清扫完，陈雾也给虾安置好了新家。

陈雾细细擦着玻璃瓶外面的水印。

晏为炽凝视着陈雾，打趣道："你说你什么眼光，养了只白眼狼。"

陈雾把玻璃瓶转了转，确定都擦干净了，才说："他小时候身体不好，自然而然地，我照顾他多一点，便习惯了。"

陈雾把冷掉的烤红薯放进冰箱。都夏天了，难得碰到卖烤红薯的，他就买了一个大的，现在却不想吃了。

陈雾关上冰箱，转过身，差点撞上不知什么时候出现在他背后的晏为炽。他镜片后的眼睛里浮现出疑问。

晏为炽忍不住当了回"狗"，烦躁地说道："闹掰了还有和好的可能吗？"

"不会了。"陈雾摇头。

晏为炽用十分自然且平淡的语气问："养了十几年了，真掰了吗？"

陈雾伸手去扶眼镜，扶到一半后退了一步。

"你退什么？"晏为炽忍不住问道。

陈雾老老实实地说："不知道，感觉你要对我动手。"

"少给我安罪名。"晏为炽说完皱起眉头，自己在胡说什么？他黑着脸走出厨房，一不留神脚踢到了餐桌。

陈雾听到他的痛呼声，立刻小跑出去："晏同学，你没事吧？"

晏为炽没有回答，反而问道："季明川是不是快死了？"

陈雾微怔："不是。"

晏为炽失望地"啧"了一声。

半夜下雨了。

陈雾被雨点跳进窗台的响动吵醒，他坐起来摸出眼镜戴上，猝不及防看见床边有个人影，吓了一大跳，问道："是晏同学吗？"

对方不出声儿。

陈雾又问："是晏同学吗？"

"是鬼。"人影阴森森地说。

陈雾打开手机的手电筒，借着那束光向窗边走去。

晏为炽突兀又直白地问："你没大他多少，你一把屎一把尿地拉扯大他的？"

雨飞到陈雾手背上，他把窗户关上："是。"

"睡吧，晚安。"晏为炽把陈雾睡觉忘了关的房门带上。

房门又被打开一条缝，晏为炽高大的身影有些模糊地嵌在那条缝里，他问道："你是不是曾经把他捧在手心里怕摔了，含在嘴里怕化了？"

陈雾面无表情地将那条缝合上，而后房里传出声音："没有。"

晏为炽把客厅角落的折叠铁床搬出来打开，坐在上面，打开游戏接受黄遇的邀请，心不在焉地玩了一会儿，想起那次溜冰不久后无意间看到的帖子。

评西德跟一中的校草。

晏为炽退出游戏去搜帖子，费了半天劲儿才找到，讨论的人非常多，点赞最多的是一条评论——西德的是带兵战沙场的无冕之王，一中的是举世无双的名门正派公子。

评论下方双方的支持者展开了激烈的讨论。

晏为炽把帖子翻到最后一页，也没看到一个结果。

高考前一天，晏为炽和季明川遇上了。

季明川的手背上有几个输液针眼，看起来很虚弱，一副不能在考场写完试卷的样子。

晏为炽蹲在路边修摩托车，脚边是常用的工具。他拧着扳手，季明川在他背后说："知道我和我哥是因为什么闹掰的吗？"

闻言，晏为炽的动作一顿。

"我哥没告诉你吗？"季明川拎着一袋药，语气淡淡的，"还是你怕他想起伤心事没问？"

晏为炽把扳手丢在地上，没有要接话的意思。

"为什么会闹掰……"季明川拉长了音，"因为他没跟我说就来春桂看我，我不小心让他看到我和姜禧接吻。真是不凑巧，他看出姜禧有些不清醒，我只能让他滚了。"

晏为炽背对他蹲在摩托车前，不知道是什么神情。

季明川失笑道："他睁大眼睛看着我，手上提着的一大袋柿子都滚出来了。你能想象那个情景吗？凌晨出门翻山过河，大老远坐着像装牲口一样的大巴从乡下过来，就想让我尝一口冬天的第一批柿子。"

"还有药箱，你应该看到了吧。也许你还用了里面的药。"季明川自顾自地说着，"那是给我的，他每次来，都会带一份，多贴心啊。"

晏为炽抓着扳手站了起来。

季明川和他一般高，平静地与他对视："我哥近视那么厉害，也是因为我。"

"他看了很多医学方面的书，眼睛都看坏了。他多天真啊，以为只要看的书足够多，只要他坚持下去，早晚有一天能帮我找到根治的办法，让我可以不疼，可以像村里的其他小孩那样活着。"季明川冷漠得如同讲述一个不相干的人的故事，"我吃药吃吐了，不想活了，跑去跳井，他从井里把我捞上来，吓得又是哭又是喊，做了半年多的噩梦。在那之后他就变着花样哄我吃药。后来我能上学了，长期营养不良，走不了山路，他就把我背到学校，再去学校把我背回来。"

平铺直叙的一番话残忍地撕开了一个人的年少，将之摊开在青天白日里。

季明川说得清晰又轻松，仿佛甩掉一块污泥："几年前我终于好了，去年我把他给丢了。"

晏为炽的手指因用力而发抖，胳膊上鼓起一根根骇人的青筋，他闭了闭眼，眼眶猩红。

"你不知道他辍学照顾我爸，照顾我的样子有多可怜。我所有的要求，有理的没理的，他都全盘接受。可就这件事，他接受不了……"季明川眼前的发丝被风温柔拨动,"我现在还找他,是因为习惯了他的付出,不能接受他把这些给了别人。"

"呵。"晏为炽低着头一笑,"看你这废物样儿,明天卷子发下来,名字能写上去吗?"

季明川如被人踩住脊梁骨般,脸上的清冷平淡瞬间消失得无影无踪。

同时不见的,还有那副高傲的姿态。

"看来你知道自己发挥不好,为了保住脸面,干脆不准备考了——"晏为炽按住还在抖的手,漫不经心地抬眼,"你激怒我,不就是想要我揍你一顿,好实施你的卖惨计划?"

"行,满足你。"说到这里,晏为炽像大发慈悲一样点点头,下一刻便将他拖进了旁边的小巷子。

陈雾在学校值班,他刚把杯子里泡得没味道的茶叶倒掉,保安室的门就被用力推开。

一阵烈风将他笼罩。

晏为炽一路跑过来,心跳得像擂鼓。

陈雾手上拿着杯子举在半空,讶异地说道:"晏同学,你怎么……"

"你是不是傻?"晏为炽喘着粗气,面部肌肉紧绷,牙关咬得紧紧的,嗓音哑得厉害,"你就是个傻子。"

一个"狗"东西就让你把心血都掏干了,你真是人傻好骗。

陈雾制服上沾了晏为炽身上的汗,他不自在地说道:"晏同学,你先把我松开。"

晏为炽僵硬的臂弯一松,依旧不平稳的气息拂过陈雾的短发,他说:"以后别傻了。"

话音落下,他坐到旁边的椅子上,孩子气地趴在桌上,将脑袋埋在胳膊里,不让陈雾看到他终于控制不住,泛红的眼眶。

陈雾呆立了几秒,把手上的杯子放到饮水机上,小声试探道:"你怎么过来找我说那样的话,是不是你的朋友因为担心自己的妹妹,又去调查她身边的人,查到了一些跟我有关的东西?"

晏为炽趴着不动。

"很多事……我都是怎么想就怎么做……"陈雾温和地说道,"不想做就不做了,很简单。"

他犹豫了一会儿,伸手拍了拍晏为炽的后背,安慰道:"晏同学,你别往心里去,我现在挺好的。"

晏为炽的背一僵,继而他深吸一口气。

"要喝点水吗?我去给你……"陈雾发现他的T恤衫上有几块血迹,吃惊地问道,"你哪儿受伤了?"

他没问怎么跟人打架了,问的是伤在哪儿了。

晏为炽没有抬头,他伸出一只手,将手掌摊开,放在桌子边沿。

几根手指和掌心处都有很严重的瘀血。

是扳手勒出来的,他并没有真的失去理智动手。

"怎么弄的啊。"陈雾说,"我的药箱不在学校,你只能先……"他想起了什么,忙道,"我这儿有盆仙人掌,你等我一下。"

晏为炽一听到药箱又嫉妒起季明川来,还心疼陈雾,他把手臂放回脑袋底下,轻声道:"别管。"

保安室里很安静。晏为炽趴了片刻,歪着脑袋往外瞥去,陈雾坐在不远处拔仙人掌上的小刺,感受到他的目光便转过头来。

他立即把脑袋转回去。

陈雾用勺子把去掉刺的仙人掌切成几块放进一个塑料碗里,用力碾碎了,凑近道:"晏同学,你把手伸出来,我给你敷仙人掌肉。"

"都叫你别管了。"晏为炽不配合,"不就是瘀血,又死不了。"

旁边传来嘀咕声:"那也疼啊。"

刹那间,晏为炽郁结憋闷的心口仿佛被春风轻轻抚摸了一下。

他用没受伤的那只手遮住眼睛,撑住桌子,另一只手伸向陈雾。

陈雾端着塑料碗,用勺子把里面碾碎的仙人掌刮成一团,一点点敷到他的掌心,叮嘱道:"你早点回家休息,明早我下班回去再给你敷一次。"

"我不回,就在这儿。"晏为炽说,"明早跟你一起走。"

陈雾错愕道:"你要在保安室待一晚上吗?可是你明天考试,睡不好会有影响吧。"

晏为炽不言语,情绪看起来十分低落。

陈雾没再说什么,他拿一次性纸杯装了半杯水,放在晏为炽的手边,默默去外面巡逻了。

等陈雾巡逻回来，晏为炽已经走了，纸杯里的水一口没动。

陈雾把水喝掉，校门口突然传来大叫："陈雾！"

他从窗口望去，只见姜禧怒气冲冲地奔了过来。飘逸的刺绣襦裙下是一双手工绣花鞋，两条辫子长时间没顾得上打理，眼妆只画了一边，整个人处于崩溃、混乱且不理性的状态，一副来找人算账的架势。

"我炽哥哥在不在你这里？"姜禧一开口便是气势凌人的质问。

陈雾说："不在。"

"那他在哪里？"姜禧两只手搭在窗口往保安室里瞅，没见到晏为炽，她便朝四周大喊大叫，"炽哥哥！"

打电话、发信息都没回应，找她哥也没用，那她就来西德找陈雾。

找陈雾总有用了吧。就算炽哥哥不在这里，也可以通过陈雾找到他。

姜禧跑进保安室抓住陈雾的制服，跺着脚命令道："你快把炽哥哥给我叫过来！"

陈雾还没出声，门外就传来了脚步声。

"叫我干什么？"晏为炽拎着晚饭回来了。

姜禧看到他身上干掉的血迹，眼睛睁得大大的，嘴巴也张着。

晏为炽把饭递给陈雾，说道："你先吃，别等我。"

他转身走出保安室，姜禧跌跌撞撞地跟了上来。

晏为炽绕到学校左侧的路边，低头查看手机上的信息。

姜禧攥着拳头直奔主题："炽哥哥，你为什么要打季明川？"

晏为炽置若罔闻。

"他还在抢救，要不是我听了那些把他送到医院的人的描述，我都不知道打人的是你。"姜禧仰头看着自己崇拜了很多年的人，"他怎么惹你了呀？你把他打得那么狠，要不是被人看到，你是不是就要打死他？"

晏为炽盯着她，冷冷地说道："我从来不无缘无故打人，你不知道吗？"

姜禧知道，她更知道他打季明川的原因，既然他问她了，她就直说了。

"你觉得季明川伤害了陈雾。"姜禧眼里蓄满了泪水，"是，陈雾没有上学，季明川上了，也照顾了他多年，可是季明川对他已经仁至义尽了。"

"他知道自己辜负了陈雾对他、对他家里的付出,他说的时候哭了,十分自责……如果不是因为遇到我,他还在报答陈雾……那不是亲情,只是以亲情为名的囚笼……"姜禧说着说着,泪水就从她稚气未脱的脸上滚落到地上,"他那晚跟我坦白后就发烧了,喊头疼,喊对不起他哥,也对不起我,他心里不好受。"

晏为炽笑了:"以为能听你说点什么,就这?浪费时间!"

姜禧被他的反应刺激到了,颤抖着手嚷道:"你是不是从陈雾那儿听了别的说法?他是骗你的!"

晏为炽冷哼了一声,抬脚转身往回走。

姜禧不喜欢这个人了,讨厌上了,于是不管不顾地说道:"你听信了陈雾的谎言,要替他讨回公道。你想打压一个没有背景、靠自己一步步从大山里走出来的学生,办法多的是,为什么要这么残暴?你没来春桂之前不是这样的,你变了。"

见前面的少年无动于衷,脚步不停,姜禧觉得自己被当成了笑话。她感到被羞辱和蔑视,浑然不觉地把下唇咬出了血丝:"炽哥哥,你为了那个陈雾,差点杀了人,你脑子都糊涂了!他是什么东西啊,一个初中都没上完的乡下人,你清醒点吧,别再被骗了!"

晏为炽面无表情地转过头:"你在跟谁说话?"

姜禧脑子发昏,脱口而出:"晏家是比我们家根基深,但是你早就不是……"

"姜禧!"赶来的姜凉昭破天荒地失去了优雅的风度,吼出了妹妹的全名。

姜禧狠狠打了一个哆嗦,随之而来的是强烈的后怕。她脸色煞白,身体不停地发抖。

她明白,耍大小姐脾气也要看对象,不是在谁面前都能耍的。

晏为炽背对学校高墙外的老树,眼神没有什么情绪波动地落在姜禧身上。

姜禧不知所措,眼泪如断了线的珠子:"我,我……炽哥哥,我不是……季明川不是要伤害陈雾,他们闹掰都是因为我。我,我给陈雾钱,把他这些年种地赚的钱都还给他——"说着就把自己身前的小包拉链拉开,在里面翻找,"我没带身上,一会儿,我一会儿回去拿,我给陈雾很多很多钱,一百倍还他……炽哥哥,你就放过季明川,不要再怪他了好不好……"

发现晏为炽不仅不应声,反而脸色越来越可怕,姜禧吓晕了过去。

姜凉昭把妹妹抱起来,背后衬衫被冷汗打湿。当时一听她在电话里哭闹着说要找炽哥算账,就拒绝了,没有当这个中间人。

哪知她不死心,直接跑到西德来了。

要是他晚来一步,她还不知道会说出多少胆大包天的话。

姜凉昭吞了口唾沫,因为妹妹那半句话局促地说道:"炽哥,我……"

晏为炽摆了下手,姜凉昭看出他现在心情很差,不是谈话的最佳时机,只好先抱走昏迷的妹妹。

打发了兄妹俩,晏为炽一进学校就看到陈雾蹲在保安室的小门边,他沉着脸过去,说道:"我今天把季明川打了,衣服上的血就是他头上的,现在他人在医院。"

陈雾慢慢地抬起头来。

晏为炽盯着他看了很久才说道:"要去医院就自己去,我不会送你。"

陈雾疑惑地眨了一下眼睛,仿佛在说,我为什么要去医院?

晏为炽眉间的浮躁消散不见,哼了一声:"我没什么好解释的。"

"我没有让你解释。"陈雾看着停在自己面前的少年,又垂下头去,视线停在他的运动裤上,"武力不是解决问题的正确方法。"

晏为炽弯腰把他拉了起来:"管不了那么多。"

陈雾讷讷地说道:"还是别冲动的好。"

"要看什么情况。"晏为炽有一点不耐烦。

陈雾抿了抿嘴角,说道:"好吧。"

晏为炽突然问:"你吃没吃晚饭?"

"没有。"陈雾说。

"等我吗?"晏为炽随口问。

陈雾点头。晏为炽愣了一下,心底的阴霾一扫而光,他催促陈雾进保安室:"那一起吃。"

晚饭是两个炒菜,一荤一素,还配了两份凉菜。

晏为炽一碗饭都没吃完,见陈雾的饭快见底了,就从自己碗里拨了干净的那一半给陈雾。

"你不吃了啊?"陈雾含糊地问。

"不吃了。"晏为炽说,"你吃完饭给我敷敷仙人掌,我手疼。"

陈雾看了看他的手。

"别看了,反正很疼。"晏为炽微微收拢五指,"特别疼。"

陈雾的眼里顿时露出关切,连筷子都放了下来。

"吃你的。"晏为炽起身出去了,他怕晚点就要藏不住嘴边的笑。

口袋里的手机振动了半天,晏为炽靠在写着"西德职业技术学校"的石头旁,不紧不慢地接听。

姜凉昭低声道:"炽哥,你别跟被迷了心智的小姑娘计较。"

晏为炽没发脾气,只是陈述事实:"我警告过你多少次了,叫你管好她,你是怎么做的?"

"我已经意识到管是管不了的。"姜凉昭的态度与之前不一样了,不再一味护着姜禧。他说,"成年人要为自己的行为负责。以后如果她因为受骗跑到你面前胡闹,或者做出伤害陈雾的事,你看着办,不需要在意我们之间的交情。"

"行。"晏为炽挂了电话。

姜凉昭坐在走廊长椅上,头痛欲裂,痛苦地揉着额角。

不多时,黄遇过来找他,分享了打听到的事情经过。

"炽哥当时在修摩托车,季明川先招惹他的。不知道说了什么,被他拖进了小巷子。"

接着,黄遇讲述了季明川被拖进巷子后发生的事,这是从目击者那里了解到的。

"你说巧不巧,炽哥把他拖进巷子后,他撞向炽哥时撞到了墙上,撞得满头是血。然后仗义的路人就出现了,还是一群不畏强暴的大爷大妈。他们说自己拍着大腿又叫又喊,才把施暴者吓跑了。但我估计炽哥是不耐烦了,才干脆跑了。"

黄遇听到这些时憋笑憋得脸抽搐,西德老大可不是吉祥物,那可是靠一场接一场的架打出来的名头。

他们在西德读了三年书,在学校外面打架经常被路人看见,却没见过哪个人报过警,更别说冲过来阻止了。

别把人笑死!

大爷大妈们不怕惹祸上身,一个个菩萨心肠,连120都不打,直接把伤员送去医院。就算互相壮胆,那也得是在钱给得多的前提下。

姜凉昭一语道破天机:"只付了定金,还有一半等着他付呢。"

"谁知道。"黄遇说,"反正这事处处透着诡异,明显得很。"

只要他再换一副面孔去问那群大爷大妈,就什么都知道了。但他没那工夫,要回去了,已经在陆续接手家里的事了,忙得要命。

也就姜禧这个象牙塔里的小公主会上当。

偏偏只要她上当就行了。

而且就算从大爷大妈们嘴里掏出真相,说给姜禧听,季明川也有退路。

他可以说是自己想跟炽哥聊聊,怕出意外就提前花钱找人帮忙。如果他出了事,让他们把他送到医院,不出事钱就当给他们买点吃的。

姜禧只会更紧张他。毕竟季明川的头是真的破了。

黄遇吊儿郎当地咧着嘴笑,据他调查,前段时间季明川的身体出了点问题,到今天都没好,肯定会影响高考成绩。

到时候考砸了,搞不好会被在学习这方面"慕强"的姜禧一脚踢开。

季明川干脆破釜沉舟、背水一战,现在他赢了。

这盘棋布了这么久,最后一步棋落下,姜禧已经完全倒向他那边了。

好一出苦肉计!

"不管炽哥打不打他,只要他往炽哥面前一站,结果自然会合他的心意。"黄遇意味深长地说道,"他参加不了高考,却在另外一份卷子上拿了满分。"

这件事的前因后果,对于从小被当作家族继承人培养的黄遇来说,太容易看清了。

季明川看到晏为炽拿扳手修车时,就做好了心理准备。他这么狠,拿自己的命来搏。

这种人只要获得资源和背景,就绝对是个人物。

黄遇有一点没想通:"不知道季明川说了什么,让炽哥看穿了,但还是出手了。"

姜凉昭说:"肯定跟陈雾有关。"

黄遇没话说了。

就目前的形势来看,季明川绝对是通过诋毁陈雾来挑衅炽哥,在他的心窝子上拉口子,还是反复拉拉,炽哥才会明知被算计,依旧毫不犹豫地入局。

再说,季明川的目的不是陈雾,而是姜禧,炽哥更不在乎了。

可怜的昭儿,有个恋爱脑妹妹。

"季明川!"

愿者上钩

病房里的姜禧恢复了意识,她尖叫一声,跑出来,看都不看在走廊守着她的哥哥和黄遇,径自去找季明川。

"哥,你也拦我,我梦到他死了,流了很多血,脸上盖着白布……我要去找他——"

走廊上回响着姜禧语无伦次的哭诉。

姜凉昭气得脸都绿了,黄遇搂着他的肩膀安抚道:"淡定,淡定。"

第十三章

去首城啊

十几分钟后，姜禧出现在季明川所在的医院，得知已经下了病危通知，她两腿发软，站不住，只能靠在她哥身上。

姜凉昭把她扶起来一些，问道："季明川和陈雾之间的事，你是什么时候知道的，为什么没告诉我？"

姜禧眼神飘忽。

站在后面的黄遇用手机在墙上画圈圈，心想，不说也正常，姜小姐要脸。

"他是上周说的，他为了我才成了小人，陈雾不原谅他……我能理解。换作我是陈雾，我也不会原谅，但人总要向前看。季明川无法按照陈雾的要求生活，他的人生不是由一起长大、对方烧多少顿饭、洗多少件衣服、对他多照顾来决定的。他只是在生气时口不择言，并没有真正伤害陈雾，更谈不上背叛。"姜禧整理了一下衣襟，察觉到四周一片死寂，她像被人踩到尾巴一样瞪了她哥，又瞪了黄遇，"你们别这么看我，我自己清楚！"

姜凉昭眼不见心不烦，闭上了眼。

黄遇不烦，姜禧不是他妹妹，影响不到他的情绪。他一边等炽哥的回信，一边琢磨，季明川和陈雾肯定不是同一套说辞，他掌握的信息有限，一时搞不明白谁撒了谎。或许两人都撒谎了，只是有一个撒的谎比较多。

季明川为达目的不择手段，陈雾能悄无声息地侵入炽哥的生活，两人都深藏不露，胜负未定。

总之，两方听众，炽哥感动了，小禧也感动了。

黄遇又想到这次季明川设计陷害炽哥，觉得季明川的排名应该靠前一些。

真是恶心人的玩意儿！

黄遇等啊等，炽哥就是不回他信息，他只好去洗手间打电话。

电话通了，但接电话的人不是炽哥。

"他手上敷药了，不方便接电话。"陈雾说。

黄遇脸色骤变，炽哥也受伤了？怎么昭儿没提？他紧张地问："我现在就过去，是在你出租房还是水库？"

电话里传来晏为炽的声音："阿遇，你什么时候学医了？"

黄遇愣住了："没有啊。"

"那你过来干吗。"晏为炽严厉地说，"明天考试，不知道早点睡吗？"

黄遇无语极了。

别开玩笑了，那些知识早在八百年前就学完了，他还需要在乎明后两天的考试吗？

不知过了多久，手术室的门打开了，季明川被推了出来，姜禧捂住嘴跟跄着跑过去。

黄遇伸手去拉她："小禧，你……"

姜凉昭拽住黄遇的手："让她去。"

"别在这儿受气了。"黄遇叫他跟自己下楼透透气。

姜凉昭走进电梯，长长地吐出一口气："等季明川露出破绽。"

"什么破绽？"黄遇说，"他想通过小禧这个捷径一步踏进上流社会是真的，喜欢她也是真的。"

姜凉昭不语。

直到电梯门打开，他才说："陈雾的身份有点微妙……"

"还管什么陈雾，你连你妹都管不了了。"黄遇斜了他一眼，"你家老头儿没给你发任务？"

姜凉昭叹息道："发了一堆。"

黄遇同病相怜，叹了一声："还是炽哥轻松。"后知后觉自己说了不该说的话，顿时噤声了。

这晚有人度过危险期，迎来了命运的大转折；有人第一次笨拙地照顾病人；也有人在小小的保安室感受到了满足。

第二天一早，陈雾就把趴在桌上睡觉的晏为炽叫醒了，对他的起床气已经免疫，认认真真地催促他去小水池那儿洗漱。

晏为炽用的是陈雾带的备用洗漱用品，全新的，他拆包装时气得爆粗口。

起床气实在大。

没人哄，晏为炽发完火就去洗漱了。

陈雾把在路对面买的水煮蛋和烧饼递给他："晏同学，今天考试加油。"

晏为炽没办法洗澡，浑身难受，他抓着额前微卷的头发，脸色阴沉地靠在椅背上，问道："你对我的成绩还有期待吗？"

"总之，加油。"陈雾沉默了片刻才说道，"你别交白卷，写满总会得分的，考完再走。"

晏为炽快要被烦死了。

"晏同学……"

"知道了，知道了。"晏为炽忽然坐起来，"我写满了，有奖励吗？"

陈雾十分不解："你写的卷子是你的，和我没有关系，怎么找我要奖励？而且你写没写满我不知道。"

"我说写满就一定写满。"晏为炽决定不要脸了，"你给不给奖励？"

陈雾咬开有点烫手的袋子，甜豆浆顺着开口涌进嘴里，他忍着烫咽了下去。

"给不给？"晏为炽追问道。

陈雾推了推眼镜，点点头："那你别要太多。"

下午不知几点，陈雾被一通电话从睡梦中拉回现实，他迷迷糊糊地问是谁。

对方没好气地说道："你连我的声音都听不出来吗？"

"是晏同学啊，不好意思，我太困了，还没有清醒。"陈雾说着，把身上的薄毯子拿开。

"我中午没回去就是想让你睡，我都考完了，你还没睡够？"晏为炽无奈地说道，"没睡够也不能再睡了，再睡下去人都要睡出毛病来了。"

"不睡了。"陈雾打着哈欠说道。

晏为炽听到他的哈欠声，嘴角抽了抽，说道："阿遇和赵潜想去你那儿蹭饭吃。"

"可以，来吧。"陈雾抹了下眼角，戴上眼镜说，"你们现在就过来吧，我去淘米。"

"怎么样，炽哥，你别瞒着不说实话，我直接给我哥发信息打电话求证。"

愿者上钩

是赵潜的声音。

接着是黄遇浪荡的嬉笑声。

"说什么呢,炽哥不是那样儿的人,是吧,炽哥。"

陈雾在一片热闹声里挂掉电话,他把睡觉睡得有点皱了的T恤衫拉了拉,起来趿拉着拖鞋去洗脸。

电饭锅的"快速煮饭"键响起时,陈雾的手机也响了。

组长在田边撑着锄头给他打电话:"小陈啊,三婶她外甥在春桂一家医院上班,说是看到明川伤得挺重的,听说是被人打了,你去看过吗?"

陈雾拿着抹布擦拭台子上的水迹:"没有去。"

老人的音量顿时变小了,像做错了事的小孩一样有点不知道该怎么办。他以为半年过去了,又出了这么大的事,小雾会去看看。

这样了小雾都不关心,可能明川那孩子年后一错再错,真的要老死不相往来了。

"山里的信号不好吗?"

陈雾询问的声音传来,组长回过神:"他说有个小姑娘很紧张明川,家里也不简单,叫来了大地方的医疗队。"

"不要管。"陈雾说。

组长听他的,叮嘱他:"你多注意身体,自己要吃好过好。"

"我会的。"陈雾把抹布搭在水龙头上,"你和大妈也是。"

"我们好着呢。"组长和蔼地笑着说道,"你把地址发到我手机上,我给你寄西红柿、豆角、玉米,还有你大妈晒的霉干菜。"

陈雾说:"过段时间吧。"

组长忙应道:"成,你方便了给我打电话。"

"那下次再说。"陈雾结束通话,看了一眼季家的微信群。

亲戚们不知道从哪里得知了消息,在群里谈论季明川的事。这些年他们不怎么和季明川接触,有事都是找陈雾说。

现在季明川受伤了,他们没有一个提出要来春桂探望他。跑一趟特别费劲不说,两只老母鸡是少不了的。

季明川对他们不亲近,他们自然也不会多上心,于是只在群里问了一句。

陈雾不回复,他们也不会特地打电话过来问他情况,只图面子上过得去。

陈雾在群里说,他要退群了。

这下子季家亲戚们的反应很大,他们都不愿意让他退,说逢年过节可以打声招呼。

陈雾字打到一半,看到一条信息:"你爸不在了,我们想他了,还能找你说说话。"

尽管抬出了他爸,他还是没有改变主意。

季家的群从他手机里被剥离了出去。从此,他本就很小的交际圈再度收紧,紧得几乎不剩下多少人了。

傍晚六点半左右,晏为炽拎着几份卤菜来到出租屋,身后跟着两个蹭饭的。

赵潜抱着一箱气泡饮料,黄遇左手拎着一箱牛奶,右手拎着一袋虾:"炽哥,东西放哪儿……"

晏为炽已经不见踪影了。

他直奔厨房:"试卷我都写满了。"

陈雾正在炒菜,没怎么听清:"你给他们倒水吧,桌上有。"

晏为炽关掉油烟机,嘈杂的声音瞬间消失,他的目光炽热,颇为骄傲地说:"我说,我都写满了。"

陈雾像哄拿了奖状回来的小朋友一样,匆匆看了他一眼:"写满了啊,晏同学真的做到了。"

晏为炽把卤菜扔到陈雾怀里,转身就走。

这个动作显得有几分幼稚。

陈雾将卤菜放在一边,继续炒菜。

身后突然伸过来一只手,拿走他的锅铲,头顶传来晏为炽咬着牙的声音:"陈雾,我要我的奖励。"

"没说不给你啊,我菜还没炒完,你怎么这么急。"陈雾嘀咕着把灶台的火调小,盖上锅盖焖煮,然后认真地看向晏为炽,"你说,要什么奖励。"

晏为炽开始兑换奖励:"以后别叫我'同学'。"

他早就想好了要什么,不在电话里说,也不发信息,必须当面说。

陈雾从晏为炽手上拿回锅铲,将它放在锅盖上,问道:"那叫你什么?"

晏为炽转头看着窗外的火烧云,嗓音低沉,犹如从多年前的小庙里飘出来的:"跟小时候一样。"

陈雾有点为难:"可是我们现在都长大了……"

"我不管——"晏为炽盯着他,语气霸道又隐隐有些激动,"你必须像小时候那样叫我'阿炽'。"

"好吧,"陈雾腼腆地抿了下嘴,唤了一声,"阿炽。"

晏为炽点头表示满意:"其他奖励先欠着。"

陈雾迷茫地说:"奖励刚刚不是给你了吗?"

晏为炽面不改色地说道:"那只是上午的,下午还有,每个学科写满都有一个。"

陈雾目瞪口呆:"还能这样吗?"

晏为炽变魔术似的拿出笔和一张欠条。

陈雾稀里糊涂地抓住被塞进他手里的笔,在欠条上签下了自己的名字。

晏为炽伸出手指弹了弹欠条,见陈雾看着他欲言又止的样子,他眉头一皱:"别想耍赖。"

"我没有。"陈雾无奈地说。

客厅传来赵潜的喊声:"哥,饮料我直接放地上了啊!"

"你拿几瓶放冰箱里吧。"陈雾应声道。

"收到!"赵潜利索地徒手拆纸箱。

"需要剪刀吗?"

陈雾刚问完,晏为炽就说:"去房里给我敷药。"

陈雾看着他受伤的手说道:"不用敷了吧。"

"我不这么觉得。"晏为炽说,"今天写了很多字,疼得要死。"

"那好吧,我从学校带回来的仙人掌还剩了点。"

陈雾话音刚落,晏为炽伸手把他往外推,说道:"赵潜,剪刀在窗台上,自己进来拿。阿遇,看火,顺便把虾线抽了。"

"让我看火、抽虾线,我妈想都不敢想。"黄遇扒拉着短发去了厨房,见到一盘切成片的火腿,一碗泡好的干蘑菇,视线扫向竹筒里的几双筷子,他挑了挑眉。

陈雾能无声地侵入炽哥的生活,就是因为这份家的味道吧。

"能搞定吗?"赵潜拿着几瓶气泡水进来。

"哗啦——"黄遇把袋子里的虾和水都倒进池子里,问:"虾线在哪儿?"

赵潜不知道怎么回答他。

"我知道了，在肚子上。"黄遇自信满满地打开水龙头，搓洗修长的双手，又问道，"我用什么工具？"

"有手就行了。"赵潜无奈地说道。

"真的假的？潜姐可别忽悠黄小弟我。"黄遇没心没肺地调侃了一句，开始观察池子里的虾，感叹道，"还是活的，太残忍了。"

赵潜顿时无语。

黄遇捏起一只矫健的基围虾，说道："你看这小短腿，抖得多有劲，多活泼，它跟我撒娇，向我展示它的威猛雄壮，我真的不忍心……"

"你走开。"赵潜忍不了了，她夺过那只虾，一掐一拽——虾头和完整的虾线被丢进了垃圾篓。

黄遇半响才发出一声："太粗暴了吧，你这女人。"他那张英俊的脸上露出惊恐的神色，"你抽线就抽线，怎么还拧头。"

赵潜似笑非笑地看他表演。

"干吗，干吗，我是演者玩儿，娱乐而已。你看你，这不就开心了。"黄遇说着，伸手去拽她的马尾辫。

赵潜凶狠地说道："手不想要了？"

"吓死老子了。"黄遇夸张地捂着心口，做出娇羞的样子，前言不搭后语地说，"我身边的人说你最近跟李潇握手言和了。"

"本来也没什么事。"赵潜说。

"拉倒吧，你们俩骑在对方身上扯头发、互砸拳头的样子我又不是没见过。"黄遇翻了个白眼。

赵潜撞开黄遇，麻利地处理起一池子的虾："人都会变。"

黄遇眼光多毒啊，哟，这女人铁定受什么伤了。

"什么味道？"赵潜突然问。

黄遇和她一起看向冒着黑烟的锅，立马后退："我不知道，我不在厨房。"

赵潜赶紧关火。

她抖着手揭开锅盖，一股黑烟卷着刺鼻的焦味扑了她一脸，直冲她的天灵盖，她皱起眉："完蛋，菜全烧煳了！黄遇，你往哪里跑！"

黄遇已经跑到洗手间里去了。

赵潜硬着头皮去敲陈雾的房门，通知他这个不幸的消息。

陈雾好脾气，菜煳了就煳了，把锅刷干净就行。他重新准备食材，朝外面喊道："阿炽，我准备好了，你来炒吧。"

正在客厅剥橘子的黄遇像见了鬼一样跑过来问道："你叫炽哥什么？"

"年纪轻轻就失聪啦。"晏为炽推开杵在门口的黄遇，走进厨房，系上围裙，嫌恶地说道，"让开！"

黄遇把张大的嘴巴闭上，然后旁观了一会儿晏为炽炒菜，他忍了又忍才没拿出手机发朋友圈。

去年冬天炽哥包的饺子还不成形状，今年夏天竟然可以炒小菜了，明年春天是不是能整桌满汉全席？

赵潜见黄遇拎着瓶气泡水往大门那儿走，随口道："干什么去？"

黄遇心不在焉地说道："出去转转。"

"我也去。"赵潜去换鞋，两人一道在楼下吹热风。

赵潜在小卖部买了两根冰棍，递给黄遇一根，问道："黄少，什么时候动身啊？"

黄遇一边吃冰棍，一边说："等炽哥。"

这三年过得很慢，到了末尾才觉得飞快。其间炽哥一次都没回去过，而他每年都要回家过年，被家里拧着耳朵唠叨，说除了他们还有别人也在押宝，都是白白浪费了三年时间。

押什么宝，他是挺兄弟！

按他父母的原话，要不是他是独生子，早就让他死在外面了。

当年他一站队，家里的股价暴跌，差点没撑住，姜家的声誉也因为继承人的决定一落千丈。

黄遇心里门儿清，虽然家里年年都说不可能、没希望了，但背地里还是抱着一丝期待。

期待他炽哥能翻盘，用他们十多年的发小情加上这三年在最困难时和他站一起的情分从晏家那弄点好处。

在商场摸爬滚打久了，总想着利益。

黄遇咬着冰棍看夕阳，心想，以后就算炽哥真的坐回了那个位置，他也绝不会拿这件事做文章，他相信昭儿同样不会。

因为这是他们自愿的，炽哥既没有求他们，也没有逼他们。反而劝他们别跟来春桂，说没必要，是他们非要跟着。

黄遇一哂，家里人说他来春桂的西德职业技术学校鬼混，说得好像在首城就不是鬼混一样。

首城那群人花样更多，在这儿时不时有炽哥提醒鞭策，他都没怎么玩。

黄遇想到这里，仰起脸，喃喃道："马上就要回去了，真有点舍不得。"

赵潜面色古怪："你不是吧。"

黄遇鄙视道："懂不懂什么叫青春文学。"

赵潜几口吃掉一根冰棍，说道："陈雾在炽哥心中的分量与日俱增，悠着点！"

黄遇耸耸肩："我顶多私下里说说，在心里吐吐槽，既没跑到他面前作妖，也没动过他一根手指头，比不了你家老丁！"

话音一落，赵潜的表情变了。这人平时不见得有多正经，整天吊儿郎当的，实际上什么都知道，就是爱玩，自己玩，也爱看别人玩。

从首城来的，没有一个是省油的灯。

吃过晚饭，黄遇被安排去洗碗，他肌肉紧绷，生怕忍不住把碗摔碎。

"炽哥，回去还是火车转飞机？"黄遇问道。

晏为炽把剩下的海带汤喝掉，应了一声："嗯。"

"那我和你一起好了。"黄遇一边洗碗，一边问，"大概什么时候走？"

晏为炽将空碗和筷子一起放进水池，回答道："这个月中下旬。"

黄遇忙完后去小院给家里打电话："妈，别让陈叔来接我了，我自己回去。"

黄太太正要去打牌，闻言拢了拢披肩，温柔地说道："那哪行，车上贴了我亲自提笔写的横幅，庆祝你职高毕业，你不坐，不就浪费了我的心血？"

"把横幅寄给我，我到时候裹身上，从头裹到脚，每分每秒感受伟大的母爱。"黄遇一本正经地说道。

黄太太话还没说完，他就挂断了电话。

黄太太又打来了电话："小覃会来家里吃饭，你自己看着办。要是让我再见到你那副中二非主流的发型和打扮，你所有游戏手柄都会死无全尸。"

黄遇纳闷："小覃是哪位？"

"你未婚妻。"

黄遇愣住了，他人还没回去，未来的老婆就给他找好了。

这件事着实刺激了黄遇，尽管他从小就被教育家族联姻的重要性，但那也得等他过了二十五岁再说吧，他现在才多大啊。

愿者上钩！

黄遇在小院转了两圈，胳膊上、腿上被蚊子咬了很多包，回了客厅，一边抓挠，一边骂骂咧咧。

陈雾说："你抹点盐，等一会儿洗掉就不痒了。"这是他之前在网上看到的，尝试了一下有效，这会儿便分享了出来。

黄遇当没听见，一个字都不信。

坐在小马扎上看新闻的赵潜说："我腿肚子上也有几个蚊子包，我去试试。"

她按照陈雾说的方法做了，不一会儿包就小了不少。

黄遇偷偷摸摸地去厨房抹盐，结果惊觉赵潜还真没撒谎，他"满血复活"地回到客厅。

晏为炽瞥了他一眼，问道："不痒了？"

黄遇笑得露出小虎牙，得意扬扬。

晏为炽不轻不重地踢了他一脚："以后对他放尊重点。"

黄遇琢磨着晏为炽这句话的前两个字，一愣，问道："要把他带上吗？"

晏为炽的目光移向背对他和赵潜说话的陈雾，说道："还没问他。"

黄遇不可思议，这都要问，炽哥还做不了主吗？他倒在沙发里看天花板，心想，我在做什么梦，炽哥哪像是能做陈雾主的。

不多时，几人去附近逛夜市。

赵潜一边走，一边瞧摊子上的五颜六色的小饰品。

黄遇给家那边的朋友们买礼物。名贵的、限量的都不稀罕了，地摊货倒觉得新奇。

他朝不远处的晏为炽挥手："炽哥，你过来看……"

"不看。"晏为炽正在陪陈雾选西瓜。

大卡车拉来的，旁边放着块牌子，上面用蓝笔歪歪斜斜地写着"两块六一斤，不甜不要钱"。

陈雾旁边站着两对夫妻，一对年轻夫妇，一对老夫妇，都是出来散步的。

晏为炽站在陈雾身后，陈雾没有这个拎起拍拍，那个拎起拍拍，他先看，看中了一把揪住西瓜的瓜蒂，说："我要它。"

摊贩舔了下手指，从一扎塑料袋上捻出一个，抖开："这西瓜包甜。"

晏为炽双手插兜，弯腰凑过去说："这瓜长得丑，换一个吗？"

"哪里丑了，不都差不多？"陈雾说。

晏为炽挑剔地说道:"不够圆,再圆点手感好。"

"要多圆啊,你又不抱着睡觉。"陈雾咕哝道,"吃个西瓜为什么要在乎手感?"

晏为炽扫码的动作一停,欲盖弥彰地催促:"你管我,快走。"

陈雾拎走西瓜,晏为炽接过去,问道:"还要买什么?"

"不买了。"陈雾刚说完,脚就往卖哈密瓜的那边迈去,"哈密瓜十五块钱两个,好便宜,我要买。"

晏为炽无语,抬脚跟上。

逛了一趟夜市,水果买了一堆。

陈雾切西瓜的时候,晏为炽、赵潜、黄遇三人都在旁边站着。

西瓜是熟的,皮也薄。陈雾将西瓜切成大小相差不大的三角形,自己拿走一块,见晏为炽直勾勾地看着,就把手上的给了他,随后又拿了一块吃起来。

黄遇哼哼唧唧地说:"我们的呢?"

赵潜也望向陈雾。

"你们不自己拿吗?"陈雾不解。

也是啊,我们是傻了吗,西瓜就在面前,为什么要等陈雾分配?

黄遇小声地对赵潜说:"我是看炽哥在等,我就等着了。"

赵潜回答:"我也是。"

陈雾坐在小院屋檐下吃西瓜,晏为炽递给他一张纸,嫌弃地说道:"吃个西瓜吃得手湿淋淋的。"

陈雾不以为意地接过纸巾擦手,把剩下的西瓜吃掉,将瓜皮放在地上,叮嘱晏为炽:"你的也别扔,我要留着发酵做肥料。我去洗澡了。"

晏为炽忙叫住他:"等会儿,说个事。"

陈雾站在椅子边,不解地望着他。

"你先坐过去。"晏为炽说道。

"很大的事吗?"陈雾坐回椅子上,与他面对面。

一条腿伸过来,踩住陈雾椅子底下的横条,往一边推,他被那力道推得侧着身子坐下了,下一刻就要转过身去。

"就这么坐着。"晏为炽不准陈雾看他。

陈雾不动了。

四周响起蝉和蛐蛐的鸣叫，夏天的风吹到屋檐下，晏为炽开口说道："你之前说你留在春桂，是因为没有别的想去的地方。"

陈雾点了点头，晏为炽低声问："你要不要去首城？"

"首城？"陈雾呢喃道，"很远吧。"

"远。"晏为炽的语气散漫随意，背却绷得笔直，"另有一番风景，去看看吗？"

陈雾说："你家在那边啊。"

晏为炽笑着说道："对。"

陈雾安静地坐在椅子上，看着天上的月亮。

"你先去洗澡，洗完告诉我答案。"晏为炽打了很久的腹稿，他做足了准备，等着陈雾说出自己的顾虑时表明自己的态度。

陈雾抚摸着手上的旧疤，问道："首城也有摩天轮吗？"

晏为炽一愣："当然。"他紧接着补充道，"比我们去年坐的要大很多，我可以带你去坐，一周去七次都没问题。"

陈雾声音轻轻地说："那我去看看吧。"

晏为炽闻言激动地倾身，抓住陈雾的椅子将其拖到身前，迟钝地缓声开口："去哪里？"

陈雾看了看晏为炽，像是不明白他怎么傻了："去首城啊。"

姜凉昭从黄遇那儿得知中下旬动身返程，他在出席完公司的视频会议后，单独与父亲谈话。

内容关于妹妹的出国之行。

"你就跟我说这个？"视频里的姜董坐在办公室，面容严肃。

"是。"姜凉昭捏着紧皱的眉头道，"小禧出国要带上季明川，我认为这并不……"

"带就带了——"姜董喝了口茶，说道，"只要她答应出国，条件随她。"

姜凉昭欲开口，父亲打断了他。

"已经定了的事，不必再讨论。"姜董说，"会上谈的事项，半个小时内整理一份报告给我。"

当晚，姜董在酒局上接到越洋电话，是太太打来的，同样是关于女儿的事。

一天两次,他有点不耐烦:"引晏家的老幺踩陷阱,谈不上什么手段,小家子气,格局有限。"

"小地方出来的,没有从小接受精英教育的普通高中生,眼界和阅历都难以增长,能有这样的手段已经算是那个阶层中的佼佼者了。只要给他时间和资源,一定能有所作为。"姜太太不像丈夫那样轻视季明川。

看重外貌的姜太太对女儿的眼光很满意,她认为,有一个外貌出众的人陪伴度过情窦初开的青春期,是一件非常舒心的事。

在她看来,找配偶要看能力和出身,谈恋爱就要找帅哥。

当然,如果配偶具备能力和家世,外形条件也不错,那是最完美的。

姜太太颇为遗憾:"要是家境能排得上名就好了,长得真的出色,伤也不在脸上。"

姜董对太太的关注点感到无语:"还早,说不定下个月就不喜欢了。"

小女孩的爱情,今天至死不渝地要永远在一起,几年后连名字都想不起。女儿可是哭哭啼啼地追着晏家老幺去了春桂,待了三年,还不是换人了。

难不成以后她每交往一个男朋友,全家都要重视?

姜董嘱咐太太看展后记得去做按摩,他没有立即回到酒局,而是去了洗手间。

女儿从小被保护溺爱,身边除了晏家老幺,其他人多少会纵容她,她活得随心所欲,包括不去读家里安排的女子学校,而是跑去春桂上排不上号的一中。

但她任性归任性,却拥有身为大家族子女的基本觉悟。

所以在别的事上,就由着她了。

况且比起大多同龄人,女儿已经乖多了。只要女儿开心,给那个穷小子一张入场券又如何。

没有真本事,水洼里的小鱼游进深海,只会尸骨无存。

在他看来,女儿没有继承权,她享受家族带来的一切,包括百分之几的股份,唯一的职责就是成一段光鲜的、门当户对的婚姻。

而龙凤胎的儿子不同,他得到的多,背负的也多。

这次儿子的态度令姜董失望,这么点事儿也要投入精力,要是当着他面说的,他一抬手,茶盏就砸过去了。

他想,儿子去了春桂后态度松散太多了,等他回来就送去封闭教育。

到底还是年轻,缺少磨砺。

姜董想到晏家老幺,当年儿子被黄家小子鼓动,要去春桂,他能放行,可不是因为断了儿子两根肋骨那么简单。

但愿不是竹篮打水一场空。

姜董洗了手出来,只见一个年轻女人站在门口看着他,黑色长发披肩,身上穿了一件白色连衣裙,像只怯生生的小鹿。

姜董并未多看。

这层楼不是谁都能上来的,不论是谁设的局,他都不会傻到一脚踏进去。

晏为炽考完试后没走,他把车停在校门口,坐在车上等陈雾下班。

西德的学生骚动了,以为老大约了人打架,一个个都亢奋起来。

另一辆车上的黄遇白眼都要翻到天上去,打什么架,不过是某人毕业了,要走了,想高调一把。

校门口聚集了一大堆人,陈雾的同事进入一级戒备状态,电棍都握在手上了。

陈雾给晏为炽发信息:"阿炽,你们要打架吗?"

晏为炽:"接你下班,看不出来?"

陈雾:"为什么要接我下班?我可以自己回去。"

对方不再回复。

陈雾从窗口往外看,晏为炽瞪着他,眼神很凶。他缩回脑袋,对如临大敌的同事们说:"我问了人,不是要打架。"

同事们半信半疑:"那他们怎么都不走?"

"马上就走了。"陈雾说,"我先下班了,大家辛苦了。"他快速收拾东西,拎着自己的帆布袋走出去。

同事们目睹他接过西德老大手上的头盔。

校门口一片寂静。

少年们看着他们的老大给保安递头盔,还把他那老土的印花帆布袋挂在车把上,顿时傻眼了。

见炽哥载着陈雾走了,连看都不看他一眼,黄遇赶紧可怜巴巴地骑着车追上去,但还是被甩下了。

晏为炽带着陈雾在春桂兜了一会儿风,他骑到郊外,和陈雾换了位置。

陈雾显得很紧张。

"又不是让你飙车。"晏为炽的双臂从陈雾的腰两侧伸向前面,引导他的左手去摸手刹,"少抓这儿,抓离合器。"

"你别压着我。"陈雾说着往前挪了挪。

晏为炽无语:"我不是在教你吗?"

陈雾说:"我只是好奇,问了两句,没有说要学。"

晏为炽冷哼一声:"你再废话!"

"我不会。"陈雾嘀咕。

"怕什么,不是有我在吗?再说,你货车都能开,这不是小菜一碟。"晏为炽抓住他的左腿放到一处,"这是换挡拨杆。"

陈雾听完晏为炽讲解上中下挡、前后刹车以及如何控制油门后,仍然坐着不动。

"拧钥匙。"晏为炽闷声笑道。

陈雾拧了钥匙。

晏为炽又说:"启动发动机,挂一挡。"

陈雾启动了车子,在晏为炽的指导下骑了两圈,越骑越顺。

在一次成功压弯后,陈雾开心地喊道:"阿炽,我好像会了!"

怎么这么快就会了。晏为炽有点后悔没早点教这家伙骑车。

陈雾停了下来,从兜里掏出卫生纸,擦了擦左右手上的汗,又去擦自己捏过的地方留下的汗液,问道:"你现在还跟那些人去那边玩车吗?"

"偶尔。"晏为炽答道。

"太危险了,还好没事。"陈雾小声说了一句,又问道,"你回首城不骑这个了吧?"

"不骑。"晏为炽见他还在擦汗,黑着脸道,"怎么没完了?"

"我出了好多汗。"陈雾不好意思地说道。

"这个天气谁不出汗,我不也是。"

陈雾掏出一张新的纸巾,问:"那你要擦吗?"

晏为炽没有擦,反而问道:"还想去哪儿?"

陈雾推了推眼镜,说道:"我想去剪头发。"

天还是亮着的,风也是热的,陈雾坐在四元宫的一家理发店里。晏为炽为他预约的是首席理发师,在一个小包厢里剪。

理发师为陈雾系上围裙,说道:"我给你把前面的头发修短一些,露出额头好不好?"

愿者上钩

陈雾眯着眼睛看他，问道："露额头行吗？"

"你的额头很饱满——"理发师语气很温柔，"额头露出来显得你的脸部比例更好。如果你能把框架眼镜换成隐形的，五官的优势会更突出。"

站在门边的晏为炽冷不丁开口："你是幼师转行的？"

理发师吓得眼皮一跳。

陈雾忙对理发师说："你看着剪吧。"

"好的。"理发师笑着应声，他将椅子靠近陈雾，准备为他修剪头发。

晏为炽就这么盯着。

理发师被盯得如芒在背，剪刀都快拿不稳。

陈雾朝门口看了看，他没戴眼镜，眼神涣散，说道："阿炽，你也剪一下吧。"

晏为炽沉沉的目光扫向陈雾时，瞬间恢复如常，反问道："有必要吗？"

陈雾说："精神点。"

"我现在不精神吗？"晏为炽眉头皱了起来。

陈雾认真地说道："剪短点更精神。"

"烦死了。"晏为炽不情不愿地去洗头。

负责给他洗头的是理发店里的门面，挤洗发膏的时候找他说话："帅哥，你头发烫得好自然，是不是天然卷啊？"

晏为炽合着眼，不说话。

"发色看起来也像是天生的，你鼻梁好高，眼窝还深，不会是混血吧？"

晏为炽冷笑道："闭嘴。"

门面立刻噤声了。

离开春桂那天，晏为炽锁上水库小屋的大门，卖掉了那辆陪伴他两年的摩托车，带着两盆绿植去了陈雾那里。

陈雾已经辞职了，也和房东说好了退房的事。晏为炽过来时，他正在收拾行李。

晏为炽很忙，电话一个接一个，他索性关机，看着陈雾收拾，看到后来就自告奋勇地帮忙。

"少带点，到那边再买。"收拾完了，他扫了一眼自己的行李箱，里面放的全是陈雾的衣物。

陈雾抿着嘴说："我就说寄快递好了。"

"你很多衣服穿旧了,还花那个钱寄过去干吗?"晏为炽把叠得乱七八糟的裤子塞进他怀里。

陈雾说:"是不值。"他在行李箱里翻了一会儿,把一些衣物拿出来,"虽然旧,但还是可以穿,我等会儿放到外面的垃圾桶边,万一有人要呢。"

晏为炽从上往下凝视他的眉眼,发现理发师有两下子,刘海剪短了,确实适合他。

现在是个很亮眼的人了。

晏为炽把两棵绿植从玻璃瓶里拽出来,发现根系长得特别好,他有些意外。就几片叶子,根还挺粗。

"我来弄。"陈雾拿走绿植,把根上的水抖干净,问道,"就用塑料袋包好放行李箱里可以吗?到了首城换新花盆。"

晏为炽刚要说行,就见他把叶子全扯了,不由得说道:"总共才五片叶子,你还扯掉。"

陈雾说:"根和枝干重要,叶子不重要,掉了还会长的。"

这边晏为炽在给陈雾收拾行李,医院那边的人也准备出发了。

姜禧和母亲通完电话后去了病房,随行的医护人员在为季明川做检查。

季明川的头上缠着纱布,看起来很虚弱。

姜禧说:"我给你在国外安排了顶级的脑科专家,去了查查头疼的原因。"

头部的伤没什么大碍,麻烦的是他的隐疾。

季明川哑声道:"谢谢。"

"不用跟我说这些,你自己记着就好。"姜禧别扭地把头转到一边,手被牵住,她的脸悄悄红了。

季明川虔诚地握住她的手指,真诚地说道:"我会记到死。"

姜禧脸上的红晕更明显了,在骄阳下,如盛开的花一般动人。

医护人员识趣地退了出去。

"你有没有什么家人要通知的?"姜禧忽然问。

季明川说:"没有。"

姜禧跟小孩子似的撇嘴:"是你自己不通知的哦,可不是我拦着你。"

季明川把她拉向自己。

"你疯啦,我要是站不稳压到你……"

姜禧瞪着一双水灵的大眼睛，脑中倏地闪过什么，突然推开季明川："我问你一件事！"

季明川闷哼一声。

姜禧慌忙道："是不是碰到伤口了？对不起，对不起，我把医生叫过来。"

"没事。"季明川安抚般地冲她笑了一下。

姜禧确定他真的没有因为自己加重伤势，才问道："去年我们到底亲没亲？"

季明川闻言，苍白的脸上闪过一丝不自然。

姜禧发现了，她颤声道："亲了，是不是？"

季明川不语。

"季明川，你昨晚怎么跟我说的？你说你永远不会骗我！"姜禧捉住他的手，情绪激动，委屈得眼眶湿润。

季明川轻声道："是，亲了。"

姜禧一下子停止了呼吸："那你为什么说只是我的错觉？"

"当时你厌恶我排斥我，我怕你知道了会吐。"季明川轻描淡写的话里尽是自我嘲弄。

姜禧的气愤指责瞬间消散了。

"我不想你生气，而且——"季明川顿住了。

"而且什么？"姜禧的心脏怦怦乱跳，生出不好的预感。

"而且被他看到了。"季明川说，"于是我抱着你，对他说滚。"

姜禧惊讶得捂住了嘴："你们闹掰，是因为他以为你乘人之危？"

"是。"季明川有些着急，忙解释道，"不是。是我想要新生活，想借机摆脱他。"

小丑竟是我自己。姜禧这样想着，心跳得越来越快。她把季明川的手放回床上，转身跑了出去。

保镖走进来，恭敬地说道："小姐，我们该动身了。"

"我先出去一趟！"姜禧呜咽道。

姜禧威胁黄遇，得到了陈雾的住址，便找了过去。

门是开着的，门口堆着几大包要扔掉的东西，陈雾拎着一个包走出来。

姜禧见到陈雾，开口第一句话就是："是我先亲季明川的。"

陈雾把东西放在门边，直起身看着她。

"去年我过生日,炽哥哥没来,我心里难受喝多了,我把季明川看成了他,就,就……"姜禧用力抠着手指,"亲了他。"

"季明川喜欢我,没有躲,接受了我的吻。"她执拗地,一个字一个字从红唇中蹦出,"他们很像……明明长得不一样,但是……我也说不清楚,你不信就多比较比较——"

这时,姜禧的手机响了,她看了一眼来电人,当着陈雾的面接了,情绪平复了不少。

"我没有乱跑,很快就回去了,我知道,不生你的气。"

她接电话时,温婉体贴。

姜禧挂掉电话后,吸了吸鼻子,说道:"陈雾,我要出国了,和季明川一起。我们会在那边上大学,他因为被打伤错过高考失去的一切,都会以另一种方式重新拥有。"

不等陈雾说什么,姜禧把一张支票扔到他门口的垃圾上:"你们两清了,以后不管他过得多好都别再找他。等他和我一起回了首城,请你把他当作陌生人。你们不是亲兄弟,没有血缘关系,各过各的!"

陈雾垂下眼,拍掉手臂上的蚊子,说道:"那就再见吧。"

姜禧走后,陈雾还愣在原地。

"你在门口干什么?"晏为炽从屋里出来,剪成金色板寸的头发上滴着水。他无意间扫到什么,面色一沉,问道,"哪来的支票?"

陈雾说:"姜凉昭的妹妹来过,她给的。"

"搞什么!"晏为炽要把支票塞进垃圾袋里,打算一起丢掉。

陈雾拿出支票,说道:"不要丢,我拿去给组长买树苗。"

晏为炽说不出拒绝的话。

陈雾让晏为炽去银行帮他兑了。

组长打电话给陈雾,吓得说话都不利索了:"小……小雾,我怎么收……收到了很多……很多钱!"

"那是别人还我的。"陈雾说,"你拿去买树苗吧。"

组长惊讶地说道:"这么大一笔钱,买五十年的树苗都花不完。"

陈雾想了想,说道:"那就修路好了。"

组长一愣:"修路?"

"嗯，路修好了，你们出门也方便。"陈雾说，"下次我回来的时候，自己开车。"

组长激动得老泪纵横："好，好，好！"

下午三点多，黄遇拖着个行李箱来了，姜凉昭要晚一点，他送走了妹妹才过来，送行的过程他不想提一个字。

"昭儿，你家里都派车来接了，怎么不坐？"黄遇说完，喝了口矿泉水。

"我选择跟来时一样。"姜凉昭注重仪式感，他穿戴得体地站在门口，看向正在给陈雾弄衣服标签的发小，咳了两声，"炽哥，小禧去我妈那边读书了。"

晏为炽置若罔闻。

姜凉昭无奈地说道："回国时，应该能变得成熟些。"

陈雾扭头望了望晏为炽，晏为炽立即开口："成不成熟关我什么事？"

捕捉到这一幕的姜凉昭无言以对。

晏为炽看了眼手机，对陈雾说道："车来了，走吧。"

陈雾摸口袋检查证件。

"在我身上。"晏为炽拿走陈雾手上的水杯，放进自己的黑色背包里，"出门怎么还糊涂了？"

"车票呢？"陈雾挠头。

"别管。"晏为炽催促他，"你跟着就行。"

"以前都是我管的。"陈雾嘀咕了一句，他走出去，反手带上了出租屋的门。

黄遇靠在墙上，他拽着非主流骷髅头图案的棒球帽，大为不解："退租就退租，打扫得太干净了吧，至于吗？"

"这不是应该的吗？"陈雾不解。

黄遇吃瘪，恨自己浑身上下就多了一张嘴！

6月17日这天，两条新闻分别于上午、下午霸占首城各大自媒体头条。

——晏氏财团今年第二季度捐赠了一百七十亿元用于慈善。

——时隔三年，晏家流放在外的"废太子"回城了。

第十四章
亲人

YUANZHESHANGGOU

五个多小时的路程已经过半,黄遇觉得自己的腰肌都要劳损了。他长这么大只坐过两次绿皮火车,一次是跟着炽哥来春桂,再就是这次。

过年回去都是家里来接,哪会像现在这么受罪。

黄遇往身边靠了靠,问道:"昭儿,你闻闻我是不是馊了?"

姜凉昭闭着眼睛,双臂抱在身前,反问道:"你怎么不闻闻我?"

"也是,你馊了,我肯定就馊了。"黄遇把脑袋埋进姜凉昭的衣领里,"我闻闻。"

"不对啊,你新陈代谢没我发达,我感觉自己汗就没停过……"黄遇眼珠忽地一转,跟对面靠窗坐着这会儿醒来的陈雾大眼瞪小眼。

黄遇立即坐正了。

陈雾拍拍坐在外面的晏为炽:"我要去洗手间。"

晏为炽收起腿,困倦地说道:"别摔了。"

"上个洗手间怎么会摔。"陈雾起身挤了出去。

暑假是火车出行的高峰期,不过从外面回春桂的务工人员和学生多,从春桂往外走的相对少一些。

车厢坐满了人,过道上只零星站着几个人。

陈雾一路顺畅地走到洗手间那儿,运气好,里面没有人。他上完厕所出来,看到黄遇站在门口便腾出位置。

"我不上。"黄遇刚洗过脸,水珠从他年轻帅气的脸庞上淌下。

陈雾越过他去开水龙头,说道:"那你是要和我说什么吗?"

"去车厢交接处聊聊。"黄遇说。

陈雾洗好手跟他去了。

"我不跟你废话了,直接说了,炽哥回去后要继续上学。"

火车汽笛呜呜响着,陈雾轻晃着身子听下文,没有打断。

黄遇看了他一眼,不随便打断人说话这一点倒是不错。

"读嘉钥国际。"黄遇说道。

这是首城最差的私立学校,是那些没有继承权且难以管束的富二代们的去处,只要玩得开心就行,待得差不多了就被送到国外去。

炽哥和那些人不同的是,他不能拿着家里的钱挥霍无度,想要吃喝玩乐得靠自己。

回来了,却又不算完全回来。说白了就是,换个地方继续兼职。

至少暂时是这样。

黄遇拉开可乐的拉环,心中十分怅然,他可能会被送去读军事学院,不能和炽哥在一起了。

昭儿估计要去其他私立学校,更不可能乱跑。

"我可以安排你去那所国际学校,继续做你在西德做的工作。"黄遇仰头喝了一口可乐,有陈雾陪着炽哥,他一个人也不会孤单。

见陈雾没有说话,黄遇笑得十分嚣张:"手续方面我帮你搞定,还可以给你一份不错的工资,是春桂的十倍。"

"可是……"陈雾取下眼镜,揉了揉有些干涩的眼睛,"我已经有自己的打算了。"

"什么打算?"黄遇一直以为陈雾是完全依附炽哥的,他到了首城能做的工作很有限,干老本行是风险最低、能最快适应的工作了。

陈雾语出惊人:"我在网上投了简历,下周面试。"

黄遇惊呆了:"还在火车上,你就定了面试?这么快?"

陈雾说:"我想先准备好。"

黄遇受到了不小的刺激,他把可乐一口气喝完了,打了个嗝,问道:"找的什么工作?"

"去一个大院当园丁。"陈雾将眼镜戴了回去,"我虽然学历低,但是有十年的种植经验。"他咕哝了一句,"不止,在小庙就开始做了。"

黄遇把喝空的易拉罐丢进垃圾箱里,问道:"你跟炽哥说过了吗?"

"没有。"陈雾望着窗外飞驰而过的田园风光,说道,"我本来想到了首城再和他说的,现在你问了……"

黄遇挑眉:"所以?"

陈雾说:"所以我还是按照老样子来,麻烦你先别告诉他。"

黄遇噎住了,以前怎么没看出来这人这么沉得住气?

陈雾和黄遇一起回到座位上,晏为炽眯着眼看着他们。

黄遇避开他的视线。

那做作的"我和陈雾隐瞒了什么,但是我不能说"的浮夸心虚表情,故意引起他炽哥的注意,好有个热闹打发打发时间。

但他没算准,他炽哥更关注的是,陈雾的衣服怎么湿了一块。

还能是为什么,水龙头溅的呗。

破火车,啥都不好使!

黄遇坐回又老又硬的椅子上,看晏为炽把纸巾丢给陈雾,让他擦干净衣服上的湿印子。

"洗个手都能把衣服弄湿成这样。"晏为炽虽然数落着,口吻中却含着关心。

反正没人管他死活,他就这么看着。

"一会儿就干了。"陈雾说,"擦一下,衣服都皱了。"

晏为炽哼了一声:"怪我?"

"没有怪你的意思。"陈雾把擦烂的纸巾丢进垃圾袋里,从放在隔板上的零食袋子里找出一包话梅,拆开来,问道,"吃吗?"

"不吃。"晏为炽歪着脑袋朝向过道。

"黄同学你……"

陈雾刚把话梅袋子往黄遇那边递,就有一只手伸过来,抢走了话梅袋子。

"不能多问一次?"晏为炽一边吃着话梅,一边不悦地说道,"敷衍。"

陈雾小声道:"我下次多问问你。"

晏为炽哼了一声,很不爽的样子,脑袋却转了回去。

对面的黄遇默默拿起手机,假装认真地玩了起来。

四人于晚上十点半左右登上飞机。

黄遇落座后,脑子一抽多了句嘴:"炽哥,陈雾第一次坐飞机,时间还不短,他可能会感觉不适。"

晏为炽睨了他一眼:"要你操心!"

黄遇瞪大了双眼。

坐过来的姜凉昭叹息一声:"你也是,多什么嘴。"

黄遇心想:我怎么了我,我还不是想发一下善心?

这趟返程,可把黄遇憋屈坏了,他把手机从口袋里拿出来又塞回去,悄声道:"昭儿,聊会儿天。"

"等会儿。"姜凉昭把笔记本电脑递到前面,"炽哥,这上面有电影。"

晏为炽接了过去。

黄遇呆若木鸡:"怎么炽哥不呛你?"

姜凉昭说:"我是提供机会让炽哥放松,你是找抽。"

黄遇扒着椅背探出头。

只见他炽哥让陈雾挑部电影看,从他的视角望去,列表里的不是爱情片就是恐怖片。

黄遇坐回去,瞅了瞅飞机上统一播放的节目《猿人进化史》,无语地翻了个白眼。

前后排仿佛是两个世界,后排的黄遇和姜凉昭有一搭没一搭地聊天,前排的两个人在看电影。

剧情进入高潮部分,所有误会都被解开,互相仇视了十多年的两个主角终于相拥而泣。

晏为炽观察着陈雾的表情。

陈雾还是那副认真的模样,似乎被感动了,眼泪在眼眶里打转。

晏为炽一句"感动了"快要脱口而出,这时陈雾摘掉耳机,对他说:"有点无聊,换部恐怖片看吧。"

"阿炽,行吗?"陈雾转过头。

哪有什么眼泪,不过是光线加上他的眼型,看起来像含了泪一样。

"现在嫌无聊了,不是自己选的吗?"晏为炽关掉了电影。

"看片名以为是部灾难片。"陈雾吃了块饼干,他在晏为炽往下拉列表时,指了其中一部经典鬼片。

晏为炽其实挺抵触这种电影的,姜凉昭不知道,但陈雾应该是清楚的。

小时候在寺庙里，一点风吹草动都能让他哭。

陈雾没有提，估计是觉得他现在长大了，不在意了。

晏为炽抓着盒饼干，神经随着剧情的发展逐渐绷紧。

突然，一张放大的鬼脸冲到屏幕上，他吓得身子一抖，抱紧饼干盒，两片饼干被挤得跳了出来。

陈雾没有发觉，看得十分投入。

晏为炽把裤子上的饼干丢进垃圾袋里，臭着脸去摸手上的佛珠，耳朵里全是阴森森的声音，他忍不住骂了一句脏话。

配乐而已，搞这么阴森干什么，垃圾水平，这电影最多给三分。

晏为炽把佛珠转得更快了。

恐怖片结束后，陈雾没有提再看一部，晏为炽浑身紧绷得跟石块一样的肌肉松弛了下来，他把笔记本电脑一关："赶紧睡一觉。"

"睡不着。"陈雾对着前面椅背上的屏幕说道，"阿炽，我给师兄发信息说，明天去找他。"

晏为炽往背后塞靠枕的动作微顿，他都忘了净阳在禅茗寺了。

那个年轻有为、在首城某些人心里地位颇高的住持去春桂有事，把多年未见的师弟带到了他面前。

这才有了后面的事。

6月18日凌晨近两点，四人下了飞机，黄家和姜家都派了司机来接。

晏家没有。

晏为炽没有上任何一辆车，他让两个发小先走了，自己拉着陈雾去吃东西。

陈雾精神状态挺不错的，他穿得朴素，与四周随处可见的身着大牌的潮男潮女格格不入，却没有像春桂那样引来打量的视线，大家都在自己的领地说笑。

整体的环境既嘈杂又清冷。

"吃吧。"晏为炽把一碗面端给坐在角落里的陈雾，拿起一瓶水打开，"阿遇在火车上跟你说了我的学业情况吧。"

陈雾点头："说你要去一所国际学校。"他只记得那所学校里带着"国际"二字。

晏为炽坐到旁边的沙发上，眉眼间透着疲倦："还是混日子。"

陈雾用筷子卷着面条送到嘴边吹了吹，说道："那你别当老大了。"

晏为炽不咸不淡地说："我考虑考虑。"

"还要考虑啊。"陈雾慢吞吞地说，"当老大没有好处，树大招风，还要不断立威以免被反压，长期下去只会影响你的性格，这真的不好。而且那学校一听名字就不是西德能比的，你低调点比较安全。"

晏为炽仿佛认真思虑了，说道："既然你这么不放心，那就不当了。"

陈雾保持着吹面条的动作，呆呆地看着他。

"面凉了。"晏为炽提醒他。

陈雾把筷子上的面条吃掉，搅了搅碗里的面汤，从碗底升起的热气弄花了镜片，又在室内较低的冷气下凝住。

就在这个轻松的氛围下，陈雾讲了自己下周面试的事情。

晏为炽皱了皱眉头，当园丁没问题，怎么偏偏是那家。

对陈雾的盲目自信也好，直觉也罢，他断定陈雾能够应聘成功。哪怕陈雾跟那家没有关联。

"你是按照什么选的工作地点？"晏为炽并不介意陈雾没有事先和他商量就做了决定，这没什么好郁闷的，反而令他高兴。因为陈雾有准备，说明把这事放心上了，来首城不是旅行。

陈雾说了几种植物的名字，镜片后的眼睛里闪着光："都是书上记录的珍稀种类，我想去看看。"

原来是为了接触到自己想了解的植物。

晏家老宅的种类肯定更全面一些，他不感兴趣，以前没留意过具体有哪些，目前也不能带陈雾进去看看。

"园丁比看大门累多了。"晏为炽说，"可没办法让你享受老年生活。"

"那是在春桂。"陈雾有点腼腆地笑着说道，"到了首城就要做出改变了。"

晏为炽一下子愣住了。

陈雾提醒不知怎么愣住的少年："阿炽，你的手机在响。"

"不用管。"晏为炽看都不看，直接挂掉了。

晏为炽只点了一碗面，他没胃口，就坐在那里等陈雾吃。

有几个旅行回来的年轻女孩进餐厅吃东西，其中一个认出了晏为炽，立即用眼神通知了同伴。

不过她们没有上前打招呼。

三年前看笑话的那一大批人，大部分或主动或被动地成长了不少，学会了情绪不外露。

几人淡定自若地点好吃的，选了个位置坐下来，各自低头玩手机。

直到晏为炽走了，她们才抬起头。但她们依然没在这个人多眼杂的场合讨论晏家的事情。

机场太大了，陈雾跟着晏为炽走，头差点转晕了。

"行李在我手上，也让你吃饱了，怎么还走得这么慢？"晏为炽走几步就停一下。

"我好奇。"陈雾东张西望。

晏为炽催促道："别好奇了，我困得眼皮都睁不开了。"

"那快走吧。"陈雾加快了脚步，"我们晚上睡哪儿？"

晏为炽道："回家。"

陈雾一怔："带我去你家吗？不太方便吧。"

"不是你以为的那个我家，是我……"晏为炽面上的揶揄神色瞬间消失。

十几步之外的女人向他走来，她穿着简约的蓝色连衣裙，搭配裸色细高跟，脖子上戴着一条温润的珍珠项链，浑身散发着成功企业家的气质。没有试图和岁月做抗争，自然衰老的痕迹遍布裸露在外的每一寸皮肤，端庄而睿智。她走到晏为炽面前站定，嘴边浮现出淡淡的笑容，柔声道："小弟，欢迎回来。"

晏为炽没什么反应。

"你好。"晏岚风的目光移到他身旁，自我介绍，"我是他的五姐。"

陈雾回了一句："你好，我是他的朋友。"脚后跟被踢了一下，他瞥了一眼晏为炽，抿抿嘴改口道，"好朋友。"

又被踢了一下。

"最好的朋友。"陈雾说。

晏为炽满意了。

"很晚了，那先这样，下次再约。"晏岚风似乎没有发觉小弟与好朋友间的小动作。

晏岚风走之前说道："小弟，明天没有洗尘宴，你可以好好睡一觉。"

不是嘲讽，也不含关心，很公式化。

秘书并未朝晏家曾经的继承人点头哈腰，只是不卑不亢地打了声招呼就走了，他跟上自己的领导，谨慎地说道："小少爷带回来的朋友略显普通。"

愿者上钩

"不会普通,肯定有独特的人格魅力和优点。"晏岚风揉着酸痛的太阳穴说道,"我们发现不了,是因为他跟我们没有产生同频共振。"

凌晨的首城灯火辉煌,川流不息,比春桂的节假日要喧闹许多。

陈雾坐在出租车里给赵潜报平安,这么晚了她还没睡。

"阿炽,你家不是很穷吗,怎么你五姐的下属叫你小少爷?"陈雾小声地表达疑惑。

"我很穷。"晏为炽是真的困了,声音显得无力。

陈雾问道:"你在家里排第几啊?"

晏为炽强打起精神回答这个好奇宝宝:"我小时候没和你说过一点关于我家的事吗?"

陈雾想了想,回答道:"没有吧。"

晏为炽说道:"我是老幺,上面有十三个兄弟姐妹,不是一个妈。"

"这么多人啊——"陈雾惊讶地说道,"逢年过节家里都坐不下,要去饭店开两大桌才行,肯定很热闹。"

晏为炽无所谓地嗤笑了一声,那是以前,现在没有这个数了。

陈雾没有继续追问,他安静地抱着晏为炽的背包,透过车窗将沿路夜景收进眼底。

这是一座科技感很浓的城市,繁华且先进。

出租车停在一处高档小区的后门口,晏为炽提着行李箱,领着现在才开始犯困的陈雾往前走:"到家了。"

陈雾这会儿脑子转得慢:"到了啊。"

晏为炽通过了业主识别,他带着陈雾往里走,两旁绿植沙沙作响,仿佛是在迎接他们。

"12栋,23层。"晏为炽告诉陈雾房号。

陈雾反应迟钝:"几零几啊?"

"一层一户。"晏为炽之前都在老宅住,回来才来这里。

不多时,他们到了。

门口一尘不染,晏为炽提前叫人打扫过了,回来就可以睡觉,而不是面对一地的灰尘。

陈雾停在大门玄关，看着富丽堂皇的大厅，很用力地咽了一口唾沫："你在春桂打几份工，在出租车上说自己很穷。"

"去春桂的时候身上没有钱。"晏为炽用脚踢他，催他进去，"我不能过得太好，否则会发生烦人的事。"

他解释了为什么兼职，又为什么不找一起过去的发小借钱。

陈雾没有多问，只说道："那你现在回来了……"

"没差别。"晏为炽把行李箱丢到一边，叮嘱他，"你只要记住一点，我家是我家，我的兄弟姐妹都只是挂一个名头，我是我。"

话音落下，他就开始找拖鞋。

又困又累，他找不到拖鞋，忍不住吼道："拖鞋在哪儿！"

"我来吧。"陈雾让晏为炽让开，他很快就找到了拖鞋，两双，一个款式，一蓝一黑。

陈雾换上那双蓝色的拖鞋，尺码刚刚好，他有些局促地被晏为炽推着四处走动。健身房、KTV、吧台，娱乐设施齐全，酒窖、影院，中式厨房和西式厨房……

连进屋的门都有两张，一张正门，一张侧门。

正门是宽敞阔气的中庭，侧门是休闲的地方，分开了。

"阿炽，这是你家人给你买的房子吗？"陈雾的目光从巨大的壁画移到布局疏落的沙发区。

"去春桂前自己赢来的。"晏为炽对这里的土豪装修设计不太满意，但没有其他选择，"就这一处，没有别的了。"

陈雾晕乎乎的，惊讶地说："赢的吗？"

晏为炽简明扼要地回答："赛马赢的。"

陈雾睁大了眼睛："你还会骑马啊。"

"别想去骑，现在我连档次稍微高一点的马场都进不去。"晏为炽毫不留情地说道。

陈雾无语："我没说要去。"

这套房子有两个观景台，连小一点的那个视野也非常开阔，夏夜的风灌了进来，十分凉爽。

唯一缺少的就是烟火气。

"明天你看完师兄以后，我们去买做饭要用的东西。你觉得要添置什么就添。"晏为炽把陈雾带到卧室,说道,"你睡这间。"

陈雾逛了逛,休息区、书房、衣帽间一应俱全,连主卫都有二十平方米,进门过道都十分奢华。他摘下眼镜,搓了搓脸,说道:"太大了,我住不习惯。"

"那你要睡哪里?和我一个房间,摆两张床吗?"晏为炽故意问道。

陈雾的脸上露出迟疑的表情。

晏为炽随意地说道:"不过现在只有一张床。"

陈雾静静地站了一会儿,用力摇摇头:"我可能是想睡了,脑子不好使了,我们明天再讨论这件事吧。"

"谁跟你明天。"晏为炽摆出不耐烦的姿态,"就这么定了。"

陈雾又站了几分钟,晏为炽一直低头盯着他,看他能说出什么话来。

哪知陈雾发完呆,说了一句:"空出来的两个房间做什么?"

晏为炽笑着说道:"吵架的时候用。"

陈雾沉默了几秒,喃喃道:"确实,搬过去就算离家出走了。"

"那睡吧。"晏为炽困得不行了。

陈雾点点头:"好吧,睡觉。"他东转西转找到门口出去,"我去拿牙刷和漱口杯……还要洗个澡,热水都有吧。"

卧室寂静无声,晏为炽站在原地,耳边响起一阵嗡鸣。

好你个陈雾,让他把自己绕进去了。

陈雾刷牙的时候,晏为炽走过来对他说:"先去办个事。"

他被拉到门口,录入指纹、人脸验证。

"以后我不在家,你可以想去哪里就去哪里,想什么时候回就什么时候回。"晏为炽低声说道,"出门必须带手机,最好别太晚回家,不然我找不到你,会烦。"

见陈雾没出声,晏为炽揪了揪他的耳朵,大声道:"听没听到?"

陈雾咬着牙刷,含糊地说:"听到了。"

夏天昼长夜短,陈雾洗漱完上床的时候,天边已经泛白。

他倒头就睡了过去,结果早上五点多就醒了,只睡了一个多小时。说要睡一个房间的晏为炽没在屋里,他在另一个房间找到了人。

他面部压着枕头趴在床上一动不动,要不是胸口在起伏,会让人以为是一具尸体。

陈雾把被子捡起来放在晏为炽腰上，刚走出两步，身后就忽地响起一道幽怨且阴郁的声音："醒了？"

陈雾转过身，愣怔道："你也醒了吗？"

晏为炽闭着眼趴着，呼吸声均匀。

"原来是在说梦话啊……"陈雾抓了抓有点乱的乌黑短发，打量了一下房间，嘀嘀咕咕，"怎么感觉这边的卧室要小一点，等阿炽醒了，就跟他说换一下房间。"

晏为炽倏地坐起来。

陈雾吓了一跳："阿炽，你怎么了？"

晏为炽面向他，眼睛充血，双目无神，不悦地说道："怎么起这么早？"

"平时都这时候起来的。"陈雾说。

"困死了。"晏为炽下了床，游魂一样往洗手间方向走，蓦地问道，"你今天要去找你师兄吗？"

陈雾老老实实地点头："对。"

"下午再去，我再睡会儿。"

陈雾茫然地说："你也要一起去吗？"

晏为炽咬着牙，恶狠狠地说："不去，但你得等我起来。"

晏为炽睡到中午才起来，怨气比厉鬼还重。大晴天，他在楼下大门和小区大门都加上了陈雾的信息，之后才放陈雾出门。

首城寺庙多，有的无人问津，有的佛殿门槛都要被挤破。

禅茗寺就是后者。

日平均客流量能达到几十万，最高可以到百万，香火一年到头都很旺。

陈雾到那儿的时候，满眼都是人，他想上个香都要排很长的队伍。一问才知道想要早点排上，半夜就要过来。

这座远近闻名、在首城人心中地位极高的寺庙，远比陈雾想象中宏大。空气中弥漫着祭品焚烧的气味，他被人流挤着推着往前走了一段，费力地移到一处稍微能喘口气的地方，拿出手机联系师兄。

周围太吵，陈雾怕师兄听不清，就发了信息。

陈雾："师兄，我到了，可是我进不去。"

净阳："我出来接你。"

陈雾面对人山人海，擦了擦脸上的汗，回了一句："你出来就被淹了。让一个小师弟过来吧，我在消防这边。"

来接陈雾的是个小沙弥，七八岁的样子，穿了一身黄色僧服，脚上是一双布鞋。

他双手合十道："小师叔。"

"不能这么叫我，我可没剃度。"陈雾愕然。

小沙弥摇头："我是师父收养的，您是我师父的师弟。"

"随便你吧。"陈雾拍掉裤子上的纸灰，随口道，"这里的烟好大。"

"从早上七点开始就有很多人烧纸了。"小沙弥说，"我带您避开香客们。"

陈雾跟着小沙弥拐过几间佛殿禅院。

几步之外就是一棵桂花树，秋天来时一定满地都是桂花。

越往里走，人烟越少，小沙弥推开一个院子的木门，陈雾走了进去。

木门在他身后关上，他环顾四周，灰瓦红墙隔出了一片清静。

院中央是一座大佛。

陈雾拜了拜，这时从左前方的禅房里走出一个年轻人，他高兴地喊："师兄。"

净阳没有披袈裟，他身着黄褐色的海青，眼露慈悲，神情平和。

"师弟，你去年就说要来。"净阳说，"为此我游历回来就没再下过山，结果等你等到今天。"

陈雾不好意思地说："太远了，来一趟麻烦。"

净阳轻轻叹道："原来你当初说有空就来看我，只是哄我开心。"

陈雾慌得手足无措："师兄，你别逗我了。"

"那不逗了。"净阳摸摸他的头发，宽慰道，"比去年见时好多了。"

陈雾问："什么？"

"心态。"净阳说，"去年你的心态显得苍老。"

陈雾不再说话。

净阳牵着他往里走。

去年，他为多年未见的重逢感到庆幸，也在思索师弟这些年经历了什么，为什么没有和家人在一起。这些问题他不好直接问，所以便没有问。只是顺着师弟的意愿，联系上了小晏那孩子。

那时候,师弟的灵魂仿佛已经枯竭,像是经历了一场大喜大悲,正在经历剔骨重生,让他心疼不已。

现在,他恢复了。

净阳是几年前才来到禅茗寺的,带着师父的推荐信。他悟性高,在住持的位置上坐得很稳。

师父已经不在了,师弟是唯一让他挂心的人。

净阳见师弟怀念木鱼,就让他敲一敲。

门外突然传来轻响:"住持,福临集团的老董来了,想和您品茶论禅。"

大客户到寺里了,首座亲自来通知住持。

净阳撩了一下海青的衣摆,坐到陈雾身旁才问:"登记了吗?"

"没有。"首座回答。

"那就推掉。"净阳说。

门外安静了,正殿的木鱼声也停了下来。

净阳看着垂着眼的师弟,问道:"怎么不敲了?"

陈雾惭愧地说道:"心不诚。"

净阳支着下巴道:"你敲木鱼的时候在想什么?跟师兄说说。"

陈雾刚要开口,裤兜里的手机响了。

"师兄,我接一下电话。"他走到木窗边接听。

晏为炽不出声。

陈雾感受到了他的反常,轻声问:"遇到什么事了吗?"

晏为炽半晌道:"没找到工作。"

陈雾说:"那就不找,我去年卖树的钱都没怎么花。"

晏为炽低声笑道:"你养我吗?"

陈雾说:"嗯。"

"我的开销可是很大的。"晏为炽故作思考,"这里的物价你应该已经见识过了,除去水电和日常费用,我暑假还想去冲浪、蹦极,也打算更换电子产品。开学以后花钱的地方更多,我不住校,每天来回的车费也是一笔开销。"

陈雾听完就反悔了:"那我养不起,算了吧。"

晏为炽面色一沉:"这么快就反悔了?"

"做人要有自知之明。"陈雾语气认真,"你再努努力,暑假才刚开始,

愿者上钩

也许明天就能找到满意的工作了。"

晏为炽沉默了片刻，问道："如果是整个暑假都不能回家的工作，也要我去做吗？"

陈雾愣了一下："能提升自己的话可以。"

晏为炽沉默良久后，说："我不想去。"

"那就不做。"陈雾说。

"行，听你的。"晏为炽的情绪明显好了不少，"把手机给你师兄。"

陈雾照做。

晏为炽淡淡地说道："净阳，留他吃饭，我这边忙，暂时不能去接他，最快也要傍晚。"

净阳心想，你不说我也会留，难得见上一面。

中午的时候，陈雾跟着净阳一起吃斋饭。

晏为炽的公寓旁的树上一只蝉都没有，都被人工捕捉了，寺里倒是鸣叫声四起，带着点夏天的味道。

陈雾垂下眼睛端着饭碗，坐姿和净阳一样端正，不张望，眼角眉梢安宁祥和。与平时判若两人，那股红尘气息似乎都散了。

某一个瞬间，净阳仿佛看到了多年前的小师弟，和他的小弟子一般年纪。

师兄弟二人不言不语，直到吃完碗里的最后一粒米饭，他们才开始交流。

净阳提出建议："师弟，既然你来了首城，不如跟在我身边。"

陈雾说："我跟不了的，我有杂念。"

净阳见他依旧执着，只好作罢："那你就去吧，做自己想做的事。"

陈雾点了点头。

"这里不是小县城，禅茗寺不是小庙，师兄也不是原来那个只能给你摘果子的师兄了。"净阳慈爱地说道，"有麻烦事可以找师兄，师兄能让你倚仗。"

"好。"陈雾推着眼镜笑了。

陈雾被净阳拉去禅院消食，随后留下来午睡，下午听他诵经。大半天的光阴就这么过去了。

傍晚，晏为炽来接陈雾，他没上山，就在山脚下等着。陈雾要出禅院时，视线不经意间落到一个地方，停住脚步："那棵树不行了。"

小沙弥奇怪地问："不是长得好好的吗，叶子那么绿？"

陈雾说:"烂根了。"

小沙弥找来工具把土挖开,不禁倒吸了一口凉气,根真的腐烂了一部分。

陈雾给晏为炽发了信息,让他多等一会儿,自己在小沙弥的陪同下去禅茗寺后面的林子里找了两根砧木回来,嫁接给那棵树,为它提供养分。

"师兄,我下山了,别送了。"陈雾说完,简单地清理了一下手上的泥土。

净阳应了一声:"去吧。"

人走远了,他还站在禅院门口。

小沙弥挠挠光溜溜的脑袋,劝慰道:"住持,小师叔说了,下次还会来看您。"

"下次啊……"净阳抚了抚宽袖,师弟的"下次",是看他什么时候想来,他一向随心而行。

净阳回到方丈室,发现手机上有信息,他看了一眼,眉目舒展。

"师兄,林子里有棵果树也有问题,现在是休眠期,救不了,明年春天我再来。"

晏为炽接到陈雾后,带他去商场买生活用品。

两人逛了半天,推车里还是空的。

"一口小锅一千多,一排锅里最低的也要三位数,还只一点点大,我不懂。"

"进口的。"

"那也贵,我们在春桂用的锅只要九十九块,炒菜不也挺好。"

货架前的工作人员听到这番寒酸的对话,瞧了一眼对面的两人。

那是一对兄弟,个子高一些的戴着口罩,矮一点的露着一张干干净净的脸。两人穿的都不是名牌,但个子高的气质很好。她尚未收回视线,那个矮一点的,看不出是哥哥还是弟弟的年轻人向她跑来:"姐姐,请问粮油区在哪边?"

工作人员一听,立即露出笑脸:"左拐。"

"谢谢。"陈雾礼貌地离开,对迎上来的晏为炽说道,"我知道位置了,我们去吧。"

晏为炽听到刚才陈雾对工作人员的那声称呼,又想起他叫老乡为"哥哥"的事。

"你怎么老这样叫人?"晏为炽皱着眉头说道。

"村里都是这种叫法,比如婶婶、伯伯、叔叔、姨姨。"陈雾说。

晏为炽不假思索地说:"那你叫我'炽炽'吗?"

陈雾不敢置信，一副"你在说什么"的表情。

"别管我。"晏为炽恼羞成怒。

拐到左边走道，他冷不丁地问："去年冬天到现在，有没有再叫过谁哥哥？"

"没有。"陈雾说，"我答应过你，不会再那样叫别人。"

晏为炽屈指敲了敲推车扶手，别别扭扭地挤出一句："但可以这样叫我啊。"弟弟也行。

陈雾没有听到，他早就跑到前面去了，向晏为炽挥手："阿炽！这边在搞活动，你快过来！"

晏为炽暗骂了一声，加快了脚步。

锅没买，陈雾无论如何都不能理解为什么一口锅需要四位数，他要在网上找。

晏为炽懒洋洋地说道："你能确定网上卖的不是赝品？"

"我不买那个牌子的。"陈雾说，"反正你不要问了，我自己买，能买好。"

晏为炽闻言嘴角一抽，他这是惹人烦了？

陈雾趴在推车扶手前，翻了翻堆满的推车："我觉得我们买多了。"

"都是必需品。"晏为炽阻止他唠叨。

"杯子你拿了四对。"陈雾不是很认同，"用不到。"

晏为炽拨着手腕上的佛珠说道："喝水的，喝咖啡的。"

"咖啡啊，"陈雾诧异地说道，"我没喝过。"

"我给你泡。"晏为炽带他去自助结账，让他自己操作。

陈雾摸索了一下就学会了。

账单出来的时候，晏为炽拿出手机快速扫码付了。

陈雾还是看清了大概数目，人都傻了："这家商场以后不来了，再也不来了。"

晏为炽弓着腰，笑得肩膀抖动。

"太多进口的东西了，一个写字的本子巴掌大都要三百多……"陈雾小声说，"我还是喜欢国产的。"

晏为炽严肃地附和："支持国产。"

陈雾呼出一口气，说道："明天我们去别的地方看看，肯定有便宜的。"

晏为炽推着购物车去扶梯那边，问道："你不需要为面试做准备吗？"

"这还需要准备吗？"陈雾呆呆地问。

晏为炽顿了一下，才说："不一定。"

"那我就不准备了。"陈雾说。

周一早上八点,晏为炽送陈雾去面试。地点不是大院,而是一处基地后面的办公楼。

晏为炽在外面等候,陈雾一个人进去,在前台的带领下前往等候区。

已经有一拨人在里面等候。

陈雾在靠窗的位置坐了下来,屋里没开空调,热风把窗帘吹得往他身上拂,他在那股热浪中昏昏欲睡。

有人进来,有人出去,不知过了多久,刻意压低的谈话声传入陈雾耳中。

"哥们儿,就剩我们两个了。"

"张涛!哎呀,真的是你啊,你不是要出国留学吗,怎么在这里?"

"别提了,计划赶不上变化。"

"经费不够吗?"

"何止,反正留不成学了,不深造了,就在国内待着了。"

"我们这个专业国内近两年已经重视多了。"

"但愿前景能越来越好吧。"

"前段时间晏家老宅也招人,你去了吗?"

"没去,我还是比较愿意来这里。"

"我去了,没成,见了个世面。投胎真是一门技术活,有的人出身就是好。"

"见到晏家那位大人物了吗?"

"怎么可能,我连大管家都没见过,是底下的园艺师傅接待的我……"

"晏家那位大人物真长寿啊。他娶了五个太太,长子都长出老年斑了,老幺才刚职高毕业,这年龄差真大。"

"我要是有晏家的权势,我一口气娶十个。"

"你真不怕累死,人家又不是同时娶,是离了或者病逝了才娶下一个。也没听说养了情人,也没时不时冒出个私生子,他能做到这样,我都佩服……"

"哎,你知道晏家那老幺回来的事吗?"

"怎么不知道,群里都在讨论这事。"

"为什么被'废'啊?"

"这瓜早就烂了,你还没吃透?"

"我这几年跟教授下乡扶贫,都跟社会脱轨了,哪知道这些,你快讲讲。"

愿者上钩

242

"别人是母凭子贵,他是子凭母贵。"

"什么意思?"

"他一出生就是继承人,因为他妈妈,也就是五太太,是他爸的挚爱,爱屋及乌。这是外面传得最多的理由。我估计还有其他的原因,你知道,有钱人都迷信。"

"那他后来怎么……"

"弑母!"

"下一位!"

门外传来喊声,说话的人出去了,剩下的一个也安静下来了。

过了一会儿,那人跟师门的某人通电话,话语间充满了对这次面试的胜券在握。

然后轮到他去面试了。

窗帘后的陈雾摘掉眼镜,抹了几下快要流进眼睛里的汗。

"里面还有人吗?"

"还有。"陈雾戴回眼镜,起身出去。

今天这次面试的人全部走了后,面试官在给应聘者的实操成绩评分时,一个头发随意用夹子固定在脑后的女人出现了。

"主任,您怎么……"

主任从操作台这头跑到那头,在末尾看到一棵残破的植株,手抖了抖,脸色煞白,立刻打了个电话。

"老师,我带到基地的那株 T-032 被用来当作面试素材了。"

老人退休了,这会儿在园子里遛鸟,闻言却没大发雷霆,只是问道:"为什么会出现在操作间?"

"是我的原因。"主任内疚地说,"我没放好,让实习的组员误以为是普通的紫蘭拿去用了,两株外观相似。"

老人问出了关键问题:"现在被切了?"

"是,切了。"主任想哭。

T 系列一共培育出两株,就是 019 和 032。而 032 长期不开花,组里一直分析不出症结所在。

主任动过切根的念头,只是植株过于娇气,很难伺候,她不敢贸然行动,因此才选择保守治疗。这次拿来基地是想放进新建的培育舱试试，谁知道出了大事。

老人问："切了多少？"

"五分之三。"主任迟疑地说，"只留……留了一小块。"那应聘的人下手太狠，已经于事无补。

老人并未指责，只是说："拍照发给我。"

照片很快就发了过去，切割的手法粗糙，先横切后侧切，十分随便，就连切口都不整齐，还有疑似指甲抠过的痕迹。

除了植株，还写了养护方法，字不错，有风骨。

老人看完，说："照纸上写的做，活了就录用。"

主任问："没活呢？"

"没活就扔了。"老人说，"我指的是植株。"

主任心在滴血。

面试官不是很清楚这里面的乌龙，只知道出事了，和最后一个应聘人员有关。

本来大院只招高学历的技术人才，是余老说要面向社会招人，他为了讨好余老，就随便抓了个人凑数。

现在他十分后悔，不该随便抓人，果然还是专业的人做事稳重些。

陈雾出来后一直安安静静的。

晏为炽一边倒着走，一边问他："发挥不好吗？我让你准备，你说不需要。"

"没事，再找别的。"晏为炽说，"大不了把房子卖了，我们一起睡大街。"

陈雾垂着脑袋，答非所问："阿炽，你母亲还活着吗？"

晏为炽瞬间敛去脸上的笑，变了个人一样，神色阴冷："去面个试也能听到闲话吗？"

陈雾没有反驳。

"活着。"晏为炽转身前行，"在疗养院。"

陈雾走得慢，衣领浸着汗，头顶的太阳晒得要命。

前面甩开他一大截的晏为炽停在原地，眯着眼睛，不知道盯着哪里看。

晏为炽从来没解释过这件旧事，哪怕是对发小们。

此时却告诉渐渐走近的陈雾。

"我没有。"他说。

没有什么？没有像传闻中那样做。

陈雾给了晏为炽回应："我相信你。"

晏为炽转向他，眼眸微微合起，声音低沉："你得安慰我一下。"

陈雾愣住了："为什么？"

"因为你的一个问题，我现在心情不好。"晏为炽无赖地说，"你必须安慰我。"

陈雾呆呆地看着他："怎么安慰啊？"

"像我安慰你那样安慰我。"说着，晏为炽靠近陈雾，"赶紧！"

第十五章
就让他恨吧

YUANZHESHANGGOU

首城不是春桂那样的小地方,有二十多个区,近十个县,地广物博。黄遇的新家在南丰,那一片都是顶级豪宅,是明星大腕们的集中营。

因为他妈妈今年在追一个明星,便和人家成了邻居。

南丰离姜家主宅远,也离他炽哥的"朝陵公馆"远。黄遇回来就被迫参加各种宴席,精力都快被吸干了,根本没时间找他们玩。

阳光明媚,正值青春年华,他却不洗脸不刷牙,胡子拉碴地躺在家里装尸体。手机振动了半天,他才伸手接起。

"黄少,我这儿有个独家消息。"电话里的人恭维道,"如果您觉得可以,那就赏我一张拍卖场的入场券,哪期的都行。或者黄少您哪天去的时候捎上我,让我过过眼瘾。"

黄遇瞥了一眼手机屏幕,是个未知号码。哪里来的小瘪三,不知道怎么搞到了他的联系方式。他正要挂掉电话,那头的人说:"关于您发小晏少的。"

"是吗?"黄遇完全被吊起了胃口,玩世不恭地说道,"说来听听看值不值那个价。"

拍卖场的票可谓一票难求,里面拍卖的是稀有植物,仿佛在路边随处可见的树根在里面都是按两竞拍。他代表家里去过几次,两个小时坐下来屁股都麻了,还不如去打篮球。

对方发来了独家消息。

"我来找我女神,想看看她工作中的样子,碰巧抓拍到了这个场景。"

原来是娱乐记者,把偷拍说得如此冠冕堂皇。

黄遇不关心女神是谁,他盯着照片,发出一声尖叫。

黄遇赶紧通风报信："炽哥，你们被人拍到了！"

烈日炎炎，晏为炽刚到家，脱下汗湿的上衣准备洗澡。他一只手拿着手机，一只手在衣帽间里找衣服，平静地说："把照片发给我。"

黄遇一愣，炽哥要照片做什么？虽然满腹疑问，但他还是把照片发了过去。

晏为炽收到照片后，保存了下来。

"炽哥，你都不避着点人吗？太阳底下，大街上，不怕被人抓住把柄。"黄遇抓耳挠腮。

晏为炽反问道："这算什么把柄？"

黄遇说："你们这……"

"不就是安慰了我一下？"晏为炽冷声打断他的话，"没见过世面吗？"

电话被挂断，黄遇倒在地板上。他瘫了一会儿，去看陈雾的朋友圈——比他的心灵还要干净。于是他给陈雾发信息："在做什么？"

就是打死他，他也想不到，陈雾会在看到信息后，第一时间去衣帽间找了他炽哥。

"阿炽——"陈雾想不明白，"黄遇问我在做什么。"

晏为炽没好气地说："让他去死。"

陈雾错愕道："这样回复不好吧。"

晏为炽扫向他的眼神幽深，无奈地说："你们这么熟了，在飞机上他担心你的情况，现在没事找你聊天？"

陈雾愣了片刻，才说："我现在就回。"他发了语音，用温暾的、尴尬的口吻，"阿炽说让你去死。"

"噗——"黄遇一口水全喷在了手机屏幕上。

这时，门外响起黄太太的喊声："儿子，晚上有场音乐会，你陪小覃去，把自己收拾一下，别给我丢人。"

黄遇把瓶子一丢，心想，这日子没法过了，快开学吧，他爱读书。

晏为炽最终还是找到了暑假工。

首城边缘的修宁区，距离市区近一百公里的儿童极限运动俱乐部来了个新助教，正是晏为炽。哪怕戴着口罩和棒球帽，都帅得炫目。

广阔的土地被热浪侵蚀，地皮冒烟，十几辆儿童越野摩托车停在蓝色遮阳棚里。

助教拿着本子点名，小孩子们眼巴巴地围着他，想抱他的腿，拉他的手，却又不敢。

突兀的铃声响起。

小孩子们争先恐后地喊："大哥哥，你有电话。"

"别吵。"晏为炽眉头一皱，闹腾声立刻停了，他走到棚子外面接电话。

陈雾一边把晒在观景台的布鞋拿回来，一边问道："阿炽，你几点下班啊？"

"老时间。"晏为炽说，"我又没夜生活。"

陈雾问道："你不找你的朋友们玩吗？"

"想我去玩吗？"晏为炽漫不经心地说道。

陈雾还没回答，晏为炽就说："没空，要赚钱。"

"很晒，你没事别外出，想吃什么在微信上告诉我，下班回去给你买。"晏为炽看向远处被教练护着往前骑的小朋友，他上下班在路上就得花费几个小时，哪有时间出去玩！

这家儿童极限运动俱乐部的小成员们的家境在这个区算是中等偏上水平，离真正的豪门还有些差距，与首城金字塔里的那一小部分人更是隔着一道鸿沟。但家长们依旧热衷于培养子女的兴趣爱好。

绘画、舞蹈、钢琴等普通的兴趣班已经不够他们折腾了，儿童越野摩托车这种冷门的项目也不放过。

晏为炽负责的是个小女孩，她胆怯却激动地攥着他晒成小麦色的大手，在他的指导下朝着自己的热爱或者父母的期许前进。

不管是混血洋娃娃，还是长相普通但嘴甜人机灵的小孩，对晏为炽而言，都是既不讨厌也不喜欢。工作而已。

小女孩的四肢佩戴着护具，她的头盔和脚上的靴子上都有手绘，一进弯道就摔了。

连续摔了十多次，小女孩哭了，家属打着太阳伞跑了过来。

是个单亲妈妈，也就二十五六岁，身材健美，肤白貌美。

身上的香水味不重，穿着的是市场上比较常见的轻奢品牌，也戴了两件高奢珠宝。

她收起太阳伞，先是感谢晏为炽的一对一指导，然后问起女儿为什么总是摔倒，最后想加晏为炽的微信，这样平时有需要时可以找他询问女儿的情况。

愿者上钩

"我是临时工,有事找教练。"晏为炽说完,拍了拍工作服上的尘土。

送走家属,晏为炽俯视小女孩,问道:"继续,还是休息?"

"继续。"小女孩抓着手套爬起来,偷偷瞄了一眼妈妈,缩了缩小脑袋,扭捏地说,"哥哥,你觉得我的妈妈怎么样?"

晏为炽将她的儿童越野摩托车推给她,说道:"哥哥还小,不适合评价其他人。"

"无论男女老少。"他说。

晏为炽教小朋友教了半个多月后,陈雾被录取了。

上班地点是他一开始投简历就选中的大院,带他的余伯给他讲了哪里不能去,哪些绿植不能碰,哪些要小心打理,哪些要定期捉虫,哪些早上搬出来,中午搬回去,下午再搬出来,以及禁止大声喧哗、跑动,无故请假等。

"先记住这些。"余伯说,"我带你去工具房,那里有围裙和草帽。"

陈雾跟着他。

"地方大,你记一下路。"余伯这人不热情也不端架子,"你第一天上班,把西园的草修了吧。"

陈雾说:"好的。"

这么一路走下来,余伯给新园丁的初印象打了八十分。

因为陈雾目视前方,没有四处张望、咋咋呼呼,一副刘姥姥进大观园的浅薄庸俗样儿。

"老先生不喜欢先进机器,干活都是用传统工具。"他提醒陈雾。

陈雾系好围裙,说道:"我知道了。"

余伯的态度温和了些许:"我姓余,你可以叫我余伯,不是要紧事下班跟我说,别大喊大叫。"他交代完就走了。

余伯没彻底不管,他忙了一会儿就去了西园,监督小园丁有没有偷懒。老先生很挑剔,不知道这个年轻人能做多久。

余伯刚要收回视线,突然瞥到附近树上有个人。熟悉的衣服让他止住呵斥,他赶紧拨开草木过去,唤道:"少爷!"

余盏被打扰了,悻悻地道:"叫什么!"

余伯板起脸,问道:"老先生知道您爬树吗?"

"我不过是在看朋友。"余盏借着这个遮蔽点,观望认真修草的青年。

余伯吃了一惊:"他是您朋友吗?"

"一面之缘。"余盏简短地说了一句,"我看看他。"

余伯没有多问,只说:"您这样做太明显了。"

余盏把几根长得狂放的枝条往旁边掰去,闻言愣住了:"那他怎么没发现?"

"可能是——"余伯委婉又直接地说,"不想。"

余盏蹙眉道:"就是对我没有兴趣。"

余伯说:"我想是的。"

余盏从树上跳了下来,他今天没去院里,穿着一身休闲的家居服。他长得高大,却有一张娃娃脸,还有个小酒窝。

家里招人这事他向来不关心,那个人出现在他视野里的时候,他还以为自己眼花了。

尽管那次对方捂得严严实实的,他也能根据衣着风格、气质和直觉认出对方来。

余盏到现在依旧感觉不可思议,怎么会在自己家里见到那个人,于是他重新找了个偷看的地方。

余伯真担心少爷摔出什么意外,于是建议道:"想打招呼,不如大大方方地去。"

"那我去换身正式的衣服。"余盏说。

陈雾正在修剪草坪,先用耙子把草耙到一起。他抬起胳膊擦了擦脸上的汗,又拿起地上的大剪刀。

头顶上突然响起一个声音:"在修剪草坪啊。"

陈雾望过去,问道:"请问你是?"

"这是我家。"男人身着裁剪得体的衬衫和西裤,风度翩翩地自我介绍道,"我姓余,单名盏,'一盏灯'的'盏'。"

陈雾站起来,礼貌地说道:"你好。"

余盏的目光落在他晒红的脸上,说道:"西园以草为主,北园是花,东园是树,南园是药材。我小时候体弱多病,这些药材都是给我吃的。"

见陈雾露出一副"你为什么和我说这些"的疑惑表情,余盏握拳抵在唇边轻咳两声,又说道:"虽然你暂时只能修修花草,但如果你表现好,说不定能进药园。"

陈雾认真地点头："我会努力的。"

余盏笑了，露出酒窝。

陈雾忽然问："我是不是在哪里见过你？"

余盏那双偏长的眼睛里浮现出期待。

"应该没有见过。"陈雾说完，蹲下来继续修剪草坪。

余盏把期待收起来。

陈雾将几堆碎草拢了拢，用大叉子叉到车上，他沉浸在自己的世界，忘了旁边还有个人。

余盏讪讪地离去。

之后一周，余盏没有再出现在西园。直到一个晚上，他穿着深灰色的西装礼服，沉稳而庄重地走向陈雾，问道："我要去参加一个晚宴，你会开车吗？"

"会是会，可是我……"陈雾看了看手上捏着的两条虫。

余盏说司机临时有事，他很友善地请求："拜托，帮帮我。"

陈雾有些为难："你不能自己开车吗？"

"哪有老总自己开车的啊。"余盏失笑道。

陈雾恍然大悟："你是老总啊，那你应该不止一个司机吧。"

余盏的笑容僵住了。

最终，陈雾还是当了余盏的司机。

到了目的地，余盏说道："你跟我一起进去。"

陈雾看着他，心想，他是不是脑子不清醒，带个园丁来这种大场合。

余盏意识到不妥，忙道歉："是我失言了，那你在车里等我，我去喝杯酒露个面就回来。"

他下车前笑着说："为了表达谢意，我请你吃饭。"

这才是把他带出来的目的。

余盏来参加的是晏家举办的晚宴，晏老爷子正得宠的小孙女的满月宴。周围停着一大片豪车，这辆价值几千万，那辆价值上亿，衬得余盏的普通商务车十分寒碜。

余盏拿出邀请函，旁边一只手搭上他的肩膀，没大没小地拍了拍，嬉笑着喊道："余叔叔。"

来人的绿发十分刺眼，谁会喜欢把自己的头发染成绿色呢？

黄家的独生子，黄少爷，将染绿的头发扎成了一堆小辫子，还特地用大红色的皮筋绑着。

余盏不与小孩子计较，问道："你父母没来吗？"

"早进去了。"黄遇双手插在口袋里，吊儿郎当地走进金碧辉煌的宴会厅。他心想，炽哥知道今天是他三侄女的满月宴吗？黄遇想了想，还是没发信息。

黄遇的视线掠过人群，找到正在和人谈笑风生的发小姜凉昭，他举了举酒杯，做了个口型："我去二楼。"

姜凉昭点了点头。

黄遇无视父母的眼神警告，径自上了楼。他心中愤愤不平，昭儿要去晏家设立的大学，去学金融。真是搞笑，炽哥进不去自家的学校，却要去上那个什么垃圾私立学校！

晏家的发家史不是秘密，现在他们垄断了多个领域。

这个宏伟的商业帝国中，晏家势力占据了三分之二，剩下的三分之一被黄、姜、赵家以及在林科院颇有影响力的余家瓜分。

今晚的满月宴轰动了首城，各家都派人出席，有的甚至全家到场。

除了晏家那个明明手握王牌却自寻死路的老幺，其他在世界各地定居或出差的晏家人全部到场，可见晏老爷子对此事的重视。

股东们已经默认婴儿的父亲最有可能成为继承人。毕竟晏家内斗了三年，那些猖狂的、跳得高的，不是死了，就是被"发配"了。

如今还在场的，都是聪明人，大局已基本确定。

老爷子真是狠，当年他亲自设局假死，为的是给那些蠢蠢欲动、算计他饮食起居的子女提供一个机会，让他们帮他清理营养不良的枝叶。

经过这一清理，养分就不会被浪费和分散，能够集中在茁壮的枝条上。

十几个子女开枝散叶，老人可以说是子孙满堂，然而盼着他死的正是这批人，真是没一个省心的！

宴会进行到后半场，老爷子才露面。余盏上去说了几句话就溜回了车上。他解开西装扣子，将衣服敞开，对陈雾说道："等累了吧，我带你去吃好吃的。"

陈雾回了已经给他做好饭的晏为炽的信息，摇头道："饭我不吃了，我把你送回大院就下班。"

"那下次请你。"余盏不强人所难，温和地说道，"大院包吃住，没有必要每天来回跑。"

"我不回去，有人会觉得烦。"陈雾顺利地将车从肆意乱停的几辆跑车里开出来。

余盏好奇地问道："你很在意那个人的感受吗？"

陈雾却说："我可以不回答吗？"

余盏哑然："可以。"

"那我不回答了。"陈雾说完，发现兜里的手机响了。他以为是晏为炽打来的，便将车停在路边，拿出手机看了一眼来电显示，是黄遇。

"昭儿找你。"黄遇说完，电话那头就换了人。

姜凉昭根本不想打这个电话，季明川的死活和他无关。说直白点，他巴不得季明川消失。

可是不能在他妹妹陷进去没出来的时候死。

若这样，他就是妹妹的心头血了。

姜凉昭还在宴会上，他将领带扯了下来，神色有几分疲惫。

"我妹求我找你，说有个什么笔记，让你寄给季明川。"姜凉昭恳求道。

"没有。"陈雾说。

"我不清楚你们之间的具体过往——"姜凉昭的立场十分尴尬，担心被炽哥知道，他谨慎地说，"只听我妹说季明川的隐疾在国外无法医治，人被折磨得不轻。你不给他，他估计会恨你。"

陈雾呢喃道："他好意思恨啊。"

"他要是好意思，那就让他恨吧。"陈雾挂了电话。

车里静得吓人，余盏并未多问，他善解人意地问道："要不要平复一下再走？"

陈雾摇摇头。

就在他收好手机，准备启动车子时，一个女人跟跟跄跄地从车边跑过去，身后跟着几个西装男士。

女人瘦得皮包骨，一身私人定制的衣服挂在她身上显得空荡荡的。她似乎在路口寻找什么，摇摇晃晃，仿佛随时都会晕倒。

"是晏家的人。"余盏解开安全带，说道，"我下去看看。"

陈雾在车里看到余盏走向女人，喊了些什么。

女人回头望，她已年近中年，面容凹陷得厉害，一双饱含深情和愁苦的眼睛，仿佛快要油尽灯枯。

陈雾低头看手机上的新信息，回复："阿炽，我不在外面吃，我回来吃。"

不多时，余盏回到车上，叹息道："是晏家老三。"

陈雾眨眼，不解地说道："那样的大家族，她怎么……"

"心病。"余盏简洁的言语中尽是同情，他见陈雾安静地听着，就多说了点，"曾经的首城第一名媛，才貌无人能及，爱慕者众多，可以说是上帝的宠儿，却在产子后不久经历丧偶丧子之痛，从此疯疯癫癫。"

"晏老爷子很疼爱她，整个晏氏中，她的股权占比在前十，算是大股东。"余盏一边说，一边解开袖扣。

陈雾不解："既然疼爱，为什么还要她来参加满月宴，触景生情呢？"

余盏没有想到这一点，他尴尬地挠了挠眉毛："也许不像普通家庭的父女情那么深厚纯粹，但她在晏家众多子女中确实得到了特殊对待。这些年她一直住在老宅最雅致清静的院子里，不需要为晏家付出什么就能享受晏氏的资源。今晚来这一趟，不一定是老爷子的安排。"

陈雾说："新闻上报道的有钱人亲情淡薄，是刻板印象啊。"

"嗯。"余盏笑了笑，说道，"都是因人而异。"

车开上高架，余盏接了几个电话，发现马甲上沾到了女人的呕吐物，夹杂着血丝。他拿出西装前口袋的手帕，慢条斯理地擦拭，思绪慢慢飘远——

晏老爷子的五位太太为他生了十四个子女，如今四肢健全的只剩一半了，大多因意外事故落下伤病，再无兴风作浪的可能，严重的是大人和小孩无一生还。

其实哪来那么多意外，不过是亲人之间你来我往争夺家产罢了。

大人贪婪，可怜的是那些一出生就被赋予使命的孩子，起点是多数人终生到不了的终点，面临的危险也多，福祸相依。

晏老三的经历确实惨，但比她更惨的也不是没有，唯独她拿到了股权，引得亲人眼红妒忌。

好在她没有子嗣，身体也不行，脱离了纷争。很多事都是双刃剑。

余盏想到这里，将脏污的帕子扔进车内垃圾篓，对身旁的人说："今晚辛苦了。"

陈雾注意着路况，随口道："以后你的司机再有事，最好还是找个代驾，我没有开过这么贵的车，万一出了情况……"

"你开得很稳。"余盏毫不吝啬地夸赞，"特别好。"

陈雾没再说什么了。

把余盏送回大院后，陈雾自己坐地铁回去了，路上黄遇又打来电话，他没有接。

黄遇从姜凉昭手中拿回自己的手机，提醒他："陈雾不接就说明态度了，你别管你妹了。"

姜凉昭闻言坐在奢华的洗手间里，神情颓然。

黄遇躺倒在沙发上，一副多金的纨绔公子模样。

四周都是金灿灿的，说话都有回音，空旷得很。姜凉昭不平稳的喘息声十分清晰。

姜禧脑子有病，指不定哪天跑回国冲到炽哥面前，嚷什么季明川多疼、多惨，她求她哥找陈雾要笔记，陈雾都不给，他的心多狠之类的疯话。

那到时候就是拔出萝卜带出泥，他和昭儿作为中间人都是跑不了的。

炽哥多在意陈雾，就多烦那个季明川。

黄遇猛然坐起来，说道："昭儿，你妹让你找陈雾这事，还是要跟炽哥说一声。"

姜凉昭揉着发涨的太阳穴，不以为意："小事。"

"跟陈雾有关的，都是大事。"黄遇说，"你听遇哥的，遇哥有经验。"

姜凉昭闭上眼睛，无力地摆摆手："那你说吧，替我向炽哥道歉。"

黄遇不作声了。不是，你妹惹出来的祸，和我有什么关系？

"昭儿，真要我来啊，我……"黄遇一扭头，将后半句吞下肚了。

只见姜凉昭已经靠在沙发背上睡着了，脑袋后仰，脖颈被衬衫领扣束着，几缕发丝垂下来，一副疲态。

"累成这样，还不如在春桂的时候。"黄遇把他的衬衫领扣解开，让他睡得舒服点，"果然鱼和熊掌不可兼得，古人说得真对。"

他脱掉西装外套丢到姜凉昭身上，撸起衬衫袖口洗了把脸，然后拨打了晏为炽的电话。

"你再说一遍。"晏为炽语气平淡。

黄遇感觉脖子发凉，硬着头皮说道："这个，炽哥，季明川没有直接和陈雾联系上,姜禧也没有,是昭儿传的话。"

晏为炽在厨房盛饭,心情跌到谷底,手里的饭勺被他用力扔到台子上,怒吼道:"季明川是个什么玩意儿,你们一个个,上赶着跟他扯上关系?"

黄遇感觉自己比窦娥还冤。谁上赶着结交那个季明川啊,不就是因为姜禧那小公主嘛。

"陈雾清明节回了趟老家,烧了被季明川砸坏的东西,其中就有那本笔记。"晏为炽冷笑道。

黄遇傻眼了。这不是自作孽吗,季明川他有病吧!

晏为炽顿了一下,又说道:"他对不起陈雾,以后他再像之前那样自作聪明在我面前乱蹦,我就不会只是眼看着,不动手那么简单了。"

黄遇闻言沉默了,想起之前姜凉昭调查得知的故事——

大山里,一家两个孩子,一个是亲生的,一个是收养的。老的瘫痪了,需要有人照顾。

于是,亲生的追梦,收养的背负起整个家。兄弟俩中,那个弟弟身体一直不好,由哥哥一手带大。弟弟长大后,嫌哥哥管得太多,一脚把哥哥踢开了。

弟弟将哥哥踢开后,又求和,不过这次哥哥心狠了。

只是说一千道一万,这两个人之间发生的事,外人怎么都不可能知晓其中的细节。

这话黄遇不能说,他婉转地说道:"如果我爸妈老了瘫了,大小便都在床上,要我每天给他们擦洗,我做不到,我必须找护工替我。就算我家破产了,我卖肾也要找护工。陈雾,真的是挺好的人。"

"我不想陈雾再跟季明川有牵扯。"晏为炽说,"别在这里面扮演任何角色。"

黄遇立刻表态:"以后不了。"下一秒,他正正经经地保证,"我也会多提醒昭儿,让他别搅和进去了,他妹妹有自己的路要走。他肯定知道孰轻孰重,炽哥放心。"

挂了电话,黄遇扯了扯汗湿的衬衫,喘了几口气,心想,这关算是过了。

黄遇低估了姜禧的"恋爱脑"。或者说,他低估了季明川的隐疾对他日常生活的影响。

姜禧人在国外,打电话求她哥没达成目标,干脆一不做二不休,雇人把陈雾绑了,威胁他交出笔记。

绑匪把陈雾绑进车里后，拨通电话给雇主，让她和目标通话。

姜禧在描述了季明川有多痛苦，国外的专家根本看不了之后，撒泼般喊道："烧了也能复原，明川说你过目不忘，你这本领，只有他知道。"

陈雾的事，只有季明川一个人了解，这样的现实让姜禧很不开心，却没有任何办法。过去是改变不了的。

陈雾的脖子上架着一把匕首，说话还是慢吞吞的："他是哑巴吗？什么都让你说。"

姜禧袒护道："是我不准你们再联系的。"

陈雾疑惑地问道："那你现在在做什么啊，姜小姐？"

姜禧难堪得脸涨得通红："是，两清了是我说的，各过各的也是我说的，你要笑就笑吧。你救救明川，出国前给你的支票，我可以再给你一百张。"

"上面的药方我都记得。"陈雾说。

姜禧激动得刚要抛出条件，就听陈雾又说："我抄给你们了，他把所有的药都吃了还没好，你们是不是要认为是我造假？而不是他的身体出现抗体，药效减弱了？"

电话那头没了声音。

陈雾说："你看，不管我怎么做，都是我的错，那我为什么要做？"

姜禧完全被陈雾带偏了思路，她根本没想过，一个小保安被刀架住脖子竟然能这么从容。

"他不会死的，你不信到明年看看，他还是那样，已经被药养了那么多年，复发了顶多受点罪，命不会丢的。"陈雾说，"多观察，多思考吧，姜小姐。"

绑匪面露凶光，陈雾吸了一口气，说道："把我放了，我要赶回去吃晚饭。"

姜禧两次都没得逞，心气都散了，站在母亲精心布置的别墅里与陈雾讨价还价："放了你可以，但你别告诉炽哥哥，是我让人绑了你。"

车外传来了异响，绑匪慌忙叫前面的同伴开车。

就在那一瞬间，车窗玻璃被砸碎了。

陈雾说："他找到我了。"

姜禧脑子里闪过的第一个念头是，为什么炽哥哥能这么快找到他？第二个念头是，完了。

今晚姜家没有全员到场，只来了个继承人姜凉昭。

小孩子讲什么兄弟义气,在宝贵的成长期跑去小地方混了三年回来,还是年轻稚嫩。

但姜家的势头比黄、赵、余三家都要好,很明显有望摆脱四大家族齐头并进的局面,跟晏家拉近距离。

所以老谋深算的狐狸们对姜凉昭这个小辈的关注度挺高。

姜凉昭在洗手间短暂地休息了一会儿,回到宴会厅,继续混迹在名利场里。

一通电话打乱了他的节奏。他顾不上跟黄遇打招呼就径自退场回家,连皮鞋都没脱就直接跑去父亲的茶室,说道:"小禧把陈雾绑了。"

姜董听见了,品茶的动作没有停。

这似乎是一个信号。

姜凉昭的眼皮跳了跳,面色变了又变:"父亲,我……"

姜董打断他的话:"事情已经发生了,就不要再去分析自己作为兄长的失职,作为发小的拎不清,想想怎么善后吧。"

姜凉昭深吸一口气,说道:"人被找到了,没有受伤。"

"那你慌什么?"姜董一边醒茶,一边道,"开学前的所有应酬你都别去了,老师给你找好了,在家好好上课。"

姜凉昭转身下楼,他下了几个台阶,就坐到台阶上面,姜禧打电话过来哭诉,他有气无力地说道:"妹妹,我跟炽哥十年的友谊,现在因为你,我已经不知道该怎么面对他了。"

姜禧内疚地呜咽道:"哥,对不起,是我冲动了。你别担心,我是我,你是你,他不会跟你生分的。"

姜凉昭叹息一声。

"可是哥——"姜禧说,"你不要以为我在国外就什么都不知道,我有自己的信息来源。今晚那么大阵仗都不让他去,说明老爷子已经决定了。之前还怀疑他能翻身的那些人,现在都吃了定心丸……"

姜凉昭闻言一愣,冷冰冰地说道:"看来六月那次说错话还没让你长记性。你别回来了,就待在国外吧,少给家里添麻烦。"

晏为炽没在意手机上的几个来电,他把陈雾带回家,一路上脸都是铁青的。

陈雾洗了澡,换上柔软的T恤衫和短裤,露着很白的胳膊腿。他站在镜子前梳头发,用毛巾擦了擦就快干了。

晏为炽拿着陈雾的手机，说道："我在这上面装了定位。"

"怪不得你能找到我。"陈雾惊讶地说道。

"在春桂经历过一次了，回首城才一个多月就又来烦我。"晏为炽烦躁地说道，"手机还是不够保险。"

陈雾梳着头发看着他："可以了，我不是什么大人物，一般不会有事的。"

晏为炽取下手腕上的佛珠，说道："这个给你。"

陈雾怔住了。

垂在裤边的手被抓住，陈旧的佛珠套到了他的手上，晏为炽眉间的"川"字消失了，说道："佛珠代表我，熟悉我的人里面，聪明的知道我这是什么意思，不敢轻易动你；不聪明的以为值不了几个钱，不会想到珠子里面有隐秘、先进的系统。"

陈雾呆呆地站着，梳子还卡在他的头发里。

"在这里。"晏为炽转了下佛珠，捏住其中一颗珠子。

陈雾忙说道："不能给我，你自己戴。"

"我不需要了。"晏为炽的神态恢复如常——早该把这东西给陈雾了，早给他心里早踏实——他轻描淡写地说道，"我小学时，经常被绑架，家里找了替身替我去上学，我在家自学……"

晏为炽说到这里情绪又低落下去，他拿走陈雾的梳子，粗鲁地给陈雾梳了几下头发，催促道："不说这个了，吃晚饭去。"

陈雾急忙摘下佛珠："阿炽，我真的不能要这个。"

晏为炽怒火中烧，逼近他，喝令道："戴回去。"

陈雾不愿："可是……"

"再可是，我就打你了。"

陈雾瞪大了眼睛："你，你，你说什么？"

"说了你刚才听到的话。"晏为炽走出了浴室。

"啪——"莲蓬头里滴下了一滴小水珠，打破了寂静。

陈雾低头看着手上的佛珠，摸了摸，触感微凉，外面传来不耐烦的声音："饭菜都要我一个人端吗？"

陈雾赶紧应声："我来了。"

吃饭的时候，佛珠戴在陈雾的手上。他捧着晏为炽给他盛好的米饭，看了看桌上的一大锅酸菜鱼，问道："你做的吗？"

"买的。"晏为炽嘴上这么说，表情却傲娇中透着期待。

陈雾尝了一筷子酸菜，称赞道："好吃。"

"酸菜是现成的，味道自然好。"晏为炽冷哼。

陈雾连忙夹起一筷子鱼吃了："这个更好吃。"

晏为炽这才满意了。

"其实笔记我能默写出来。"陈雾吃着香软的白米饭，声音含混不清，"但是默写了也没用，不是那些药，是……"

晏为炽脸一沉："别跟我说这个。"

陈雾咽下嘴里的米饭，小心翼翼地问："那你不想知道我看书，看一眼就能记下来吗？"

晏为炽笑出了声："你不是说你没上过学，一元二次方程都解不出？"

陈雾垂下眼睛，说道："没上过多少学是真的。"

下一刻，陈雾被迫抬起头，晏为炽眯着眼道："还有没有哪里骗了我？"

陈雾连连摇头。

"那就当你没有。"晏为炽给他夹了一块鱼肉，"都没刺，吃吧。"

晏家老宅，深沉庄重的传统中式书房里亮着几盏灯，刚结束一场谈话。

晏岚风离开时看了一眼朋友圈，说道："父亲，小弟会做酸菜鱼了。"

屏风后没有声响。

晏岚风朝着门口走了一段路，余光无意间扫向博古架脚时捕捉到什么，她的眉头挑了一下，走过去将那东西捡起来。

那是一张毕业证，西德职业技术学校。

晏岚风拍了拍，将毕业证放到木案上。

屏风后传出苍老的声音："你投进'西利计划'的那笔款项出了问题不去处理，有闲工夫在这儿关注一个职高生！"

晏岚风闻言后背一凉，头皮发麻，她一毕业就进了晏氏，二十年了，手早就伸到了外面。

"西利计划"是今年最重要的项目，所有顶尖企业都在关注。她没有通过晏氏参与，而是以自己在国外的一家公司名义参与。

现在事实却告诉她，这些年自以为神不知鬼不觉地从晏氏转移客户资源以自立门户，实际上是个笑话。

不仅自己所谓的事业宏图毫无遮掩，就连此次的款项出错都没有丝毫察觉。

二十年的工作经验，在晏家的老掌舵人面前显得微不足道。

她人到中年，夫妻感情和谐，儿女双全且已抚养成人，但美梦在一瞬间被打碎。

晏岚风走出书房，全身颤抖，这是父亲对她心生小心思的警告。

不管年纪多大，在外面多么光鲜，担任多高的职务，都逃不出他的掌控——所有活着的人，所有的事。

八月的天气热得让人心慌，陈雾在大院里除草捉虫，草帽挡不住热风热气。他的皮肤一晒就会发红，再晒下去又会变白，不需要防晒。但他还是用了晏为炽给他买的防晒喷雾，去哪儿干活就带到哪儿。

陈雾给左手边一长条的植物松了土后，就拿着镐去阴凉的地方休息。

余伯神出鬼没，突然冒出来说道："下午三四点钟再做事。"

"好的。"陈雾咕噜咕噜喝了几大口水，取下头上的草帽挡在脸上遮住光线，闭上眼睛，靠着墙根睡着了。

等陈雾睁开眼，只见又不老实上班的余总蹲在他面前，见他醒了，突兀地说道："去年冬天我去过春桂。"

陈雾抓着草帽扇了扇风，不明所以。

"那周我要去附近城市出差，我父亲的学生托我给她在春桂的家人带点东西，于是我就跑了一趟。"余盏说。

陈雾还是有些发蒙。

"我送完东西在周围走了走，看见了一个水库。"余盏像个毛头小子一样紧张，"很多人在钓鱼，我一时兴起就开车去市里买了渔具。"

"那是我生平第一次钓鱼，我不会，我兴奋地在冰面上砸了个洞，我学现在年轻人那样直播，感觉很有意思……有个人路过，跟我说四个钩子都有鱼，会不会有点假……"

陈雾依旧愣怔。

余盏的内心被一股巨大的挫败无奈占据，都说到这儿了这人还是没印象，说明真的没有将这件事放在心上。

他长叹一声笑着摇了摇头。说出来了，这事就能放下了。

"啊……"陈雾突然说道,"你就是那个连钩子都不会挂的大墨镜吗?"

余盏的脸上露出微笑:"是我。"

"那你真是不会钓,鱼鳃都破了。"陈雾嘀咕了一句站了起来,拍了拍屁股后面的灰,去给剩下的植物松土了。

余盏摸着鼻子笑了笑,心想,自己最近还是少回家比较好。于是,他给助理打电话:"我这段时间需不需要出差?"

"您都推掉了。"助理道。

余盏说:"重新排行程,我下个月就要出差。"

助理挂了电话后,深吸了口气,对着空气打了一套拳。

陈雾土还没松完就被指派骑上小三轮,运几盆花去他面试的基地。到了地方,他把花搬下来,有人出来接。

"小陈!"熟悉而又震惊的声音让陈雾一愣,刘叔两只手都是土,向他跑来,惊喜地说道,"你怎么来首城了?"

"我跟朋友一起过来的。"陈雾说,"你呢?"

刘叔笑呵呵地说道:"我女儿在这儿上班啊。"他想起什么,快速说道,"你在这儿等我,我把花搬进去就出来。"

一场重逢化成了一桌酒菜。

首城接地气的小饭馆可不好找,物美价廉,味道还好。

刘叔把酒杯清空,咂咂嘴皮子,说道:"我就说'有缘千里来相会'吧。"他见对面的青年眼神直愣愣的,和平常不一样,试探地问道,"小陈,你是不是喝多了?"

"没有。"陈雾脸红扑扑的,眼角也是红的,坐在椅子上没动。

"才两小口,怎么就醉了?"刘叔脑壳疼。

陈雾乖巧地坐着。

刘叔把账结了,给他把不知道什么时候拽到手臂上的佛珠拨下来,确定戴好以后,严肃地说:"你自己喝的啊,可不是叔劝的,叔是一句都没劝。"

陈雾点头:"是自己喝的。"

"对,就是这样,我们小陈清醒着呢。"刘叔作法似的绕着桌子转了好几圈,一咬牙拿出手机,从联系人列表中翻出一个存了很久、一直没打过的号码拨了过去。

愿者上钩

刘叔走后,晏为炽满身是汗地赶到饭馆,他穿过嘈杂喧闹的大堂,将坐得直挺挺的陈雾拉起来:"是谁逼你喝酒,让你喝成这样的?"

　　"我自己。"陈雾点着头,很认真的样子,"我自己喝的。"

　　晏为炽闻到他嘴里的浑浊酒气,怒火冲到了脑门上:"你没事喝什么酒,别跟我说是学人借酒消愁。"

　　四周都是浓郁的烟火气,陈雾看着他,轻蹙眉心。

　　"真让我说对了!"晏为炽盛怒之下笑了起来,磨着后槽牙,像是要咬人,"果然是为了季明川那狗东西……"

　　忽然感觉鼻梁一疼,他痛呼出声。

　　陈雾用脑袋撞了他一下,闷闷地说:"你别总是说脏话,我不喜欢。"

第十六章
不要再受伤了

YUANZHESHANGGOU

晏为炽将陈雾背出了闹哄哄的小饭馆,站在路边。

一分钟过去,两分钟过去……十分钟过去,晏为炽还背着陈雾,面向车水马龙的大街。

一辆车停在他旁边,两个路人打开车门坐了进去,车扬长而去。晏为炽在汽车尾气里恢复神智,终于想起要打车。

真丢人!

他把背上的人往上托了托,说道:"别睡,回家我们还有事要做。"

陈雾两条手臂挂在晏为炽脖子上,戴着佛珠的那只手垂到他身前,迷迷糊糊地说道:"不睡,要做事。"

"乖。"晏为炽难得耐心地哄着。

夏夜的首城犹如烧了一天的火炉,风里都像夹着火星子。

晏为炽把陈雾推上车,自己才坐了进去。陈雾的后脑勺靠着硬硬的椅背,他的喘息有些急促。

晏为炽取下他的眼镜放在一旁,问道:"想吐吗?"

陈雾没有回答。

晏为炽只好伸出另一只手将他扶好,又掏出一个塑料袋放在膝盖上以防万一。

他对司机说:"师傅,开慢点。"

司机回答道:"好的,好的。"

闹铃声在狭小的空间响起。

晏为炽从陈雾的裤子口袋里拿出他的手机,问道:"为什么定这个时间的闹钟?"

"回家。"陈雾闭着眼,这两个字倒是说得很清晰。

晏为炽忍俊不禁:"在外面和人吃饭喝酒,还知道要回家吗?"

"不回家,他会烦。"陈雾的声音不太清晰。

晏为炽听见了,问道:"他是谁?"

陈雾没有再回应。

好不容易到家了,晏为炽把陈雾背进了家门。

陈雾被放到沙发上,全身软绵绵的。他在路上既没有呕吐,也没有吵闹,非常安静,现在也是如此。

晏为炽去厨房倒水,第一次觉得房子太大了,倒个水都要走这么久。他迈着大步,以最快的速度端着半杯水回到陈雾身边。

"坐起来,喝两口。"晏为炽轻轻拍了拍陈雾的脸。

陈雾的嘴唇微微张合:"不能喝了。"

晏为炽气笑了,说道:"让你喝水,不是喝酒。"

陈雾睁开了眼睛,视线不知道落在哪儿,一副很好拿捏、很好骗的样子。

陈雾的目光缓慢地转向晏为炽,半天都没有动。

晏为炽长叹一声,像个新手爸爸一样,一只手托着陈雾的下巴,另一只手端着水杯送到他嘴边。

水洒了一地。

纸巾盒在餐厅桌上,晏为炽懒得去拿了,他把手上的水随意地往T恤上一擦,反正一会儿也要换。

"好点了吗?我们来说正事。"晏为炽见陈雾不想喝水了,便把杯子收起来放在一边,"我是去了春桂才开始说脏话的,要戒的话——"

陈雾突然说道:"少说一点。"

晏为炽一愣,笑着说道:"行,少说。"

陈雾又闭上了眼睛,突然呕吐了。晏为炽照顾他漱了口,让他坐在浴室的休息区,然后出了浴室。

"醒酒茶是什么玩意儿。"晏为炽上网搜索,"梨子解酒?"他半信半疑地拿了个梨子回来,把陈雾喊起来,"吃点。"

陈雾按着不舒服的胃部,含糊地说道:"你不要再让我喝奇怪的东西了。"

晏为炽无奈道:"我让你喝什么了,不就是白开水?"

他哪知道喝水反而让他吐了。

陈雾精神萎靡。

"不吃就不吃吧。"晏为炽将梨子丢到桌上,"在这儿躺着,别乱动。"

晏为炽拿了陈雾的睡衣回来,在浴缸放好水,调好水温,问道:"自己能洗澡吗?"

陈雾轻轻点了点头。

晏为炽正要出去,就见陈雾摇晃着身子站起来,两眼无神,迷迷糊糊的。于是他头疼地说道:"算了,不洗澡了,就这么睡吧,明天你酒醒了再洗。"

陈雾耷拉着脑袋说:"难受。"

"那也得忍着——"晏为炽咬着牙,揪住他的衣领把他往外拖。

刘叔回到基地,门卫跟他打招呼,客客气气地喊他叔,他摆摆手:"我女儿还在里面吧。"

"在呢,主任近期都是天亮才走。"门卫说。

"电话都不接,花花草草比她爹还重要。"刘叔叹了口气。

这话落在门卫耳朵里看似抱怨,实际上是炫耀。

女儿是余老的得意门生,亲自带出来的,这个基地的一支研究团队归她管,多看重她就不用说了。

然而刘叔是真的不满,他还没办法改变现状,他就一小市民,能有什么本事,还不是被风吹着走。

刘叔在足球场那么大的培育室找到女儿,背着手在每个培育舱前转转,大喊一声:"哟,刘主任,在忙啊!"

刘瑜脱下手套,指了指他身前的培育舱,说道:"那十几株草是晏家的。"

整个培育室里,晏家的这些草是重中之重。

可以说,基地就是为它们服务的,其他的都是顺带的。

"我又没碰,死了也赖不到我头上。"刘叔这么说着,还是退后了好几步。

"有什么用?能做长生不老药丸吗?"刘叔满嘴酒气。

刘瑜说:"安神。"

"坏事做多了,被小鬼缠上了吗?"刘叔是真的喝了不少,上头了才敢开晏家的玩笑,"要不怎么只有穷开心,没有富开心。"他碎碎念,"跟那跑步机一样,不仅是自动的,还能一直跑,速度快得吓人,一来到这个世上就站在那上面了,后面还有一大堆虎视眈眈的人,你不跑就会倒下去,被后面的人踩死。"

刘瑜任由父亲发酒疯,这里就他们两人,不会传出去。

"小鱼,你还记得我在西德上班那会儿,说要给你介绍一个小伙子吗?"刘叔打了个嗝,颧骨红彤彤的,"今晚我就是和他吃饭。"

刘瑜不感兴趣。

父亲一直这里跑跑那儿待待,她向来不管,哪怕他机缘巧合之下出现在西德。反正她赚的钱,够他这辈子衣食无忧了,其他的只要不影响她工作就行了。

刘叔一屁股坐到地上,他刚掏出烟盒,就被女儿阻止了:"这里不能吸烟。"

"我跟你说你不听,花草就不能当祖宗供着,越精养越不行,大自然里的东西,就该回归大自然。"刘叔粗声粗气地说道。

刘瑜没跟父亲解释,专业知识他不懂。不知怎么,她忽然想到那个被老师录用的园丁。

这段时间她比较忙,没关注那个人,不知道他在大院的哪个园子,明天有时间去看看。

"爸,你回宿舍去吧。"刘瑜把坐在地上的父亲拉起来。

"我就不能在这里多待一会儿吗?一周都跟你说不了几句话。"刘叔像个小孩子一样发脾气。

"等我忙完这阵子,带你去旅游。"刘瑜说。

刘叔忙摆手:"别,你在路上看到什么植物都要研究,我才不跟你一起呢,我自己去。"

刘瑜沉默了。

"我走了,你别忙太晚。"刘叔往外走,女儿的感情生活快把他愁死了,还想着撮合女儿和小陈。

刘叔没走到门口就听见女儿接了个电话,看样子对方是个男的,他立马返回,等女儿接完电话就问:"哪个臭小子?"

"赵家大公子。"刘瑜说。

刘叔皱了皱眉,问道:"约你吃饭?"

刘瑜应了一声。

她没背景,但是有个老师,算是余家人,所以婚姻这块也被人盯着。

"看得上就处处,看不上就拒绝了。"刘叔说。

刘瑜笑着说道:"我哪有这份底气。"

"爸就是你的底气,爸给你撑腰。"刘叔拍了拍胸脯。

刘瑜只当他喝多了糊涂了。

刘叔回到宿舍,倒在床上又坐起来,又想到喝醉了的小陈,立刻打开手机找到号码发信息,编辑了很多话,最终还是删除了。

夜很深了,晏为炽迅速收拾好自己,然后去看一眼陈雾。陈雾没有睡,他高高地举着左手,凝视着手腕上的佛珠。

晏为炽揶揄道:"就这么喜欢吗?"

陈雾静静地看了一会儿,答非所问:"我想去坐摩天轮。"

晏为炽道:"我看你是想上天。"

陈雾抿起了嘴。

"还敢委屈,你看看几点了?"晏为炽把手机拿到他面前,快被折磨疯了,"没有摩天轮,人家下班了,明天带你去。"

陈雾直勾勾地望着手机屏幕,屏幕熄灭了又被晏为炽按亮。

"再让你玩一分钟就睡。"晏为炽把毯子放在陈雾的肚子上。

陈雾呆呆地重复晏为炽的话:"玩一分钟。"

晏为炽盯着陈雾看了几秒,无声地骂了一句,烦死了!

陈雾玩了一分钟接着又玩了一分钟,眼睛睁得大大的,就是不睡。晏为炽洗个澡的工夫,陈雾就到了小区门口,说睡不着要出去吹吹风。

晏为炽麻烦得要死,无奈之下,只好在陈雾的房间打了个地铺,把他堵在房间里。

当然他没睡好。

不知道过了多久,床上的人醒了。

这是生物钟响了,到了上班的时间,连酒精都压不住。

晏为炽装睡,但他能感受到,陈雾迷迷糊糊地起来了,发现了他,僵住了。

酒醒了就这副傻样。

卧室里没有了动静,晏为炽装作被吵醒的样子睁开眼睛,发现陈雾光着脚

愿者上钩

站在床尾，呆滞地看着他。

四目相对。

前者因起床气情绪低迷，后者因心虚手足无措。

"阿炽，你……"陈雾咽了口唾沫，问道，"你怎么睡在地上？"

"问得好。"晏为炽哼了一声。

陈雾紧张地问道："是……为什么……"

晏为炽没好气地说道："昨晚你喝多了，怎么说就是不肯睡，非要我看着你。"

陈雾神情茫然，喃喃道："你可以不管我的。"

"我不管你？"晏为炽起身，支起一条腿，没好气地说道，"你就哭。"

陈雾张了张嘴，难以置信："真的吗？可是我已经很久没有哭了啊。"

晏为炽的面色骤然一冷，他随口说的一句话，结果得到了出乎意料的答案。他不清楚这话的真假，又不想确认。

屋里的气氛变得沉闷。

陈雾小心翼翼地问："你睡得好吗？"

晏为炽瞪了他片刻，说道："床让给我，你给我按按，我浑身酸痛。"

"对不起，你真的不该由着我，就让我哭，我哭累了肯定自己就睡了。"陈雾连忙一边搀扶着晏为炽上床，一边道歉。

晏为炽疲倦地睨了他一眼："你说了半天话，还在床边站着，到底给不给我按？"

陈雾赶紧戴上眼镜，问道："哪里疼啊？"

"哪里都疼。"晏为炽颓丧地说道，"你看着按，随便按。"

陈雾自责地说道："你今天还能上班吗？"

"不能，废了。"晏为炽说。

"那就请假好了。"陈雾认真地给晏为炽按摩肩背，"我宿醉醒来感觉没哪里难受，肯定是你照顾得好，真不好意思，阿炽，你的黑眼圈好重啊，我以后不喝了，不让你这么辛苦了。"他后知后觉地说道，"我昨晚怎么没洗澡就睡了，夏天流了这么多汗……床单和毯子都要洗了。"

晏为炽闷声道："我洗，你别管。"

陈雾手上的动作一停，惊讶地问道："你要洗吗？那我真的不管了。"

"按你的。"晏为炽舒服得眉头展开，就在他要睡着时，耳边忽然响起狐疑的嘀咕声——"我记得我跟刘叔在饭馆吃饭，后来怎么回家的？"

晏为炽放松的神经紧绷了一瞬,就听陈雾说:"你根据定位找到我的吧。"他放任自己陷入沉睡。

晏为炽一觉醒来就喊陈雾的名字,却没有得到回应。就这么丢下他不管了?他郁闷地在家里走动。

南边观景台冷不丁地传来声音:"阿炽,厨房有吃的。"

晏为炽看向进来的陈雾,疑惑地问道:"你没去大院?"

陈雾手上拿着吸尘器,比他还疑惑:"你不舒服,我当然不能丢下你出门啊。"

晏为炽愣住了。

"余伯问我请假的原因,我撒谎了。"陈雾一边拿着吸尘器清理四周的地面,一边说道,"我说自己生病了。"

客厅里只有他一个人的咕哝。

等陈雾打扫完了,晏为炽还站在原地。

"阿炽!"陈雾叫他。

晏为炽低下头,问道:"现在几点了?"

陈雾说:"中午了。"

晏为炽转身朝洗手间走去:"准备一下,我们一点半出发。"

陈雾迷茫地问:"去哪儿?"

"去坐摩天轮。"洗手间里传来水声,夹杂着晏为炽模糊的话语,"你昨晚跟我说你想去。"

陈雾放下吸尘器,走向洗手间,说道:"我一点印象都没有了。"

晏为炽继续刷牙。

"阿炽,喝了酒的人说的话,不用放在心上。"陈雾说。

晏为炽盯着镜子里的人:"是吗?"他吐掉牙膏沫,"我只知道酒后吐真言。"

陈雾错愕不已:"我吐什么了?"

晏为炽把他瞪得脸红脖子红,才开口:"你把你吃的都吐了。"

陈雾惊讶得久久没有出声。

"我现在去吃饭,等我吃完就走。"晏为炽经过陈雾身边,衣服被拉住,他拽着T恤衫的领子转过头。

陈雾说:"天太热了,不去了吧。"

"要去也是你,不去也是你,要我吗?"

"没有要你,我不记得自己说过……我记得,我记得。"陈雾见晏为炽一副不耐烦的样子,急忙改口,"我是很想去,但是这天气你也看到了,要不等圣诞节再去吧。"

晏为炽气坏了,反问道:"怎么不干脆挑情人节那天去?"

"情人节吗?"陈雾想了想,说道,"那天排队的人肯定非常多,排不上,还是算了。"

晏为炽语塞,直起身往外走:"随便你,你想情人节去就情人节去,其他的别管。"

"好吧。"陈雾挠挠头,只要不是夏天去就行了,太热了。

晏为炽吃完饭,餐桌一角的小日历上已经多了一个红色圆圈,圈的是情人节的日子。

月中的时候,陈雾说要买车。

当时晏为炽刚从健身房出来,大量运动后脑部缺氧,半晌才出声问:"买什么?"

"汽车。"陈雾给他看手机上的页面,"就是这辆。"

晏为炽低头看去,是辆比亚迪。

"怎么样,可以吧——"陈雾兴致勃勃,"我上班比你晚,下班比你早,有了车,我可以接送你上下班。"

晏为炽拿起背心擦去脸上的汗,擦完后笑着问道:"真的要养我吗?"

不等陈雾回答,晏为炽就把他拉到自己的卧室,将抽屉里的卡扔进他怀里:"给你。"

陈雾收下了。

晏为炽调侃道:"还以为你会不要呢。"

"那你就会说,是不是瞧不上我这点薪水。"陈雾嘀咕道。

完全被猜中出牌顺序的晏为炽一时语塞。

"我用你卡里的钱当生活费了啊。"陈雾把晏为炽的卡和自己的卡放在一起。

"随你。"晏为炽无所谓地说道。

嘉钥开学那天是周末,陈雾开着他那辆比亚迪,送晏为炽去学校报到。

比亚迪毫无意外地成了嘉钥的焦点，安保把车拦下了，不让进。

副驾驶座一侧的车窗降下来，晏为炽一头短短的头发向上支棱着，他的眉头皱在一起，显得十分不耐烦，手上拿着一杯自制的奶茶。

安保认出他了，立即放行。

陈雾光是找车位就找了很长时间，他没有理会周围那些坐在豪车里的少爷小姐，停好车解开安全带，说道："阿炽，我们下去吧。"

晏为炽懒洋洋地喝完最后一口奶茶，说道："真麻烦。"

"报到是多开心的事啊。"陈雾不解地说。

晏为炽想到他会这样说是因为没读过多少书，又想到他可能每年都会陪着季明川报到，更不爽了。

陈雾打开他那边的车门，问道："阿炽，你西德的毕业证怎么还没收到？"

晏为炽收敛情绪，反问道："你要收藏吗？"

"不是。"陈雾拎着帆布包，说道，"我就是觉得奇怪，按理说早该寄给你了。"

晏为炽下了车，说道："晚上让你看。"

陈雾望向那一大片高耸入云的教学楼，问道："现在我们去哪儿？"

"去接待处。"晏为炽戴上棒球帽，问道，"我是什么系的？"

陈雾迟疑了一秒："不知道啊。"

两人面面相觑。

"阿炽，其他新生手上好像都有证件。"陈雾怯生生地说道，"你没有吗？"

晏为炽确实没有，他的所有注意力都放在"陈雾送我去学校报到"这件事上，其他的都没顾及。这时才想起来少了什么环节。

晏为炽打了个电话，挂掉后才在对方的提醒下翻看半个月前的信息，得知自己是哪个学院哪个系，哪个班级，所有证件存放在哪里，等他去取。

嘉钥的大一新生中，一部分人身边跟着成群的保镖和生活助理，一部分是狐朋狗友盛装出席陪着来的，只有少数比较低调。

那一小部分低调的人要么是装的，要么只是到了叛逆期，还有一部分是非婚生子。

晏为炽属于单独一类，他哪边都不沾。

尽管在外界看来，大家都是被放弃的那部分人。

学校里不知怎么掀起了一阵又一阵狂躁的叫嚣声，高年级的人开着车在校园里恶意地横冲直撞。

陈雾把晏为炽拉离人群："这么一对比，西德挺好的。"

晏为炽笑道："你慌什么，我保证每天放学回去胳膊腿都在。"

"走了。"晏为炽拉起陈雾手上的帆布包带，"陪我去拿证件。"

后面突然传来一道熟悉的叫声："哥——"

陈雾听到声音回过头："是赵同学……"他很意外地喊，"阿炽，是赵同学！"

晏为炽自然也看到了，没好气地道："我眼没瞎。"

赵潜只背了个包，她不是一个人，身边还跟着半路碰上的黄遇。

晏为炽问黄遇："你怎么在这儿？"

"我在微信上跟你说了，要来陪你报到。"黄遇见他的反应，顿时伤心了，"炽哥，我现在这么没分量了吗？"

晏为炽见不得黄遇这副样子，推着陈雾的肩膀让他转过身去："这种人叫矫情怪，别学。"

他们一起走在骄阳下，走过绿荫道。

嘈杂声中，陈雾隐约问道："阿炽，'矫情怪'是什么意思？"

"就是找抽的意思。"晏为炽解释道。

黄遇哆嗦着指向自己，问道："潜姐，我矫情吗？"

赵潜将长马尾放了下来，烫了个头发，穿着工装裤配黑色短T恤，英姿飒爽，爽快地说道："你不矫情。"

黄遇还没来得及喊他炽哥，就听见赵潜补充了一句："你是天下无双、绝无仅有、世界第一、宇宙无敌矫情。"

黄遇气愤极了，心想，加什么形容词，显得自己多有文化似的。

高年级的车队不断响起刺耳的喇叭声，昭示着嘉钥就是个镶金的垃圾场。

黄遇兴奋地吹了声口哨，下一秒就张开手臂，哇哇叫着追上他们三人："别丢下我一个人，我害怕！"

嘉钥国际果然是个镶了金的垃圾场，开学不到一周，晏为炽就在学生组织的自由搏击俱乐部里受了伤——被利器划破的伤口，从左边眼角一直延伸到耳垂。

他没有处理伤口，顶着满脸的血，拎着背包去停车场找那辆比亚迪。

陈雾慌慌张张地拿着纸巾盒,一下抽出十几张纸按在晏为炽不断流血的伤口上:"阿炽,你按着,我现在就送你去医院。"

晏为炽下意识地伸出手。

陈雾瞪大了眼睛:"按着纸。"

晏为炽小声道:"我很疼。"所以反应迟钝,思维跟不上是很正常的。

"那你坚持一下,忍着点,我尽量开快一些。"陈雾小心地挪动他的手按住纸巾,然后快速启动车子。

陈雾第一次没有目不斜视地开车,等红绿灯时,他频频扭头看晏为炽,镜片后的眼睛里充满担忧:"阿炽,你怎么会被人伤成这样……"

晏为炽按着伤口,那沓纸逐渐渗出鲜红。他抄近路去停车场,不巧撞上自由搏击俱乐部那伙人在团建,伤他的人看清是他以后,撒腿跑了。

"不是你让我大学时不要动手,要低调吗?"晏为炽身上血腥气重,神色有几分倦怠。

陈雾欲言又止:"别人都动手了,你……你肯定要还手啊。"

晏为炽说道:"我还手就收不住手了。"

陈雾喃喃道:"那也不能站着挨打啊。"

晏为炽瞥了他一眼。

"伤口不浅,好在没有伤到眼睛。"陈雾自说自话,"没事,阿炽,你不要怕,我们先去医院缝合,后面我给你擦药,不会留疤的。"

"留疤也无所谓。"晏为炽说。

陈雾双手握着方向盘,嘴里嘀嘀咕咕:"不能无所谓,留疤就不好看了。"

晏为炽倏地侧过身,眯眼盯着陈雾道:"我毁容了,你就看不起我了吗?"

陈雾吓得身体抖了抖。

晏为炽鄙夷道:"肤浅。"

陈雾沉默了几秒,才温和地说道:"能不留疤还是不留疤。"

晏为炽嗤笑了一声:"看不出来,你还是'外貌协会'的。"

"我其实也很关注内在。"陈雾不好意思地说。

晏为炽把浸透血的纸巾丢掉,抽出新的盖住伤口,闷哼了一声。

他想想就来气,用空着的那只手去敲陈雾的脑门。

"阿炽,你别乱动了。"陈雾赶紧说,"血止不住,你衣服上都有了。"

愿者上钩

"而且我在开车,不安全。"他的声音里多了一点平常不多见的严肃。

"车现在不是停在路口吗?"晏为炽说。

陈雾看了一眼红绿灯,小声说:"你听我的好不好?"

晏为炽把手撤了回去。

真烦!

后半程晏为炽没有再动。

在医院没排多久队,晏为炽的伤口缝了十几针。

陈雾看着医生开的单子说:"我去拿药,你去把脸上的血洗一洗。"

"回去洗。"晏为炽从口袋里拿出口罩戴上,遮住了一部分血迹。

"那好吧。"陈雾边走边回头,一副很不放心的样子。

晏为炽忍俊不禁:"你是在带儿子吗?"

"我怕你头晕,你流了那么多血。"陈雾说。

晏为炽将那只没沾到血的手向人群中指了指,示意陈雾看。

陈雾不解地看过去。

医院人来人往,陈雾不知道晏为炽要他看什么。

"去问问人家那玩意儿在哪儿买的,给我买一条。"晏为炽扬了扬下巴,指着一个带着小孩的女人。女人和小孩的手腕之间是一根儿童牵引绳,"去问啊。"

陈雾难为情:"你都上大学了,成熟点啊。"

晏为炽张了张嘴,最终什么都没说。

回去后,晏为炽去洗手间清理血迹,陈雾躲在影院把住址发给组长,又打电话过去,说了几种药材的特征、具体位置以及打包方法,嘱咐对方:"你明早挖出来,寄给我。"

组长在屋前乘凉,他不懂这些药有什么用,只是匆匆忙忙地跑回屋找来小本子,很详细地记了下来,一下子想不起来怎么写的字就用拼音代替。

"小雾啊,你要的是带根、带叶子的,是不是要晒干才能寄?"组长问。

陈雾说:"不能晒,要新鲜的。"

组长把粗铅笔头在墙壁上磨尖,一边记,一边问:"这个天气,路上闷了会不会烂?"

"不会的,你按照我的方法做就不会烂,你寄最快的物流。"陈雾摘下眼镜,手撑着额头,笃定地说道。

组长忙应声:"哎!好!"

村里的虫鸣声聒噪而鲜活,组长边确认本子上的内容,边说:"对了,小雾,我之前不是要给你寄西红柿、霉干菜、豆角和玉米嘛,一直在等你的地址,这次干脆一起给你寄过去,你看呢。"

"可以。"陈雾说,"你寄到付。"

组长经常给几个孩子寄菜,他明白到付和现付的意思,忙说:"我直接付了,要不了几个钱。"

"那好吧。"陈雾说,"麻烦你了。"

"怎么还跟我客气。"组长感觉小雾挺重视让他寄的东西,他脑子活泛起来,打算一会儿就进山去挖,"我看你都到大城市去了,手机号是不是要换?"

陈雾靠着深棕色的皮椅,过了一会儿才道:"我忘了,我会换的。"

组长叮嘱道:"你换了新号码别把家里人漏了。"

"不会的,我都记得。"陈雾笑着说道。

挂电话前,陈雾问了一句:"山里的路修得怎么样了?"

"前期开了很多会,刚开始动工。"组长拍拍胸口打包票,"有我看着呢,你不要操心,保准把路修好,让你下次能开车到家门口。"

"辛苦了。"陈雾想起什么,说,"你再给我寄一点新鲜的芡实。"

"成,成!"组长把手机放在本子上,挂了电话,搔搔头,拿着锄头背上篓子就出门了。

组长打算再给陈雾寄些地八角,明儿再想想还有什么能寄的,都给寄去。

陈雾在影院坐了片刻,戴上眼镜起身出去,循着声响走到吧台,轻声道:"阿炽,不要再受伤了。"

晏为炽正在吧台干吃白糖,闻言愣了一瞬,郑重地道:"好。"

那个不小心伤到晏为炽的学生扛不住压力,跟家里坦白了。

家里人商量了一通,当爹的推掉应酬,抽出皮带把不争气的儿子抽了个皮开肉绽,也不给他处理伤口,血淋淋地带去晏家老宅赔礼道歉。

老管家让他们回去。

这种态度显然在向外界透露,晏家并不在乎曾经的继承人的生死。这也印

愿者上钩

证了三年以来的风向。即便一出生就是继承人，被精心培养了十五年，说放弃就放弃。

那人的父亲是从底层一路摸爬滚打上来的，戒备心强，疑神疑鬼，他不认为这件事真的可以当作什么都没发生。思来想去，他决定为儿子办理转学手续，并且在儿子脸上划了两道伤口。不管儿子如何求饶都无济于事，他只想将风险降到最低，以确保自己的企业不受影响。

嘉钥最近出现了一个怪现象，每天中午那辆比亚迪都会开进学校，差不多半个小时后离开。今天也是如此。

众人议论纷纷，但没有一个人敢上前挑事。

这天，许多人从花园旁边路过，果不其然在亭子里看到了两个当事人。

"阿炽，我们又被看了。"陈雾从帆布袋里拿出一个小矿泉水瓶。

晏为炽的纱布已经揭开，露出伤口，悠闲地跷着二郎腿，毫不在乎地说道："管别人做什么。"

"我不是要管，我是怕你在学校里被人说闲话。"陈雾拧开瓶盖，晃了晃瓶子，将墨绿色的细碎药渣与药水混合均匀。

晏为炽皱着眉问道："什么闲话？"

陈雾拿出棉签，说道："这个学校除了你，都是有钱人。"

"那又怎样。"晏为炽将身体往后一靠，问道，"怕我身心健康受到影响吗？"

陈雾垂着眼，将棉签伸进瓶子里，突然问道："有没有人追你啊？"

晏为炽被口水呛了一下，这话题转得太突然了，他问："你关心这个做什么？"

陈雾说："我怕又成了被殃及的鱼。"

"这里不会有人打你的主意的，放心，没那胆。"晏为炽伸手在陈雾的佛珠上拨了拨。

陈雾抬起头，叮嘱他："先不说话了，我给你抹药。"

晏为炽微微合上眼睛，冰凉的触感伴随难闻的气味占据他的神经，他皱起眉头。

"难受吗？"陈雾将力道放得更轻了，"天热容易出汗，伤口好得慢，忍着点。"

赵潜买了三份冰激凌来到花园,她把冰激凌放在桌上,随意地坐在他们对面。

"哥,什么时候完事?冰激凌一会儿就化了。"赵潜催促陈雾。

"快了。"陈雾雷打不动地给晏为炽涂药,每天三次。药是他早上现磨的,用的是网上买的二手药碾子。

那药碾子外观不好看,却是真正的好东西,不知道被哪个老人的小辈挂到网上的。

陈雾一看到就买了,现在正是用得起劲的时候。

"你还肚子疼吗?"陈雾忽然问赵潜。

"你说我经期啊,看情况。"赵潜不是很在意,因为她刚把"大姨妈"送走。

"我给你做一些药包。"陈雾说,"你每次提前一周泡脚。"

赵潜笑着挑眉:"药材需要哪些,我买了给你。"

"买的不行。"陈雾摇头,"我自己准备。"他说着把棉签放到纸巾上,又叮嘱晏为炽,"阿炽,你下午体育课上还是别剧烈运动啊。"

晏为炽懒洋洋地想,一点小口子,除了这个人,找不到第二个这样上心的了。

"忙完了是吧。"赵潜把冰激凌分给晏为炽和陈雾,自己也拿了一个。她吃了一口,嫌弃地说道,"化了。"

"没有化多少。"陈雾舀了一勺冰激凌吃掉,哆嗦了一下,"好冰。"

"爽不爽?"赵潜笑着问道。

晏为炽把冰激凌盖子扔到桌上,不悦地说道:"什么污言秽语。"

赵潜心想:哥们儿,你不是吧,她怎么污言秽语了?

"潜潜没说什么啊。"陈雾出声维护赵潜。

"我还没问你,称呼什么时候变的?"晏为炽冷不丁地算账,"你叫我'同学'叫半年多,兑奖励才给换,怎么别人就不用?"

陈雾默默把自己冰激凌上面的巧克力舀到他的杯子里,说道:"很甜,快吃吧。"

晏为炽瞬间没了火气,他吃了一口巧克力,装作不在意地说道:"我又不是没有,要你给我。"

"是我想给你。"陈雾说。

晏为炽拿着勺子把陈雾给的巧克力堆到一起:"你吃自己的,少管我。"

一旁的赵潜瞟了一眼他桌底下抖动的腿,默默地翻了个白眼,就装吧你。

陈雾吃完冰激凌就回大院了,余伯跟他说基地的刘主任来了,就在西园。他把草帽夹在臂弯里,拿着几件工具跑了过去。

刘瑜绑着一双冰袖蹲在园子里,她前段时间就来这儿了,谁知那个新园丁当天请假了,她就把事情抛到了脑后。

今天有空便顺道来看看。

新园丁来这么久了还在西园干活,这完全就是普通园艺人员的待遇,老师没有特殊对待。

可是032的病状的确解除了,还长了花苞,比019多两个。

难道他是瞎猫碰上了死耗子?老师看出来了,才让他打杂?

刘瑜抓了一把土捻了捻,松软度很标准。她环顾西园,这里被打理得非常好。

脚脖子一疼,刘瑜忙捏死了那只试图逃跑的蚂蚁。

被咬的地方很快鼓起了一个硬包。

"西园最近来了一批毒蚂蚁,你运气不好。"身后响起一个声音。

刘瑜回头打量。

是个黑发青年,身形瘦而不柴,肤色白皙,五官清秀,留着清爽的发型,戴着一副豹纹眼镜。从上往下看过来的时候,藏在镜片后的那双眼睛看不太真切,给人一种安宁沉静的感觉,像夏日吃到的第一口西瓜。

刘瑜是老林工了,没少被各种虫子咬,尤其是蚂蚁。她可以去医院处理,这时却问道:"那要怎么做?"

陈雾把怀里的工具放下来,用手指指她的肿包:"你自己把包上面的小尖尖掐掉。"

刘瑜问道:"你不能帮我吗?"

"不是很方便。"陈雾摇了摇头,"要很用力地挤,我怕掌握不好力度。"

刘瑜没想到他会这样回答。

余伯肯定通知他了,那他应该知道了她的身份。可他并不热情,也没有趁此机会急于证明自己,好跟她搭上关系。

脚踝的刺痛袭来,刘瑜的思绪被打断,她决定按照这个人的方法去做。

陈雾蹲在一旁观察,说道:"不够,把血水都挤出来。"

刘瑜的呼吸渐渐急促,素净的瓜子脸也泛白了。

"很痛吧。"陈雾抓着草帽扇风,说道,"明天还要挤。"

刘瑜难得幼稚地在心里说：这么痛，我明天才不挤，一会儿我就去医院打针买药。

十多分钟后，刘瑜留下几滴毒血水走了。

下午四五点钟的时候，她又来了，这回带了一株普通的药材来。

如今市面上的中药原材料质量不行，有条件的都是自己建立基地，雇用专业人员种植培育。

林科院出来的顶尖技术人员，大部分都去了这些地方。

刘瑜动了想把这个园丁拉进余家的念头，她将药材递给他，说道："茎萎缩了，你看看能不能救。"

陈雾没接，而是问道："这是成为正式员工的考题吗？"

"是我想让你帮个忙。"刘瑜说。

陈雾这才接过药材，说道："开过花了啊。"

刘瑜很久没有这么兴奋了，上次还是被老师带去外地采风调研的时候。这人没受过系统教育，却能一眼看出药材开过花，这令她十分期待他接下来会怎么处理，于是不动声色地录起了视频。

陈雾像拔大白菜一样拨弄着根系，拨开主根，用指甲刮了几下黑褐色的表皮，随后在地上找了一截小树枝，掰尖一点当刀用。

"你慢……"

刘瑜还没说完，青年就把药材还给她了，说："我要去翻土了。"

她停下录像，收起手机问："你怎么这么随便？"

陈雾奇怪地反问："那应该怎么做？"

刘瑜说："起码给手消一下毒吧。"

陈雾怔了怔，说道："我没有消过毒。"

刘瑜把药材装进袋子里，摆摆手："没事，你按照你的习惯来。"

那段视频被刘瑜发给了她的老师。

同行间恶性竞争哪儿都有，刘瑜不会那样，她欣赏人才，希望能为他争取更多的机会，不想他的天赋被埋没。

刘瑜没料到她的老师看过视频以后，直接从养老的乡下回来了，当宝贝疙瘩二儿子对待的那只鸟都忘了带上。

愿者上钩

第十七章
相依为命

YUANZHESHANGGOU

陈雾今天见了两个陌生人,一个是刘主任,一个是赶在他下班前出现在他面前的老人。

老人精神抖擞,穿了一身布衣,脚上是一双布鞋,很亲切的打扮。脸上布满皱纹,胡子都白了,但竟然还有一双如此明亮锐利的眼睛。

陈雾正在清洗指甲里的泥巴,现在被老人盯着,泥水顺着他的指缝聚到指尖上,滴滴答答地往下落,他都忘了关水龙头。

老人突然说了一个人名,问道:"他是你什么人?"

陈雾惊讶地回答:"我师父。"

老人捋了捋胡子,又问道:"那净阳……"

陈雾答:"师兄。"

老人云淡风轻地抛下一句:"你明天去南园。"

陈雾迟疑地问道:"您是哪位?"

"别管我是谁。"老人又说,"能决定你去处的,还能是谁!"

陈雾恍然:"您是余先生的父亲啊。"

余老很不高兴:"有这种家底不早说,天天在这儿除草浪费时间。"

陈雾眨眨眼:"我没有家底。"

余老冷哼一声,反问道:"你有那样的师父,还不算吗?"

陈雾表情尴尬:"不好意思,我听不明白,您能不能说清楚一点?"

余老表情古怪:"他没告诉你吗?"

陈雾依然显得有些茫然。

"没说啊,这也要带进棺材里。"余老从宽松的棉布裤兜里掏出一把南瓜子,用假牙"咔嚓"嗑开，说道，"他出家前是林科院院长。"

陈雾闻言愣住了。

余老拿出学生发的视频，说道："你这一手就是他的真传。"

陈雾搓着脏手，说道："确实是跟着师父学的，他说我经书没有师兄抄得好，木鱼也敲得不够诚心，干脆跟他学种地。"

余老重新将目光投到这个年轻人身上。普通人觉得一个小庙的老和尚和小沙弥，念念经种种地能有什么作为。

可在有钱人眼里，健康和气运特别重要，因此中医药材师和名寺大师的地位极高，是大家都想拉拢的对象。

余老觉得这孩子傻，都来首城了也不知道展示自己的优势，换作别人早就挂在嘴边、贴在脑门上了。要是从他这里宣扬出去，必定炙手可热。

余老想到这里，脸一黑，凭什么要他来宣扬，又不是他家的人。

"哼，南园全是药材，被我发现哪株死在你手上，赔得你裤衩都不剩。"余老很严厉地警告。

陈雾吓得不敢吱声。

余盏出差回来的时候，陈雾已经在南园打理他吃的那些药材了。出差期间，余盏一次都没向谁过问陈雾的情况，却忍不住给他带了礼物。

盒子在陈雾面前打开，露出里面的植物标本。

余盏动作优雅地卷起衬衫袖子，露出一块低调却大气的腕表和肌肉结实的小臂："我看你很喜欢植物，就买了一个，在路边买的。"

陈雾望着标本。

余盏装作不在意的样子，说道："很便宜，大概三十块钱，具体多少钱不记得了。"

陈雾抿了抿嘴，有点苦恼地说："余先生，我其实很喜欢在你家的院子里工作。"

余盏哑然："我只是想跟你交个朋友，没有其他的意思。"他对朋友一向阔绰，也向来交心。

陈雾把标本还给他。

余盏头一次送出去礼物被退，还是当着他的面退的。他松开两粒衬衫扣子，无奈地笑了笑，温和地说："只是一份不贵重的礼物，用不着这样吧……"

"谢谢你。"陈雾将视线从标本移向余盏,十分认真地说,"但我不能收。"

余盏微笑道:"那这样吧,我之前欠你一顿饭,就今晚吧,今晚请你吃饭。"说完就走了。

陈雾在东园一角给晏为炽打电话:"阿炽,你今晚有事吗?"

"有个屁事!"晏为炽没好气地说,"我哪天不是放学就回家了?"

"那你能不能陪我去赴约?"

电话突然被挂了。

陈雾把手机装进口袋,继续给植株搭木架。

余伯走过来对他说:"少爷说你现在可以下班了。"

陈雾拿着锤子将长木头钉进土里,说道:"我把架子搭完吧。"他说完,卷了卷披在短袖外面的长袖外套,又说道,"走之前还要浇一次水,土都松过了,傍晚不浇,明天又要结块了。"

余伯赞赏地看了年轻人一眼,做事这方面没得说。

但是,仅凭这一点不能让老先生亲自下令,南园所有药材随便他打理,无论是珍贵的还是普通的……

老先生取消养老计划搬回大院住,很有可能也是为了他。难道年轻人的背景不简单?

陈雾疑惑地问道:"伯伯,还有什么事吗?"

余伯停止思绪,摆摆手:"没事,你忙你的。"

陈雾就没有管他了。

木架子还差一根的时候,陈雾的手机响了,他腾出手接通:"阿炽。"

电话那头,晏为炽的喘息有些不正常:"来学校接我。"

陈雾看了看天色,问道:"现在就去吗?你不是还有一节课吗?"

电话又被挂断了。

陈雾打开微信给晏为炽发了一条语音:"阿炽,你等我一下,我的事情还没有忙完。"

没有回复。

陈雾加快速度把木架搭好,拎着水枪在南园浇完水,披着晚霞开车去了嘉钥。

校门口的路旁坐着一个人。

陈雾把车开近些，看清楚以后，他一脸不解地下了车："阿炽，你怎么坐在这里？"

晏为炽盯着陈雾，不开口。

"阿炽，你怎么了？"陈雾走到晏为炽面前，被他的反应吓到了，音量小得像耳语。

晏为炽依旧盯着他，嗓音沙哑："你在电话里说了什么？"

陈雾怔住了："你没有听清吗？"

"现在说。"晏为炽用稀松平常的口吻道，"当着我的面说。"

陈雾抓了抓后脑勺的头发："就，就是……"

"别结巴。"

"我想让你陪我去赴约。"

两人同时说话，又同时停了下来。

晏为炽低着头，伸手把陈雾堆在鞋面上的裤腿理了理，问道："我是你的什么人？"

陈雾咽了一口唾沫，回答道："家人。"

晏为炽重复道："你的什么人？"

陈雾说："家人。"

"嗯。"晏为炽站了起来。

陈雾跟着他往停车的地方走，忽然惊呼道："阿炽，你左腿怎么有点……"怎么有点瘸？

晏为炽置若罔闻，继续迈着不是很自然的步子向前走。

陈雾追上来，问道："你又被人打了吗？"

晏为炽背对着他，面露尴尬，其实没被打，是摔的。听到陈雾的回答时，他大脑瞬间空白，脚踩空了，从楼梯上摔下去了。这话他死也不可能说出口，太丢人了！抄在口袋里的手被扯出来，晏为炽停下来，任由陈雾查看他掌心擦破的地方。

陈雾的视线在他掌心的擦伤和运动裤上的灰印子上逡巡，试探着问："你是摔倒了吗？"

晏为炽抽回手："别管我。"

陈雾轻轻蹙起眉头："要不你还是别去了吧。"

晏为炽的神色突然变得可怕："你还想让谁陪你去？"

"没有，我自己去就行了，没有别人。"陈雾连忙解释，"我想的是，这次就不用你陪我了，下次再说。"

晏为炽摩挲着手上的擦伤，心想，下次就是空头支票，傻瓜才会信。

上了车，晏为炽说："我只是摔了一下，又不是断了腿。"

陈雾轻声道："我是想让你在家休息。"

晏为炽固执地道："我不需要休息。"

"那好吧。"陈雾一边倒车，一边说，"还是请你帮我这个忙吧。"

晏为炽的目光落在车窗外。怎么觉得今天的夕阳比平时好看？

车平稳地行驶在高峰期的车流中，陈雾好奇地问："阿炽，你怎么不问我为什么让你陪我去赴约？"

晏为炽根本不在意原因，他满脑子都是自己如今身份远超以往的喜悦。

在陈雾第二次扭头时，晏为炽问道："为什么？"

陈雾开着车，如实说道："大院的余先生出差回来给我带了礼物，一个植物标本。他说是二三十块钱买的，但看做工估计要几十万。那么贵重的东西……我拒绝了，他又非要约我吃饭。我拒绝不了，就想让你陪我一起去。"

晏为炽的眼里浮现出几分怪异，姓余的不可能认不出陈雾手上的佛珠。

无所谓了，不论对方是怎么打算的，赢家都是他。

"那植物标本，你喜欢吗？"晏为炽关心的是别的。

陈雾露出害羞的笑容。

晏为炽立刻说："给你买。"

"你哪有钱？你的卡都给我了。"陈雾奇怪他怎么这么说，"而且那不是一笔小数目，我们要攒很久才能攒到。"

晏为炽神色尴尬，不知道该怎么解释。

"我自己做。"陈雾说道，"我都买好材料了，等我收到以后研究研究，有时间了就开始动工。"

晏为炽在心底叹息，这都安排好了，没他什么事了。

发觉不是回家的路，晏为炽看向陈雾，问道："直接去？"

陈雾点了点头："约的是七点半，我们到那儿，先在附近逛逛就差不多了。"

晏为炽说道："吃完饭再逛，现在回去换衣服。"

陈雾愕然："还要换衣服啊？"

晏为炽瞪了他一眼："你穿一身散发着农药味的衣服去吃饭吗？"

陈雾歪着脑袋，抬起手，这边嗅嗅那边嗅嗅，纳闷地说："没有什么味道啊。"

晏为炽翻了个白眼，沉声道："我希望你能重视一点。"

陈雾说："没事的，余先生不会在意的。"

晏为炽一回家就直奔浴室，他关门的前一刻又返回门口，叮嘱陈雾："你也洗一下。"

陈雾在玄关脱鞋，说道："等你洗完。"

晏为炽不假思索地说："你去另一个浴室，别磨蹭。"

"知道了，知道了。"陈雾把放在观景台的两盆绿植浇透水，外面突然响起了门铃声，他过去按开门上的显示屏看了看，只见门外是两个身着职业装的女士。

门一开，她们就将两套衣服递给陈雾，一句话都没说就离开了。

陈雾在原地站了一会儿，拎着衣服，一路小跑到主卧的浴室门前："阿炽，有人送了衣服来。"

浴室里的晏为炽正在洗澡，不耐烦地说道："听不清，等我出来再说。"

陈雾把衣服挂到衣帽间，自己去另一个浴室洗澡了。

当他洗好出来的时候，晏为炽已经拆掉了其中一套衣服的防尘袋，将上衣和裤子都丢给他："换上。"

陈雾默默地拿着衣服去了衣帽间。

他身上穿的是米白色衬衫和淡青色休闲长裤，没有牌子，却能看出质地十分高档，衬得他气质非常出众。

陈雾问："阿炽，衣服是你买的吗？"

"天上掉的。"晏为炽说。

陈雾推了推眼镜，腼腆地说道："尺码很合适。"

晏为炽说："上帝宠你。"

陈雾被噎住了。

"我去换衣服，你自己把头发吹干。"晏为炽胡乱地搓了下陈雾潮湿的头发，转身去了衣帽间。

陈雾坐在书桌前，一只手拿着吹风机吹头发，另一只手拉开面前的抽屉，拿出日记本记账。

抽屉里除了少量现金，还有一张西德职业技术学校的毕业证书。

陈雾专注于记账，没有注意到时间的流逝，背后突然传来声音："帮我打领带。"

正在纸上游走的钢笔停顿了一下，陈雾向后看去——

晏为炽的头发短短的，黑色西装里是一件烟灰色衬衫，扣子没有全扣，敞开着，指间挂着一条领带。脸上的伤口碰到了水，红肿了，给他平添了几分无拘无束的气质。

晏为炽见陈雾看呆了，眉一挑："虽然你第一次见我穿正装，被我帅到了，但没必要表现得这么明显。"

陈雾不接他的话茬，只说道："我不会打领带。"

晏为炽拿出手机搜教程："看着学。"

"你自己也可以照着视频打吧。"陈雾说完，把日记本和钢笔收进抽屉。

"是谁请我帮忙的？"晏为炽大步走过去，将手机递到他眼前，"赶紧！"

陈雾挠挠脸，无奈地说道："好吧。"

然后，陈雾只用了一分钟就给晏为炽打好了领带。

晏为炽都没反应过来："这叫不会？"

陈雾说："你找的教程比较详细，很好学。"

晏为炽脸黑了。

"阿炽，你洗澡怎么没注意，伤口感染就难受了。"陈雾打完领带，又忙去药箱拿药给晏为炽消毒。

他要上药的时候被阻止了。

"回来再上药。"晏为炽说，"绿油油的，难看。"

陈雾眨眨眼："平时在学校不都……"

"今晚不行。"晏为炽说着看了看运动手表，催促他，"走吧。"

出门前，晏为炽将领带解了下来。

陈雾一头雾水："不系啊？"

"不系。"晏为炽将衬衫最上面的扣子松开了，气质一下子变得慵懒随性。

陈雾嘀咕："不系你让我学！"

晏为炽轻轻地笑了一声，陈雾还没反应过来就被推着出了门。

站在电梯前，晏为炽突然说："在这儿等我。"

陈雾小声吐槽："阿炽，你今天晚上事情好多啊……"

"你管我。"晏为炽返回家里，在餐桌的日历上找到今天的日期，在上面画了个红圈。

七点二十左右，陈雾和晏为炽到达目的地。姓余的果然不安好心，订的是首城知名的顶楼西餐厅。

陈雾看完手机上的信息说："余先生已经到了，我们进去吧。"

晏为炽严肃地踏上台阶，按下电梯上行键时，对着电梯门拨弄了一下头发，玩笑道："这就要用新身份跟人见面了，有点紧张。"

陈雾说："那你做几个深呼吸。"

晏为炽不置可否。

透明穹顶，星空之下，余盏笑着远远地伸出手迎上来："小雾。"

陈雾正想说话，眼前就多了一只手，那只手越过他握住了余盏伸过来的手："余先生，你好，听说您要请陈雾吃饭，不请自来，真是不好意思。"

余盏露出恰到好处的惊讶："贤侄，没想到你和小雾认识。"

"我也没想到他提到的余总是余叔，工作的地方竟然是余家。"晏为炽不紧不慢地说道。

陈雾没有露出好奇的表情，更没有询问他们是怎么认识的，他安静地任由晏为炽发挥。晏为炽帮他拉开座椅，然后坐在他旁边。

用餐期间，余盏有一搭没一搭地透露他为什么认识晏为炽——余家和晏家是世交。

陈雾和晏为炽都没怎么听。

陈雾看着晏为炽拿走又给他切好了摆在他面前的牛排，用只有晏为炽能听见的声音说："我自己可以的。"

"不，你不可以。"晏为炽悄声道，然后慢条斯理地切自己的那盘牛排。

陈雾张了张嘴，最终默默地拿起叉子吃。

突然，一张帕子出现在眼皮底下，陈雾赶紧接过帕子，擦了擦嘴角。

他抬头，余盏看着他，对他说："你们的感情真好。"

"相依为命。"晏为炽笑着说道。

愿者上钩

陈雾去了洗手间回来，发现桌上的氛围变了。

晏为炽将刀叉丢到盘子里，质问道："余叔，我的佛珠在他手上戴着，您不会没认出来吧？"

余盏抿了口红酒，说道："我以为小雾交朋友不需要经过你的同意，想来你也不会管得这么宽，但我没有想到他会带你来，虽然只是为了防备我。"

瞬间，晏为炽的后背感到一阵燥热，嘴角怎么都压不下去。

"人生地不熟，突然有人要送几十万的礼物，送礼不成就要请吃饭，自然需要防备。"晏为炽的腿抑制不住地抖动，"不是谁都能被信任的。"

余盏看过去。晏为炽表面上从容淡定，实际上得意得很。

余盏往后坐了点，靠着椅背，反问道："这么防着我，你放心他在大院工作吗？"

"为什么不放心？"晏为炽一边吃，一边说道，"他又不是三岁小儿，他有自己的判断力。他没有主动离职，说明你并不算什么威胁。"

余盏毕竟年长十岁，一眼就看破了他的云淡风轻，明明是迎战的状态。

"小雾是个人才，我的父亲有意他做关门弟子，他进林科院是早晚的事，以后他要面对的情况只会更多、更复杂。"

"不劳余叔操心了。"晏为炽笑起来，五官似乎柔和了些许，"保驾护航，我应该还行。如果他有异议，我会尊重他的意愿。"

余盏仰望头顶星空，心想，年轻人，话说得挺漂亮。

几秒后，余盏听晏为炽说了一句："但我不会给他这个机会，我会永远站在他这一边。"

余盏不仅安排了烛光晚餐，还有一场话剧。

演员们的演出震撼人心，尤其是那个老者，伏在地上的时候，观众席都能感受到他对生的渴望。

余盏察觉出陈雾的动容，为他介绍："那是晏二爷。"

陈雾睁大了眼睛。

"晏为炽的二哥。"余盏将陈雾的惊讶收进眼底，"他没有和你说过吗？"

四周光线骤然暗下去。

舞台拉上了帷幕，熄了灯，准备换场景。等待的时间不短，充满故事感的旁白响起。

陈雾推了推鼻梁上的眼镜，回答余盏："他家是他家，他是他，我对他的家里人不是很关心。"

肩头一沉，晏为炽将脑袋凑了上来，像犬科动物一样，显然对他的回答很是满意。

旁白结束，第二场话剧开始了。

看完话剧，三人在剧院门口告别。

"你们路上注意安全。"余盏像和善的长辈一样叮嘱，话音落下，他凝视陈雾，露出酒窝，"明天见。"

陈雾拿着眼镜发呆，晏为炽催促他："发什么呆，跟余叔说再见。"

"拜拜。"陈雾挥了挥空着的那只手。

余盏见陈雾迷糊的样子，不由得停下脚步。

晏为炽一把抢走陈雾的眼镜，问道："怎么不戴上？镜框有问题？"

陈雾摇头："镜片有点花了。"

"那怎么不跟我说？"晏为炽说完，就用自己高级定制的衬衫给他擦拭镜片。

动作十分自然，还接地气，完全和身边那个如山间清风般的人融为一体，毫无豪门世家子弟的高高在上、不近人情。

余盏见状，开车走了。

晏为炽看着陈雾戴上眼镜，忍不住问道："我今晚表现怎么样？打个分。"

陈雾很诚恳地说："满分。"

晏为炽下意识地看向别处，掩饰住上扬的嘴角。

陆续有人从剧院里出来，他们衣着光鲜，谈吐大方，都是来支持晏二爷的名流。陈雾拉着晏为炽往角落里走，让出位置，说道："阿炽，我们也回去吧。"

晏为炽不想那么快回去，提议："不如去街上逛逛。"

陈雾说："你腿摔伤了，就别逛了吧。"

"又不是骨折。"晏为炽把他往外一推，"走吧。"

十点多，街上依然灯火璀璨，人群熙熙攘攘。陈雾走进了一家装饰温馨的花店。

晏为炽等在店门口，若有所思。

"阿炽。"店里传来陈雾的喊声。

晏为炽拿着手机进店扫码:"多少钱?"

"不是叫你付钱。"陈雾说,"我想买种球。"

晏为炽皱起眉:"那你喊我干吗?"

陈雾眼睛亮亮的:"有很多种,我不知道买哪个。"

晏为炽挑眉:"让我选吗?等着。"说完背过身上网去搜花语。

很快,晏为炽有了答案:"郁金香。"

陈雾对花店老板说:"我们要五个郁金香种球。"

老板拿着袋子过来,热情地说道:"都是包对版的,要是你发现开花后不对,可以来找我退款。你自己挑吗?"

"我不挑了,你随便拿就好了。"陈雾说。

老板是个实诚人,从篮子里找了五个大种球放进袋中,又问:"要营养液吗?"

"不用了。"陈雾说,"我用土培。"

"土培啊。"老板微笑道,"我这儿有营养土,你可以看看。"

陈雾转头问晏为炽:"土要吗?"

晏为炽愣了一下。眼前这人看起来脾性很好,实际上在大事上都是自己做主,小事上也很少让他参谋,现在这是……

他绷着脸,故作思考:"来一袋。"

"我们要一袋营养土。"陈雾笑着对老板说。

晏为炽拎着装有种球和营养土的蓝色大袋子从花店出来,问道:"买点喝的吗?"

"我不渴。"陈雾整理了一下米白色衬衫的领子,手腕上的佛珠滑下来一点,十分惹眼。他往前看,"这里有奶茶店吧,你想喝我们就……"

话音突然停了,从花店门前经过的黄遇一顿,立即去看旁边的未婚妻。

覃小姐知性文静,回了一个让他放心的眼神。

"这么巧。"黄遇带她走到店门口的二人面前,吊儿郎当地歪嘴笑,"二位出来买花啊。"

眼睛一瞟,花呢?哦,没花,只有土,一大袋。

炽哥从头到脚一身高级私人订制,比他和昭儿几个月前给他准备的西服档次还高,随时都能奔赴一场盛宴并风靡全场,然而他手里拎着一袋土。

还有陈雾,他也是一身高级私人订制,终于舍得换掉他的土气套餐了。

不过,这两人打扮得这么正式,怎么在大街上做这么接地气的事?

他暗中搜寻蛛丝马迹,但什么也没看出来。

很快,黄遇的关注点就转移到了别的地方。高级私人订制可不是什么奢侈品牌的当季新品,想穿随时能叫人送过来。这两人身上的私人订制,炽哥是什么时候准备的?

黄遇顿时自豪起来,不愧是他炽哥,回来都没进过晏家大门,照样有门路。

"你眼珠乱转什么。"晏为炽嫌弃地说道。

"我这叫炯炯有神。"黄遇说着,把未婚妻介绍给他们。

覃小姐一看就是大家闺秀,她对陈雾和晏为炽点了点头,矜持又不失涵养。

"行了,招呼也打了,各走各的。"说完,晏为炽示意陈雾赶紧走。

"别啊,炽哥,咱们都碰上了。"黄遇直接跳过做不了主的晏为炽,问陈雾去不去喝点东西。

陈雾抿了下嘴,说道:"去吧。"

四人去了附近的茶楼喝茶。

他们点了一壶上好的龙井,几碟精致的点心。在一束朦胧隐秘的灯光照射下,四种不同的人生,合成了两条线。

他们两两对坐。

黄遇坐没坐相,半边身子斜在沙发里,覃小姐坐得端正。

男才女貌,一静一动。

"未来的黄太太,想吃什么自己拿。"黄遇一边玩手机,一边招呼。他长得好看,哪怕举止轻佻傲慢也不会让人心生反感。

覃小姐没有让他别玩手机,也没有问他在玩什么,而是切起了点心。分量很小,一口就吃完了。

"哎,炽哥,你脸上的伤怎么没跟我们说,手破皮了,腿还瘸了。"黄遇突然坐起来,厉声道,"哪个活腻了敢伤你,我给你报仇去!"

晏为炽正在教导陈雾怎么品茶,没有搭理他。

黄遇翻了个白眼,又倒回沙发里,随后把主意打到陈雾身上,问道:"你们从哪里来?"

"才看完话剧。"陈雾说。

黄遇瞪大了眼睛,心想,陈雾你这土包子,居然会去看话剧!

晏为炽将干净的叉子扔在黄遇面前的桌上,冷冷地道:"你在瞪谁?"

黄遇感到极为委屈:"我哪里瞪人了。"他一把握住未婚妻的手,说道,"我不会是眼珠有什么问题吧,你明天陪我去眼科看看。"

覃小姐配合他的表演:"好。"

不多时,晏为炽和黄遇起身去了吸烟区。

走之前,晏为炽对陈雾说:"我很快就回来。"

黄遇刚想吐槽,就瞥见未婚妻在望着他,不知怎么也说了句:"我也很快就回来。"

四人走了两个,剩下的都是慢热的。

覃小姐是拉小提琴的,乐团首席,天才音乐人,年少成名,刚过二十岁就荣获了诸多含金量高的奖项。她很有涵养,并没有随意打听陈雾的学历、工作。

"要到十月了,温度还是高。"覃小姐挑了个很日常的话题。

陈雾点头。

覃小姐见他回应,眼里含笑道:"天气反常,今年的冬天也许会比往年冷。"

陈雾把要倒的大袋子拖到腿间固定,问道:"首城的冬天下雪吗?"

覃小姐没多少血色的唇微动:"很少下。"

她前倾身体去拿桌上的纸巾,脖子上的挂件从连衣裙领子里露出一小部分。

陈雾看过去。

覃小姐并未感觉被冒犯,她当着陈雾的面拿出挂件。

那是一个非常小的瓶子,里面塞了什么,仔细看陈雾才辨认出里面放着一株草。

"我以前练琴压力过大,患了严重的失眠症,戴着它能睡好觉。"覃小姐用平淡的语气概括自己受过的痛苦。

陈雾说道:"这种草,很贵吧。"

覃小姐笑了笑,没有告诉他,不是很贵,而是有钱都很难买得到。

吸烟区,黄遇一边把玩未婚妻送的打火机,一边向晏为炽汇报:"炽哥,你有两个侄子已经在筹备他们爷爷的寿礼了。"

这两个侄子跟他住一个宿舍，人生目标是讨爷爷欢心，企图能多分点皮毛。晏家的皮毛都是以亿为单位。

那两人成天把"我爷爷"三个字挂在嘴边，愚蠢是他们在内斗中活下来的唯一原因。

"大寿在年二十七，这才几月份。"黄遇鄙夷地评价了一句，问道，"炽哥，你到时候会准备吗？"

晏为炽道："不准备。"

黄遇闭上了嘴巴。

晏老爷子高寿，说不好听点，现在他两腿一蹬都是喜丧，但老人家就是那么挺着，白发人送走一茬又一茬的黑发人。

他过个寿就跟古代皇帝一样，小辈按照辈分轮流上前祝寿。

直系的、旁系的，一大堆，轮完就要半天。

"炽哥，你回来的时间不短了——"黄遇欲言又止，"你没回过家，那你也没去看你母亲吗？"

晏为炽的神色冷了下去。

黄遇摸了摸鼻子，没有再打听。

气氛沉闷得黄遇都要待不下去了，他犯愁，想说点什么来打圆场，结果被他惹怒的炽哥收回了敲窗棂的手，先出去了。

黄遇愣在原地，嘴角微微抽搐，原来炽哥并没有被他惹怒，是他自作多情。

他打电话给另一个发小："昭儿，什么时候我们几个聚聚？"

姜凉昭接受的是封闭式压缩教学，课业繁重，他这会儿还在整理知识点，疲惫地说道："只能过年了。"

"你那是什么学校。"黄遇骂完才想起昭儿念的学校是晏家的，他讪讪地咽了一口唾沫，小心翼翼地说了一句，"你忙，炽哥也忙，果然成长就是送朋友们走上理想的道路。"

姜凉昭直接挂了电话。

黄遇恶心完发小，把打火机往裤兜里一塞，十指交叉着放到脑后，吊儿郎当地向外走。

大家都有事忙，他忙点什么好呢。

第二天一早，陈雾照常去厨房做早饭，途经餐厅的时候，他打了一个哈欠，惊讶地睁大眼睛。

餐桌上摆着烤面包、豆浆、玉米、水煮蛋、烧饼、蓝莓、稀饭,全都是两份,不仅种类多,还很有卖相。

听到厨房有响动,陈雾跑进去,问道:"阿炽,早饭是你做的吗?"

晏为炽系着围裙清理台面:"不是。"

陈雾茫然地说:"家里只有我和你,我才起来,不是你还能是谁呢?"

晏为炽把豆浆机收进柜子里,反问道:"那你还问?"

陈雾搓了搓脸,又抓了抓头发:"我只是没睡醒。"

"你都做好了,我就直接吃了,我刷牙去。"陈雾走出厨房,又回过头道,"阿炽,辛苦你了。"

晏为炽似笑非笑地说:"平时你做饭的次数比我多,我是不是每次都要对你说声辛苦?"

陈雾缩着脑袋转过身,嘀嘀咕咕地说:"我好像又说了不该说的话,我真是睡昏头了,我去洗个脸就好了。"

晏为炽黑着脸把厨房的卫生搞完。

不一会儿,陈雾洗漱好,坐到餐厅,他喝了几口豆浆,抓起玉米啃了起来。

玉米是老家寄过来的,虽然从冷冻室里拿出来吃口感差了一点,却也比菜市场买的好。

陈雾边啃边说:"阿炽,玉米糯糯的。"

"嗯。"晏为炽回应。

这么大的房子没请人,依然干净整洁。明亮的晨光落在他们身上,他们各自吃着早饭。

跟往常一样,晏为炽先吃完,陈雾吃完剩下的食物,把盘子里的最后几颗蓝莓拈起来:"碗我来洗就好了。"

"吃你的。"晏为炽收拾起了餐桌。

"我都吃完了。"陈雾快速吃掉蓝莓,起身和他一起收拾,"阿炽,你是睡不着起来做的,还是以后每天都给我做啊?"

晏为炽云淡风轻地道:"你想我每天给你做,我就每天给你做。"

一般人听了多少会感动,陈雾却不按常理出牌,他想了想,说:"还是不要了吧,我有时候早上想吃馒头、包子,你不会蒸。"

晏为炽无语了。

国庆平平淡淡地过去了,陈雾把南园的药材养得很茁壮,没有一株蔫头巴脑的。

余伯来找陈雾,领他去了大院的鸟舍。

陈雾没有东张西望,只问:"余老先生,您找我有什么事吗?"

余老给了他一个文件袋。

几只不知名的鸟叽叽喳喳叫,陈雾打开文件袋,把手伸进去,摸到一沓资料,问道:"这些是什么?"

"国内适合你的学校的招生信息。"余老在给他手里的一只鸟拔羽毛,把残了的都薅掉。

陈雾万分愕然。

"回去翻翻。"余老说,"文凭学历确实比不上能力,但它是衣服,是门锁。"

陈雾慢慢地眨了下眼睛:"成人高考吗……"

"我看你对我儿吃的药材养得挺用心,才叫人给你弄的这些,你自己考虑。"余老拿了把锉刀,给鸟锉了锉有点长的喙尖。

"好的,谢谢您。"陈雾拿着文件袋离开了。

余老对着鸟冷哼道:"他那是什么反应,不会不当回事吧。"

"考试哪有容易的,不试试就放弃,像什么样子。"余老又说道。

"很多年没上学了,重新提笔确实难……可能是怕考不好影响自信心。"余伯说道。

"罢了,人各有志。"余老失望地叹了口气。

余老都说服自己尊重别人的命运了,儿子却说他在网上查了,那孩子报了11月的自考。

那份资料里有成人高考、自考两条路,各个地方的考试时间不同。今年首城这边的自考11月还能报名,来年1月考试。

不过时间太短了,报名了也没用,最好还是明年准备好了再报考。

算了,报了就报了吧,看书做题先准备吧。

余老在储藏室走了几圈,让人把陈雾叫上来,指着一堵墙高的书说:"自己搬到南园,下班带走。"

陈雾目瞪口呆:"好多啊。"

余老看他的表情,以为他没读过几本书,心想,得了,11月考试肯定全科都是零蛋。

"每本书都是我的珍藏品,缺页或者脏了哪里,你裤衩都得赔掉。"余老不讲情面地威胁。

陈雾收回视线,郑重地说:"我会收好的。"

"那我现在开始搬了啊。"他爬上书山旁边的小梯子。

余老看着晃动的梯子,忍着不去扶。摔下来才能长记性,那么高直接爬也不考虑后果。哪知不管梯子怎么晃,陈雾都没有摔,稳当地拿着几本书下来了。

余老咳嗽两声,说道:"月底你跟我出一趟远门。"

陈雾停下翻书的动作,问道:"去做什么?"

余老说:"去玩。"

陈雾不好意思地说:"对不起,我说了废话。"

余老抠了抠指甲缝里的泥巴,说道:"带你去旁听,回来写一篇论文给我看。"

陈雾讷讷地说:"老先生,我初中都没念完。"

余老当作没听见。

这年林业界交流会的举办地在新确,首城林科院退休的余老出山了,身边还带着一个陌生的年轻人。

余老的学生对他十分关照,大家都在猜测他的来历。

陈雾一只手给余老拎包,一只手捧着茶杯,队伍走到哪儿他就跟到哪儿,没有他说话的份儿,他也不会刻意插嘴。

中午,一行人结束饭局,去了承办方准备的酒店。

"论文的事别担心,到时我会给你一些资料参考。"刘瑜严肃地提醒,"不能抄。"

陈雾感激地说:"谢谢。"

刘瑜刷卡打开隔壁房间,叮嘱他:"有事叫我。"

"好的。"陈雾在铺着柔软地毯的长走廊上站了一会儿,掏出兜里的手机。

晏为炽那头有些嘈杂,问道:"到酒店了吗?"

"到了。"陈雾一边找房卡,一边说,"酒店靠着一片湖,很大。我今天见了很多林业专家,听他们说去过哪些地方调研,考察过哪些产业,他们都很厉害……"

晏为炽听着陈雾的唠叨。

他现在在山里,这几天有越野摩托车比赛,赛道紧挨着一面山壁,空气中泥土飞扬。

晏为炽把口罩拉下来,喝了口陈雾走之前给他做的奶茶,轻声说道:"不要想太多,就当是去玩。"

"别怕。"他说。

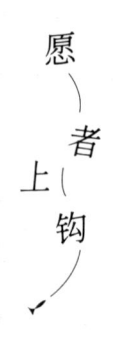

第十八章

母亲

陈雾不觉得焦虑,他把从首城带来的苹果吃了,盘腿坐在床上看书。

一晃天就黑了。

陈雾去吃了碗面就回到酒店,继续看书。

余老端着茶杯来找他,问他把那些书搬回家以后看了多少。

"不记得了。"陈雾给余老的茶杯加了一些水,"我看得比较快。"

余老蹙眉:"不是看得快就行,要吃透。"

陈雾把床上的书收起来:"我知道。"他坐到房间空着的椅子上,"您是要和我说明天旁听的注意事项吗?"

余老吹了吹茶水,陷入沉思。不知道是风水问题,还是命中注定,余家人丁单薄。他的妻子在世时为他生了两个儿子和两个女儿。大儿子和女儿们都没活到成年,只有小儿子活下来了。

小儿子体弱多病,由一园子的药材喂养长大,所以他对小儿子没什么要求,人能蹦能跳就行。

很多事是摔了跟头后才看开的。

余老望着激发他收徒冲动的小辈,突然问道:"你觉得我迂腐吗?"

陈雾忙摇头。

余老突兀地说道:"余家主要在林业种植业发展。这个领域余家说第二,没有哪家敢说第一。"他掷地有声地说,"即便这样,我们余家人也不骄傲自大,从未欺压、吞并其他企业,也不曾搞什么一家独大。而且在余家做什么都很自由,事业自由,婚姻自由,人格自由。"

陈雾听得一愣一愣的。

余老鄙视地说道:"那种被父母掌控着,规矩比牛身上的虱子还多的家庭出来的人,千万要离得远远的,太容易被牵连!"

见陈雾还是那副呆样子,余老端起茶杯,气鼓鼓地走了。

房间里陷入寂静。

陈雾坐回床上看了一会儿书,拨了个电话,问道:"阿炽,你们家家业那么大,你以后会联姻吗?"

"不会。"晏为炽在观景台看星星,毫不犹豫地给出了答案。

陈雾迟疑了片刻,才说道:"我不是问现在,我问的是……"

"都不会。"晏为炽慵懒地笑着回答,"永远不会。"

研讨交流会是一人一位,桌子上统一摆放着一瓶水、一个本子、一支笔,右上角则放着姓名立牌。

余老坐在主位,和他同排的是另外两个城市科研院的院长。

后面全是在业界取得过出色成绩的博士生研究员或被评为杰出人物的领导。

气氛严肃。

旁听的陈雾坐在角落的空位上,他把盖了活动戳印的本子翻开,拿着中性笔时不时地在本子上写几笔。

大屏幕上的图文不时变换,各大科研院陆续上台发言。

时间在一轮接一轮的发言中流逝。会议室的嘈杂声此起彼伏,刘瑜作为余老的学生,林科院最年轻的主任,一如既往地得到了关注。不少与她年纪相仿的人来跟她寒暄,不过这次他们多了个目的——打听余老带的那个陌生青年。

"不方便透露。"刘瑜理了理长发,用一个很便宜的琥珀色大夹子夹好,"如果以后有可能,我们院里会对外公布的。"

说完,刘瑜去角落找陈雾:"你笔记都记了……"声音戛然而止。

她拿起陈雾的本子翻了翻,没有文字,全是图。虽然是会上讲过的植物,但是……

刘瑜指责的话还未说出口,在迎上陈雾单纯的目光后就咽了下去。她从包里掏出自己的本子:"这是我记的笔记,你拿去看。"

陈雾伸手去接:"谢谢。"

"明后两天是关于林草扶贫的,你不能再像今天这样了。"刘瑜提醒他。

愿者上钩

陈雾态度端正："好吧，我会好好记笔记。"

"特征抓得很到位，一眼就能让人看出是什么。"刘瑜看着他画在纸上的一棵棵植物，问道，"专门学过吗？"她了解他的学业情况，便又说，"我指的是网上的视频教程。"

"没有。"陈雾转了转中性笔，说道，"多看多摸就会了。"

刘瑜语气中带着赞赏："我读书时要是掌握得有你一半好，也不会每次赶作业都痛苦不堪了。"

陈雾腼腆地抿了抿嘴。

刘瑜见老师在和几个人交谈，外围还有人排队，她就先带陈雾走了。

"一场交流会听下来，你有没有收获？"刘瑜把挂在脖子上的蓝色证件取下来，随手塞进包里。

陈雾说道："我觉得每个人说的都是对的。"

刘瑜莞尔："准备好素材写的稿子，怎么可能会有学术上的错误。"

"那也厉害，不怯场、不紧张的表达能力是我要学习的。治不好，也没有钱去更大的城市治疗，我就自己想办法……种树种花草对我来说就像吃饭喝水一样简单，挖个坑，填土，浇水就行了，没想过这些还要学。林业类的书籍我都没有看过，最近开始看了，但很多很深奥，我理解不了……"

"哪方面的，说给我听听。"刘瑜谦虚地说道，"也许我能提供点思路。"

陈雾挑了几个感到困惑的地方。

刘瑜像上级，也像知心大姐姐，不仅为他解惑给出指导，还给予了适当的鼓励。

两人不知不觉走出了大楼。

刘瑜提议道："老师可能还要一会儿才能脱身，我们先去附近吃点东西填填肚子，等他那边忙完了再说。"

"可以。"说完，陈雾拿出手机回复晏为炽的信息："开完会了。"

刘瑜叫了车，带着陈雾去路边等。

出租车没等到，却等来了一辆黑色的车。

醒来时，刘瑜发现自己身处一处私人别墅。她从冷硬的地上醒来，由于在被带来的途中过度挣扎，随后被捂晕，现在意识不太清楚，手脚也无力。

"陈雾，你在哪儿？"刘瑜一边摸着阔腿西裤的口袋找手机，一边在黑暗中喊着。

"啪——"周围瞬间变得明亮。

刘瑜不适地闭了闭眼睛,再次睁眼时,看到了坐在不远处沙发上的男人,赵家的大公子。

他的眉眼明明长得不错,身高也不矮,却给人一种猥琐的感觉。即便是手工定制的服装也无法为他增添一丝正派的气质,精气神都被权力和欲望掏空了。

"赵少,你这是什么意思?"刘瑜坐起来问道。

"我还想问你呢。"赵大公子弹了弹西服袖口,反问道,"刘主任,你一次两次拒绝我的邀请,还自称暂时没有谈情说爱的打算,把我的脸面踩在脚底下,却跟一个男的走在一起,你是什么意思?"

刘瑜冷冷地说:"同事而已。"

赵大公子来新硝谈生意,刚结束一场应酬,浑身烟酒气,缺乏理智,也没有平时能忍耐。他回酒店的路上一听手下汇报说林科院在这边开会,就找过来了。

见刘瑜正和一个男子交谈,他一时气血上头,吩咐司机把车子停在路边,让落后的黑车上前把人掳了。

"同事啊。"赵大公子打开手机,用不可一世的目光打量视频里垂手而立、用袖子遮住半只手背的人,"我怎么看着像小白脸。"转而把头扭向刘瑜,"不会是刘主任养的吧。"

刘瑜又羞又怒:"思想肮脏的人,看什么都是脏的。"

"满十八了吗?"赵大公子戏谑道,"林科院到外地参加交流会可不会把阿猫阿狗都带上,不是你的小情人是什么!"他的话语粗俗不堪,"我说怎么一顿饭都请不到,原来刘主任不喜欢谈婚论嫁,喜欢这等买卖。"

刘瑜气得脸色通红,胸口剧烈起伏。早在挣扎的过程中,她夹头发的夹子就掉了,这会儿发丝披肩,狼狈中带着几分脆弱,赵大公子的眼神变得危险。

"你把无辜的人放了!"刘瑜平复呼吸,镇定地说道,"有事我们慢慢说。"

赵大公子摊开手:"放不放还不是看你表现。"

刘瑜垂下眼帘。

"刘主任,我欣赏你的才干,是你的倾慕者之一。"赵大公子跷着腿,油腔滑调,"正常的交友你不愿意,那我们就一步到位,都是成年人,我相信你懂的——"

刘瑜整理了一下头发，抬眼时，眼神多了几分犀利："赵家今非昔比，不需要拉上余家吧。"

赵大公子闻言神色微变。

赵家易过主，以前的家主是他大伯。

那时赵家在经营上出了问题，差点破产，是某个天才设计师带着自己的作品嫁入赵家，才扭转了局面。

可惜大伯的能力无法匹配越来越好的势头，被弟弟，也就是他父亲，夺权了。

大伯一家最终的结局是太太抑郁而终，他自己带着襁褓中的小婴儿逃出首城。多年过去，赵家几乎成了珠宝业的龙头，只要那件闻名珠宝界的"春之秀"还在赵家，赵家在业内的地位就永远无法超越。

赵家和余家的主业不在同一个领域，只有少部分副业有交集，确实不需要合作，可他需要。

女人多的是，他为什么盯上刘瑜这个像教导主任一样没有情趣的研究员呢？

因为父亲不仅陆陆续续开始将他手里的项目分给其他人，还找借口把他往外派。这是在给私生子铺路。

在这种情况下，赵大公子坐不住了，他跟不能为他创造更多价值的太太离了婚，只等着将刘瑜迎进门。

毕竟，余老把刘瑜当作女儿一般对待，而刘瑜背后是林科院和余家。娶到她，他接下来的路就好走了。

赵大公子将皮带抽出来拿在手里，盯着刘瑜说道："刘主任，你配合一下，我们早点完事，早点去登记。"

刘瑜冷冷地看着他："没有人会嫁给一个强奸犯。"

赵大公子示意她看墙角的摄像头："所以我打算留点把柄。"

刘瑜的瞳孔一缩。

赵大公子没有表现出急切，他仍坐在沙发上："我数到十，你的衣服要是没脱干净，小白脸的十根手指头就全没了。"

"你疯了。"刘瑜暗地里观察四周，不放过任何一个细节，"他是我老师的人，不信你可以去查。"

赵大公子皮笑肉不笑地说："你让我查我就查，我很闲吗？"

明摆着就是天王老子来了，他都要先把生米煮成熟饭。

"十，九……"恶魔开始倒数。

刘瑜的额角渗出冷汗,她朝沙发上的男人走去,开始一颗一颗地解开衬衫扣子。

通红的眼睛,发抖的身子,唇上咬出的血,屈辱的表情……

赵大公子一下子站了起来,大步走过去将她一把拉了过来。

刘瑜自然地往另一边跑。

衬衫上还剩下的几颗扣子噼里啪啦地落在地上。

赵大公子迷了心智,一心想要成就好事。刘瑜抓起早就盯上的台灯砸到他头上,台灯瞬间四分五裂。

刘瑜推开倒在她身上的人,喘息着拢了拢衬衫,快速分析自己的处境。

门口有人把守,出不去。她拖着依旧疲软的手脚爬上二楼,从阳台上跳了下去。

刘瑜靠着强大的毅力走了不知多久,视野里出现了一辆车,她咬着牙冲了过去。

车上是一对男女,他们让刘瑜上了车。刘瑜向他们借手机拨出一个号码:"老师,我给你发个信息。"

还在会议室的余老看到信息,立即打电话过来,关切地问道:"你怎么样?"

"我没事。"刘瑜说,"我现在就回去。"

她把手机还给那对男女,他们好心地问:"要不要帮你报警?"

"不用,麻烦你们送我去医院。"刘瑜强撑不住,昏了过去。

余老平时不与赵家打交道,但时间紧迫,他不得不找了个没人的休息室,给某个人打电话:"别怪我没通知你,人在赵家那个喝多了脑子犯蠢的老大手上,你自己看着办!"

挂了电话,余老气不过,把远在法国出差的儿子骂了一顿。

"一天到晚,就知道这个项目那个项目,非要去国外拓展事业,怎么就不能把国内的城市覆盖了!"

余盏莫名其妙被数落,他放下手机,对合作商投去一个抱歉的笑容:"我们继续。"

同一时间,山林里,几个保镖把陈雾绑在树上,等老板下一个指令。

老板估计在忙,一时半会儿不会结束,只能等。

过了一会儿，领头的老大过来检查陈雾手上的绳子绑得紧不紧。

陈雾突然说："你口臭很严重。"

话音刚落，站在旁边的保镖们都惊讶极了，他们平时根本不敢提一个字，都是憋着气跟老大说话，现在终于有人说了。

老大神色十分精彩。

陈雾又问道："你大便是不是很黏？"

几人异口同声地问："大哥，你大便很黏吗？"

"滚！"老大用匕首几下划断绑陈雾的绳子，拽着他往林子里拖。

"你脾虚消化不好，平时针灸吗……这里可能有适合你吃的草药，要不我帮你找找……"

"大哥，老板还没有下指令，暂时不能动他啊！"

就在这时，远处传来隐约的警笛声，且越来越近。

保镖们被杀了个措手不及，老大率先回过神："赶紧撤！"

混乱中夹杂着陈雾的声音："你们把我丢在林子里吧。"

他还是被带上了。

车子从山林开上大道，警车紧追不放。

这些保镖联系不上老板，又甩不掉警车，一下子乱了套。混乱过后，所有人的视线不约而同地集中到陈雾脸上。

他们对视一眼，做了决定。

下一刻，车子急刹车，陈雾被丢了出去，连同他的帆布袋和刘瑜的小包。

警车不再追了。

陈雾在警局录了口供，警方说接到举报称有人在那里交易毒品，他们风驰电掣地赶去，恰巧救了他。

警方透露，这起事件牵扯到的重要人物还没落网，后面可能还会联系他。

陈雾被警方送到了他住的那家酒店，余老背着手在一楼大厅来回走动，一见到他就给了他一个栗暴，他痛得捂住脑门。

余老气得一蹦三尺高："就不能快点回来！我肚子都饿扁了还要在这儿等你，我一只脚都踩进棺材里的人了，你也不怕折寿！"

陈雾讷讷地说："我没有让你等啊。"

余老气得用手捶胸口，陈雾赶紧给他顺气，却被他一把抓住手："有没有伤到哪儿?"

"没有。"陈雾继续给老人顺气。

余老把他的手拨到一边,说道:"行了,没事了,别献殷勤,我的家产是要给儿子儿媳的。"

陈雾推了推眼镜,问道:"老先生,刘主任回来了吗?"

"没回来我能知道你们出事?"余老瞥了一眼他那傻样。

陈雾关心地问道:"她受伤了吗?"

"自己去看。"余老说了医院的地址和病房信息,揉着扁扁的肚子往酒店门口走。他走了没多远就回过头,"跟上来,请我吃饭。"

"我现在没有什么胃口。"陈雾打开手机。

"什么叫没胃口,我看你就是舍不得你兜里的铜板。"余老冷哼一声,不满地说道。

陈雾无奈地说:"好吧,我来了。"

嘴上说没胃口的陈雾吃掉了一碗面,余老把他丢在饭馆,自己去遛弯了。

陈雾按照地址打车去了医院,刘瑜正在跟不知道从哪里得到消息的父亲打视频电话报平安。她在走廊举着手机,走给父亲看,证明自己能走能动。

陈雾一过来,刘瑜就朝他跑去,尽管老师已经提前跟她说他安全了,她依旧记挂着。

"真的很抱歉。"刘瑜说,"连累你了。"

陈雾看见她气色很差,脸上一片瘀青,脖子上系着宽丝巾,摇摇头说:"你也是受害者。"

视频里的刘父奇怪地说:"小鱼,你在跟谁说话,我怎么听声音有点耳熟?"

"刘叔!"陈雾诧异地将脑袋凑到刘瑜的手机前。

刘父见到他,激动地大喊:"小陈!"

刘瑜神色古怪:"爸,他就是你在春桂的同事吗?"

刘父哈哈大笑:"是啊,是啊。他就是我之前要介绍给你的……"

"晚点说。"刘瑜快速挂掉视频电话,她看着陈雾,神色尴尬,但很快恢复如常,"我要住院观察一天。"

陈雾从帆布袋里拿出她的包,递过去说:"像今天这种事,还会有下次吗?"

刘瑜没有去检查包里的东西,心思落在别的事上:"不好说。"

愿者上钩

看老师会不会为了她，对付赵家。

不过，刘瑜的目光扫了眼前的青年一眼，蓦地一笑，也许余家会对付赵家，不只是为了她。

当晚，陈雾的房间门被敲响了，他放下手上的书走到门口，问道："是刘主任吗？"

没回应。

"老先生吗？"陈雾又问。

门一下就打开了，陈雾怔怔地看着晏为炽："阿炽，你怎么来了？"

晏为炽风尘仆仆地走来，把棒球帽和口罩摘下来，露出疲倦的面容："你应该问我，怎么知道你住在这里。"

"你怎么知道的？"陈雾傻傻地问道。

晏为炽用眼神示意他让开，解释道："我认识余盏，自然认识他父亲，问一问就知道你们的落脚地。"

陈雾咽了口唾沫："你也知道我白天……你担心我才过来的……"

晏为炽干脆按着他的肩膀把他往房里推，说道："你怎么总是被牵扯进别人的事情里。"

陈雾沉默了半天，才无奈地说道："大概是因为我是跑龙套的吧。"

晏为炽笑了起来。

"阿炽，关门。"陈雾提醒他。

"等会儿，让我检查一下你受伤了没。"

陈雾乖乖地站着。

"我过于自信了。"晏为炽摸着他手腕上的佛珠，叹了口气，"还是不够，确实不够。"

陈雾听不清："阿炽，你说什么？"

"我说我脸上的疤有点痒。"晏为炽转过身，关上了门。

陈雾抬头看了看晏为炽的脸，说道："长肉了，正常，你不要抓。"

"那可说不准，真痒起来控制不住。"晏为炽把棒球帽和口罩丢到桌上，问道，"出门还要带书，看了几本了？"

陈雾把桌子上乱放的书收起来，说道："快看完了。"

晏为炽笑了笑，打趣道："以后要跟着你混了，雾哥。"

陈雾闻言脸一红。

晏为炽一边说，一边往里走："我想洗澡，但是没带衣服，一会儿你帮我把衣服拿去洗了。"

陈雾说："好。"

晏为炽没提要新开一间房，陈雾自然不提，一个人睡床，一个人睡沙发。

凌晨不知几点，陈雾迷迷糊糊地发现窗边有光，他揉着眼睛爬起来，问道："阿炽，你有心事吗？"

"没有。"晏为炽关掉手机，说道，"路上睡过了，现在不困。"

陈雾睡眼惺忪地说道："那你打会儿游戏。"

"别管我，你睡你的。"晏为炽把手机收进口袋里。

陈雾躺了回去，手拉着被子盖到胸口，他忽然问道："你明天几点走啊？"

"不走。"晏为炽说，"我跟你一起回去。"

陈雾有些惊讶："没到周末，你不上课了吗？"

"请假了。"晏为炽神色不明，"后天有别的事。"

陈雾没有问是什么事，只说："我明后天还要旁听。"

晏为炽说："你去就是了，我又不拦着你。"

陈雾问道："你到时候怎么办？"

"能怎么办，在酒店等你。"晏为炽漫不经心地"啧"了一声，"你出门前记得给我买根棒棒糖。"

"不乱跑就好……"声音弱了下去，陈雾睡着了。

晏为炽喃喃自语："到底是谁乱跑，还管我。"

下午旁听，上午陈雾带着晏为炽在新碃逛了逛。他们遇到了一个小姑娘。

几个西装男拎着购物袋跟在她身后，她向晏为炽跑来："小叔！"

"你侄女啊。"陈雾小声道。

晏为炽端着碗炒年糕，口中还含着一块，他慢慢嚼着，应了一声："嗯。"

在晏为炽还是继承人时，这个侄女是晏家众人里唯一一个敢凑上来找他说话的。就像现在，她天真无邪地问道："小叔，你回首城以后去过老宅吗？我爹地说没有，你会不会是瞒着大家偷偷去了啊。"

她仿佛感觉不到他的冷漠。

侄女指指身后给她拎购物袋的保镖们："我无聊,出来买东西。"

晏为炽将年糕碗塞给陈雾,陈雾用叉子叉起一块丢进嘴里。

"怎么不叫专卖店送过去?"晏为炽淡淡地说道。

侄女没看陈雾,似乎一点都不好奇陈雾这个人。

"那有什么意思,我不喜欢。"她说着朝对面挥手,"爹地!"

陈雾转过头望了望："你二哥啊。"他又吃了一块年糕,脸颊鼓起来,看起来像只小松鼠。

"小松鼠"回过头,拍拍晏为炽的手臂,示意他看已经走过来的老人。

晏二爷投身话剧,身上没有唯利是图的商人气息。这几十年他一直坚持做公益事业,在外界人眼中声望很高。

晏为炽对他的态度和在机场碰到晏岚风时一样。

晏二爷却不像晏岚风那么公式化,他说了几句家常话,脸上一直挂着亲切的笑容。

晏为炽并没有领情,他拉着陈雾走了。

陈雾嘀咕："看话剧那次没注意,今天才发现他的眼睛很奇怪。"

晏为炽把空了的纸碗扔到垃圾桶里,随口道："眼球是仿生的。"

陈雾震惊不已。

"慈祥的老艺术家。"晏为炽撇了撇嘴角,剥了个陈雾给他买的棒棒糖吃,"大儿子都给他生了一对双胞胎孙子了。"

"那他的孙子叫你什么?"陈雾思索片刻,迟疑地说道,"小爷爷吗?"

晏为炽沉默不语。

陈雾惊叹道："你们家辈分有点乱。"

"辈分乱就乱,跟我们没关系。"晏为炽把棒棒糖吐出来,"不好吃。"

"那你只能继续吃了。"陈雾说,"扔了多浪费啊。"

晏为炽勉为其难地说："行吧,你都这么说了。"

陈雾丢下他,自己走了。

晏为炽开着陈雾那辆比亚迪来的新碛,交流会一结束,他就把陈雾带走了。

比亚迪在高速上行驶着,晏为炽好像并不愿意走这一趟,情绪很低落。

陈雾抱着一包零食,小声问："阿炽,你要带我去哪里?"

"天涯海角。"晏为炽说。

陈雾一怔。

"傻,这也信。"晏为炽打开音响,说道,"我们去疗养院。"

"见我母亲。"他说。

到第二个休息站的时候,天色已近黄昏,晏为炽拉着陈雾去吃东西。

陈雾端着盘子在自助餐区装了一份西红柿炒鸡蛋,他转了转,又往盘子里加了一只鸡腿。而晏为炽只要了白饭,没有菜。桌椅空了很多,一是因为这条路线车流量小;二是自助餐不划算,吃不回本。

陈雾是能吃回来的,他在吃的方面不挑食,盘子清空了就去添一份。

"别吃太饱。"晏为炽说道。

"我心里有数。"陈雾拿着勺子把米饭跟菜汤拌在一起,问道,"阿炽,是你母亲要见我们吗?"

晏为炽支着头看手机,沉默不语。

陈雾含着饭,口齿不清地说:"那我们不去了吧。"

晏为炽抬起眼皮。

"你不想去,我们就不去了。"陈雾认真地说道。

晏为炽答非所问:"都跑一半多了。"

"才跑一半多。"陈雾说,"什么时候都来得及,只要做好了决定。"

晏为炽放下手机,把自己的勺子伸到陈雾的盘子里,舀了一勺拌饭。

"去了能少些麻烦事。"晏为炽说道。

陈雾眨了眨眼:"好吧。"

他见晏为炽吃了好几口,便说:"我再去打一些,我们一起吃。"

"难吃。"晏为炽嫌弃道。

陈雾瞥了一眼被他吃掉的那部分,端着盘子去打饭菜了。

回到车上时,陈雾接了个电话,是一个陌生号码打来的。

"小陈,是我啊。"刘叔在那头喊,"你上哪里去了,怎么没回首城?"

"有点事。"陈雾说。

刘叔没多问,只说:"那你把我这个号加上,回首城了找你喝酒。"

陈雾挠了挠脸,说道:"我上次喝得都不记事了。"

正在开车的晏为炽投过来一个眼神,陈雾马上说:"叔,吃饭可以,酒我以后真的不喝了,绝对不会再喝了。"

刘叔逗他说:"有人在你旁边啊?你怎么跟被威胁写保证书一样。"

陈雾连忙说:"没有,没有。"

晏为炽适时发出一声低咳。

电话那头的刘叔似乎没听到,他说起正事:"小陈,我女儿说你在余家大院上班。你去基地,她给你安排更好的工位。"

陈雾拆开一包青梅,说道:"不用了,大院挺好的。"

刘叔便不再多劝:"成吧,都是一家的,没啥区别。"

"叔,我在车上,先不说了吧。"陈雾说着,把一颗青梅放进嘴里。

"哎,好。小陈,赵家那兔崽子因为我女儿把你给绑了,实在是……哎,回来叔给你压压惊啊。"刘叔挂掉电话后,寻思片刻,给女儿发了条信息。

刘叔:"小鱼,多照应他。"

这会儿刘瑜在动车上,她回了条信息,叫醒旁边的人:"老师,马上到站了。"

余老没睡着,他是被气的,一个一声招呼不打就把人带走,另一个一声招呼不打就跟人跑了,哼!

本车厢大部分乘客是林科院的,此时都准备下车。

刘瑜把腿上的笔记本电脑往身前挪了挪,挨个儿关掉打开的一大堆网页,保存文档。

余老看了眼。

刘瑜说道:"这是交流会几个重点相关的资料,我给陈雾整理了一些,还有我的个人观点,他写论文可以参考。"

"没见你这么上心过。"余老把座位摇起来,说道,"小刘,那孩子已经让人给套上了。"

见学生没明白,余老解释了一句:"就像十块钱十个圈圈的游戏,他现在被套了个圈,已经被套走了。"

刘瑜大大方方地笑着说道:"我只是欣赏他。"

余老丝毫不给学生面子:"你连我儿子都不欣赏,能让你欣赏的屈指可数,这还不特别?"

刘瑜脸上挂着笑容,但闪过一丝不自然。她把左脚伸出来一点,提了提裤腿,歪着头看着脚踝上被蚂蚁咬过的印子,突然问道:"套圈的人,能量很大吗?"

余老无语。他这个学生一点都不在意专业以外的事情,但凡她留心点就能发现蛛丝马迹。

"你还是好好种你的小草苗吧。"余老把茶杯捧在手里,喝了两口茶润了润嗓子。

刘瑜的脑中闪过一道灵光,小草苗,晏家。原来陈雾跟晏家有关。

刘瑜立刻得出了结论,她神色不变地更新了自己的社交账号。

没加同学群、单位群、朋友群,所以少了许多是非。

刘瑜克制住了加群的冲动,算了,知道得越多,烦恼就越多。

"那赵小子干了混账事,会有报应的。"余老起身前,拍了拍她的手背。

刘瑜应了一声。

晚上九点多,比亚迪停在了疗养院门口。

陈雾仰望模糊的庞大建筑群,喃喃道:"这疗养院怎么这么像城堡?"

"金丝笼。"晏为炽说。

陈雾愕然。

晏为炽不知为何突然暴躁起来,骂了一句,又说:"烦死了。"

"在这儿等我。"他径自走向大门,在门铃的显示屏上敲了一拳。

寂静的夜晚,刺耳的警报声惊飞了睡梦中的鸟雀。

大门里出来一支多达二十人的护卫队,他们带着电棍和盾牌,把他当作恐怖分子防备。

晏为炽拿出打火机,蹿出的橘红色火苗映入他眼底。

"小少爷,您怎么来了?"队长挥手让队员们警戒,他拿着对讲机走到一边,很快回来,说,"抱歉,我们不能放您进去。"

气氛沉闷得可怕。陈雾走到晏为炽身边,问道:"阿炽,怎么……"

"二十分钟。"晏为炽又摁了一下打火机,冷冷地说,"时间到了我们就走。"

陈雾不再问了。

城堡周围是大片大片的森林,黑漆漆的夜,凉风一阵阵。

一辆车慢慢驶了过来。

晏岚风下了车,见到他十分意外:"小弟,你……"她拢了拢头发,"是父亲的意思吗?"

晏为炽没理她。

队长说道:"我确认过了,不是。"

"小弟想念母亲了啊。"晏岚风拎着公文包走到晏为炽身前,说道,"跟我一起进去吧。"

护卫队不放行。

晏岚风蹙了蹙眉,说道:"小弟,我给父亲打个电话。"

她的声音很轻,但是周围太静了,这话还是传入了在场所有人的耳朵里。

"父亲,小弟在疗养院门口,不止他一个人,还有他的朋友,我可以带他们进去吗?"晏岚风缄默了片刻,"我知道了。"

她挂掉电话,无奈地长叹一声。

"晏总,您请。"护卫队给她让路。

晏岚风只好一个人进去了。

警戒线再次连上,陈雾挡在了晏为炽身前。

晏为炽一愣:"怎么了?"

陈雾拉了拉晏为炽,在晏为炽弯腰凑近后,他小声地说:"我以为你哭了。"

晏为炽啼笑皆非:"怎么可能。"

不多时,晏岚风出来了,她说:"小弟,我拍了视频。"

这么晚,"城堡"的女主人还没睡,警报声那么大都没影响她看书。

覃小姐脖子上的小瓶子,在她的书房挂成了风铃。

女人有一头茂密的金色头发,像洋娃娃一样。

晏为炽的头发同样是金色的,颜色却没有她那么深,他的发丝卷起来的弧度也比她小很多。

她有一双仿佛嵌着星空的眼睛,欧洲人的深邃眉眼,坐在书架前仿佛一个浪漫爱情故事的女主角。

晏为炽的眼珠却是黑的,五官端正,充满男子气概。他从她身上遗传的特征很少,晏家的基因过于强大。

视频里的女人不知看到了书上的什么情节,表情一下变得生动,俨然一个无忧无虑的小妻子。

完全没有嫁给亿万富商、生活在高墙里喘不过气的压抑痕迹,脖子上也没有箍着无形的枷锁。

一分多钟的视频传递出一个信息：她住在这里是自愿的，她是自由的。

"父亲每周都会过来住。"晏岚风关掉视频，说道，"我偶尔会来陪苏姨说一会儿话。"

她事务繁忙，连休息的时间都是挤出来的，却能大老远来当陪聊。这透露出一点，晏氏的掌权人极为宠爱他的小太太。

晏岚风并不需要晏为炽回应，她给他看了视频就坐上车离开了。

陈雾轻声道："阿炽，你母亲真年轻。"

晏为炽抬了抬眼皮："你又不是没见过。"

陈雾沉默了一下，换了个说法："还是年轻。"他不解地问，"说起来，你们为什么会在小庙里住那么久？"

"出生就是继承人的消息泄露出去会夭折甚至死无全尸，于是金蝉脱壳，去找深山里的佛祖庇护，求平安。"晏为炽说着，抛了抛手里的打火机。

陈雾睁大了眼睛。

"逗你的。"晏为炽淡淡地说道，"她想去，晏庭生就由着她。我才出生，话都不会说，没有发言权。"

他连父亲都没叫，而是称呼全名。

晏为炽耸耸肩："等我大了，在小庙住习惯了，刚回去很不适应。"

陈雾听完，安静了一会儿才出声："你母亲失眠啊。那种瓶子里的草，覃小姐给我看过，她说能治疗失眠。"

晏为炽冷笑道："那是晏庭生用的。"

二十分钟到了，晏为炽把打火机塞进裤子口袋里，说道："回家。"

陈雾跟着晏为炽往车旁走去，不解地道："我们开车开了那么久……"

"来了就行了。"晏为炽一改来时的厌烦沉闷，脚步轻松，脸上挂着笑，"其他的不用管。"他忽地停住，转头看他，"你是不是做好了准备？"

陈雾莫名其妙地问："啊？"

晏为炽盯着他，半天没说话。

陈雾疑惑晏为炽怎么又不说话了，提议道："阿炽，回去换我开吧，你睡觉。"

晏为炽收敛心思，说道："还是你关心我。"

"我也是担心自己的生命安全。"陈雾老老实实地说。

那些手段一般的人盯着老宅，手段更高的极少数盯的是疗养院。里面的人对"废太子"的态度,才能真正决定他的处境和前景。

从他下飞机那一刻开始,他的动向就被暗中关注了,那些眼睛一直在看他什么时候去疗养院,现在他终于去了。

结果出来了。

哪怕是唯一的亲生儿子,哪怕过了三年多,五太太依旧不见,不原谅。他也真的成了晏家的边缘人。

晏为炽被拦在疗养院外一事被媒体大肆宣扬。

晏岚风出现在越野摩托俱乐部,说道:"父亲让你明年出国。"

晏为炽正在给陈雾发信息,头都没抬。

"你在国内,稍微有点事就会影响晏家的声誉。"晏岚风说,"这不是父亲的原话,是我从他的话里推出来的。"

晏为炽不耐烦地说道:"明年的事,你现在来说干什么?"

晏岚风看了看腕表,她赶时间,于是说道:"提前通知你。"

"明天都不知道会发生什么,你跟我说明年。"晏为炽拿着手机走了。

晏为炽明年要出国的消息在晏家内部静悄悄地传开了。

被流放去外地三年,回来继续流放,连亲妈都不待见,不是边缘化了吗,怎么又有了安排?

按理说,送去嘉钥国际学校至少四年后才会被送走,但晏为炽明年就得走,为什么提早了这么多?

这风向突然变了又变,在前三年的内斗中存活下来,如今已经沉底的人都忍不住要出来冒个泡。

过后不久,几个月前那场轰动首城的满月宴中,被认定为晏家的下一任继承人的那一家子出了场事故,只有那个小婴儿活了下来。

晏老爷子悲伤过度,去禅茗寺静养了。晏氏暂时交给五女儿晏岚风打理。

一波未平,一波又起,在这个节骨眼上,赵家大公子去世了。

赵家低调地处理完了丧事,没有引起一丝波动。

刘父在电话里说:"死了就死了,别想了。"

"我哪有时间想那种人。"刘瑜抱着纸箱站在电梯门口,她刚搬来这里,一堆杂物等着她整理。

电梯门打开，刘瑜走了进去。

到一楼时，有人进来了，刘瑜没在意，她在想事情，纸箱上的林业生态环境类杂志掉了下来。

刘瑜正要把纸箱放地上，旁边就伸过来一只手捡起那本杂志，放在她的纸箱上面。

"谢谢。"刘瑜说道。

电梯停在八楼，刘瑜走了出去，电梯里的人也出来了。

她回过神时，对方已经打开了她隔壁的那扇门。

原来是邻居。

第十九章

我哥

郁金香长出绿叶，晏为炽开始数日历上的倒计时。

陈雾的论文还没写好，余老让他考完再交。他有了点思路就先在纸上写，写好了再输入电脑。

论文是次要的，关键是自考。

林业本科考试有二十多门课，专科要考十几门，陈雾都报了。他要先考专科，再考本科。每科都考过要花两年时间。

要是哪科没过，那间隔时间就更久了。

"思想道德、农业法规、近现代史……我都看完了，"陈雾坐在皮沙发上念念叨叨，"专业类的都在余老给的那些书里，我也全部记住了。"

"计算机、生态工程、培育、水土调配……都是实践课，要在考场上操作的。"他嘀嘀咕咕地说，"语文的阅读理解题我不是很有把握，英语有余先生教我。"

晏为炽站在家里的新成员——打印机面前，整理为陈雾打印的资料，闻言，面色冷了下来："英语你怎么不问我？"

陈雾错愕："阿炽，你不是连两位数加减法都不会吗？"

晏为炽置若罔闻："从今天开始，你每天早读半个小时，晚上听英语入睡，在家里用英语跟我交流。"

陈雾穿上拖鞋跑到晏为炽跟前，诧异地问："你会吗？"

晏为炽说："我今晚就悬梁刺股。"

陈雾无语。

十二月份,黄家打算办个酒会,将公司的新品推向市场。

黄遇有权决定来宾名单,他不管其他的,只想邀请两个发小。

姜家夫妻会出席,但不打算让儿子跟着。

黄遇打电话给剩下一个:"炽哥,昭儿来不了,你不能不来,你来嘛。"

晏为炽忍不住呛他:"好好说话会死吗?"

黄遇正经地说道:"我可以代表'圣瑞',炽哥,你懂的,有些话不用说得太直白了。我希望你能来,我也已经跟家里的二老说了。"

晏为炽却说:"我问一下陈雾。"

黄遇在心里吐槽:"不是吧,炽哥,这也要问陈雾?"他嘴上却说:"应该的,应该的。"

当天晏为炽带陈雾去了。

陈雾不懂酒,也不敢喝,他规规矩矩地坐在椅子上,感受着连呼吸都充满金钱味道的氛围。

"无聊吗?"晏为炽见陈雾一直挺直背脊,问道。

陈雾摇头:"不无聊,我没来过这种地方。"他对晏为炽说,"只有酒,没有吃的吗?还是要再等一会儿?"

"你当这是宴席啊。"晏为炽从西装裤的口袋里拿出一颗棉花糖,"拿去。"

陈雾双手接住:"哪里来的啊?"

晏为炽招手,陈雾凑近,听他说:"魔法。"

陈雾只能夸了一句:"好厉害。"他偷偷躲在晏为炽身后,撕开棉花糖包装。

这桌上除了他们,还有几个年轻人互相没有交流。

主持人说完台词后,黄遇作为未来的"圣瑞"接班人上台,隆重地揭晓新品。

没有平时的纨绔样,他的言行举止严肃又不失风趣,兼具年轻气盛与成熟稳重的吸引力。

他的发言在轻松的氛围中结束,陈雾认真地鼓掌。

晏为炽看着他的手,不悦地说道:"都拍红了。"

陈雾说:"讲得很好。"

晏为炽不咸不淡地说:"好在哪儿,你说给我听听。"

"要举例吗?"陈雾犹豫片刻,说道,"说不出来,我没有走神,说明他演讲时的节奏把握得非常好。"

晏为炽哼了一声。

正在与宾客举杯的黄遇脖子一凉，这感觉他熟悉，他立刻搜寻到炽哥的位置，用眼神询问。

得到了一记更锐利的眼刀。

余盏从机场匆忙赶来参加酒会时，陈雾已经跟晏为炽去了三楼。

一大排酒柜立在休息区，晏为炽从底层开始，一瓶一瓶地为陈雾介绍酒的名字和成分。

陈雾听得目不转睛。

晏为炽介绍完最后一瓶，说道："还不鼓掌？"

陈雾连忙拍手："阿炽，这不是黄遇家里生产的酒吗？你怎么都知道？"

"喝过。"晏为炽坐到沙发上，眼下有青色的暗影，"我睡几分钟，你守着我，不准跑。"

不知过了多久，晏为炽醒了，陈雾赶紧说："阿炽，我要去一趟洗手间，我快憋不住了。"

晏为炽带他去洗手间，数落道："你是不是傻，不知道自己去吗？"

陈雾委屈地辩解："你让我守着你别跑的。"

晏为炽的呼吸顿了一下。

三楼的洗手间装潢得十分高档，陈雾的视线四处移动，看起来很忙。

晏为炽回了一条信息，问："你在找什么？"

"冲水键。"陈雾有点不好意思，"我不知道哪个是。"

晏为炽伸手指了指。

陈雾不可思议地说："怎么跟墙壁是一体的，太隐蔽了。"

下楼后，酒会进入了品酒环节，覃小姐以黄家未过门的儿媳身份接待宾客。她虽然是演奏家，但在名利场的社交方面也能应付自如，不会自命清高让气氛尴尬。

今天，覃小姐盘起了长发，穿了一件绿色绣花旗袍，与黄遇挑染的两撮绿色发丝相呼应。她举着酒杯，跟随黄遇与一个接一个的商人交谈，端庄而秀雅。

他们向客人敬酒。

有些人会端着长辈的架子调侃两句："什么时候订婚？基因这么好，孩子得多漂亮。"又说黄遇,"未婚妻这样好,可不能在外面乱来,要收收心。"

黄遇脾气冲,要甩脸色的时候,覃小姐会及时把话题转移到自己身上,她脸上一直挂着得体的微笑。

"累死了,累死了!"黄遇瘫坐在陈雾和晏为炽的桌旁,将手里见底的酒杯往桌上一放,不顾形象地扯掉领带丢到桌上,"这活真不是人干的。我怎么就没有个兄弟姐妹,帮我分担一下啊——"

黄遇哀号:"炽哥,你那些哥哥姐姐分我一个,我立马把继承人的位置让出来。"

晏为炽倚着椅背,冷笑道:"随便挑。"

"都是能忍能等的狠角色,我怕小命不保。"黄遇意识到自己哪壶不开提哪壶,他见炽哥没有生气便放松下来,抖着腿冲朝他举杯的朋友们扬了扬手,"有时候一觉醒来,觉得人生没有盼头。"

陈雾点头。

晏为炽瞪了他一眼,又踢了黄遇一下。黄遇立马说:"不是,我刚才就是矫情一下。"

陈雾"哦"了一声。

"你要什么盼头,我给你找,多少个都可以。"晏为炽对陈雾道。

陈雾半晌才道:"我只是有过那样的感觉。"

晏为炽盯着他,问道:"什么时候出现的,什么样的背景?"

陈雾认真地想了好一会儿,说道:"不记得了。"

晏为炽一口气冲到喉咙,卡住了。

"炽哥,这也是正常的,谁都会有消极的时候。"黄遇见机说道,"这并不代表真的没希望了,不想活了……"

晏为炽眼底乌云密布:"怎么就扯到不想活上面去了?"

陈雾把被他攥着的西装外套慢慢抽出来,说道:"阿炽,你别断章取义。"

晏为炽松开了五指,手掌遮住眼帘,陷入沉默。

黄遇都不敢瘫在椅子上了,他正襟危坐,心却宛若经历了一场地震。

黄遇起身走开,回来时拿了个果盘:"二位吃点樱桃。"

陈雾拿起一个递给晏为炽,晏为炽没反应。

要是平时,晏为炽不会等陈雾第二次递才接。

他张开手,樱桃落在他手上,是盘子里最大最漂亮的一颗。

晏为炽将樱桃放进了口中。他不是脆弱矫情,只是想到了陈雾的身世,想到了季明川那些真假不明、刺激他的话。

辛辛苦苦赶路过来,满心欢喜,对接下来的日子充满了新的期待,结果却被背刺,被丢弃,不知道当时的陈雾有没有人可以倾诉。

恐怕没有。

陈雾在春桂人生地不熟,那时候他能找谁呢?

晏为炽忽然发现自己从来没想过陈雾出现在他面前的时候,是在跟季明川闹掰的几天后,还是十几二十天后,或者更久。

要问吗?算了,不问了,烦。

晏为炽刚吃完,手心里又被放了一颗樱桃,陈雾没看他,话是对黄遇说的:"覃小姐跟你很合拍。"

"能撑场面。"晏为炽倦怠地附和了一句。

黄遇吊儿郎当地回答:"爹妈选的嘛。"

说实话,他的配偶栏只要不是姜禧,其他人是谁都行。

因为从小到大家里一直给他灌输"姜家女儿"是他妻子的首选,还在他去春桂时劝他想办法俘获对方的心,吓死他了。

他宁愿和另一半彼此相敬如宾,也不敢跟这么一个殿堂级的"恋爱脑"过日子。

一盘樱桃被三人吃掉了一半,黄遇吐掉果核,指了指晏为炽面前的红酒:"怎么样啊,这次的新品?"

晏为炽道:"不错。"

黄遇神采飞扬,炽哥的嘴多刁啊,他这个评价相当有含金量。

没多久,黄遇又被父亲叫走了。

酒会散场,覃小姐提了一个礼品袋过来:"他腾不开身,托我来送你们。"

"不用送了,我们自己去停车场。"陈雾接过礼品袋。

覃小姐道:"那你们回去早点休息。"

陈雾把礼品袋递给晏为炽,晏为炽挑眉:"这玩意儿能有多重,自己提不动吗?"

"每次东西不都是你拿的吗？"陈雾呆住了，"那我拿吧。"

晏为炽差点笑出声，这就是习惯。他接过礼品袋，说道："走你的。"

他们在停车场碰到了余家的车。

余盏在酒会上不方便跟他们说话，专门在停车场等。

一见到陈雾，余盏就朝助理伸手。

助理眼观鼻，鼻观心，一副待机状态。

余盏把手抬了抬。

助理给他解开衬衫袖扣，将袖子往上折。

"文件袋！"余盏无语。

助理这才领悟到老板的心思，他从车上拿了公文包，从包里找出一个文件袋。

余盏将它递给陈雾："这是一月要考的几科三年内的试题。"

陈雾说道："我已经做过了。"

余盏失笑，自己没等回大院，直接在酒会收场后给，结果还是晚了一步，他可惜道："都是打印好的，现在只能丢进碎纸机了。"

陈雾说道："我再做一遍吧，正好巩固一下。"

余盏微笑道："可以。"他把文件袋递过去，一只手伸过来，比陈雾的手宽大许多。

"贤侄、小雾，你们要去哪里？"余盏问道。

陈雾说："回家啊。"

余盏小声重复："回家……"真是两个能让人身心舒坦的字，他露出酒窝，"那你们先走。"

不多时，比亚迪缓缓地开了出去。

余盏久久没有收回视线，思忖道："我要不也买辆比亚迪？"

助理拿着手机去了旁边，过了一会儿回来汇报："余总，比亚迪订好了。"

余盏无言以对。

回去的路上，晏为炽把看到的新闻分享给陈雾看："注意到余盏身边的那个女伴了吗，是他的商业联姻对象。"

陈雾在等红绿灯的空隙打量了几秒，诧异道："余老先生说他们家不联姻。"

"还人情。"晏为炽察觉出不对，"上次你去新碛给我打电话问我会不会联姻，就因为余老头说了这个吗？"

"没有说，是我想到的，就问了你。"陈雾趴在方向盘上，看着人行道上

愿者上钩

的人间百态。

晏为炽不信,他怎么会无缘无故问他这方面的事。幸好陈雾没有藏在心里,直接问他了。

晏为炽把手机上的新闻链接复制下来,发给余老头。

余老看到以后,南瓜子都嗑不下去了,当即找他老子算账:"你小儿子往我伤口上撒盐,你不管管?"

那头隐约传来撞钟声,悠远而寂静。

"装模作样!"余老挂了电话。他捡起被自己扔到地上的南瓜子,寻思明儿也抄点佛经。

黄家的礼品袋里有一瓶圣瑞的新品,一瓶圣瑞最畅销系列里的国王,还有一瓶是存放了几十年的白兰地。

陈雾没拆包装,将它们全部放到了空荡荡的酒窖。酒窖很大,两面都是一排排的酒柜,正对着门口的那面也是酒柜,呈斜梯状。

屋顶挂着一盏欧式大灯,酒窖中间的品酒桌配了两张皮椅和一个烛台。

三瓶酒放进去,酒窖里还是空荡荡的。

陈雾走到门口喊:"阿炽,我把餐厅那箱牛奶放在这里面吧。"

"随你。"晏为炽进了书房。

半夜三更,陈雾起床去客厅倒了杯水喝,发现书房还亮着光,便敲敲门:"阿炽,你在里面吗?"

里面没人应声。

光从门缝里泄出来。

陈雾打开门走了进去。

书房里很安静,晏为炽坐在偌大的书桌后面,出神地盯着电脑屏幕。

拖鞋踩在地板上的声音响起,晏为炽倏地一抖,他瞪着不知何时进来的陈雾,关掉笔记本电脑,脸上闪过一丝慌张。

陈雾被他的举动弄得有点发蒙:"你在干什么?"

晏为炽面不改色地端起水杯,才发现里面没水了,他尴尬地放下水杯,说道:"学习。"

"学校课程压力这么大啊。"陈雾奇怪地说道,"嘉钥不是学习国外的方法吗?按他们的教学节奏来,不应该这么紧张吧?"

晏为炽放下水杯,好奇地问道:"你查过吗?"

陈雾抓了抓又长了不少的头发,说道:"我哪里能查到这些,是潜潜告诉我的。"

晏为炽白高兴一场。

陈雾打了个哈欠,劝道:"别学了,熬夜伤身体,不划算。"

"行,那就不学了。"晏为炽起身离开书桌。

晏为炽像游魂一样跟着陈雾回了卧室,上了床,躺到他身边,枕了他的半个枕头。

陈雾目瞪口呆:"阿炽,你怎么到我这边来睡了?"

"别管我。"他从容淡定地起身,慢慢地走出去,"晚安。"

圣诞节快到了,嘉钥安排了一堆活动。赵潜参加了一个社团,被推举为宣传部长,事情一大堆。她开完会去花园,炽哥又在陈雾以前常坐的位子上老僧入定,一副要成佛的模样。

赵潜试探性地问:"炽哥,您和我哥吵架了吗?"

晏为炽奇怪地说:"我们能吵什么架?"

赵潜开玩笑道:"比如你吃咸鸭蛋要整个剥出来放到碗里,而我哥是磕开个口子用筷子掏着吃。你们都说自己的吃法才是正确的,所以吵了一架。"

晏为炽不置可否:"我吃饱了撑的,为这点事跟他吵。"

"那你这……"赵潜咳嗽了几声,把余下的话吞了回去。她拉了拉修身外套的拉链,风吹过来,勾勒出她紧实的肌肉线条。

她最近迷上了健身。有个大三的男生在健身房遇到她后,紧追不舍,被她拒绝了数十次仍然不放弃,她对此感到很烦。

"炽哥,要不你也来健身吧,适当的运动有益于身心健康,使人豁达。"赵潜介绍了自己所在的健身房,最近办卡还有优惠。

晏为炽皱着眉问:"你进小广告群了,拉一个新会员能拿多少折扣?"

赵潜一时无语。

"别在这儿烦我。"晏为炽眉间的那点情绪波动消失不见了。

陈雾不在的时候,他基本上都是一副无欲无求的样子。

"好嘞,这就走。"赵潜想起一件事,从外套口袋里摸出一盒药,"我哥工作时伤了手,还容易长倒刺,你把这个带回去,叮嘱他早晚都擦擦。"

愿者上钩

晏为炽看了看说明，是擦手的，他收下了，语气散漫得像是随口一提："老实在嘉钥待着，别自作聪明。"

赵潜顿了一下，朗声笑道："好。"

在陈雾日复一日的坚持照料下，晏为炽脸上的伤疤淡去，不凑近看几乎发现不了。

难得的好天气，还是不用上班上学的周末，陈雾在观景台捣鼓他的植物。

那么大面积，采光又好，别人家搞成了花园，他不搞，只种了从春桂带过来的两株植物。

空出的地方摆了两把椅子晒太阳。

此时，晏为炽就坐在其中一把椅子上，看着陈雾把手里的那株植物转了个方向，用剪刀剪下一截枝条。很快，他又从另一株植物上剪下一截枝条。

旁边是早已准备好的空玻璃瓶和园艺土。

"你那花还是树，不是用种子繁殖的吗？"晏为炽用胳膊压着陈雾自考的复习资料，懒洋洋地问道。

陈雾摇头。

晏为炽的目光落在陈雾剪枝条的手上，陷入了沉思。

现在又是冬天。一年了。

陈雾把削下来的细碎木屑捡起来扔进垃圾篓，便开始往空玻璃瓶里装园艺土。

他没用工具，直接用手抓。

柔顺的头发丝和上翘的睫毛正巧迎着光。

晏为炽想起去年他把陈雾叫到楼顶给他缝开线的袖子，陈雾身上也披着暖阳。

不知过了多久，陈雾为两截枝条安好家，满手是土，站起来："阿炽，我去把手洗了，给你做奶茶。"

晏为炽忽然说："哥。"

陈雾一下子停住了脚步。

"本来想等坐摩天轮的那天再这么喊你的，一直在数日子，但是——"晏为炽看着陈雾的影子，懊恼地皱了皱眉头。

提前说出来了，那一瞬间从内心深处迸发的冲动根本控制不住。

陈雾还背对着他站着，指尖却抑制不住颤动。

"9月21号，你让我作为你家里人陪你赴约。"晏为炽慢慢地说，"不过，这个身份只是暂时的。我不喜欢'暂时'的，我现在就想要。"

陈雾的睫毛扑闪，说话声慢慢的，小小的："要什么？"

"名分。"晏为炽抬头看了陈雾一眼，头低下来，眼眸微垂，表情虔诚而炽热。

"陈雾，我想要一个名分。"他说。

陈雾不说话。

时间流逝的速度像是渐渐慢下来，静止了。

他们一个坐着，一个站着。坐着的那个不是发令的，而是在等待宣判，站着的才是判决官。

陈雾往后退了一小步，仅仅是一小步，却已然表明了态度。

晏为没有抬头。

"不想现在给答案吗？"晏为炽神情不见异样，紧绷的下颌却显示出隐忍到极致的委屈，"那你说个大概时间。"

陈雾半天才说了一句："我先去洗手。"

晏为炽一愣，他是不是想跑？

他猛地站起来，在椅子倒地前追上陈雾，压抑的情绪涌了出来："我跟你说正事，你说你要洗手。陈雾，你当我在演戏？"

"不是，我没想到你会在这个时候这么郑重其事。我紧张，头有点晕。"陈雾磕磕巴巴地解释，"我想做点别的事放松一下，刚好我的手很脏，我就想去洗洗。"

晏为炽闭了闭眼，无奈极了："我跟你一起去。"

陈雾嘴唇轻动："我想自己一个人。"

晏为炽瞪着他，喘了几口气，扶起椅子坐回去，说道："两分钟，多了我等不了。"

很快，陈雾洗掉手上的泥土回来，蹲在晏为炽面前。

晏为炽眉头紧锁，从旁边的小桌上拿了纸巾，递给陈雾让他擦一擦手上的水。

阳光暖洋洋的，陈雾望向远处的高楼和蓝天，他眯起镜片后的双眼，自言自语："感情是很复杂的，很难懂，人心也是，变起来很快。"

"那是其他人，我一点都不复杂。"晏为炽轻声道，"相依为命，这四个字并不是玩笑话。"

陈雾垂头看他们的一大一小同款不同色的拖鞋。

"你可以信任我，依赖我。"晏为炽诚恳地说道。

陈雾垂在身侧的那只手蜷缩了一下，抠着起了小球的蓝色毛衣袖口。

"你可以抬头吗？"晏为炽问。

陈雾尚未回答，晏为炽又说了一句："我想看着你说。"

"好吧。"陈雾抿了抿有些干燥的嘴唇，慢慢抬起了头。

"我不需要你付出全部来为我照亮，我不是季明川。你可以做任何你想做的事，走任何一条你想走的路。"不等陈雾反应，晏为炽继续道，"当然，漂亮的话谁不会说。但是陈雾，不管是从客观还是主观来看，我不仅说得漂亮，目前做得还不错吧。"

陈雾愣愣地看着他。

"怎么傻了？"晏为炽无奈地说，"我哪里说错了，快点想。"

陈雾呢喃："那我存在的意义是什么？"

"你在这里，就是一切的意义。我知道季明川伤你甚深，你的防备、犹豫和害怕我都知道。我不是要逼你，但我也会害怕，我想要一颗定心丸。"

陈雾的视线落在袖口露出的几颗佛珠上，轻声道："我不是害怕。"

"让我想想。"说完，他起身离开观景台，晏为炽一路跟着他穿过客厅和过道，停在陈雾的卧室门口。

陈雾进去了，关上了门。

晏为炽在门前的地上坐下来。

接下来要怎么办？他盯着门，给陈雾打电话："我提醒你，门的隔音效果很好，你要是在门里跟我说话，我听不见。"

陈雾说："我没说。"

"行。"晏为炽面不改色地挂掉电话，手机被他扔到一边，他将两条手臂搭在腿上，一动不动。

不多时，门打开了。

陈雾将眼镜拿在手上，眉眼低垂，看不清里面的情绪。他静静地站了一会儿，说："我以前都是怎么想就怎么做，但是结果不好……"

"现在想谨慎点？"晏为炽哑声问道。

陈雾没有点头，也没有摇头。

晏为炽揉着酸麻的腿站了起来："你打算考虑几天？"他把低垂的脑袋转向旁边，尽量让自己看起来不像要博同情的样子。

"阿炽。"陈雾突然喊他，慢慢地呼出一口气。他戴上眼镜，然后第一次抬手摸了摸少年金色的头发，"说好了，我们相依为命。"

这天下午两点多，某个朋友圈只发奶茶的人，在几个月前发过酸菜鱼之后，又发了一张偷拍的侧影。

那人发质细软，戴着眼镜，腕上有串佛珠。

配图的文字是——我哥。

黄遇给这条朋友圈点了个赞，然后打电话给姜凉昭："昭儿，你看炽哥的朋友圈了吗？"

"刚看到。"姜凉昭正在家里的茶会上。

黄遇感慨道："还得是我们炽哥。"

"如人饮水，冷暖自知。"姜凉昭说完关上书房的门。

黄遇一愣，心想昭儿都会引经据典了，那我也不能输。

"高端的猎物，往往都以猎人的形式出现。"黄遇用一种意味深长的语气说道，"炽哥还以为陈雾是只软弱的绵羊，等着吧，迟早骑他头上去。"

姜凉昭笑着说道："谁是猎人谁是猎物，可没那么好分。"

黄遇躺在一堆文件上，跷着二郎腿。他倒希望炽哥是猎人而非猎物。

"昭儿，炽哥发朋友圈了，你妹一点动静都没有吗？"黄遇随口问道。

姜凉昭一听他提起国外的妹妹，眉头就皱了起来："恩爱着呢。"

黄遇幸灾乐祸地大笑："坐等他们毕业后你荣升大舅子吧。"

姜凉昭沉声道："他们毕业了不一定回国。"

"不回来好，眼不见心不烦。"黄遇惬意地晃了晃腿，问道，"你未婚妻定好人选了没？"

姜凉昭头疼，茶会上谈的就是这事。他正欲开口，门外响起了生活助理的喊声，传话让他下去。

"我先忙。"姜凉昭只好跟黄遇告别。

黄遇重新点开炽哥的朋友圈，发现晏为炽又更新了条朋友圈。

这回是烈日下的路边红花和等车的背影。

愿者上钩

很明显,是旧照。

黄遇很感兴趣的是,炽哥到底要发多少。

他炽哥还在发。

暂时都是偷拍的视角。

陈雾拿着铲子去餐厅对晏为炽道:"阿炽,你今天别发了。"

晏为炽皱眉,他还有三十多张等着发。

"你要是忍不住,就设置一下,只给我看。"陈雾欲言又止,最终只说了这么一句。

晏为炽勉强答应了。

"你去酒窖帮我拿两盒牛奶。"陈雾说完回厨房炒白糖。

晏为炽收起手机,懒懒地起身。

晏为炽喝着新鲜出炉的奶茶时,接到了姜凉昭打来的电话。

姜凉昭刚送走客人,终于能喘口气了。他打起精神,口腔里充斥着浓郁的苦咖啡味:"炽哥,什么时候带陈雾出来,大家一起吃个饭。"

晏为炽说道:"他马上就要自考了,没时间。"

"自考?"姜凉昭惊讶地问道,"哪个学校?"

晏为炽说了名字:"林科大。"

姜凉昭问道:"怎么不报林科院?"

"他选的,肯定是综合考虑过的。"晏为炽放下奶茶,轻声道,"随他自己。"

姜凉昭不奇怪炽哥会这么说。他笑了笑:"有时间了再出来聚聚。"

晏为炽淡淡地问:"你在学校怎么样?"

电话那头瞬间变得寂静。

姜凉昭这段时间都没联系晏为炽,忧虑妹妹的所作所为令他们产生隔阂,现在面对晏为炽的主动关心,他露出了回来后就不曾展示过的情绪化的一面。

到底还是十几岁的人,再怎么逼着自己成熟从容,依旧保有一份青涩。

姜凉昭自我调侃:"除了忙成陀螺,其他的都还可以。"

"你家管得严,指望你将姜家带上一个新的高台阶。"晏为炽说,"大二出国吗?"

姜凉昭回答:"计划是这样。"

据他先前从父亲与人谈话中偷听到的消息,炽哥明年会出国。但是陈雾如果自考顺利会在国内读书,自考不顺利还要继续补考。那炽哥要怎么做……

"凉昭,你家人跟你在我心里是分开的,只要你不触碰我的底线,我们还是老样子。"晏为炽突然说道。

一句话,稀松平常的背后是惊涛骇浪。

姜凉昭感到一种意料之外又在意料之中的矛盾感,他承诺:"好。"

第二天的天气剧变,寒风吹得人找不着北,晏为炽送陈雾去大院。

陈雾把脖子上的围巾拉下来,对晏为炽说:"我进去了啊。"

晏为炽绷着脸:"拜拜。"

眼看着陈雾转身就小跑进了大院,晏为炽想,这学是一天都不想上了。但不行,他要做一个能被人依靠的、拥有实力的人。

大院的工作人员已经开始了一天的忙碌,陈雾一路走,一路向人们说早上好,态度谦逊,哪怕他在最难进的南园干活。

余老遛弯时见到陈雾,拎着鸟笼掉头就走。

余伯一头雾水:"老先生,小陈是不是出了什么错?"

"出什么错了?"余老重复后半句,吼道,"他什么错都没有!"说完,他气呼呼地走了。

余伯莫名其妙。

中午有中药师来取药材,在南园进行采摘。陈雾全程跟着,他们有疑问,他会一一回答。

他的表现得到了药师的认可,他们不再碍于面子问不出口,而是将自己感兴趣的问题都问了出来。

陈雾没有隐瞒,他怎么打理就怎么说,步骤十分详细。

余家的药园,同一批里选出最好的给余盏用,次之的都拿去送礼,或者送去拍卖场,根本流不到市场上。今年两株长相最好的"五润"要送去禅茗寺,给在那儿静养的晏老爷子炖汤。

余伯走过来对陈雾说:"老先生让你把东西送到寺里。"

"我去啊。"陈雾搓了搓冻僵的手,说道,"那好吧,我吃完午饭就出发。"

余伯微笑道:"辛苦你跑一趟。"

愿者上钩↓

陈雾迎着冷风上山,把擦了油的手揣在兜里,背上背着两个长条木盒。他出现在寺庙外面，和上次一样，人山人海。

"师兄，余家让我来给晏老爷子送药材，你让人出来拿吧。"陈雾打电话给师兄，"我这次就不进去了。"

净阳身披袈裟走出禅室，在他不远处，晏氏的老掌权人背着手站在一地落叶中。

要是和他的小儿子站在一起，看着更像爷孙俩。

"好，我让人过去了。"净阳说，"一会儿下山慢点，不要急。"

陈雾应声，犹豫片刻才问："师兄，大人物会不会不好招待？"

净阳笑着道："师弟，你忘了，师兄也是大人物。"

陈雾又问："可以平起平坐吗？"

净阳说道："当然。"

陈雾难得开起玩笑："那我也有靠山啊。"

净阳笑着说道："你一直有。"

"我看到来拿药材的人了。"陈雾说。

"交给他就回去吧，不要忘了给师兄报平安。"净阳嘱咐他。

陈雾的考试日到了，因为要考四门，晏为炽把他送到考场。

比亚迪停在其他送考的车队里，后视镜下面的翡翠玉老虎挂件轻轻摇晃。

考点大门外排起了几条长队。

陈雾看了眼准考证，说道："阿炽，我在4号楼。"

"嗯。"晏为炽说道，"我在车里等你。"

陈雾双眼微微睁大："要考到十点半。"

晏为炽固执地道："别管我。"

陈雾想了想，说道："周六你没课，不去玩就不去玩吧，你在车里等我，别到外面去，今天很冷。"

晏为炽点了点头，柔声道："专心答题。"

陈雾随便排在一个队伍后面，没排一会儿就进去了。

晏为炽坐在驾驶座上，游戏打不下去，新闻看不进去，就这么干坐着。

他不知道自己在紧张什么，一个过目不忘的人之所以初中没念完，缺的不是能力，而是机会，自考还不是小菜一碟。

晏为炽时不时看手机，时间差不多了就去门口等。

出来的考生们渐渐多了起来，晏为炽戴着口罩，站在那儿，如鹤立鸡群般耀眼。

他在人群中找到了陈雾，大步奔过去，问道："考得怎么样？"

陈雾含蓄地道："还可以。"

晏为炽笑道："那剩下三门一定也……"余光瞥到一个人看着陈雾走神，脸色顿时就沉了下来。

晏为炽接过陈雾的背包，催促陈雾赶紧走。

余老看似已经不再关心陈雾，也打消了收他为徒的念头，连他的自考都不过问。然而到了中旬，他却打电话问儿子："陈雾的成绩出来了吗？"

公司里，余盏在网页上输入陈雾的个人信息进行查询："出来了。"

余老刚打完一套太极，额头微微出汗，感觉自己的思想境界更高了："积累经验，这次没过的话明年补考。"

余盏说："不用补。"

"基础太差吗？"余老从余伯手上拿过毛巾擦脸，说道，"那就后年。"

余盏含笑道："他过了。"

余老怀疑自己年纪大了耳朵不好使："什么，过了？！"

"都过了。"余盏截图用微信发给老父亲。

余老看了以后，既震惊又骄傲，冷哼一声："真过了，运气不错。"

看来这些年虽然没读书，但一直在学习，不然不可能仅凭这两个多月工作之余的时间备考就能考过。

余盏转着办公椅到落地窗前打电话给陈雾，告诉他成绩。

陈雾说："阿炽帮我查了。"

余盏眺望首城的繁华壮丽，问道："晚上怎么庆祝？"

"不庆祝。"陈雾说道，"我在街上。"

"那你们玩。"余盏扫了一眼电脑屏幕上的成绩，心底陡然生出一个古怪的猜想，"小雾，为什么你的每科成绩都是过线五六分？"

陈雾说："过了就好。"

马路对面，晏为炽带着一身寒气向他跑了过来，手上拎着一个大纸袋。

愿者上钩

陈雾跟余盏打了招呼,挂掉电话,转身问晏为炽:"阿炽,你买什么了?"

晏为炽从袋子里拿出一个用塑料袋包裹的烫手的烤红薯:"给你买了烤红薯。"

陈雾接过烤红薯,嘴里说道:"阿炽,谢谢你。"

街上灯火缀在他眼里,宛如一片能让人沉醉的星河。

晏为炽不满地把头转开,说道:"家人之间,还需要说谢谢吗?"

陈雾怔怔地道:"那我说什么?"

"说喜欢。"晏为炽用余光瞥他,其实根本没生气,但偏要装出一副让人哄的样子。

陈雾认真地点头:"我很喜欢。"

晏为炽咳了一声,双手插在冲锋衣口袋里,故意道:"喜欢那还不赶紧吃。"

红薯的香味在唇齿间弥漫,陈雾吃得开心,眼睛弯了起来:"比上次的更甜。"

晏为炽问道:"原因呢?"

"原因啊——"陈雾认真思考,"估计是品种不同,有的红薯面面的干干的,有的就软糯甜得很,而且跟烤的时间有关……"

越往下说,旁边的怨气就越强烈。

陈雾终于意识到了,连忙改口:"因为是你买的。"

晏为炽皱起眉,故意说道:"就这?"

陈雾呆了呆,忽然见到前面有人卖花,不知道怎么脑中灵光一闪:"你,你等着。"

晏为炽等了一会儿不见陈雾回来,于是找了过去,看到陈雾抱着一大束多色的桔梗,在一家店里闲逛。

怎么就逛上了?买这么一大束花,是要送给谁?

晏为炽穿过两个货架走过去,问道:"要买什么?"

陈雾不看他,只低头说道:"碗有活动。"

"想买就买。"晏为炽顺着陈雾的视线,拿了个碗,"花纹不错。"

陈雾顿时感觉品味被认可,激动地说道:"我也是这样想的,我们就买这个吧。"

"买几个碗好呢?"陈雾将花束夹在臂弯里,伸手去摸碗口,"家里的我们吃,现在买的给客人用,说不定以后会有人来吃饭……"

晏为炽推了辆推车过来，把他要买的碗放进去，问道："别的还买不买？"

陈雾回答："没有了。"

晏为炽环顾四周，发现了什么，带着陈雾过去："挑一个。"

一排帆布袋，各种颜色，各种图案。

陈雾全然没有刚才买碗的热情，说道："我的帆布袋好好的。"

晏为炽瞥了陈雾一眼，说道："用了两年还不换，是要留着当传家宝给下一代吗？"说着，他取下一个印着星星图案的帆布袋，前后打量。

陈雾摸了摸帆布袋，说道："这个布料不结实。"

"不就是一个袋子。"晏为炽说。

"承重要考虑，底部和提手的地方很重要。"陈雾往一排帆布袋前凑了凑，说道，"你到后面去，我自己挑。"

晏为炽被嫌弃了，脸色一沉。他没挪开，就在旁边看着陈雾挑挑拣拣。

店里不时有人进来，有人出去。晏为炽忽然开口："如果你觉得家里只有两个人冷清，可以养两只猫猫狗狗。"

陈雾一边检查帆布袋的走线，一边说："猫狗啊，我没有想过。"

晏为炽笑着说道："以后再想，时间多的是。"

"土猫土狗可以吗？村里有，一窝一窝的。"陈雾说，"要是能养的话，我们就回去一趟。"

"我没问题，什么时候都可以。"晏为炽立即表态，根本不给陈雾改变主意的机会。

陈雾没有再犹豫："有时间就带你去。"

一回家，陈雾就去洗手间接了半桶水，剪开桔梗外面的包装纸，将一枝枝桔梗放进桶里，调整好位置以免它们倒下。

晏为炽倚在门边，问道："放桶里干吗？"

"醒几小时。"陈雾很自然地脱下棉衣递给晏为炽。

"花还要醒？"晏为炽从他的棉衣兜里掏出手机和卫生纸放在台子上，将棉衣也放上去，"还没问你为什么买花……"

陈雾说："喜欢吗？"

晏为炽一下子意识到了什么，视线定在了桶里散开的桔梗上。手指蠢蠢欲动，他想掏手机搜索花语和这个数量的花有没有什么特别的寓意。

陈雾说:"别数了,那个人剩了三十六朵,我全买下了,应该没什么寓意。"

晏为炽面无表情地放下手机:"这是我第一次收到桔梗。"

陈雾郑重地说:"我会好好养的。"

晏为炽说:"第一次做人弟弟。"

又来了。

晏少爷又开始答非所问,神神道道了。

陈雾默默仰头数起了天花板吊灯的水晶。

嘉钥放假了,晏为炽又找了一份工作,是去宠物店兼职。以后他和陈雾要养猫狗,他要提前做功课。

陈雾把看完的书搬回大院,用大皮箱装着,一路拖到储藏室楼下。

余老闻讯丢下老友,冲到他面前吼道:"你这次过了不代表下次能过,四月份要考两门专业课,你现在不抓紧时间复习,还搬什么书,翅膀硬了,飘了是吗!"

"都记住了。"陈雾扶住他的胳膊。

"这大话说的。"余老让跟过来的余伯打开皮箱,"随便拿一本给我。"

书摆得很整齐,一本挨着一本。余老就拿了离他最近的那本。

很厚,沉甸甸的。

余老随便翻到一页:"这本第35页,背。"

陈雾还真的背了出来。

一大张,密密麻麻的小字,从第一个字到最后一个字,包括旁边余老在年轻时候做的注解,没有一处错误。

余老像被按了静音键,一时说不出话来。余伯压低声音道:"看来是下了苦功夫。"

"自己的前程,自己不下功夫谁下。"余老回过神,瞥了一眼背地里很用功的年轻人,说道,"皮箱没人帮你拎,书也没人帮你拿出来摆好。"

"我先放这儿,中午休息的时候我就过来整理。"陈雾感激地说道,"爷爷,您给我的书好多都绝版了,多亏了您借给我看,我才能把林业这个领域了解了七八分。"

余老用眼神询问余伯:"他叫我爷爷?"

余伯点头:"是的。"

余老故意说道:"哼,那我过年岂不是要给红包?"

余伯心想,您就偷着乐吧。

陈雾还了一部分书,余老又给了他一些哲学方面的书。

家里到处都是书,全是陈雾的。晏为炽的课本从没带回来过。他现在连漫画也不看了,只要上不上班就在家无所事事地窝着。

落地白色大圆球感应灯的朦胧光晕里,陈雾把洗干净的几双棉鞋提起来看看,已经穿了好几个冬天,帮子底子都软了。他找来袋子把它们装进去,问道:"阿炽,我打算做新棉鞋,你要吗?"

晏为炽伸出脚,问道:"知道我穿几码的鞋吗?"

陈雾说:"知道。"

晏为炽把脚收回去,靠着沙发闭目养神:"那就自由发挥。"

陈雾过了一会儿又问:"围巾要吗?"

晏为炽说道:"别问我要不要。"

"那就是要。"陈雾点了点头,"你喜欢什么颜色?"

晏为炽说道:"跟你一样就行。"

"一会儿我就在网上买针线,你去给小葱浇浇水。"陈雾说完便去书房剪报纸做鞋底。

"我才歇了没几分钟。"晏为炽不满地起身,穿上拖鞋走向观景台。

一盆小葱和一台望远镜都是家里的新成员。

葱是生活,望远镜是远方。

晏为炽给小葱浇透水,转头去看花瓶里的桔梗。每天都看,每天都盛开着。不知道陈雾是怎么办到的,至今没有凋零的迹象。

陈雾在书房忙活,晏为炽进来给他看自己的微信头像——春桂的水库一角。

"新换的啊,好看。"陈雾按着晏为炽的鞋垫在报纸上画了个形,视线匆忙移过去一秒就收回来,十分敷衍地夸了一句。

"你用这个。"晏为炽翻出一张照片,"一起换。"

照片上是水库的另一角,凑在一起就是他们在春桂常走的那条路。

陈雾眨了眨眼:"我也要换吗?"

晏为炽理所当然地说:"这样别人一看就知道我们是一家的。"

愿者上钩

"那好吧。"陈雾低头剪报纸,"你帮我换。"

晏为炽在给陈雾的微信换头像时,手机收到一条信息,他看到了"柿子"等字眼。

脑子里飞速闪过什么,晏为炽抢过陈雾手上的剪刀,让他自己看,问道:"你老家的柿子是不是都熟了?"

陈雾一愣:"啊?"

"你老家的人发的信息。"晏为炽把他的手机丢在他面前的报纸上。

陈雾点开信息,说道:"我有一片柿子林,今年我没回去,柿子都是让组长和其他人采摘的,组长问我要不要。"

晏为炽坐到另一把椅子上,说道:"让他寄过来。"

"你要吃吗?"陈雾惊讶地说,"平时你都不怎么吃水果。"

晏为炽说了一句:"打药的跟纯天然的能比吗?"

陈雾脱口而出:"你能分出来吗?"

晏为炽胸口堵着某种情绪,瞪了他一眼:"要不你给我柿子,我写八百字的吃后感?"

"怎么说着说着就有情绪了……"陈雾小声道。

晏为炽用硬邦邦的语气表达自己的委屈:"我就是要吃你种的柿子。"

陈雾安抚道:"没有不给你吃,我让组长多寄一点。"

晏为炽还想再讨点好处,不想陈雾转身出去了。

陈雾在门外打电话给组长:"信息我看了,第一批没办法寄了,你挑些没怎么熟的寄给我吧。"

组长这会儿就在柿子林,村里人一趟趟挑柿子,忙得热火朝天。

"哎,好,我挑出来寄到你那儿,地址不变吧?"组长大声问。

"不变。"陈雾听着那头的乡音,问道,"今年的柿子怎么样?"

"和去年一个样,老甜了。"组长笑着说,"都是你一手养大的崽,可好卖了。"

陈雾也笑了:"那就好。"

组长又说:"对了,小雾,树已经卖掉两批了,钱我直接打到你卡上,账目晚点发给你看。"

"不用了,我信你。"陈雾说,"大家都辛苦了。"

组长真的岁数大了,听了这话就要掉眼泪。

"有事打我电话，我不在家也能帮着出出主意。"陈雾挂掉电话后给组长发了个红包。他回到书房，对笨拙地学他剪鞋样子的晏为炽说，"阿炽，我跟组长讲好了，他会寄柿子过来的。虽然今年我没回去打理柿子树，但组长说像去年一样甜，你肯定会喜欢吃的。"

他有一双干净明亮的眼睛，似乎已经忘记了他曾经拎着柿子高兴地去见某个人，对方却将他的一片真心丢在地上踩踏，依旧淳朴率真。

晏为炽没能压住上扬的嘴角。

不想当天晚上，晏为炽就见识了陈雾不那么淳朴的一面。

当时陈雾进了洗手间就不出来了，不知过了多久，洗手间的玻璃门被敲响："你在里面打坐吗？"

"啊，马，马上！"陈雾的声音慌里慌张的，像是心虚。他话音刚落，门就被晏为炽拧开了。

直播间的蹦迪曲十分劲爆。

晏为炽扫了陈雾一眼："我说你在洗手间干什么呢，扭得好看吗？"

陈雾看了看激情扭动的主播，蒙了："不是，刚才主播还在摘毛栗子，不知道怎么就扭起来了。"

晏为炽讥笑道："穿着开衩快开到脖子的旗袍摘毛栗子？当我眼瞎？"

"真的，摘了满满一大筐子。"陈雾没找到证据，只见主播的动作越发不合社区规范，赶忙把手机关掉。

晏为炽不轻不重地弹了他的额头一下："你还看直播。"

陈雾缩了缩脑袋，说道："刘叔说要紧跟新时代。"

晏为炽没好气地道："屎拉完了吗？"

"我没有。"陈雾说。

"进来就是为了看直播。"晏为炽笑得让人移不开眼，"你把你刚才看的打开，我们一起看，让我也感受感受新时代的气息。"

陈雾磨磨蹭蹭地打开手机："那你会送礼物吗？"

"没准。"晏为炽慢条斯理地说，"我高兴了，送个嘉年华也不是不行。"

陈雾迷茫地问："嘉年华是什么？"

晏为炽一愣。

"阿炽，你平时也看直播啊。"陈雾说完，把人往外一推。

晏为炽感觉搬石头砸了自己的脚，他平静地澄清："游戏方面的，我看的不是扭来扭去的那种。"

陈雾不说话。

晏为炽没再辩解，侧过身，将陈雾看直播这件事放了过去。

晚上他们没什么安排，就一起看电影。

柿子寄过来以后，他们便边吃柿子边看。

日子就这样过着，终于到了日历上被晏为炽用红笔圈起来的那天。

当天，晏为炽发了朋友圈，图片是两双外出穿的鞋，配了两个字：出发。

黄遇人在法国喂鸽子，他八卦地打电话问："炽哥，您老出发是要去哪里？"

晏为炽回答："坐摩天轮。"

黄遇被可乐呛到，他把半罐可乐递给未婚妻，又问道："你们现在就去吗？"

晏为炽蹲下系鞋带，回答道："出门看银杏，晚上去。"

黄遇又问："哪个摩天轮？"

"你是没事做吗，废话怎么这么多。"晏为炽不耐烦地说道，"最大的。"

黄遇被挂了电话，他挠着下巴若有所思，那游乐场的摩天轮八点半可就下班了。

"你在这儿等我。"黄遇轻轻拉了下未婚妻的披肩，然后离开广场。他很快就拿到了游乐场负责人的联系方式，让那边的摩天轮今晚延迟下班。

"八点半以后的时间我包场。"黄遇从外套口袋里摸出一件东西，一看是一支口红，是未婚妻的，他马上放回去，"不是我自己去，是给朋友包的。"等他搞定了再告诉炽哥。

哪知负责人说已经有人预定了。

"谁？"黄遇不满地问，觉得被人抢先一步。

负责人毕恭毕敬地说："抱歉，黄少，客户的信息我不方便透露……"

"你当我三岁小孩吗？有什么不方便的，定了不过去玩吗？一玩不就知道是谁了。"黄遇是个暴脾气，二话不说就发火。

负责人吓得透露了客户的姓名。

黄遇给对方打电话，语气古怪："余叔，你给陈雾定了摩天轮？"

余盏承认了："嗯。"

黄遇佩服地说："你太牛了！"

余盏坦然一笑："帮小朋友一个忙。"

黄遇简直想赶飞机回去，跑到他面前竖起大拇指："余叔大气，我辈楷模。"

余盏轻笑道："举手之劳，不值一提。"顿了一下，他意味深长地说，"听说，你对陈雾并不是很满意。"

黄遇心里咯噔一下，这叔是从哪儿听说的。

余盏猜出他的想法，说道："你能知道我对陈雾的关照，我自然也能知道你对他的态度。"

黄遇咂嘴，心想，套话呢，老子才不上当。

"他绝对有所图。"黄遇有话直说。

余盏仿佛听到了多大的笑话，放声大笑："图什么？晏为炽有的，我没有？"

黄遇心想，你能跟我炽哥比吗？

余盏从黄遇的沉默里得到了答案，他结束通话，把手机放在办公桌上，揉着眉头吐了口气，如迟暮老人般孤独寂寞："我老了。"

助理把要签的文件递过去，说道："您心态年轻。"

余盏并没有被安慰到。他翻了翻文件，问道："为什么这么多？"

"因为您今天一整天都在走神。"助理说。

余盏感到心累，默默地拿起了钢笔。

下午五六点钟，晏为炽收到了余盏的信息。

车堵在路上，陈雾有点着急："阿炽，我们要快点，不然排不上了。"

"没事。"晏为炽把手机关了，只想专心度过这一天，"我们过了八点半再去。"

陈雾迟疑地说："那会儿人家不都下班了？"

"想坐多久就坐多久。"晏为炽漫不经心地说道，"这是余盏送我们的礼物。"

陈雾有些意外："那要跟他道谢。"

"道过了。"晏为炽笑着说道，"等他有需要的时候，我们再还礼。"

陈雾还想说什么，晏为炽提醒他绿灯了，赶紧开车。

这一天到处都是粉色泡泡，全城人都被裹进商业化的浪漫里。

过了八点，首城最大的游乐场的项目陆陆续续地关闭了，但还有五光十色的灯光秀可以观赏。

大批游客在等待观看灯光秀。

没多久，游客们就发现摩天轮停了一会儿，又开始转动了。

只有一个车厢里有人,不知道是哪位有钱人在欣赏夜景。

车厢里,陈雾和晏为炽坐在一起,面前依然是餐点,但比去年的要精致很多。

去年是白天,今年是晚上。

不一样的景色,一样的人。

晏为炽神思不属。那次摩天轮到达最高点时,他们拍下了第一张合照,今天怎么也要拍个十七八张的,这样他发朋友圈就不会只有偷拍照,而是合照了。

思绪被一个声音打断。陈雾突然说道:"阿炽,我想抽烟。"

片刻后,晏为炽叼住烟点燃,用食指和中指夹着递到陈雾嘴边:"咬着。"

陈雾轻轻咬住烟蒂。

"吸一口,再吐出来。"晏为炽教他。

陈雾照做了,他闭上眼,一只手托住腮,一只手夹着烟,咳嗽着。

指间的烟在燃烧,烟雾爬上陈雾的镜片、眉眼、心脏和灵魂,他含混不清地说:"阿炽,我……"

这时,摩天轮转到了最高点,窗外突然升起了灿烂的烟花,将陈雾剩余的话语淹没。晏为炽只看到怒放的火树银花之下,陈雾骤然笑了。

明天不管是晴空万里,还是风雨交加,都会是值得期待的一天。

番外
新年快乐

YUANZHESHANGGOU

又是一年三十。

陈雾起了个大早,他手脚麻利地把里里外外都打扫了一遍,其实年二十六就大扫除过了,今儿是查漏补缺。

晏为炽按照陈雾的吩咐,顶着一头鸡窝似的头发在阳台晒被子,手上拿着个陈雾手工制作的鸡毛掸子,有模有样地在被子上下左右一顿拍打——这样可以把棉花做的被芯拍得蓬松,方便阳光透进来。

家里至今盖的还是棉花被,用组长和大妈种的棉花弹的被子,真材实料不掺水分。

依照陈雾所说,用棉花做的被子盖着厚实,有安全感。

晏为炽的感受是死沉死沉的。

这么说吧,盖上棉花被,身体都不敢虚一点,否则会被压得喘不过气来。

大过年的,老天爷终于大发慈悲,给了个大晴天。陈雾忙完手里的活,就去厨房查看锅里的稀饭。三花趴在他的脚背上滚来滚去,黄狗则趴在厨房玻璃拉门旁的地上,显得矜持不少。

稀饭已经足够黏稠,香气直往陈雾鼻子里钻。他利索地和面,煎了几块鸡蛋饼,拿筷子拨开一小块,吹了吹,塞进嘴里吃掉,然后转身去工作间。

靠南的一面墙上挂满了木材标本,这些都是陈雾的宝贝,其中有一部分是晏为炽送给他的。他每天都戴上特殊材料制作的手套取下标本,一寸寸地擦拭,可以说是一尘不染。

等陈雾从工作间出来时,晏为炽已经盛好稀饭,切好咸鸭蛋,将它们和鸡蛋饼一起摆在餐桌上,只等他来吃。

两人吃了一顿普通而舒适的早餐,正式进入了过年的流程。

陈雾没有祖宗可祭拜,晏为炽作为晏家的家主,不搞这套,搞起来费劲,他们一切从简,前往寺庙里烧香,捐了一笔香火钱。

下午的活动是贴春联,陈雾和晏为炽一个负责粘贴,一个负责刷糨糊并把关春联的位置。

"歪了,往左边一点。"

陈雾站在后面指挥,眉头紧蹙,显得格外认真。

晏为炽手中举着春联抵着大门,朝左边挪了一点,问道:"这样可以吗?"

"还不太行。"陈雾说,"还得再过去一点。"

这分寸不好把握,晏为炽挪了好几次,才让他满意:"贴个春联怎么这么麻烦。"

"不是说你麻烦。"他回头解释,有点慌张。

陈雾捂着嘴笑。

晏为炽问:"你是不是在憋笑?"

陈雾说:"没有。"

晏为炽目光幽深,故意板起脸道:"那你捂嘴做什么?把手放下来。"

"不放。"陈雾走到他身旁,用胳膊肘碰了碰他的胳膊,笑着说,"贴你的春联吧。"

今天的时间和昨天一样,和过去未来的每一天都一样,都会过得很快。一眨眼的工夫,天就暗下来了。

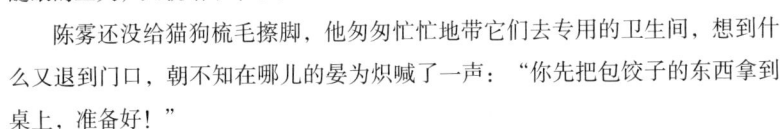

陈雾还没给猫狗梳毛擦脚,他匆匆忙忙地带它们去专用的卫生间,想到什么又退到门口,朝不知在哪儿的晏为炽喊了一声:"你先把包饺子的东西拿到桌上,准备好!"

"管你的猫狗吧,我这边能搞定。"晏为炽回答道。

年夜饭除了饺子,还有其他饭菜,他们向来如此。

晏为炽正在剁大鸡腿。

不用问,肯定是陈雾从农贸市场买的。那儿的摊位多,人也多,摊贩没时间帮忙剁好。要哪块要多少,袋子一装,钱一付,拎了就走。回家再剁,剁大剁小随便。

农贸市场的食材相对来说还是比较新鲜的,因为客流量大,不压货。

晏为炽把剁好的排骨焯水后放进砂锅里,丢几片生姜进去,盖上盖子炖着。他洗了洗手,拿出不停振动的手机,看看是谁这么没眼力见儿,这个时间找他。

是黄遇。

晏为炽"啧"了一声,接通后问他是不是闲得发慌。

卫生间里,猫狗排队让陈雾梳毛,它们都很乖,都不乱动。

擦脚的时候也是,叫抬哪只脚,就抬起哪只脚。

陈雾奖励它们每只一块小零食,拍了拍它们的头:"好了,出去玩吧,我把卫生间收拾收拾。"

猫狗都没去玩,而是在门口等他。

包饺子的时候,陈雾拿出事先准备好的硬币,是金灿灿的五角。

晏为炽让他别放,说是怕自己吃到了硌牙。

陈雾听着客厅电视的声音,道:"万一是我吃到了呢,我不怕硌牙。"说着还冲晏为炽咧嘴,露出一口整齐洁白的牙齿,上下磕了磕,表示自己牙口好得很。

晏为炽被他的这个动作逗乐了,手里的饺子皮差点拿不稳,说道:"别显摆,长智齿的时候疼得脸都肿起来的滋味忘了?"

陈雾立马就把牙一收,心有余悸地舔了舔下排左边大牙后方,智齿还在那儿杵着呢,还没去拔。他又说回硬币这个话题。

晏为炽胸有成竹地说:"没有万一,肯定会到我嘴里。"

陈雾几下包好了一个漂亮的饺子,和晏为炽包的不是很漂亮的饺子放在一起,好奇地问:"你就这么自信?"

"我只是自信,没依据吗?"晏为炽挑眉,"往年哪次不是我咬到你包进去的幸运硬币?"

陈雾经他这么一提醒,迟钝地反应过来:"是啊,为什么啊?"

晏为炽跟他大眼瞪小眼,最终只得出一个答案——心灵感应。

这年的幸运硬币还真的又被晏为炽吃到了。

晏为炽照常把硬币放在陈雾的枕头底下,将还热乎的幸运送给了他。

距离晚会还有一段时间,朋友、同事和亲人的祝福短信和电话接踵而至。

组长和大妈也打来电话，组长长期服用陈雾寄来的中药，治疗效果不错，身体还算可以。

　　老两口祝他们事事顺心，并告诉他们，钱是赚不完的，要快乐，一定要快乐，这才是最重要的。

　　晚会期间，猫狗吃饱喝足，开始打起了盹。

　　陈雾和晏为炽坐在电视机前的地板上，背靠沙发，惬意地喝着红酒，对这一年做了个总结。

　　陈雾今年又在林业界发表了一篇重量级论文，国外那家膳食公司经营得也十分不错。

　　而晏为炽带领晏氏拓展事业版图，在商界独领风骚。

　　晏为炽清了清嗓子，正色道："新的一年，我会继续努力。"

　　陈雾的眼睛笑得弯成了月牙："我也会继续努力。"

　　干杯！